弹在膛上

一个维和士兵的战地纪实

杨华文 著

三联书店

Copyright © 2018 by SDX Joint Publishing Company.
All Rights Reserved.
本作品版权由生活·读书·新知三联书店所有。
未经许可，不得翻印。

图书在版编目（CIP）数据

弹在膛上：一个维和士兵的战地纪实／杨华文著．—北京：生活·读书·新知三联书店，2018.1
ISBN 978-7-108-05255-1

Ⅰ．①弹… Ⅱ．①杨… Ⅲ．①纪实文学－中国－当代 Ⅳ．①I25

中国版本图书馆 CIP 数据核字（2017）第 307148 号

特约编辑	张　杰
责任编辑	叶　彤
装帧设计	刘　洋
责任校对	龚黔兰
责任印制	徐　方
出版发行	生活·讀書·新知 三联书店
	（北京市东城区美术馆东街22号 100010）
网　　址	www.sdxjpc.com
经　　销	新华书店
印　　刷	北京隆昌伟业印刷有限公司
版　　次	2018年1月北京第1版
	2018年1月北京第1次印刷
开　　本	880毫米×1230毫米 1/32 印张 12.5
字　　数	278千字 图110幅
印　　数	00,001-10,000册
定　　价	45.00元

（印装查询：01064002715；邮购查询：01084010542）

Contents

目录

前言 001
楔子 007
一 当那一天真的来临 011
二 战火在加奥燃起 049
三 死亡离我们很近 093
四 与外军并肩作战 131
五 你所不知道的马里 179
六 求同存异的联马团 227
七 大国形象不是喊口号 251
八 战地黄花分外香 281
九 没有三毛的撒哈拉 333
十 一个不少活着回家 363
后记 390

前言

心理学上有个名词叫战后心理综合征，属于创伤后应激障碍的一种，是指人遭遇或对抗重大战场压力后，其心理状态产生失调后遗症，主要症状有很多，比如失眠、过度警觉、逃避会引发创伤回忆的事物等。如果说我得了战后心理综合征难免有点夸张，但我确实有其中一个表现：逃避会引发创伤回忆的事物，而且很典型——归国后，我不愿回忆维和。

2012年3月马里发生军事政变，进而矛盾激化，引发内战。联合国决定向马里派驻维和部队，并邀请中国参加。2013年12月，我作为政工干事随首批赴马里维和警卫分队到马里北部加奥地区执行维和任务，任务期至2014年9月。那段维和岁月很艰苦，但即便再忙再累，每晚我都会打开电脑，一边听着旷远悠扬的草原歌曲，一边滴滴答答敲着键盘，文字像山泉一样静静流淌，用心记录一天的工作、感受和思考。我努力让自己保持客观、真诚、中立的态度来观察每天发生的一切，既不自打鸡血唱高腔，也不妄自菲薄咏悲调，而是忘记自己的身份，只留下一双睁大的眼睛和开放虔诚的心，尊重这真实的世界和这真实世界里所发生的一切。我想根据自己的所见所闻，记下一些能触动心灵的故事，文字里或许没能泼洒笔墨渲染爱情、亲情、友情，但这些情感却时刻在心里陪伴着我。

维和结束时，我累计写了20多万字的维和日记，拍摄了3万余张照片。原本出发前和自己说好了：如果能够活着回来，就把所见所闻所感汇报给大家，汇报给生活在和平环境中的朋友们，告诉大家地球村的另一侧是怎样一片天地。但回国将近两年，我竟从未打开那块装着维和资料的大硬盘。首要原因就是那段维和记忆并不美好，甚至回忆起来有很多令人难过的情绪。另外，我在那片沙漠中经历的故事似乎是一场梦，人生两处相距太远，令我难以合理衔接，这是我不愿回忆的第二个原因。野战部队紧张忙碌的生活像个巨大的黑洞，能够将一个缺乏定力和目标的人瞬间湮没，让我为自己的惰性找到了一个冠冕堂皇的理由，这是我难以回忆的第三个原因。

可随着时间推移，我发现不但那片沙漠和沙漠里的生物具有强大的生命力，就连描绘它的文字和图片也有了重生的渴望。当我不经意地看到"马里""维和"这样的字眼时，我甚至有一种隐藏秘密的负罪感，好像自己变成了一个狠毒而又贪婪的独裁者，将传递消息的信使关在了暗无天日的水牢里。作为政工干事，在组建筹备、防卫部署、正式任务、安全形势、恐怖袭击、民情社情、官兵故事、外事活动和突发事件等维和行动各个方面，我都积累了最全面的第一手资料，可以说是一个马里维和信息库，若不发声，于心不安。尽管因自然环境恶劣、恐怖袭击不断和维和任务繁重而产生的压力令回忆并不美好，但谁都无法掩盖那些故事和画面的价值。特别是当2016年中国驻马里维和营区遭汽车炸弹袭击，哨兵申亮亮牺牲后，一位朋友跟我说了这样一句话："原来维和是这样的，还挺危险，当初你维和，我还以为就是出国秀秀拳脚。"这句话让我久久不安。

久居兰室不闻其香，和平犹如空气和阳光，受益而不觉，失之则难存。中国参与联合国维和行动已经27年了，对于绝大多数人来说，维和仍旧是一项伟大却不知道为何伟大、艰难却不知道怎样艰难、危险却不知道有多危险的行动。强烈的负疚感迫使我回忆起马里维和时的点点滴滴，我想起了成为维和军人那一刻的强烈自豪感，想起了曾经目睹过百姓流离失所、儿童辍学乞讨、难民冒死求救、战火波及无辜，想起了我们因震耳欲聋的爆炸声而紧张失眠，想起了我们因反政府武装兵临城下、恐怖袭击愈演愈烈而将子弹上膛，想起了我们因蔬菜缺乏连一小盘白菜叶也要分着吃，想起了一杯安全达标的纯净水都变成了奢侈品，想起了身边战友因疟疾、中暑而痛苦万分，想起了埃博拉病毒夺命、西非人人恐慌……我深深感到和平多么值得珍惜，而珍惜的前提就是让世人知道和平来之不易。

我开始变得不甘心，不甘心让那些用血与火演绎的故事永远尘封在沙漠里，不甘心让朋友们对维和行动如此陌生，不甘心让公众误解维和官兵的牺牲与奉献，"写下来、发出去"的欲望在我的心中愈发强烈。这种欲望并不是为了炫耀自己，也不是为了教导别人，只是想还原最真实的维和行动。如果硬要加上一个好听一点儿的理由，那就是祭奠青春、勉励青年吧。和很多朋友交流后发现，他们也很期待有一部描写维和行动的纪实作品问世，特别是关于马里这个令人充满疑问和幻想的新维和任务区。当然，大家渴望的是活生生、真切切的纪实，而不是事迹宣传或者理论资料。

于是，2016年6月我终于动笔了。

如果将20多万字的维和日记不加修改地一股脑发出来，虽然保存了新鲜度，但也失去了层次感，难免流于急功近利。为了便于读者阅读，我将百余篇以时间顺序排列的维和日记打乱，按照内容分成10章重新排列，删掉了一些空洞的情绪化内容，通过回忆和咨询补充了更多细节，但总体上依然保持亲历式叙事风格。如此一来，各章内部还能遵守时间先后顺序，但各章之间就无法严格按时间顺序排列，比如第九章最后一节所讲故事的时间节点可能比第十章第一节所讲故事的时间节点还要靠后。另外，书中一些地方保留了"今天""昨天"等日记中的时间，而没有具体指明是哪一天。但我认为这不妨碍读者的阅读和理解，而且这一小小损失换来的是各章主题更加突出、全书内容更加紧凑。为了增加读者的直观感受，我还精选了百余幅照片配入书中。本书初稿断断续续用了将近一年的时间才完成。这可能是第一部描述马里维和行动的书籍、第一部描述中国首支维和安全部队的书籍，也可能是少有的描述撒哈拉自然风貌和马里风土人情的书籍。读后，希望能让你对维和与马里有一个全新的认识。

写作过程中，一个书名不由自主地出现在我的脑海中——弹在膛上，这不是思考的结果，而是潜意识赐予我的。"弹在膛上"不仅形象地代表了中立自卫的维和原则、以慑止战的斗争策略、高度警戒的战备状态和不开枪完成任务的圆满成功，还完美地表达了维和军人的临界状态和两难境地——不开枪可能会遭到袭击；开枪虽能自卫，但也会升级矛盾，导致遭遇更多更大的袭击。这种冰水混合的零度临界感是每名维和军人的真切感受，一半是融化了的冰，一半是凝结了的水。巧合的是，零度经线正好穿过中国维和营区所在的加奥地区。

最后，我要感谢原16集团军某旅政委王忠文和原69师组织科长韩德忠，没有他们的推荐，我将无缘维和；我要感谢首批马里维和部队指挥长兼警卫分队队长张革强和警卫分队政委徐文联，是他们的支持让我能够出现在各个维和第一现场，全面掌握第一手素材；我要感谢赵军、盖庆、孙宝玮、卢志新、管付岩、刘魏、朱四强等为我提供资料的马里维和队员，是他们让本书更加丰满；我要感谢国防部维和事务办公室参谋隗章，他的鼓励对我意义很大，在我迷茫的时候让我拥有坚定地写下去的信心；还要感谢生活·读书·新知三联书店的编辑张杰，相隔两地，他用无数封长邮件不辞辛苦地提出修改意见，一字一句帮我校对，是他的悉心指导让我顺利完成了这部处女作。

我要特别说明的是，我对我的妻子姚璠饱含歉意，是她默默无闻的付出给了我最大的支持，是她一个人扛起了家庭重担，让我全身心投入事业。对于妻子，我说不出感谢二字，只想说：我爱你！

首批马里维和警卫分队政工干事　杨华文
二〇一七年三月十八日·哈尔滨

楔子

马里全称马里共和国,是位于非洲西部撒哈拉沙漠南缘的内陆国家。2012年年初,马里北方图阿雷格族分裂武装"阿扎瓦德民族解放运动"发动叛乱,勾结"基地组织马格里布分支""争取西非唯一性与圣战运动"和"伊斯兰捍卫者"等恐怖极端势力控制了北方通布图、加奥、基达尔三大区和中部莫普提部分地区。同年3月22日,马里政府军部分军人在首都巴马科发动政变,时任总统杜尔被迫下台并流亡塞内加尔,马里由此陷入独立以来最严重的政治和安全危机。图阿雷格族分裂武装在马里政府发生政变后加大攻势,同年4月初基本控制马里北部地区,并宣布建立"阿扎瓦德独立国"。此后,马里北部的伊斯兰教极端势力施行严酷的伊斯兰教法,极端分子烧杀抢掠,难民流离逃亡,导致北部地区成为恐怖势力新的滋生地。

2013年1月,马里北方的恐怖势力大举南犯,首都巴马科一度岌岌可危,马里临时代总统请求法国出兵干预。法国应马里政府请求在北方地区发起"薮猫行动",先后抽调本土和驻马里周边国家的陆军和空军力量参战。同时,西非部队也于2013年1月起开始向马里部署,但囿于资金、装备不足,部署速度缓慢,大部分部队迟迟不能北上作战,其战斗力也饱受诟病。其中,乍得部队是最有战斗力的部队,北方战事激烈时有2000多人协同法军与恐怖分子正面作战,后来人数减至1300人左右,驻守马里最北部的泰萨利特、阿盖洛克。此外,尼日尔、布基纳法索、尼日利亚、多哥、塞内加尔、科特迪瓦、几内亚、贝宁、加纳等西非国家也向马里派出部队。

马里政府军在法军和西非部队的协助下先后收复通布图、加奥等北方主要城市,并逐步肃清北方的残余恐怖势力,马里整体安全形势持续好转。2013年8月,马里举行政变后的首次总统大选,马里联盟党候选人易卜拉欣·布巴卡尔·凯塔当选。凯塔就任总统后,努力控制军权,巩固执政根基,启动民族和解,使国内政局基本保持稳定。但马里北方地区的矛盾远未根除,其安全形势仍不容乐观,民族矛盾升级,恐怖活动仍然猖獗,人道主义危机严重。

为巩固法军和西非部队取得的成果,保持马里国内政治与社会稳定,应马里政府要求,联合国安理会多次召开会议,讨论马里国内局势,并于2013年4月25日通过第2100号决议,决定派遣联合国驻马里多层面综合稳定团(下文简称:联马团),协助马里政府恢复国内政治、经济和法律秩序,维护社会安全稳定。联马团任务期始于2013年7月,此后联合国会根据任务区情况每年讨论一次其延期问题,通常每次延长期限为1年。联马团维和部队核定编制军警人员12640人,其中军事人员11200名、警察1440名。司令部设在首都巴马科,下辖东战区、西战区和北战区,其中东战区司令部设在加奥市,西战区司令部设在通布图市,北战区于2014年年底才成立,司令部设在基达尔市。主要兵力部署在巴马科、加奥、通布图、基达尔、泰萨利特、阿盖洛克等人口聚居的地区,同时在莫普提、加奥等地设有后勤基地。联马团成立后,纳编了原西非部队,维和部队派出国包括中国、丹麦、芬兰、法国、德国、荷兰、瑞典、瑞士、多哥及西非共同体诸国等30多个国家。

应联合国邀请,为维护西非地区安全稳定,2013年5月,我国决定派兵参加马里维和行动。中央军委向原沈阳军区下达执行赴马里维和任务的命令。原沈阳军区将组建警卫分队的任务赋予原16

集团军"老虎团",将组建工兵分队的任务赋予原16集团军某工兵团,将组建医疗队的任务赋予解放军第211医院,并要求我们随时做好出征准备……

当那一天真的来临

集 结 令

冰城哈尔滨的夏日是最美的季节，天高云淡，风清气爽，江水透彻，空气也透彻。正午热，但又不那么难熬；夜里凉，但又不会感到冷，真是舒爽到骨髓。大街上，美丽的姑娘、帅气的小伙给这个美丽的城市增添了更多颜值，蓝眼睛高鼻梁的俄罗斯人仿佛本地人一样，和这座城市有着天生的亲密度。一座座巴洛克式建筑、日式建筑完好地记录着这座城市的历史和沧桑。

我走在街边的林荫路上，步履轻盈，不知从哪个方向吹来清凉的微风，令人感到十分惬意。身边还有一位姑娘，像一只欢快的小鸟，在我面前跳来跳去。曾幻想过婚姻，但此时此刻，这种真实的感受却是前所未有的，既紧张又兴奋——我们正走向婚姻登记处，走在通往幸福的路上。

或许因为是"七一"建党的日子，时间特殊，登记处人头攒动。登记时，没有想象中的那样有人郑重严肃地问："你愿意吗？"相反，结婚证像流水线上的产品一样，在钢印机和工作人员的手中流转、制造，一对对新人如此产生。但这样的人流拥挤和程序简洁，并没有影响我们的心情——幸福是心里的事。下午，我们一起去商场买结婚对戒。部队有军容风纪，军人不能戴指环。而且，我是个粗人，不太注重穿戴。但此时，她的心愿我一定要满足，就是让我穿蕾丝短裙、套长筒丝袜都行。因为，我心里有愧啊！

就在挑选戒指的时候，电话突然响了，是师干部科长曲玉芳打来的。曲科长说："华文啊，参加维和的人员名单基本确定了，有你。把家里的事儿好好安排安排吧，然后赶紧到'老虎团'报到。""这么急？科长，名单不是刚报上去吗？"我有些惊讶。曲科长说："是啊，可很快就反馈回来了，维和筹备节奏加速了，明天就开始封闭集训。快去吧，好好干，政治部的同志等你好消息。"

挂断了电话，我愣在那儿，心情很复杂。我没想到人员确定的速度会如此之快，还没有足够的时间让我做好妻子的思想工作，弥补我的愧疚。我望了一眼妻子，她还在对面的柜台边欣欣然地试戴戒指。这么好的姑娘，怎么忍心刚登记就离开，这是买船票玩旅行吗？

就在3天前，我问她："我很有可能去马里维和，7月1日我们还去登记吗？"她默默地哭了，那样伤心。除了紧紧地抱着她，任何话都是多余的。她是一名出色的人民警察，不需要我跟她讲什么职责、奉献之类的大道理。那两天，我不提，也不让身边的任何人提起"维和"两个字，这两个字可以瞬间触动她的泪腺。在无眠的夜晚，她用手机无数次地搜索"马里""维和""非洲必备"等关键词，想知道我要去经历的到底是什么。情感上、口头上不想接受，理性上、行动上却已经在支持，难为她了！昨天晚上，她说："把证件和部队证明准备一下吧，我必须和你登记，我要让你安安心心地去执行任务，不想让你有后顾之忧。婚礼可以推迟，酒店可以退掉，但人，我是不会换的，就你了。"

此时，我不知道该如何跟身边这位刚当了一个小时妻子的姑娘开口。而她却显得很平静："来通知了吧？你愣什么呢？快帮我挑挑吧，挑完我好陪你去部队。"我们选了一对低调素雅的指环，上面印着"心为你动"。她说："伤心只是因为心疼，心疼你会受苦，心疼我自己会魂不守舍地思念你，但我知道该怎么选择、该怎做。"她信任我,也相信我答应她的每一件事:"我不在身边的日子要坚强,我一定会平安健康地回来!"

没来得及吃上欢庆宴,我就背上行囊奔赴"老虎团"了。

我所在的这支部队之所以敢叫"老虎团",当然是有着牛哄哄的历史的。"老虎团"曾是大名鼎鼎的原23集团军6个英雄团中最有名气的一个,历史悠久、战斗力超群、荣誉感极强,战争年代以"三猛三得"精神著称,即猛打、猛冲、猛追,打得、跑得、饿得。"老虎团"前身可以追溯至参加过秋收起义的红军之一部和方志敏领导的弋横起义部队,以及闽西、闽南红军游击队。在中央红军长征后,这支部队在南方坚持了3年游击战争。1938年,正式改编为新四军第一支队第二团,之后沿革发展为205团。因在1942年的夏家渡伏击战中击毙、生俘日军140人,粉碎日寇的"扫荡"计划,而被新四军授予"老虎团"荣誉称号。这个团曾参加过孟良崮战役,该战消灭了国民党王牌师整编第74师,击毙师长张灵甫。每支部队都是有魂的,每名官兵的特质和精神都和他所属部队的魂密不可分。首批赴马里维和部队警卫分队是以"老虎团"官兵为主体抽组的,因此了解她的历史才能理解我们的官兵。

作为作战部队的军人,我们的背囊都是打好的,这是最基本的战备要求。背囊里面生活物资、战备物资齐全,背上就可以在任何地方,哪怕是野外的大山里生存。来到通知中明确的集结地后,我看到除个别翻译人员外,其余拟定的维和队员已经报到完毕,并展开了训练。由于维和行动对翻译人员专业性要求较高,因此是从全军范围内选配的外语专业技术干部,分英语和法语两种,各3人。他们正从四面八方赶往哈尔滨。说到这里还有个插曲,最初,我是报名当翻译人员的，并通过了集团军英语口语测试。后来，国防部维和事务办公室否定了从基层部队选配翻译人员的方案，主要是因为非专业人员的外语水平还是差了些。外交无小事，翻译责任大，一字之差，可能谬以千里。

时任师政治部主任的王忠文找到我说："政治部你是第一个交上申请的，我很欣慰。分队里最高职务是正团，副师职不让去。如果不是职务限制，我也想去。还有，翻译不从我们部队选了，你如果想去，就去当政工干事吧。你在组织、宣传口都干过，还搞过报道，会用照相机、摄像机。分队就编配一个政工干事，我看你干最合适。你如果同意，我就推荐你。"从未想过领导能让我担此重任，就我这两下子，能扛起这份担子吗？嗨，不管那么多了，只要能去，硬着头皮先应下来再说："首长放心，我一定完成好任务，不辜负您的信任。"这种回答不是吹牛，不是忽悠领导，是当兵的本能，不需要过脑子的。

放下行囊，整理内务。集结号已经吹响，火热的集训开始了……

后来我才知道，之所以节奏如此紧张，是因为最近有 3 个挑战：一是联合国纽约总部官员马上就要来考察我们，看是否具备执行任务的能力；二是成立大会要在本月 12 日举行；三是马里形势危急，我们随时可能接到出征命令。

保存精子

"老虎团"把二营营房腾了出来，当作警卫分队出发前的临时集结地。人员很快集结完毕，各项任务同步展开。任务很多很重，要比平时累得多，不少战士说：比当新兵时还累，感觉又脱了层皮。作为分队队部的机关人员，我也感觉到挑战非常大。我一面要采写新闻，一面要管组织建设，还要参加训练。怎么吃，体重都飕飕地往下降。

任务虽然多，但概括起来主要是两项：一是身心准备，二是物资筹备。身心准备就是思想教育、外语培训、战术训练、疫苗注射等；物资筹备就是准备武器装备、后勤给养、办公器材及生活用品等。做哪些准备、如何准备、准备到何种程度等，并不是拍脑门子自己想出来的，而是基于《谅解备忘录》——联合国和出兵国签订的一份"合同"。这份"合同"及其附录内容非常详尽，明确了警卫分队的两个任务：一是采取一切必要的协调步骤确保部队司令部营区的安全；二是确保对营区进出口的全面控制。同时，该"合同"还规定了为完成上述任务，我们所需具备的能力和携带的装备。反复研究这份"合同"，我感到联合国办事相当严谨、细致，能定量的绝不定性。

具体落实起来，每一个方面都包含了很多的任务量。比如外语培训，为了方便与外国人交流，避免因交流不畅造成不必要的麻烦，我们想出很多办法尽快掌握英语、法语以及马里当地语言。有的战士在床头、椅背、衣柜甚至是厕所等地方都贴上了自制的外语常用词句背记条，方便随时学习。英语还好，大多有些基础。背法语和当地的班巴拉语简直像记天书一样，完全是用力、用力、再用力地死记硬背。翻译每天都会组织考核，确保出发前每名队员都能掌握英语、法语和班巴拉语各100句。再比如，疫苗接种也很烦琐。联合国医疗服务部门对疫苗接种有强制要求，出兵国必须确保所有维和人员在部署到任务区之前进行至少最初剂量的强制性疫苗接种，并将人员接种情况存档，以备核查。如果部署至任务区后，维和人员还需接种强化剂量的疫苗，联合国将对此负责。如果谁不接种疫苗，将被拒绝进入任务区或驳回由此引起的任何医疗需求及补偿，这是很严格的。根据马里维和任务区的特点，我们需要接种流脑、霍乱、黄热、白破、出血热、甲肝6种疫苗，有的疫苗甚至需要分3次才能完成全部接种。对我们来说，任务区最可怕的是艾滋病，但我们可以避免感染，不必多担心，我们最担心的是疟疾，但迄今为止却没有疟疾疫苗。

除上述规定任务外，还有些任务根本不在我们的预料范围内。一天早上，解放军第202医院专程派出医疗队伍来到"老虎团"。一打听才知道，他们要提供一种特殊的服务——存精，也就是将维和官兵的精子保存到军人精子库中。好家伙，这种前卫的事儿只在网络新闻里看到过，怎么还走进军营了？

自从加入了维和部队，一件件想都未曾想过的事儿，猝不及防地闯入了我们的生活。比如，写血书、写遗书。血书好写，把请战申请写完，用针把手指肚扎破，用血签个名。当然，也可以全文血书，但用血量大，估计需要剁根手指头吧！不敢试，我的手指还得用来扣扳机呢。遗书就不太好写了，我啥遗产也没有，孑然一身，不存在分配问题，说点啥呢？后来，竟把遗书写成了感人肺腑的情书。

队伍集合后，分队的随队军医赵军做了一个关于存精的简要宣传教育。他说："马里形势危险，谁也不能保证不出事。存精就是以防万一，好留个后。有娃的不用留，其他不管结没结婚都可以留，

参与存精的官兵正在填写生殖健康调查表,桌上放的是存精瓶

但留不留都凭自愿啊。"

我的第一反应是不想参与。如果我去维和真有什么意外,留这精子还有什么意义吗?我如果在非洲"光荣"了,难道还让媳妇儿试管怀孕生娃,再一个人照料孩子?那岂不是害了她一辈子!如果那样,我宁愿她另谋幸福。如果我没"光荣",但是因病或受伤失去生育能力了,这种情况倒是可以用一下。但我本能地还是抵触,不想受伤到如此地步,更不想为此做具体准备。后来,我阅读了《军人精子库》手册,才觉得确实有些必要。当然,跟老婆也通了电话,她鼓励我留。

手册上写道,建立军人精子库是因为现代化战争使用高新技术、新概念武器造成核辐射、电磁辐射及生物毒物和化学毒物,会对人类产生难以预料和不可逆的损伤。一项由美国国防部资助的医学研究结果显示，生物毒剂、爆炸产物、反坦克贫铀弹、化学毒物、电离辐射和电磁辐射都会对战场军人的生殖功能产生不良影响，轻者生育能力下降，精子和卵子中染色体畸变，重者子代异常、不孕不育。军人精子库的宗旨是全心全意为广大官兵生殖健康服务的，是为参战、执行特殊任务和在特殊暴露环境下工作的官兵留一份生殖保险。

读完之后，我按照要求的步骤参与了存精活动。说实话，这样的活动在体现人文关怀的同时，也给官兵的心理产生了一定的暗示：马里真的很危险。前期，马里维和部队 3 支分总指挥长兼警卫分队分队长张革强上校，同国防部维和办人员已经飞到马里任务区考察了一周，带回了一些图片和视频资料。一幅幅画面强烈地冲击着我们，那种景象是我们未曾见过的，甚至是难以想象的。到处都是战争留下的痕迹：一辆辆飞驰而过的武装皮卡，一双双充满杀气的眼睛，一个个血肉横飞的现场，艰难的生存环境和贫瘠的生活资料……

屏幕上播放着图片和视频，张指挥长给维和官兵们做着讲解。讲完后，张指挥长说："看清楚马里啥样了吧，害怕的可以退出，我不带孬种上战场。胆小鬼不仅会丢了自己的性命，也会害了你身边的战友。你们回去好好想一想，出发前我都给你们退出的机会！"台下一动不动，鸦雀无声。或许和我一样，兄弟们都在惊讶：总以为岁月静好，总以为天下太平，即便有冲突也是小打小闹，没想到残酷的战火在不远处一直熊熊燃烧。

还好，没人是孬种，至少没人孬到临阵退缩。不仅如此，有些人和事令我很感动。尽管孩子还有 5 个月就要出生，但作为特战连连长、狙击精英、上尉王洋第一时间交上了请战书。下士张奇曾荣立二等功、三等功各一次,中士王松曾两次获三等功,他俩各方面表现都非常优异。按照规定,他们明年6月就有机会提干,成为军官。可如果出国维和,就无法走推荐、考核等程序。特别是张奇,他将因超龄而失去最后一次提干机会。以前,其他部队执行维和任务时也遇到过类似情况,结果是不走程序就没有机会,并没有搞特殊的先例。战友都觉得他傻,不该这样抉择,他却嘻嘻哈哈,一副不在乎的样子。后来,媒体记者采访他时,他说了句令人印象深刻的话:"使命比前途重要。"

我事后了解到,在接到维和通知的短短两天内,"老虎团"就收到了数百名官兵递交的维和请战书,甚至在外出差、进修的官兵都有打回电话强烈要求参加的。其中最让张指挥长犹豫的便是中尉李庆昆。他正在千里之外的朱日和训练基地,备战"砺刃—2013"全军特战部队比武。他已经因为参加全军大比武两次推迟婚期,这次他又坚决要去维和。一而再、再而三地结不上婚,女朋友情绪很大。他倔脾气一上来,撂下一句话:"不结婚也要去。"

张指挥长担心此事会影响他备战比武,更会影响他的个人幸福,就做了两方面准备。一方面,让他安心备战,拿成绩说话;另一方面,派人做女方的思想工作。7月下旬,李庆昆在比武中一人独得3金1银1铜。归队后,他如愿地看到维和人员名单上赫然写着"快反排副排长李庆昆",女朋友对他的态度也好转了很多。后来他才得知,"老虎团"政治处主任吴长军两次到他女朋友家,跟老人聊,跟女孩聊,做安慰协调工作。领导出面,确实有效。应了那句话:要想官兵放下家,先把工作做到家。那女孩也确实不容易,婚期推迟一次已经不容易了,连推两次,换作谁都受不了。

可话又说回来,能让一个女孩如此等待的也必定是个英雄。李庆昆确实厉害,自幼习武,素质超群,没人不服。一人荣获两次一等功、一次二等功,这在和平年代是非常罕见的。他也是个拼命三郎,为了提升特种攀岩速度,曾在训练中从三层楼顶无保护地摔到地面。一般人非死即伤,而他竟然自己爬了起来,把闻讯赶来的参谋长吓得够呛。

官兵踊跃,可官兵的父母却并非都支持,不少老人都担心孩子安危。下士李成龙打电话跟家里刚一开口说这事,就把他妈吓了一跳。"儿啊,我听说那地方乱着呢。你们又不是全团都去,你别自己往前冲。古时打仗还独子归养呢,妈就你这么一个儿子啊,你要是有个三长两短,可咋整!"他爸也犯愁,不停地抽烟,烟灰缸里堆满了烟屁股。"谁家不就一个孩子,我战友大部分都是独生子,我不去谁去,都不去,还叫部队吗?"李成龙二十出头,年纪不大,讲起道理来却头头是道。

我了解到的只是其中很少的一部分情况,这期间战友们打过多少电话,说过多少话,只有他们自己知道。最终,小李还是说服了父母,一家人后来还成了他的参谋。他父母在电视、报纸或网上一看到关于马里的动态,就马上打电话,告诉他要注意这注意那。家人的反对是最大的阻力,家人的关心和支持也是最大的动力。

每一个名字背后都是一颗火红的心,每一段故事背后都有一群大义为国的人。原本素质过硬,被列为警卫三排副排长的中尉孙翔宇,在维和筹备工作中非常积极。后来在深度体检中,他被检查出属于 RH 阴性血,就是通常所说的熊猫血。这种血型在人群中的存有比例仅为千分之三。一旦发生意外失血,输血时寻找到同型血的机会不到万分之三。考虑到任务区动荡的局势和落后的医疗条件,最后,部队还是以官兵的安全为本淘汰了他。一个很少落泪的铁骨汉子,一下子竟然哭成了泪人。

尽管每名官兵都有各自的故事,但最终都汇成了中国首批赴马里维和警卫分队的荣光。警卫分队下辖分队队部、警卫一排、警卫二排、警卫三排、快反排和行政保障排。队员是以"老虎团"特战营官兵为主体,集其他单位之长选配的180人,正式编制为170人,另有10人是替补。他们当中年龄最大的45岁,年龄最小的刚满18岁。党员103人,特战精兵49人,荣立过三等功以上奖励的40人,一专多能的119人。分队施行全程淘汰制,只要没出发,随时可以换人。这种方式对官兵训练热情有很好的激励作用,也能确保选拔质量。

与此同时,吉林的工兵分队、哈尔滨的医疗队也已组建完成。工兵分队编制155人,下辖建筑中队、道桥中队、给水中队和保障中队,主要是为联马团责任区提供机动保障任务;医疗分队编制70人,下辖门诊组、外科组、内科组、牙科组、护理组、卫生防疫组、空运后送组和后勤保障组,主要是提供一线和二线医疗保健、紧急复苏、稳定病情、保全生命的外科介入治疗、基本牙科治疗服务和向上级医疗机构组织伤员后送。

有很多人问,如何才能参加维和部队?其实很简单,就两个条件:一是你所在的部队能够幸运地轮上维和任务;二是你的个人素质足够好,以至于幸运地被轮上维和任务的部队选中。目前,中国仍有2000多人在苏丹、南苏丹、黎巴嫩、马里、刚果(金)5国执行成建制的维和任务。

北 京 集 训

警卫分队成立不到10天,一个通知从北京逐级下发到了哈尔滨。通知要求,分队要将各专业的骨干派到国防部维和中心参加集训,为期一周。这种专业培训,是目前中国外派维和人员前必经的一个步骤。无论是作为成建制维和部队的队员,还是作为任务区司令部的参谋军官、战区的军事观察员,都需要进行专业的行前培训,这也是联合国的要求。集训完毕返回哈尔滨后,这些骨干要发挥辐射带动作用,将所学知识和技能传授给其他维和官兵。作为新闻宣传骨干,我有幸参加了集训。

出了北京站,我看到一辆悬挂军车号牌的"考斯特"已敞门等候。登车完毕后出发,目的地怀柔区。驾驶员车技老到,尽一切可能在北京拥堵的道路中急速地行驶。我看见了既熟悉又陌生的街道,心中泛起了波澜,不自觉地想起了一年前在《解放军报》的学习生活。

一年前,我还是师属炮兵团的新闻报道干事。理工男半路出家搞新闻,我总感觉有点土八路的味道。为了提升自己的新闻业务水平,我给《解放军报》社一位素未谋面的编辑发了一条短信。大致意思是:我想去学习,我要搞新闻;我想去学习,我要搞新闻……后来,那名编辑"善心大发",帮我打开了《解放军报》社的培训大门。

《解放军报》社是部队新闻系统金字塔的塔尖。在那儿学习的3个月,既是充实的,也是矛盾迷茫的;是旧的结束,也是新的开始。

我零距离地感受到了编辑老师们的才华与敬业，学习庞大的新闻机器的运转机制。当然，最主要的是我本是粗人一个，奈何拿起绣花针！每天一动不动地对着电脑码字儿，头大腿麻肾还虚。学习结束之后，我决定放弃专职新闻报道工作。当时正巧赶上师政治部组织科选人，凭借着半吊子的文字功底，我幸运地被选中，进了政治部。想想这一步步，就像是命中注定，差一步，我今天也不可能有机会去维和。

"考斯特"车上一共18个人，有军官，也有士兵。坐在车门附近的中校叫赵金财，年初刚从特战营营长升为"老虎团"参谋长，现在是警卫分队作战副队长。他沉默寡言、个性鲜明，有时甚至还敢跟领导叫板，在官兵心中有很高的人格威信，而不是职务威严。年龄最大的那位叫赵军，师医院副院长，现在任警卫分队的随队军医。在车后面坐着的几位小战士，是警戒处突、后勤保障、装备维修等方面的专业尖子。

时常起身打电话联络的少校叫刘晓辉，"老虎团"军务股长，现在是警卫分队快（速）反（应）排排长。他身材高挺笔直，动作干练，不愧是搞军务的。他能当快反排这支尖刀力量的负责人，绝对是有两下子的。士兵见了他都主动打招呼，据说是他很向着战士。士兵提干的人更懂士兵，要么更爱，要么更狠。

带队的是指挥长张革强上校，刚从马里考察回来。他个子不高，戴个眼镜，目光炯炯有神。最鲜明的面貌特征是额头宽大，大到总能让人想起"将军额头能跑马，宰相肚里能撑船"。参加维和前，我只闻其名，未曾接触过。我想，军区能选他做这次维和行动的总指挥长兼警卫分队队长，不光因为他是"老虎团"的团长。说到指挥长，顺便介绍一下维和部队的架构吧。赴马里维和警卫分队、工兵分队和医疗队三支分队统称为中国赴马里维和部队。中国赴马里维和部队设立指挥部，统一内部管理及涉外事务的重大问题。在车上张指挥长也不闲着，以非洲野牛般旺盛的精力和老鹰训雏般负责的精神，不遗余力、见缝插针地提要求：要带着问题来，带着成果走。他说："我先提出10个问题，你们要在学习的过程中寻找答案。"而后，他确实提出了很多确保维和任务顺利完成的务实问题，具体有多少个我们没人知道，反正肯定不止10个。

一个小时后，车停在了秀美的山间小院。小院里坐落着四五栋两层或三层高的小楼，依山而建。山脚是水绕凉亭，一排各个国家的国旗微微飘扬，还有那同联合国国徽——地球橄榄枝徽标极为相似的标志，显示着这地界的特殊。没错，这就是大名鼎鼎的国防部维和中心。这是我军首个维和专业培训与国际交流机构，用以加强维和人员的培训与对外交流工作，2009年在北京怀柔挂牌成立。它主要负责我军维和部队骨干军官、军事观察员和参谋军官的维和业务及语言的培训工作，负责维和部队部署前骨干强化集训，指导全军维和待命部队训练工作，培训友好国家维和部队指挥军官、军事观察员和参谋军官等。

维和中心建有很多专业教室，包括维和模拟值班室、模拟射击室、野战救护室、地雷识别室、语音实验室、地形教学室等，还设有模拟联合国维和营地、模拟野外生存训练场、模拟排雷训练场、模拟观察哨所、车辆驾驶训练场、游泳训练馆等，可开展各类维和技能培训。可以说，这里是维和人员的超级训练营。

进入房间，脱掉便装，换上军装，7天的维和集训马上就开始了。看了一眼课程表,安排得满满的,包括联合国维和行动概述、马里国家情况简介、爆炸物识别和防范、交战规则、野外生存技能、反恐应对措施、后勤补给和装备核查、外事礼仪、维和新闻宣传等。第二天早上5点,队员们起床、集合,背记《维和行动手册》。《维和行动手册》是国防部维和办专门为马里维和行动编印的,里面有马里概况、维和行动常识、社交礼仪常识、常见传染病的防治、意外伤害(事故)的预防、常见心理疾病的预防与治疗、英法语常用会话等内容,非常实用,一共150多页。

我们的要求是所有维和队员不仅要熟悉《维和行动手册》的内容,还要背记下来,这样才能更好地指导行动。很久没有这样晨读了,感觉很好。记得大学时候,四、六级考试和期末考试前,学员队队长、教导员也会这样组织同学们晨读。那时候厌烦得很,因为早起对于常常熬夜加班到后半夜的我来说,是种酷刑。工作几年再回头想想,静静地晨读,多么幸福。依山傍水,鸟语花香,空气湿润清新。我给晨读的弟兄们拍了很多照片。

上午开始正式授课了。第一堂课是关于联合国维和行动概述以及马里情况简介,授课人是国防部维和办的张力副主任。这堂课把我们带入了那个遥远而又陌生的国度。马里虽是西非面积第二大的国家,却也是世界上最不发达的国家之一。据联合国《2010年人类发展报告》统计,马里在全球169个国家的综合发展排名中列第160位。完全难以想象,在21世纪,在全球化的时代,竟有一个国家的工业基本上是空白。除制糖、棉花和纺织、啤酒和饮料、砖瓦等个别企业外,马里几乎没有像样的产业。我们即将穿越的似乎不只是空间,还有时间。令我感到兴奋的是,马里北部边界在撒哈拉沙漠

参加北京集训的骨干正在晨读《维和行动手册》，有的人睡眼惺忪，因为前一天研究讨论课题至后半夜

的南缘。从小我就对撒哈拉沙漠的神秘充满了好奇，借这次维和可以走近它了。

张副主任从事维和事业多年，对维和行动的理解很深，把我们即将面临的处境、要完成的任务、应该把握的分寸，讲得很透，有些是在书本上看不到的。这些基本的背景知识，对于我们更好地理解维和行动的本质和意义，更好地把握政策、制定策略、应对突发情况具有很好的指导意义。维和对于我们这些队员来说都是第一次，甚至是关乎生命的一次。但对于教员们，这样的行动或许司空见惯了。即便如此，这些教员仍然很认真地备课讲解，细心地解答我们提出的问题。

授课间隙，张指挥长又给我们留了5个问题：一是如何取证；二是武器弹药的携带、保存和使用方式；三是营区内防御要点的构筑策略;四是如何应对突然袭击;五是夜间执勤采取怎样的方式。晚上,参加集训的18个人挤在一个标间里进行了认真的讨论,一名上尉和一名中士负责记录并整理讨论成果。满负荷的房间,正如我们高速运转的大脑。我们根据个人专业特长,分别给5个问题安排了负责人。无论干部战士,无论级别高低,大家都积极思考发言,集思广益,实打实地讲想法,因为这些问题将关系到我们在马里的生命安全和任务完成。

我主要关注解决第一个问题:如何取证。维和行动是到另外一个主权国家的军事行动,极其敏感,要求我们有强烈的证据意识,关键时刻要用证据保护自己,证明我们的合法性。我提的建议是:取证主要靠照相机、监控器、行车记录仪和录音笔。哨兵站岗和巡逻时都要携带照相机,出现情况时一名哨兵负责处置,另外一名哨兵负责报告和取证。当然,情况特别紧急时,比如对方扔来一枚手雷,你是没有时间和胆量拍照的。这时候,就需要在每个哨位上安装一部带夜视功能的监控器,在每台车辆上安装行车记录仪。录音笔可以在重要的交涉和会议中发挥作用。后来,我的建议被采纳,并写入了我们的行动指南。

第二天晚上安排的是参观维和中心模拟营区。我带上照相机,准备把每个角落都拍下来,回去进一步做好物资筹备。参观分两个批次,轮到我们第二批次的时候天色已晚,不远处的青山由傍晚时的黛绿色变成了黑色。山势险峻,距离也近,给我们一种莫名的压迫感。"还有一波参观人员呢,快把模拟营区的灯都打开。"维和中心的王参谋在电话里说。

正当我们走进营区大门、等待灯光的时候,一群黑影突然冲过来，压迫性地大声呼喊："不许动！不许动！不许动！""趴下！趴下！趴下！""不想死就趴下。"一秒钟内，我们几乎思维短路，还没来得及看清状况，枪口就顶到了我的背部，随即就是一脚。我尝试寻找反抗的机会，但发现是徒劳，只能选择服从命令。警卫分队的兄弟们个个都是身怀武艺，有的也准备飞脚反抗，有的则只想看清楚情况，但这些本能的想法都随着第二秒钟几个先行卧倒的兄弟嘴里传出的"快趴下"而打消了，从众本能让所有人很快都贴在了地面上。

"不许看！再看一枪打死你！把手背上！"

此刻我脑子开始恢复了思维，我并不是百分之百自信地安慰自己：这只是一场演习，虽然地处深山，但恐怖分子不可能攻进这里。等我们被完全控制住后，有人给我戴上了黑色的头套。而后，所有人被排成长队，后面的人双手搭在前面的人的肩膀上。头要压低，否则就要挨上一脚，然后就是声嘶力竭的恐吓。我看不见任何东西，只知道顺着向下的楼梯进了一个地下暗室，接着就是一阵枪声，还有火药的味道，不知哪里还反复播放着唱经声。恐怖分子用蹩脚的英语和听不懂的鸟语继续大声恐吓："我们只要钱，不要命……你们老大是谁？"

后来，有个兄弟大喊："我是老大，放了女同志。"还有一个大喊："我知道谁是老大，放了我。"到了最后，一次惊悚的劫持行动竟然被觉醒的队员们演绎成了欢乐小品。后来，教官让我们把头套摘掉，解释了缘由。原来，是教官依据劫持行动的阶段和特点，介绍一些反劫持最基本的安全常识。这堂课非常成功。我们这些从来没有被劫持经历的人，哪怕知道是场演练，也能从逼真的模拟中真切地体会到被劫持的感受,并积极地思考若在马里遭遇此事该怎么办。正所谓,假劫持真训练!

不知不觉,7天的北京集训很快结束了。在维和中心的精细组织和张指挥长的严抓下,我们收获很大,很充实。除去掌握了一些最基本的常识,我还知道了如何应对一些敏感和棘手的问题。比如,当地80%的居民信奉伊斯兰教,因此我们在维和行动中要充分尊重他们的信仰,不要打扰祷告仪式。斋月期间,我们不能播放音乐,不能当着驻地人的面吃肉。没有念真主之名,并通过割破静脉而宰杀的牛羊,不能给他们吃,更不能给他们吃猪肉。未经允许不可以给当地人拍照,特别是传统的老人,他们会认为拍照能够摄取魂魄。

集训前,我们总觉得,马里的那点恐怖分子和反政府武装有那么牛吗?我们带上重型装备,直接消灭不就完事了?集训后,我们知道了维和与打仗是两码事。它和打仗的区别就在于第二任联合国秘书长哈马舍尔德提出的维和三原则,也就是:开展维和行动前须经当事国同意;保持中立;在自卫或履行授权的情况下才能使用武力。

我们是受联合国邀请才派兵的,而联合国的马里维和行动也是经马里政府同意的,这满足第一条。抵达马里后,我们绝不卷入政府和反政府组织的武力冲突,绝不帮着一方打另一方,这满足第二条。对方不开枪,我们绝不先开枪;能警告制止的,绝不开枪;能打非致命部位,绝不一枪毙命,这些满足了第三条。

三条简单的原则,成了此后我们所有行动的基本准则。当时我们还未意识到,每当遇到险情,哨兵都要按照口头警告、拉枪栓示警、鸣枪示警、射击非致命部位、击毙这5个步骤升级武力,将是

维和官兵正在进行反劫持模拟训练,重点训练维和队员把握恐怖分子心理和劫持行动各阶段特点的能力,使其最大程度地保持自我,伺机智取

多么大的挑战和考验。有的险情,从发现到发生或许只有3秒钟,而你必须按步骤升级武力,否则将因过度使用武力而受到法律制裁。2—3秒完成武力升级步骤,成了我们出发前一直训练的课目。

结束集训返回哈尔滨部队营区的第二天,参加集训的骨干们就当起了教员、上起了课,第一时间将所学知识倾囊相授,并将理论转化为训练实践。"老虎团"的训练场内,一顶顶蓝盔犹如精灵一般,无比活跃。

走进维和训练场

从7月份维和部队组建到11月份冰城飘雪,我们一直在紧锣密鼓地筹备着,利用一切时间训练、训练、再训练!但由于某些未知的原因，我们的出征计划推迟了，具体推迟到什么时候，谁都不知道。

后来，有人说是由于联马团刚成立，很多协调和保障事宜未安排妥，就连战区司令部人员才到位一半。但这都是高层的事儿，我们也不好打听，我们的任务就是稳心尽责。虽说时间越久，准备越细越充分，但士气还是受到了一定影响，一鼓作气、再衰三竭嘛。这期间，经常有大领导来视察。一个小小的团级单位，军区级领导一年也未必来得了一次，可短短三个多月，军区级领导竟然来警卫分队视察三四次。警卫分队什么级别？在联合国维和部队编制里，只是个连级啊，可见领导重视程度之高。我想原因主要是，以往外派的维和部队都是工兵、医疗、运输等保障部队，而警卫分队是中国首次外派的安全部队，因此引起了很多人的关注和重视。

这中间有一位将军很值得重点介绍一下。他就是王金祥少将，原沈阳军区政治部副主任。他参加过对越自卫反击战，是名经历过战火洗礼的老兵。虽然退休了，但他对我们这支维和部队十分关心。他亲自协调黑龙江省民政厅为我们提供了50部数码相机，用于取证、记录，还手把手地教维和官兵摄影技术。这位年逾花甲、两鬓霜白的老人，还独自扛着沉重的摄像器材，为维和官兵拍摄特写。有时为了找到一个更好的角度，甚至要趴在地上。我还注意到，他特别喜欢跟战士聊天，从来都是满满的笑容。

作为警卫分队的政工干事，我的工作之一就是向公众宣传介绍我们这支神秘的部队。一天，雪花飞舞，老首长再次赶到哈尔滨。他说："估计你们快要出发了，出发前我再看看大家。"我带领老首长再次走进维和训练场，向他介绍几个月来我们的训练成果。

训练场大门左右两侧"在这里学会打仗,从这里走向战场"的标语很是霸气。这样直白有力的标语,要比那些从上级文件里摘出来的文绉绉的标语好多了。就像当年毛主席提出"要准备打仗",五个字,简洁直白,响彻大江南北,妇孺皆知。走进训练场,头戴蓝盔的维和官兵正热火朝天地训练。那一刻,我想到了马里。在暴力袭击事件频发的马里,人们即使在干旱炎热、最高温度达50℃的时节仍会感到阵阵寒意;而在这儿,寒冷的季节里却洋溢着火热的豪情。我们即将跨越这巨大的冷热温差,孰冷孰热?

训练场内,一辆92轮式步战车风驰电掣般从我们身前掠过,突然转向急停。尚未停稳,9名载员便从车后跨步跃出。他们迅速依托步战车的掩护进行射击,百米外的靶子应声倒地。同时,1名射手操作车载高射机枪,将远处的钢板靶打得千疮百孔、火花四溅。完成射击后,载员迅速登上步战车,步战车向下一个点位开进。

老首长问:"这是什么科目?"现场负责组织的快反排排长刘晓辉回答:"首长,这是快反支援科目,主要是用于防区重点要害部位和前沿哨位遭袭后,快反排进行快速支援。我们的训练目标就是到位速度要快,射击精度要高,打击火力要猛。""体型如此庞大的一个步战车,越野机动性能还不错,有了它,你们一定很有安全感吧?"老首长说。刘晓辉笑道:"确实不错,坐在里面,不用担心恐怖分子的冷枪偷袭了。"

"它的火力怎么样?"老首长问。"首长,它是经过改装的,现在的火力不如原装的。联合国不允许维和部队带大口径武器。为了适应当地的高温环境,还加装了空调,执勤战士在车内会非常凉爽。"

正聊得起劲，一支穿着奇异的队伍从训练场的西侧出现，一边举着大旗，一边高喊口号。这一幕吸引了老首长的注意。走近一看，原来是士兵扮演的游行示威队伍。老首长说："怎么搞得像拍戏似的？"我向他介绍："首长，这是模拟训练区，我们将执行任务可能遇到的突发情况都模拟出来，用逼真的场景训练官兵的处置能力。你看那儿，那里也是。"顺着我手指的方向，老首长看到了强闯哨卡模拟训练。一名士兵扮演恐怖分子，驾驶车辆强行冲撞哨卡。哨兵利用阻车钉、拒马、水泥桩、S形路障等障碍物进行阻拦，并迅速升级武力。

"你们真是下了大功夫啊！"看到我们如此挖空心思地抓训练，老首长满意地点点头。我们一边聊着，一边走到了靶场区。靶场上，维和战士们并不是老老实实地趴在射击地线上，规规矩矩地射击。靶子也不是通常使用的半身靶和胸环靶，而是人形靶。警卫二排排长刘庆伟手握秒表下令："开始！"维和战士们先是大喊："STOP, or I'll fire!"（站住，否则我将开枪！）而后拉枪栓、对空鸣枪、瞄准人形靶的腿部射击一枪，最后爆头，一共5个步骤。

"用时多少？"老首长问。"报告首长，最快的用时2.7秒，最慢的用时3.5秒。""这比你们平时射击训练要难吧？"老首长说。"是的，首长。单纯射击，我们都没问题。但这是联合国交战规则规定的武力升级步骤，我们必须遵守，不能滥用武力，只能求快求准。"

在训练场另一边，两名通信兵正身背电台，钻进步战车内，一人驾驶步战车蛇形前进，另一人操纵车载机枪，对运动目标进行射击……随处都能看到驾驶员练射击、通信兵练驾驶的场景。"时间紧，任务重，为何还要组织官兵进行非本专业的训练？"老首长问。

王金祥将军眼里充满了对士兵的喜爱

作战组长杨志峰介绍说:"我们的队伍规模有限制,只能是170人。但马里北部的安全局势却逐渐恶化,恐怖袭击经常发生,任务难度无形中就增加了许多。打个比方,原本可能设置5个哨位就够了,现在需要设置10个才能保证防卫目标的安全。所以说,驾驶员也得站岗巡逻,也得会用机枪、狙击步枪。驾驶员若是负伤,其他人也要能驾驶车辆。所有人都得会操作电台。一专多能是维和队员的选拔标准和训练要求。"在训练登记簿上可以看到,几乎每名官兵在"特长"一栏都填有驾驶、电台操作、擒拿格斗等三种以上技能,部分队员甚至具备五六种作战技能。

"首长,这些维和战士确实都是能人。"我补充道,"一专多能不仅是战斗能力,有的官兵还把它拓展到了日常生活当中。比如,上士贺会林不仅会理发,还有一手拔火罐的绝活,训练之余就有不少人找他拔拔罐——有病去火，无病解乏；下士张羽学过照相、摄像以及视频编导，课余时间他用照相机和摄像机记录官兵训练、学习和生活的点点滴滴，并剪辑后刻录成光盘，送给大家……"

沿着雪地中的小路，我陪着首长向攀登训练场走去。突然传来刺耳的警报声，转头看去，未见异常。继续前行，警报再次响起。"你已经闯进了警戒区域，连续触碰两道'红外网墙'，激发了警报。"见老首长迷惑，正在组织训练的警卫三排排长王洋解释道："这种红外网墙，只要有物体穿过网墙，阻碍红外光束接收，警报器就会响起，为哨兵预警。"

走近正在模拟设卡盘查训练的队员，老首长发现我们的单兵装备也有门道。这方面，我了解得比较多，就向他介绍起来。有些装备，是根据执行任务的特点进行了强化的。防弹衣最初配备时是轻型的，张指挥长去马里考察时，发现安全形势比我们想象的要严峻，随即打报告向总部申请加强防弹衣。不到一周，加强版的防弹衣到位。每件防弹衣前后都加插了防弹陶瓷板，抵御步枪子弹不在话下。我们的头盔也是新型的，是由芳纶织物模压而成，重量虽只有1250克，但强度大。有了这两件甲胄，我们执行任务时就有安全感了。

说到装备，必须要提的就是12.7毫米半自动狙击步枪。这款狙击步枪是我国最新型的反器材狙击步枪，主要编配特种部队、海军陆战队，可以跟世界闻名的美国巴雷特M99型12.7毫米狙击步枪相媲美。这款枪并不在联合国规定的必须携带的主装备范畴，我们之所以要带上它，就是因为它强大的反器材能力。我们做过测试，这款枪使用穿甲弹，可以贯穿恐怖分子常用的武装皮卡，是阻击武装闯卡的利器。配套的白光瞄具和测瞄合一的红外热成像瞄准镜，也使得它具备了全时域的战斗力。

另外，5.8毫米通用机枪也是我们的强火力，是联合国规定必须携带的主装备，可以有效阻击集群目标的冲击。这款枪我用过，总体感觉是射击精度高，后坐力小，可控性好。

了解了我们新装备的性能，老首长的兴致越来越浓，我继续给他介绍侦察设备。我说："作为战区司令部的警戒力量和快反力量，有时候发现比打击更重要。"为此，我们筹备了很多侦察装备。比如，地面监视雷达系统，还有其他微光的、红外的、单目的、双目的夜视装置，一共七八种。

"你一个政工干事，怎么连武器装备性能都这么熟悉？"老首长略带好奇地问我。我被他这突然一问弄得有点不好意思了，我说："嘿嘿，首长，这些武器装备我都玩过。至于性能参数，我们所有人都专门背记过。你随便问一个列兵，他都会对答如流的。"说实话，参加维和这段时间，我接触和使用的武器比从军十几年来任何一个时段都要多。我很过瘾、很满足。

我专门查阅了资料，我们所用的维和装备，百分之百为我国自主研发，是名副其实的"国货精品"。这些新型的单兵装备不仅提升了官兵完成任务的信心，也让我们产生了强烈的自豪感。"老虎团"那些没有参加维和的士兵看着我们用新装备，眼馋得直流口水。有的特意跑来，请求看一看、摸一摸。

从训练场返回营区，刚一踏进营门，营区主路两侧大灯箱上的"不辜负血洒疆场的前人，不愧对继往开来的后人，当好红军精神的传人"的标语吸引了老首长的目光。这三句话是"老虎团"的团魂。他驻足品读，感受着这支部队的精神力量。眼看到了开饭时间，

维和官兵正在进行特种攀登训练,这是老虎团特战营的日常课目,维和官兵都能熟练掌握

老首长热情不减,他说:"你们很棒,我一个上午都没看够。"迎面走来一支头戴蓝盔、臂挂维和徽章的队伍,队列整齐,口号喊得震天响,透着一股杀气和狠劲。

"首长,我在师里的时候光听说'老虎团'练兵狠,但没有真实感受。这次参加维和,跟'老虎团'选出的尖子一起训练,真切地感受到了他们的水平。5公里武装越野20分钟内完成,轻武器射击成绩必须优秀以上,30%的人在集团军以上级别的比武竞赛中拿过名次,24%的人荣立过三等功以上荣誉……"我一边向食堂带路,一边向老首长介绍。

在食堂,老首长看见官兵吃饭时也身背步枪,时不时还要用手扶着使不致磕碰,就问:"为什么不把武器入库再开饭?"我介绍说:

"这是我们适应性训练的一种。我们让官兵无论训练、吃饭还是洗漱时都枪不离身，主要是为了适应马里任务区24小时携枪带弹的执勤状态，培养随时准备执行任务的战场意识。只有把每个细节想到、做好，才能做到有备无患，圆满完成任务。"

吃饭时，老首长看到维和官兵无一例外脸色黝黑，在蓝色防弹衣的衬托下，宛如"黑人"一般。老首长关切地说："才几个月时间，就晒得这么黑！上次见你们还不是这样的。""这都是夏天留下的印记，是在正午气温30多度的条件下，头顶烈日，耐热训练的结果。"我说。

耐热训练是根据马里当地的气候条件设置的。马里北部，白天最高气温基本都在40℃以上，而维和官兵很少经历过这样的高温，如若不能尽快适应，可能会给执行任务带来不利影响。为此，我们决定在夏季最炎热的两个月调整作息时间，利用每天正午到15点这个最热时段，穿戴全套装备，进行超极限的体能训练。训练期间，官兵必须携带装具、系紧衣扣，以增加身体热量。为了增加训练强度，我们还规定，每次耐热训练后的两个小时内，所有人不能喝水，或者极少量进水，减少排汗量，让身体产生的热量缓慢散失，进一步提高官兵耐热能力。当然，做这一切的同时，救护车全程跟着，也收拢过晕倒的士兵。个别人晕倒，并不会影响我们从难从严从实战出发的训练决心。毕竟慈不掌兵，易不练兵，平时多流汗，战时少流血。

说到针对性训练，我就顺着话，把我们的"识爆排爆"训练介绍给老首长。反政府武装，特别是恐怖组织，不仅在正面战场与政府军对抗，还在后方进行骚扰破坏，甚至直接袭击联合国维和部队。制造恐怖爆炸，就是他们最常用的手段。警卫分队官兵多数是步兵专业出身，识别并排除步兵雷等普通爆炸物尚可，可应对遥控炸弹、诡雷等就有点力不从心了。针对这个短板，我们加大了训练力度。到了马里之后，还要结合实际情况进行强化训练。

当看到官兵腰上都挂着急救包，老首长又产生了兴趣，非要看看里面装的是什么，是不是和当年他参战的时候一样。提起单兵急救包，多数人首先想到的是绷带、一支针管和几瓶急救药。但给我们配发的新式急救包中，却多了两把装在消毒袋中的小型手术刀。难道官兵的战场自救、互救，还包括外科手术这种高技术含量的救治手段？

医疗方面我不懂，不敢乱说，一同吃饭的随队军医赵军接过了话茬。他说："这个刀片可算是自救包里的'特色装备'，主要是针对任务区环境特点配置的。当地有很多毒蝎、毒蜘蛛、毒蛇等有毒生物，且毒性较强。如果被咬后不及时救治，会危及人员生命。官兵在日常执勤、生活中难保不被蜇咬，若是远离营区或者军医不在附近，受伤战士就可立即使用手术刀，割破皮肤和肌肉组织，挤出毒血，延缓毒液扩散，赢得时间，为后续救治创造有利条件。"

"另外，急救包里还有新型旋压式止血带，可单手操作快速止血。负压一体式止痛针，只需要将3厘米的针头扎进肌肉中，止痛剂自动注射，方便快捷。新型凝血消炎敷贴，只需贴在创伤处，就能起到快速凝血、消炎、止痛的作用。听说风油精在非洲驱蚊、驱虫效果很好，我们这次专门订购了大批风油精携行，保障官兵在日常的工作、生活中不受蚊虫的叮咬。"赵军医介绍得很详细。他在军队基层医疗岗位干了24年，可谓是个全科军医，什么都懂。医疗卫生方面，大家很信赖他。他再有一年就将退休，军旅生涯的最后一年将在非洲度过，也算是颇有意义。

一天参观下来，老首长给了我们满满的"赞"。他说，"你们条件优越、装备先进，但这都是外在的。我最担心的是你们的训练水平和战斗精神。看完之后，我放心了。一代更比一代强，你们一定会圆满完成任务的！"傍晚，老首长登车离开营区，望着他离去的背影，我心中很是感慨。我觉得，一位退休老人不辞辛苦地关心关注我们，这不是职责所系，而是深深的爱啊。我们这170人已经成为和他一样的千万人的关注对象，我们怎敢叫他们失望？

飞向战场

爬升，高度三万米……我一边用MP3听着迪克牛仔的呐喊，一边看着舷窗外。巨大的加速度将我们和地面迅速拉开，也把我们从祖国温暖的怀抱推向危险和动荡。曾经，那里是遥不可及的世界；而今，我们正飞向那里。

机舱内，有的官兵静静地闭上双眼，或许是想小憩一下，也或许是想整理一下思绪；有的打开影视终端，以年轻人特有的好奇，看上了电影；还有的饿坏了、渴坏了，以风卷残云之势消灭了刚刚送上的快餐，再让空姐续上一杯饮料，一饮而尽。

这一刻，我的心情是非常复杂的，也是十分平静的。复杂是因为，过去半年间的一幕幕，亲人送别的一幕幕，不断地在脑海中浮现。平静是因为，半年来，我一直在预想飞机落地后的事情，所有的努力和辛苦都是围绕将要面对的事情展开的。飞机上的30多个小时，似乎是最后的缓冲期——该准备的都准备了，多想也没用。

维和准备近半年，让等待变得如此漫长。回顾过往：6月18日，

95-1式自动步枪虽不重，但长时间背着并不是一件容易的事，很多战士最初并不习惯

中央军委将组建首批赴马里维和警卫分队的任务授予"老虎团"，7月12日召开成立大会，12月3日出发！这半年，我们干了太多的事情，人员抽组选拔、思想政治教育、军事技能训练、外事外语学习、风俗礼仪培训、装备物资保障等等，每一个方面中的一个小小的内容，都够说上一箩筐的。这一切的准备，都让我们有信心也有能力忠诚履行使命，圆满完成任务。

即将出发的这几日，犹如手中细沙，越想握紧，就越快地从指缝间溜走。每天早上四五点钟我就醒了，好像身体故意在提前调整生物钟。每天醒来，我都好好看看身边熟睡的妻子，她像个孩子一样，那么酣甜、那么柔弱、那么惹人怜爱。和每位维和官兵家属一样，她的泪水不知多少次打湿了枕头。

上午10时，警卫分队在"老虎团"党委会议室召开了送行茶话会，邀请了部分维和官兵及家属参加。我第一次见到了张指挥长的妻子。一直觉得她应该在张指挥长这位工作狂加硬汉的多年磨砺下，如铁娘子一般不动声色、无比强大。可事实上，她的泪珠却是无声无息地砸落。快反排排长刘晓辉的妻子虽然未见落泪，但眼睛已是哭肿的模样，想必最近也是辗转反侧、夜不能寐。快反排指导员赵云龙的妻子不时地把头深深地埋在丈夫怀里，再多一秒感受他的温暖。作战参谋孙宝玮带着刚领证的新媳妇最后一个赶到，这俩人就像韩剧里的热恋主角，不时地秀着恩爱。还有没能赶来和没能敢来的军嫂们，我知道她们在另一个地方也哭成了泪人。

出征仪式设置在哈尔滨太平机场国际候机厅二楼，总部和军区领导莅临现场。仪式分为奏国歌、宣布出征命令、宣誓、送花、领导讲话、奏军歌6个部分，总体上搞得很隆重。20名女兵把鲜艳的花束献给维和勇士，远远地都能够闻到花束散发的清香。在灯光的映照下，一张张年轻的脸庞显得那么荣耀与自信。可惜，我作为摄像师没有在队伍中。

当他们举起右手庄严宣誓时，我看到了历史性的一刻，这是中国军队维和史上具有里程碑意义的一幕，是中国首批赴马里维和部队正式出征，更是中国首次派遣安全部队执行国际维和任务。我们走出的是一小步，却是实践强军目标的一大步。等待我们的必将是严峻的挑战，但究竟如何严峻，在每个人心里都是一个待解的问号。

此次出发的并非全部队员，而是医疗队全部，工兵和警卫分队的部分先遣队员，一共135人，部队军语俗称"打前站"。在同领导一一握别后，我们走进了休息大厅准备登机。此次搭乘的是中国

出发前，我和妻子无声的离别。离别原本对于我们并不陌生，只因目的地太过危险和艰苦，才使得离别如此难过

国际航空公司的空客A330，载客230余人，将在乌鲁木齐中停加油。

子夜0时，大雾导致能见度过低，飞机没有能够按照原计划在乌鲁木齐机场降落，而是盘旋后飞向了附近的喀什市。这是一个小机场，若是加足飞往马里的油料，就无法安全起飞。所以在加了足够飞往乌鲁木齐的油料之后，就开始了等待，等待乌鲁木齐天气状况的好转。

第二天，在得到允许降落的消息后，我们飞往乌鲁木齐。昨夜没能够看得清窗外的风景，此时祖国西北边陲的天山脊梁尽收眼底。沿着翼舷向远处延伸的是天山山脉的皑皑雪峰，那山脊和坡面，如钻石般锋锐，远远看去像是绝世画家的铜版雕刻。近处的土地让我想起两个词，而且是第一次能够准确使用的词，那就是千沟万壑、鬼斧神工。

　　殷红、绯红、橙黄等颜色的土壤把这没有植被覆盖和修饰的土地，描绘得如此壮美——这大地本身就是最美的江山，真如一副天然而成的肌体，有天赐的肌肤和脉络。有些云儿慵懒地躺在山谷间，柔柔白羽般，恋着千年的积雪，不肯离开。可是，云和雪，就如灵和体，又怎么能够分得开！从飞机上看，这里罕有人烟，偶尔闪现的几点建筑和贝塞尔曲线般优美的路径，无不展示着人类伟大的生存意志。真想触摸一下这片土地，当然，不希望是现在。

　　飞机抵达乌鲁木齐后，加上93吨燃油，而后再次腾空直飞巴马科。两地间距离10290公里，飞行时间13时10分。据机组人员介绍，此次包机要飞经哈萨克斯坦、阿塞拜疆、格鲁吉亚、土耳其、希腊、意大利、突尼斯、阿尔及利亚、尼日尔9个国家。

　　联想到在此之前，我们的海运物资包括202个集装箱、92辆车等300多件货物，在大连港装载，由边行中国有限公司万吨级货轮承运，途经印度洋、大西洋，绕过好望角，运送至阿比让港口。这些年，我国已多次租用大型民航客机运送兵员出国维和或军演，租用远洋货轮向国外运送装备器材，我军的洲际战略投送能力有了明显提升。这背后是不断发展壮大的国力做支撑，没有强大的祖国做后盾，这些都是无法实现的。

　　经过希腊时，我看到了大型生活服务类节目《非诚勿扰》为牵手男女嘉宾所提供的浪漫之旅目的地——爱琴海。从飞机上看，海水深蓝，一幢幢建筑依山傍海而建，这是旅途中第一次看到比较密集的人类生活聚居地。飞行中的大多数时候，机窗外是万里雪原般的云朵，密密实实，连成一片。引擎轰鸣，从3日20时起飞开始，

官兵们对下飞机后将要面对的一切充满了信心

战友们已经在飞机上待了 20 个小时了。飞机用 758 公里／小时的速度跟太阳赛跑。我们只能蜷缩在狭窄的座椅上，变换着姿势消解疲乏，同时也在增加疲惫。

张指挥长开了一个临时小会，安排了下机后的欢迎仪式、入境签证、物资转运、人员安置和转运等事项。抵达巴马科后，我们需要转乘联合国小飞机继续向北，抵达任务区加奥市，那里距离首都巴马科 1200 多公里。我被安排在去任务区的第一批次中。

北京时间 12 月 5 日 1 时，机组人员说：窗外是撒哈拉沙漠。我伸头往外看，只见从脚下的褐色、黄色到天边夕阳映成的红色，再到深蓝的天际，渐次过渡，形成一幅美丽的色谱。可以清晰地看到地面卷起的沙暴，在夕阳的映照下熊熊燃起，有点像《西游记》

里的火焰山,有多烤很快就知道了。从哈尔滨的零下30多度,到目的地零上40多度,我们跨越的不仅仅是距离,还有80度的温差。我先把保暖内衣脱掉,去厕所处理了一下体内垃圾,然后把所有的电池都续满电,再向空姐要几瓶水背上,对讲机挂上,准备战斗!

战火在加奥燃起

抵达马里

飞行了13个小时后,飞机开始降低高度,迅速变化的气压差将耳膜鼓得嗡嗡作响。这是从上飞机开始,唯一一个所有官兵都精精神神的时刻。趁这会儿,我抓紧时间组织拍摄机上合影。中国国航的机组成员跟官兵们依依不舍,有的还将飞机上的玫瑰花送给医疗队的12名女队员,表示钦佩和祝福,女队员们礼节性地回赠他们小礼物。有的战士腼腆地表示,想跟美丽的空姐合个影,但又不敢说——典型的色大胆小,于是就让我组织一下。

当地时间2013年12月5日19时30分,飞机降落在马里首都巴马科机场。中国首批赴马里维和部队先遣官兵135人终于踏上了西非大陆。飞机舱门一打开,我第一个冲了下去,捕捉历史性的瞬间。在机场接机的,有中国驻马里大使曹忠民、参赞郭学立,联马团司令卡佐拉少将,马里国防部秘书长,各国新闻媒体朋友,以及10月份就先行抵达马里的3名中国参谋军官。参谋军官也是中国派出的维和人员,只不过是在联马团总部及战区司令部工作,其中总部3人、东战区司令部3人。负责安保警戒的是西非盟军的维和部队。

人员全部下机后,张指挥长整队:"稍息,立正!"并向曹大使报告:"报告大使同志,中国首批赴马里维和部队先遣队135名官兵安全抵达马里,指挥长张革强。"曹大使答道:"请稍息!"而后曹大使、卡佐拉少将及马里国防部秘书长致辞,对我们的到来表示热烈的欢迎,并给予较高的期待。欢迎仪式由郭参赞主持。

虽然我们只是先遣队伍,只有135人,但意义非凡,标志着中国维和部队正式部署于马里。我发现,我们的到来吸引了众多新闻媒体的关注,仅现场就有二三十家。除了新华社驻马里记者外,其他的都是外媒。在新闻现场,如果不会卡位站位,就难以获得最佳效果的新闻照片。我左右穿插卡位,以便寻找最佳角度。这个过程中我被几个警戒的非洲士兵拉了好几次,最后看怎么拉我都不起作用,索性也就不管了。非洲兄弟确实不爱较真儿!我把这历史性的时刻较为全面地记录了下来,可惜当时没有网络,没能及时发表。

仪式结束后,其他人都走了,曹大使和郭参赞留了一会儿,跟张指挥长拉拉话。不说是"亲人见了亲人面,欢喜的眼泪眶眶里转",也是无比地亲切,长时间握着手。自己的部队来了,感情上就不一样。军民鱼水情在战乱的异国更显浓烈。

巴马科只是中转站,加奥才是我们的最终目的地。从巴马科到加奥,还要搭乘联合国的军用专机。所以,我们要把物资从民航专机上卸载下来,再装载到联合国的运输机上。那是一架老式的美制C130"大力神"运输机,军绿色的,就停在机场的另一侧。这款飞机军迷大多了解,是世界上设计最成功、使用时间最长、服役国家最多的运输机之一,非常皮实耐用,在前线简易的跑道上就能起降,最大载重19.3吨。不过这也没什么好羡慕的,我国新研制的运20在性能上已经超过了C130,载重将是66吨,很快会列装部队。

物资卸载完毕后,出现了一个突发情况。C130的德国机组人员一直未到,我们无法打开飞机后仓,也就无法将物资装载上去。参谋军官帮忙联络,得到的答复是:机组人员正在休息,如果休息不好,会影响明天的飞行。没办法,我们只好安排6名官兵在机场看守物资,守一夜。其他人则乘坐中巴车,去联马团给我们订好的酒店休息一晚。

虽然是深夜,但一路上西非的异域风情还是深深地触动了我。这是在国内环境下和电视上永远也无法体会到的真实。堂堂一个马里共和国首都,繁华程度抵不上国内一个地级市。战争的破坏,让这座城市越发显得萧条。现代与落后并存,生命与毁灭同在。说现代,是因为刚出机场,就能看到路上有很多奔驰车。可惜这并非国内那种高级大奔,看上去还不如夏利好,保守估计车龄至少20年。听中巴司机介绍,这都是别国的淘汰车。路边还有些旅馆、药店和超市。有的超市还挂着中文牌子,估计是华人开的。说落后,是因为城市建筑很破很矮,很多都是废弃的,还有勉强能够认出来的加油站。摩托车、驴车是路上最常见的交通工具。还有几个年轻人在路灯下读书。

半个小时后,我们到达了Alimpa酒店,这是个四星级酒店,房间很大,设施很破,有点像哈尔滨的站前小旅店,散发着一种别样的味道。接待、食宿等事项,已经由中国参谋军官们安排好了。几个当地人有敏锐的商业嗅觉,提前带着西非法郎和当地电话卡在酒店大厅等候。当地手机卡都支持联通制式手机,WCDMA网络可用。有些官兵把手头的美元换成西非法郎,然后买个电话卡给家人报平安。我们把行李放到房间后,就来到客房楼后面的餐厅吃饭。途中要经过一个小小的游泳池,还有几棵棕榈树。从外面看,餐厅像个蒙古包,圆形的围壁、锥形的盖,里面有30多张桌子。服务员用法语接待,饮料有可乐和果汁。服务员先上了一份蔬菜沙拉,我吃了点儿,然后又上了鸡腿、牛肉、土豆泥和豌豆。

吃完饭已经快凌晨2点了。酒店有无线网络,我连上后跟家里报了平安。房间里有个大屁股的电子显像管电视。打开后一听，说的都是法语，频道换了一个遍，都听不懂。不一会儿，我就昏昏睡过去了。我跟翻译盖庆睡一个房间。可恶的盖翻译，迷迷糊糊中用关窗动作把拉窗打开了，结果我被蚊子尝了鲜。这群蚊子也算吃了口中国菜，没白活。我们就睡了一会儿，凌晨3点半起床、集合、吃饭。虽然和上一顿只隔了两个多小时，但也要吃，因为下一顿不知啥时候能吃上了，要填饱肚子换体力。后来的事实证明，我们的安排是英明的。

我们回到巴马科机场，人员乘坐载客48人的RA-74032型小客机，分批飞往加奥。巴马科候机厅很小，像怀旧的边疆小城车站。安检手续很简单，只需核对人员数量和姓名。小飞机完全没有大飞机的平稳和舒适，一路颠簸，心脏都要抖出来了。不一会儿，大家就被颠睡着了。从巴马科到加奥一共1200多公里，跨越的却是两个气候带。巴马科是热带草原气候，加奥是热带沙漠气候。一路上可以清晰地看见地面从墨绿变成淡绿，最后变成黄褐色。1小时45分钟后，我们抵达了加奥机场。到达加奥，标志着真正的挑战开始了。

一踏出舱门，一股热浪扑面袭来，身体由冷猝然变热，感觉麻酥酥的。太阳火辣辣地冲我们笑，不断向脸上泼洒热浪，好热情的加奥！机场上，我视力所及的地方有不少荷枪实弹的警卫，还有三五辆武装皮卡。我们上了中巴车，前往预定的部署地。两辆武装皮卡在前面带路，还有一辆断后。每辆皮卡上都有一架重机枪和几个全副武装的警卫，警卫都是非洲人。后来才知道，他们是尼日尔驻马里维和步兵营的士兵。路边有些灌木丛，比想象中的要多点绿

几经辗转，先遣分队抵达加奥，强烈的光线令人睁不开眼。即便如此，战士们依旧打起十二分的精神，因为有很多双眼睛在看着我们

色。柏油路上有一些坑，很深，一看就是炸弹炸出来的。

我发现，司机开车有一个特点，就是不管距离多远、速度多快，都尽可能地沿着前车车辙行驶。后来知道，这是避免路边炸弹的一种策略。有数据显示，马里一半以上的路边炸弹袭击发生在加奥地区。我们必须眼观六路、耳听八方，保持高度的警惕。虽然这年1月法国出兵打击马里激进的伊斯兰教武装，帮助马里当局收复了北方失地，也就是我们脚下的这个地方，目前马里国内恢复宪政进程稳步推进，政局趋于稳定，但北部地区的安全形势依然严峻，还存在军人干政、南北分裂、恐怖升级、人道主义形势恶化等多重危机。

出发前，我们对马里全境特别是北部地区的安全形势进行过整体研判。一方面，马里境内外恐怖极端势力加紧勾结，北非恐怖分子大量涌入马里北部地区，为当地伊斯兰教极端组织提供支持。另

路边随处可见的乞讨儿童，他们的胸前都挂着一个铁盆，讨到食物的儿童会将其分享给伙伴

一方面，马里北部暴力犯罪活动加剧，伊斯兰教极端组织实施打砸抢烧等破坏活动，并扣押了西方人质。此外，利比亚内战流失的军火大量转运至马里北部，使当地武装组织实力不断得到增强，对当前安全构成严重威胁。马里北部地区动荡造成数十万难民涌入布基纳法索、毛里塔尼亚、尼日尔等国，导致地区人道主义危机加重。

20分钟后，我们到达了预定部署地。这个所谓的部署地，其实就是一片土墙围成的院子，里面除了几栋战后废弃的建筑，就是沙子。我目测了一下，小院也就5000多平方米。院子外侧堆放着海运来的集装箱和车辆。我看到了接装组成员，有外事副队长苏世顺、装备助理卢志新、电工曹志山、驾驶员兼装备维修工朱传升，还有狙击手王长军。工兵分队和医疗队也各有5名接装官兵。这15人先于我们10天到达马里，接收海运来的装备物资。这些装备和物资通过海运到达科特迪瓦的阿比让港口后，再转陆路，用大货车运至加奥。海运、陆运速度不比空运，它们已在大海上漂泊1个多月了，在陆地上也有15天，非常不易，简直是万里赴戎机。先遣队的出征时间也是考虑了装备物资的运抵时间才确定的，只有装备物资抵达，人员才能部署。正所谓，兵马未动，粮草先行。

卸下背囊后，第一件事就是取出弹药发给官兵，并在出入口和营区中央安排哨兵。来不及吃饭，我们就开始干活了，必须赶在天黑前搭好帐篷，并构筑好一个临时防御工事。因为据我们预判，立足未稳之时最易遭恐怖袭击。

敌人到底是谁？

在马里，我们面临的形势到底是什么样的？我们的敌人到底都有谁？他们的实力如何？这是我们抵达后最大的疑问。虽然我们知道安全形势严峻，恐怖袭击不断，但这是老百姓了解的程度。作为军人，我们需要知道细节；虽然维和有中立原则，意味着维和行动是一场没有敌人的军事行动，但事实上，谁对我们的安全构成威胁，谁就是我们的敌人，所以，我们暂且将可能袭击我们的人，叫作"潜在敌人"。那么，谁是"潜在敌人"呢？带着这些疑问，同时，也带上了外事礼仪用的"老虎团"纪念章，张指挥长和工兵分队、医疗队领导在我们抵达第二天，就前往战区司令部。此行的目的既是要会见战区司令和其他各处官员，也是为了了解马里北部的安全形势。

战区司令名叫马马杜·桑比，是塞内加尔派来的准将军官；副司令叫巴茹拉，来自乍得的上校；参谋长叫恩迪耶，来自塞内加尔的上校。司令说："现在东战区司令部的任务很重，我们要面对严峻的安全形势，负责43万平方公里范围内的安全，以及负责指挥陆续部署近万人的维和部队。"原计划部署在基达尔的联马团北战区司令部尚未成立，因此东战区司令部暂时管辖基达尔以北的广大地区。司令特意安排了情报处长为我们做正式的安全形势介绍，他说得我们毛骨悚然。这次安全形势介绍，让我们对所面临的处境和可能出现的敌人有了更清晰的认识。

总体上，马里北部地区在法军"薮猫行动"的介入下，安全局势基本稳定，各反政府武装势力均无力发动大规模的攻击活动。但是，恐怖主义小规模袭击仍然时有发生，并有日趋碎片化和同质化的倾向。在法军进一步武装干预和联马团真正发挥作用之前，局势有持续恶化的趋势。在这些冲突当中，当事的双方都是派系林立，内部矛盾由来已久，加上恐怖主义、宗教极端主义以及毒贩武装在其中挑动，各个势力不断洗牌、积聚力量、瓜分利益，暗流涌动。

在情报处长穆萨介绍情况的过程中，我发现司令部的几名军官对我们身上的装备很感兴趣，指指点点嘀咕了许久。听完介绍，我们把相关资料拷贝回来，并翻译成中文，晚上连夜召开安全会议，由张指挥长讲给全体维和队员。介绍的过程中，我们把袭击现场的鲜血淋漓的图片也播放出来，身首异处、血肉模糊、脑浆四溢的画面令所有人紧张起来，战场意识瞬间树立！

临战演练

从抵达加奥到现在，已经过去48小时。这段时间发生的几件事，使得张革强指挥长下决心搞了一次演练。第一件事是，我们抵达当日晚上，有两名骑着摩托车的蒙面人企图冲进营区东南角，被警卫及时拦截。他们的目的不得而知，或许是好奇，或许是看上了物资，也或许是侦察和破坏，但无论如何这是危险的信号。第二件事是，联马团东战区司令部的安全官侯赛在视察我们营区时，告知我们危险分子就隐藏在当地百姓中间。他们拿起枪就是恐怖分子，放下枪就是"良民"。第三件事是，据联马团东战区情报处消息，在我们刚刚抵达、立足未稳的时候，恐怖分子为了造势，很想搞点动静，给我们一个下马威。

总之，这些事让张指挥长敏锐地察觉到危险的信号，必须立刻、马上、现在就提振士气，提高警惕，不然肯定出事。整个演练过程中，我除了佩带手枪，还要携带我的另外一个武器——照相机。除了战斗任务，我还要尽可能及时记录维和行动中发生的一切。演练讲评时，张指挥长只强调一件事——警惕性。他说："从现在开始，所有人随身携带枪弹，就是睡觉也要抱着！这里是战场，不是训练场！"

整个演练跑下来，再加上张指挥长的训话，我已困意全无。解散后，张指挥长让我陪他到各个哨位巡视一圈。除了我和他自带的武器，还跟着一个持枪警卫——下士陆春光，是张指挥长的驾驶员兼警卫员，我们平时称他为"带刀护卫"小陆。小陆手里拿的是QCW05式5.8毫米微声冲锋枪，是我军最新型单兵特战自动武器。

演练中,快反排迅速支援营门。恐怖袭击中的每一秒钟都决定生死、影响成败,因此,快反排行动的关键在"快"

这款枪弹容量50发,火力持续性很强,而且声音非常小,我用它连发射击过,几乎只能听到枪机撞击其他组件的声音,听不到火药爆破声。

从抵达到现在,张指挥长应该是没睡几个小时的觉。他比任何人都紧张,都害怕出事。他问我:"这时候组织演练对不对?"他有时像小孩一样,会看似没有自信地问下属一些弱弱的问题,而实际上他是多方听取看法。我说:"十分必要,长期待在和平环境中,现在突然进入战争环境,我都有点转变不过来,缺乏战场意识。"他说:"你说对了一半,这次既是一次提升警惕性的临机演练,更是一次有背景的临战训练。所有的要素设置都极具针对性、突击性。每一名官兵的位置都是真实战位,每一个假想的作战对象就在我们身边,所有的家伙都是真枪实弹,每一个战术单元的行动都要精确到秒。整个过程,我一直用秒表掐时间。"我点头表示赞许。

国际维和经验告诫我们:参加国际维和,成亦安全,败亦安全。当一脚踏入这个战乱未息、恐怖频发、环境恶劣的任务区,除了贫瘠、荒凉、炎热之外,我们都已经感知到危险就在身边,威胁无处不在,稍有麻痹就会付出血的代价。所以,从现在开始,我真的进入临战状态了!

抵达后我们亲眼所见的一切,再加上昨天晚上的安全会议,让今晚的警报在所有人眼里不再是纸上谈兵的演习。指挥长说:这样的警报将是我们维和期间的家常便饭,以后每周至少两次,并且绝不打招呼。除了指挥部核心成员,没人知道某一天拉响的警报是真的还是假的,因此每个人必须把每一次当作真实考验来对待。

当年英阿马岛之战,英军在开赴战场的过程中,一边渡航,一边还把官兵拉到甲板上进行体能和战术强化,在阿森松岛停泊期间还搞了一次实弹射击。后续部队上岛前,根据前锋的描述,竟然选择了一个跟马岛地形、气候相似的小岛,搞了多兵种协同攻击演习。最终,英军胜利。正常情况下,各军兵种军事训练都是按训练大纲和教材安排的,但临战训练却打破条条框框,专练最需要的、最实用的、最关键的。扯犊子、虚把式是会丧命的。美军甚至专门建立了临战训练中心,对即将奔赴战场的军人实施尽可能逼真的模拟训练。美军自己都说:如果没有这样的临战训练,赴伊拉克美军伤亡人数会增加几倍。

半个小时左右,我们把各个哨位都检查了一遍。张指挥长对哨兵还算满意,一般口令、特殊口令使用正确,警惕性很高,枪弹状态良好。只不过防御工事还有些简易,都是用沙袋垒起来的,但我们已经尽全力了。两天来，我们不停地建设生活设施和防御工事，空气干燥，劳动量大，不少战士鼻子都出了血。30多顶帐篷、2个厕所都搭设完毕，10个外围哨位、若干个内部防御支撑点也已完成。这些防御工事虽然是临时的、简易的，但也是现有条件下最好的了。巧妇难为无米之炊，建设更坚固的防御工事，需要协调战区司令部尽快提供沙箱、角铁等防卫物资。

目前的营区很拥挤，我们先遣队和接装组这150人居住都觉得拥挤，更别说后续的队伍来了。营区里面有3间仓库，不知是哪一派留下来的，我们把后勤给养存放在那儿。在剩下的空地上，搭设帐篷，停放车辆装备，架设一台发电机，还要堆放已经到达的集装箱。集装箱也相互压着，很多急需的警戒和自我维持设备拿不出来。工兵分队的吊车运到了，缆绳放在集装箱里，但那个集装箱被压在下面移不出来。后来，我们向战区司令部借来一条缆绳，一点点找位置移动集装箱。如果接装组先于第一个集装箱到达，跟运输公司明确摆放位置和顺序，这样的事情或许能避免。我想，这里所发生的一切，都会成为日后维和行动和部队训练的真实教材。

通过两天的近距离接触，我对那8名尼日尔步兵营的士兵有了进一步了解。他们白天在门口有1名警卫，在仓库的隔间有2人睡觉。隔间的玻璃早已破碎，上面还有几个清晰的弹孔。夜间他们非常警觉，会增派2名警卫到大门哨位，大树下面的士兵也每隔半个小时就巡逻一次。士兵们在大门哨位、大树下、隔间休息室3个地方依次交替轮换，从全时站岗到定时巡逻，再到全时休息，如此轮换更替，以便使全体得到最高效率的休息和最高警惕的防卫。他们的加钢板防弹衣很厚重，有20多斤，而且防护面积比较大，颈部、裆部、侧身都能有效防护。

两天下来，战士们渐渐地跟他们熟悉起来，争着跟他们合影，他们也很乐意。到处合影是我们的一个不好的习惯，好奇心使然。我们相互点上一支烟，倒一杯茶，或是请盖翻译当中间人，跟他们简单攀谈几句。有个战士送给他们一个从飞机上带下来的烧饼，后来受到了严肃的批评。这是十分危险和绝对禁止的行为，极易造成麻烦。如果这食物变质或是有违他们的信仰，难免会生出事端。

今天下午，他们就会全部撤回该国维和部队的营地了。他们的任务就是帮先遣物资及接装人员警卫，我们到了之后他们的任务就结束了。

6点，起床哨响了。这一夜，又无眠。

风暴前的宁静

转眼间，我们抵达马里10天了。虽然只有10天，但现在的营区和我们刚来时相比，已经完全是两个样子了。经过艰苦卓绝的外交公关，我们已经从战区最高民事长官弗朗西斯科那里要来了另外3个院子，加上最初部署的那个院子，面积一共有3万平方米左右。这4个院子都是挨着的，之间只有一墙之隔。如此一来，我们便可以较好地规划利用营区了。按照指挥部决议，医疗队部署在最里面，相对安全，可利用的固体建筑较多。工兵分队部署在西侧，面积最大，方便重型工程机械设备的停放和出入。警卫分队在东侧，距离公路较近，机动支援便利。

由于最先部署的院子划给了工兵分队，所以警卫分队和医疗队都要搬走。划给我们的营区中有两栋现成的固体建筑，一栋分给指挥部，一栋分给快反排。先遣分队虽然只有35个名额，但张指挥长把快反排的25人都编进去了，可见快反排在他心目中的地位。中午开始搬家，我被安排住在指挥长隔壁，看来以后吹牛、发牢骚得小点声了。屋子里的垃圾已经被兄弟们清扫得差不多了，还有很多尘土和蜘蛛网。这是马里政府能源部的弃址，因此墙体较周边百姓的泥土墙高上一个档次，内层是用铁丝网包裹的土坯，外层是水泥。房顶是铁皮的，门窗都没有。白天，很多红色的小鸟会飞进来乘凉，傍晚，不少蝙蝠会在头顶飞来飞去。墙体上到处都是弹孔和蝙蝠窝。

为了防风沙，我找来废纸壳把窗户钉上了，还忍痛把部队发的毛毯当门帘钉在了门上。这样，屋子相对封闭，风沙还能小点。不然，屋里每天都是厚厚的一层沙土，等大沙暴来了，估计直接能把我活埋了。我看到张指挥长也去垃圾堆里挑相对好一点的纸壳堵窗户。在国内，他作为一团之长，是肯定不会干这活的，这一幕让我印象深刻。目前，所有的事都需要自己完成，没有什么公差兵、勤务兵。乍一看到这样的画面，你会感到很滑稽，但经过10天的艰苦生活，你就会认为这理所应当。所有人都在挑战着身体和心理的极限，所有人都有满满的工作要做。在这样的环境中生活一年，我们会更加珍惜在国内拥有的一切，更加乐观地面对生活中的磕磕绊绊，更加珍视战友之间生死与共的情感。

我把床和铁皮柜扛过来后，就开始打扫卫生。我趴在地上，用抹布把十几平方米的小屋子反复擦了几遍，一盆盆泥黄色的脏水倒了出去。没过多久，地面又是一层尘土，看来在这个屋子里想图个干净是不可能了。塑料布和纸壳只是心理安慰，什么都挡不住。感冒让我越发难受，迷迷糊糊的，或许是这 10 天太累了，也有可能是疟疾。但无论如何不能倒下，必须打起精神，该干什么干什么。每天都要被蚊子叮咬好多次，除了晚上钻进蚊帐里，其他时候根本防不住。我们的蚊帐是经过改装的，都在国内缝了拉锁，封闭很严。蚊帐底部也加了布，睡觉时，不会因身体接触蚊帐而被蚊帐外的蚊子叮。

明天是马里议会选举的日子，也将会是恐怖分子作乱的时机。中国维和部队按照"大选期间有大乱"的判断，今天启动红色警戒级别，明天启动最高的黑色警戒级别。联马团的警戒级别分 4 种，从低到高分别为绿色、黄色、红色和黑色。

昨夜连续工作了 4 个小时，凌晨 3 点才睡下，一觉睡到 7 点半，很是疲惫。我把衣服穿上，脸也没洗，拿着本子就到隔壁的作战室参加交班了。在交班会上，我们把部队当天的活动安排了一下，将安全通报传达至每名官兵，并对作战方案、警戒部署进行了细化安排。除了哨位，其他人主要是调休，恢复精力以应对晚上的升级警戒任务。沙暴来临，我们还要做好防沙防火工作。

睡过了早饭时间，空着肚子有点饿，看到"带刀护卫"小陆正在沏油茶面，我赶紧过去蹭上一碗。不管是不是小时候的味道，是家乡的味道就很美啊。这些天，天天都是各种肉——牛肉、羊肉、鸡肉、鱼肉，菜类只有干木耳和干黄瓜片。联合国运送过来的蔬菜，由于路途高温，大部分都腐烂了，直接作为垃圾处理掉了。听战友们说，不能去厨房看鱼，看了就吃不下鱼了，说那鱼长得跟猪一样。

为了防沙，大家可谓八仙过海、各显神通，纸壳、毛毯等都被用来遮挡门窗了，因此想统一内务是不可能的了

我还是不去看的好，因为我还是比较喜欢吃鱼的。

中午我们找来了当地的装修人员，准备把临时指挥部的外门安装上。否则这样敞开着，一是不安全，二是风沙太大。本来是打算门窗都安装上的，但是他们要价太高，算下来一个门竟然要5万西法，折合人民币600多元。负责此事的是苏世顺副队长，翻译照例还是盖庆，这小子法语很厉害，在这里很用得上。作为马里的官方语言，不仅当地有点文化的人都使用法语交流，就连联马团的第一语言也是法语。当初在抽组人员的时候，联合国纽约总部就把法语是否流利作为联马团工作人员的重要挑选条件。大部分的外事活动，包括去联马团拜会，到附近村民家拜访，同当地的公司、商贩打交道等，都得带上法语翻译。

同我们接触最多的当地人，是一个叫穆斯塔法的小商贩。他大学刚毕业,会法语、英语、阿拉伯语、班巴拉语等6种语言,二十出头,英俊帅气,消息灵通,商业头脑灵活。我们一抵达,他就第一时间联系我们,通过为我们提供代买货物、联系供水公司、装修公司等服务,来赚取差价和小费。我用英语和他交谈过几次,了解到他的英语是从高中开始学的,但已经能够非常熟练地运用,口语特别流利。

反观我们国内的英语教育,差的不是条件,而是观念。我们这一代人大部分都是从初中开始学习英语的,条件好点的地区小学就开始了。不算大学四年,仅高中毕业就已经学了六七年,可是应用能力却相当低。一些专家还在反复争论英语教育的出路。或许是观念问题,或许是英语教育产业巨大的商业利益让改革变得举步维艰,当我们把英语四、六级证拿到手,可以应付大学学位和四级证挂钩这一做法时,大部分人除了英语考试的应试技巧,其他的几乎又都还给了老师。

这个小商贩还试图成为我们的雇员,为我们提供更多服务。他说:"我知道加奥地区哪里有炸弹。"我们不知道他说的是否属实,也没有权利雇用他,因此拒绝了他。但我们告诉他成为正式雇员的方法,需要向联马团申请,批准后,由联马团安排他具体工作。

议会选举当天,依旧是风平浪静,没有发生袭击联马团的事件。晚上的时候,却来了一个消息,运送选票的队伍遭袭了。好在并没有大的人员伤亡,选票也安全。这是反政府武装破坏马里政权稳定的一种手段。下一步还会发生什么,没人知道。虽然表面上风平浪静,但总是让人惴惴不安。恐怖袭击的发生似乎是迟早的事,我们需要做的就是精细准备、沉着应对。

小憩未央

中午休息,我迷迷糊糊地听到隔壁张指挥长接了个电话。他紧张地说:"近三天吗?情报确实吗?"看来有情况了,我立刻起床,穿戴好装备。张指挥长通过对讲机呼叫工兵分队和医疗队领导到指挥部召开会议。很快,医疗队队长肖刚和工兵分队副队长王世伟赶来,警卫分队作战组长杨志峰和快反排排长刘晓辉也参加了会议。原来是联马团总部刚发来急电,内容为:"12月18日至20日在加奥地区很有可能发生汽车炸弹袭击事件,请各分队加强警戒措施,提高警惕。"

这一消息,把我们刚刚舒缓了两天的神经又狠狠地拉紧了。

会议上,我们对提高安全警戒级别和紧急疏散方案做了部署。警戒级别直接升至最高级的黑色,比几天前的还要严密和紧张。虽然同恐怖分子长时间作战的可能性不大,但我们也加大了弹药发放量。我们还命令网络技师、四级军士长严峻祥加快营区周边监控系统建设进度,争取天黑前投入使用。我想起在出国前我们曾计划必要时采用人工取证,在亲身感受到紧张的安全形势之后,觉得有些可笑。哨兵是没有时间和胆子在恐怖袭击的那一刻拍照的,射击比拍照更重要。

开完会,我去处理内急。新营区有个小厕所,我们搬进来好几天了,一直没人用。我刚要宽衣解带,看到了下面圆形的洞,黑洞洞的洞。"如果下面有个压发地雷,把大便当触发重物怎么办?我岂不是会成为人肉大便饼?"想到这儿,我嘟囔着骂了句粗话,提裤扣带,换老阵地。虽不至于得战场综合征,但是抵达任务区后,我的神经确实高度紧张，有点焦躁。

尤里斯是联马团东战区司令部作战处处长，一名乍得上校。中午时，他来到中国维和部队营区视察工作。在战区司令部，我们曾与其见过面。今天他过来的主要目的是和中国维和部队负责人进一步熟悉熟悉，为下一步开展工作打下基础。我们倒上茶水招待他，他很高兴，说他的房间里就有一盒中国红茶。他向我们表达了他对中国的兴趣和向往。他说："我知道中国有世界七大奇迹之一的长城。"他曾十多次在网上浏览长城图片，非常想到长城上看一看，做一回"好汉"，也很想到中国国防大学去进修。他说，在乍得也有很多中国人。

尤里斯说，中乍军事合作近些年也颇为活跃。他说："别看我年轻，我在国内可是情报部副部长，负责保卫国家元首，在安保方面有丰富的经验。"

我们向他提出建议，在中国维和部队本队到来之前，也就是执行司令部正式任务之前，可不可以由司令部先将防御工事建设完毕，这样本队到来后可以直接执行任务。他说："我来到战区工作才一个多月，很多方面不是很熟悉，工作细节需要日后进一步研究。"

我们提出建议：在执行司令部警戒任务时，应有宪兵和民事警察协助处理涉及群众的有关问题，而不是由军人直接出面，正如首都巴马科那样。这也是国际通用规则，军人是和敌人作战的，不直接和老百姓打交道，这种事情一般交给警察和保安等民事警卫力量。他回答道："等我回复。"看来，他真的是还没有进入状态。我们才来13天，做到的和想到的就已经超前了。

乍得籍作战处长尤里斯非常喜欢中国，他手上竟有本《毛主席语录》

由于警戒级别升至最高，一些需要外出的营区建设活动不得不停止了。我们等了两天，都没有发生突发情况，也没有进一步情报信息。这两天，所有人都和衣而睡。第三天，按照战区司令部通知，我们将警戒级别降至了红色。警戒级别的升降不能乱来，必须按照司令部通知进行。据联马团不完全可靠的消息，这两天加奥市确实有一辆可疑的皮卡游荡。或许是看到所有维和部队都提升了警戒级别，没有找到袭击时机，放弃了。

上午，我们组织了一个关于内部安全管理的集中教育。医疗队肖刚队长领学了国内总部发来的要求，工兵分队王世伟副队长讲解《蓝盔部队个人行为守则十条》，张指挥长就维和部队安全管理提出相关要求。集中教育后，各分队自行组织学习《维和人员行为守则》。

这样的集中教育是十分有必要的，尤其对于身在海外的官兵，不在耳边经常吹吹风，就容易忘记纪律要求，逐渐游离在违纪违法的边缘，一旦出点问题，影响的将是国家形象，后果非常严重。特别是当前，紧张繁重的安家设营工作已经接近尾声，防御工事建设也已初步完成，战区司令部已向工兵分队下达了正式任务通知，我们的人员将会越来越分散，执行任务将越来越频繁，跟外军及当地人接触将会越来越广泛，这些无不客观地增加了安全隐患发生的概率。

另外，随着时间推移，官兵们度过了新奇阶段，渐渐地会感到日子漫长、生活单调、环境封闭、思乡念亲，这些会在主观上影响心理状态。如若不加以有效疏导和调节，最大的安全威胁可能来源于我们自身。此外，因为不良的心理状况而造成人际关系紧张，进而矛盾冲突升级也不可不防。

晚上，我将3支分队的思想汇报收集了一下。书写汇报是反思总结的一种有效手段，也是为领导机关掌握情况、更好地做管理决策提供参考。我大略翻看了一遍，工兵分队和警卫分队由于战士居多，文化水平有限，汇报中的思想认识有所体现，但不够深刻。医疗队在这方面表现较好，汇报中思想认识较为深刻，所提建议较为合理。在接受了一次安全形势教育和一次安全管理教育之后，医疗队很多官兵都能深刻地认识到自身在安全观念、纪律意识、军人素养上存在的不足。

比如一份汇报提到："在一次紧急疏散演练中，由于自己不熟悉疏散地域情况，结果被一根帐篷绳绊倒了，需要在以后加以改进。"还有人提到："在参加了安全形势授课之后，一幅幅鲜血淋漓的画面让我很震撼，不得不面对残酷的现实，重新思考自己的所作所为。较为平静的表象让我忘记了这是非洲。这是战时，不是驻训。"

中午的时候，我到营区西边靠近沙土路的一侧，想拍几张照片。远距离拍摄的效果实在是不好，这样没法出精品。我斗胆跳过壕沟和蛇形铁丝网，近距离拍摄路口的那户人家和过往的百姓，我知道这种行为已经踩到纪律的红线了。唉，没办法，我忍了半个多月了，为了事业得有点献身精神。

路口那户人家的年轻人正在做土坯砖。他们把一个长方形模子放在地上，将沙土和水混合搅匀，用手抓入模子中，抹平，取出模子，在日光下晾干。我还拍了一些孩子和车辆。有个老翁赶着小毛驴车，欢快地从我旁边经过。看到我正在给他拍照，他弹起腿，在驴车上跳跃得更加欢快了。他挥舞着手中的小木棍，还不时地向我招手，小毛驴也跑得更快了，非常欢乐的一幕。

拍摄过程中，我总结出一个有趣的经验：如何给非洲兄弟拍照。我指的不是沟通方面，而是技术方面的，特别是测光。刚到这里时，我常常测光不准，不是过曝就是欠曝。后来，通过研究、实践，我发现了一点窍门。纪实街拍的时候，我们往往借助相机的辅助测光系统，进行全自动或半自动拍摄，测光基准是 18% 的灰卡，而黄种人比黑种人的皮肤更接近于灰卡的反光系数。黑皮肤其实是很美的一种肤色，若想将这种肤色完美地还原，还需要在原有曝光组合的基础上略作调整。我的经验是：点测光时需要降档，平均测光时需要升档。具体升降 1/3、2/3、1 还是其他的数值，需要具体分析。我相信，在非洲拍过照片的人跟我有同感吧。

晚上，张指挥长安排我和作战参谋孙宝玮把地图标绘一下，标出联马团军力部署和近期恐怖袭击。因为都是法语地名，又都是小地方，有些点在 1∶100 的汉语地图上很难找到。帮孙参谋标了一会儿，我就去巡逻了，我的巡逻时间为 21 点 40 分到 23 点 20 分。我发现，哨兵在执勤警惕性、规范性方面有了明显的改观，每个人都是按照要求带足弹药。口令使用也更加严谨，不正规的现象杜绝了。这是我们官兵共同努力的结果，相信随着时间的推移，我们在各个方面会逐渐步入正轨，表现会更加出色，因为我绝对相信我们的素质和实力。巡逻完毕，23 点 20 分的时候，我回到指挥部，又标了一会儿图，0 点左右的时候回房间睡觉。老婆让我每次巡逻回来都要告诉她，让她放心。她知道我刚标图了，立马在网上下载了汉法双语的马里地图。虽然用不上，但也很让我感动。

在战火中会师

在先遣分队抵达 40 天后，援军终于到了。中国首批赴马里维和部队第二梯队 245 名兄弟从国内飞到前线。其中警卫分队 130 人，主要是警卫一排、二排、三排和行政保障排的兄弟，由分队政工副队长徐文联带队，我们称其为政委。

随第二梯队一同来到加奥的还有中国驻马里大使曹忠民，他要来慰问一下部队。早上 9 点钟，张指挥长来到战区司令部，邀请司令马马杜·桑比，想让他下午前往机场迎接曹大使。前天，已有中国参谋军官向司令请示过这个事情，并得到肯定答复。但为了表示尊敬，张指挥长还是亲赴司令部再次邀请。同时为了避免出现变数，张指挥长说："大使的时间安排得非常紧张，16 点就得乘机返回首都。除去路途花费的时间，总共只有两个多小时的活动时间，不一定有时间到司令部。所以，我们希望您能够到机场和大使见一面。"

这样一来，司令较为顺理成章地接受了到机场的邀请。这也是必需的礼节，因为大使是政治地位非常高的官员，他是我国在马里的全权代表。所以，对待一国大使的礼仪规格代表着对待这个国家的态度。

上午10点，我同张指挥长、盖翻译、中国参谋军官于璇及司令部的一名驾驶员，一同驱车考察路线。为了迎接大使，我们向司令部申请了一辆防弹越野车。马马杜·桑比司令知道后，把自己的车让了出来，可见他是个很懂礼节的人。这辆防弹车车门厚重，防弹玻璃足有5厘米厚，男人得用力才能关上车门，女人估计需要男人帮忙才能关上。平时我们是没有机会见到这样高级的防弹越野车的，更别说坐了。所以，在接到大使之前，我决定把屁股零距离、长时间地放置在该车车座上。

我们探索了一条从机场先进入加奥市，而后再迂回奔向营区的新路径，简称2号路线。平时，我们都是从机场绕开加奥城区，穿越沙漠直接抵达营区，简称1号路线。之所以准备两条路线，是为了发生意外时有备用路线。同时也有迷惑作用，一天1号路线，一天2号路线，再一天1号、2号交替使用，会让恐怖分子摸不到规律，不知道该在哪里设伏。考察完路线，我们来到了加奥地区区长官邸，为下午曹大使会见区长打前站。加奥地区的行政级别相当于国内的省，而加奥市相当于加奥地区的省会，是马里的第二大城市。

区长的官邸位于加奥市靠近市郊的位置，周围都是警卫，戒备森严。在路口位置，还设置了岗哨和S形路障。在官邸门口处，还有一个小棚子，下面有大约一个班荷枪实弹的士兵。看到我们来，一名士兵上前询问。问明来意后，我们几名军官被允许进入院中，同行的警卫士兵不得入内。而且，我们身上的手枪也要卸下，放在车上或交由警卫保管，不得带枪入内。

穿过一个小铁门，就进入了官邸院落。区长官邸是一个四合院，由两层建筑三面包围而成，里面还有些花草树木。这是我来到加奥后第一次看见这么鲜艳的花，很是惊讶。如此干燥缺水的环境中，能养出这样水灵灵、红灿灿的花，估计也是有人费了很大力气才养活的。院中有很多人，都是前来会见区长的。他们的穿戴很讲究，金银首饰也很多，想必都是有头有脸的人物，或站着或坐着，相互议论着什么。

区长的秘书按照预约次序，安排我们在外面等候。大约等了20分钟，我们进入区长的办公房间。这是一个50多平方米的房间，像个会议室，里面摆满了椅子。区长是名上将，是马里政府派来的。特别是在战乱核心地区加奥，主政的必然是军方。看到我们进来，区长热情地迎接了上来，同我们依次握手。会谈期间，旁边始终有两名秘书进行记录。区长对我们来到加奥地区帮助当地重建和平表示了感谢。我们此行的目的，主要是为下午大使会见打一个招呼，因此简单谈了几句，我们就告辞了。

11点50分，接兵车队开始编队。抵达机场后，我看到第二批队员已经下机。和他们的肤色一对比，才发现我们现在有多黑，才40天啊。由于身边的参照系都是非洲人，竟然误导了我们的自我认知，没有发现自己的肤色变化这样明显。新来的战友瞪着眼睛，惊讶于周围的一切，有些愣愣的。我意识到，在不知不觉中，我们已经是这里的老兵了。战区司令马马杜·桑比很快也赶到了机场，张指挥长对他能亲自来到机场迎接曹大使表示感谢,也向其介绍了刚刚抵达的工兵分队队长李凯华。

等待期间,我仔细地观察了加奥机场。我看到机场的墙上、玻璃上都是弹孔。弹孔的旁边有一个标志:international airport(国际机场),还在那儿骄傲地表明自己的地位,却已破败不堪。机场大厅里,甚至没有能让大使和司令坐一坐的地方。行李传送带已经停止了运转,被人们当成座椅。这个机场曾经很繁忙,法国的戴高乐机场有直达这里的航班,方便全世界的游客游览加奥——古老的桑海帝国之都。如今,它却正在经历从未有过的失落。战争给这个本就落后的国家覆盖了太多的尘土和硝烟。战火虽没有政变爆发时那么剧烈,但对这个国家的经济社会发展却造成了极大的伤害。

大约半个小时后,从巴马科飞来的小型飞机终于出现在空中。候机人员自动列成一队,排头是司令马马杜·桑比,由张指挥长上前为其引见大使。大使同列队人员依次握手后,带着随员一同登上防弹车。车队疾驰赶往营区,第二梯队的队员也乘坐巴士回营区。

在会议室内,我们安排了一个简短的会见仪式。寒暄过后,由曹大使先讲话。他对维和官兵能在这样短的时间内高标准地完成大量任务表示肯定。我们脚下的土地是安全禁地,每一个来到马里的中国人都会收到大使馆的提醒短信,其中一句是"禁止私自前往北部战乱地区"。因此,大使能亲临一线,代表祖国看望维和官兵,对我们是一份极大的精神鼓励。

随后,指挥长代表维和部队向大使表达了"坚决履行使命,完成维和任务"的决心。曹大使为维和部队带来了一些猪肉和绿叶蔬菜,还特意为12名女维和队员带来了一些巧克力。来自国人的慰

张指挥长向加奥地区区长赠送五星红旗、国防白皮书和维和宣传册

问就是到位，我们不需要钱，就需要这些家乡味。午饭后，曹大使又到医疗队进行了慰问。他参观了宿舍、图书室，并来到活动室同医疗队官兵座谈。

15 点多，参谋军官于璇来电：飞往巴马科的军机将于 16 点 10 分准时起飞。时间有限，曹大使来不及拜访加奥地区区长了，只好临时取消这一安排，立即驱车赶回机场，乘坐 C130 军用运输机返回巴马科。

晚上，我们举行了会餐，庆祝会师。第二梯队的官兵见到先遣官兵有问不完的问题，感觉像是分别了 4 年一样，认真地听我们讲发生的趣事。很多先遣官兵自带的小食品都消耗完了，等着第二梯队的兄弟带来美食救济。吃了 40 多天的牛羊肉，大家都吃腻了，午餐肉、火腿肠等凡是猪肉做的，都是抢手货。第二梯队到来前，

快反排在机场执行安保任务,候机厅的墙壁上布满弹孔

我们先遣官兵就把帐篷、空调、床、柜等设施安装好了,就连淋浴间、洗衣房也都搭建完毕。他们到来后,直接可以洗澡、入住,比我们刚到时幸福多了。人员装备全部到位,意味着联马团的正式任务马上就要下达了。

这40天真的不好过。每天我们只能睡4个小时,白天有大量的营区建设、防御工事建设以及外事任务,晚上警戒执勤力量还要增加。警卫分队先遣人员加上接装组成员,一共才40人,要负责3个哨位和3支分队4个院落的巡逻任务。有的官兵一晚上甚至能轮上两班哨。第二梯队的到来,将极大地缓解先遣分队因兵力少、处境难、形势险而产生的巨大压力。

这一个多月来,我们也渐渐适应了对家乡亲人的思念,适应了爆炸、炎热、贫瘠、干燥,适应了这真实的马里。我们经历的许多事情，是人生中从未有过的体验，这些体验拓展了我们的视野，丰富了我们的精神世界，也为我们看待问题提供了一个新的角度。我们看到了一个异样的自然环境、经济社会、民俗风情、安全形势，这是一个完全不同于以往的世界，这里干燥炎热、满眼黄沙；这里贫穷落后，通货膨胀率极高；这里的人民淳朴热情，对宗教有着虔诚的信仰；这里表面平静，危险却无处不在，暗流涌动。这些体验、这些感悟、这些收获，对于来到这里的每名官兵来说都是宝贵的财富，值得一生珍藏，可为一生享用。

首个正式任务

大年初一，国内此时应当是万家团圆、相互拜年的日子，小的给老的拜年，长的给幼的压岁钱。兄弟姐妹携妻带崽，提上新年礼物，一同回老人家里团聚。各奔东西、各守一方的亲人们，或许在一年当中只有这时候才能聚到一起，坐在热乎乎的炕头上，唠唠家常，送送祝福。而此时，对于远在西非的我们，短暂的春节似乎早已远去。本就不够浓烈的年味儿，在紧张的任务冲击下也已消散殆尽，只剩下那一排孤零零的红灯笼还在坚守，不断地提醒我们春节还未走远。

按照马马杜·桑比司令下达的任务书，明天早上8点钟，我们将同尼日尔步兵营交接东战区司令部防卫任务。这是我们来到马里后执行的第一个正式任务，也是中国首支维和安全部队赴外执行国际维和任务的第一次正式亮相。所谓正式任务是指联马团以任务书的形式下达给各个维和部队的维和任务，是正规的、具有法律效用的权责授予。我们是 1 月下旬接到这份任务书的，上面明确了当前情况、安全评估、友军部队、任务、执行、行政和后勤以及指挥和控制 7 个部分。任务书非常务实地明确了权责划分，以及权力交接的步骤和时间点。

前期，我们在兵力部署、哨位设置、后勤保障和防卫方案等方面做了充分的研究和准备。我们的计划是用两个排的兵力执行这个核心任务。警卫二排部署在东门，那里车辆出入较多，易遭强闯。警卫三排部署在南门，那里当地雇员出入较多，比较复杂。但唯有一事，也是最重要的事情还在拖延，那就是防御设施建设。按照《谅解备忘录》附录之《出兵国指南》解释，我们警卫分队执行的仅仅是警戒任务，防御设施建设应当由战区司令部安排保障力量建设。建成后，供警卫分队直接使用。

但目前的情况是，东战区司令部出入口附近仅有几个沙箱，形成了一个短小的 S 形路障，可以很轻易地被车辆冲破。防御工事的功能和强度远远没有达到我们的要求。

在受领任务后，我们多次同东战区军民两方协调此事，但他们的办事效率和推诿态度让我们无法忍受。他们老是说：好的，再等等；好的，再等等。防御工事是关系司令部工作人员生命安全的事情，多么重要，可东战区司令部成立半年了，防御工事竟一直能够保持几乎为零的状态。距离任务交接只剩一天时间了，若再按照他们所谓的"走程序"，我们将无法正常执行任务，无法保证司令部的高度安全。用张指挥长的话讲："我们该走的程序，早已经走了多少次了，只能自己干了。"

在这里，常见的防御设施包括角铁、木方、水泥墩、沙袋、铁丝网、拒马、阻车钉等，但最最有效、最最需要、最最热爱的是沙箱。沙箱有1.6立方米的、1立方米的，还有0.8立方米的，装满沙子后，堆砌成防护高墙，非常坚固。法军都用1.6立方米的，别说子弹了，应对手雷、火箭弹都有很大作用。通过侧面了解，我们得知战区司令部目前还有960个沙箱。战区最高民事长官弗朗西斯科说，这是西共体捐助的沙箱，只能分给西共体的维和部队，也就是谁捐的给谁。西共体的维和部队简称西非盟军，是先于联马团进入马里的，是地区性质的维和部队。联马团成立后，他们才划归联马团。

或许弗朗西斯科没有欺骗我们，这可能是西共体捐助沙箱时的要求。但管不了那么多了，就是考虑轻重缓急，先挪用一下也是应该的。今天，作战副队长赵金财用了一上午的时间来协调这部分沙箱，用于构建战区司令部的防御工事。结果到了下午，弗朗西斯科只给了7个。如此态度，令我们怒火中烧。我们觉得，民事部门再有权力，也不应当如此制约为安全服务的军事行动。况且，我们的一切行为都是有理有据、符合程序的。赵金财向张指挥长汇报了此事后，坐镇中军帐的张指挥长立即率领翻译盖庆出发，准备打一场外交冲锋战。

张指挥长直接找到弗朗西斯科索要沙箱，弗朗西斯科说他很忙。张指挥长立马翻了脸，大声说："作为中国维和部队指挥长，我也很忙，你再忙也得把这件事解决完。"弗朗西斯科又拿出老借口，说："这是西共体捐助的沙箱，你们不能随便使用。"张指挥长说："你这是歧视，西非盟军早已转隶联马团，还要区别对待的话，那就是赤裸裸的歧视，我有权控告你、弹劾你。"话一出口，盖庆不敢翻译了，再次确认这句还翻译吗。张指挥长说："你给我翻！

按找原话一句不少地翻译给他。"

盖庆翻译后,弗朗西斯科傻眼了。他曾领教过张指挥长的外交气势,但或许他没有想到,这位中国指挥官会有如此强大的攻势,信心十足地掌控全局。这时,弗朗西斯科的助手插话道:"我们现在已经没有沙箱了。"弗朗西斯科见机也跟着附和:"对,对,没有沙箱了。"张指挥长说:"我有充分的证据表明你们有,而且数目多少、在哪个集装箱放着,我都清楚,用不用我领你们去看看?"

此时,这次外交冲锋战已经歼敌过半,胜券在握了。别看小小的战区司令部,其实也很复杂,各国军民人员合作共事,相互之间的权力是平衡和制约的。总体上,我们是团结一致的;私下里,也都有一些小九九。在哪儿都一样,有人的地方就有江湖。

经过一番斗争,弗朗西斯科败下阵来,只好答应:"一会儿就给你拿,一会儿就给你拿。"这句话往往是他们办事推脱、效率低下的常用表现形式。张指挥长说道:"一会儿是多久?一个小时还是两个小时?我要的是现在、马上、立刻。"

最终的结果是,960个沙箱全部取出,我们大胜!张指挥长说:"下周一,到战区司令部例行汇报工作时,我要好好表扬和感谢一下弗朗西斯科。"刚柔相济,无往不胜。事后回想,其实弗朗西斯科没有错,他只是坚持原则而已,无可厚非;我们也没有错,我们只是坚持标准而已,理所应当。深究起来,其实这次冲突的根源是文化冲突。同样条件下,中国人会把集体利益看得比规矩和原则更重要。

拿到沙箱后,我们连夜对战区司令部东门、南门两个出入口的防御工事进行了重建。人员、机械一起上,沙土到处都有,就地取材。半夜时，一个崭新的防卫工事就建成了。最后一次执行司令部防卫任务的尼日尔士兵眼看着我们建起坚固的防御工事，连连竖起大拇指。

2014年2月1日上午8时，张指挥长宣读了联马团任务书，分队政委徐文联作战前动员。维和官兵精神抖擞，随着一声"出征"命令的下达，全副武装的维和官兵乘坐步战车向防卫区域开进。接防后，马马杜·桑比准将讲了一句话："你们是战区楷模，是最可信赖的部队。我完全相信，你们将为战区提供最安全的防卫。"他被我们负责的精神感动了，他知道我们向民事部门协调沙箱的全过程，知道我们一直在坚持标准，也知道我们是连夜构筑防御工事的。

到达战区司令部东门主入口后，步战车、运兵车、指挥车一线排列。接防这个出入口的是警卫二排。他们全副武装，训练有素地从战车上飞身跃下，迅速集合，行进到指定区域，等待交接。而此时，尼日尔友军的几位警卫兄弟零零散散地站在哨位上，好像完全没有把这次交接当回事儿。

交接仪式由战区参谋长主持，两支部队对等级别的军官交换联合国国旗。结果等了半个小时，尼日尔营营长还未赶到，只有一名尼日尔营参谋在场。为了符合级别对等的外交原则，我们派出作战参谋王明。两军分别派出一个班的士兵，一线排列在哨位前的空地上。战区参谋长面向队伍，站在队伍中央。仪式开始后，参谋长将联合国国旗从尼日尔营参谋手中接过，并转交给王明。王明接过旗后，交给警卫二排排长刘庆伟。

联合国国旗交接后，两名交接负责人互敬军礼，表示崇高的敬意。仪式很简短，大约进行了5分钟，但意义却不同凡响。从此，中国警卫正式执行任务了，联马团东战区司令部的安全就交给中国警卫了。一旦出现任何安全问题，我们都将全权负责。

从出征仪式到交接仪式，我用双眼和镜头全都记录了下来。交接仪式完毕，我就跳上一辆运兵车赶回营区，开始准备给军报投稿。我有两个手机，一个是当地卡，一个是中国移动全球通。当天信号非常不好，给军报值班电话打了N回都没有打通。

虽然我有几位编辑的手机号，但毕竟是大年初二，我不好意思直接打电话骚扰他们。在连续拨打值班电话一个小时都无法接通后，我厚着脸皮打给了一名报道员。电话一接通，我先给他拜年。从电话里，我听出他在聚会，而且很欢乐。我表达了祝福之后，挂了电话，开不了口。而后，我又打给一名报道干事。同样，我送上真诚的新年祝福，还是没开得了口。这样万家团圆的时候，我怎好意思让他们帮我投送稿件呢？说不出口。

一面是绝好的新闻，一面是难以开口的求助和难以打通的电话，怎么办？一筹莫展之时，找老婆！我用微信把今天的情况向她简要地说了一下，并把军报的值班电话给了老婆。她很快就领悟了新闻点，然后就开始反复地拨打电话。打了一段时间，终于接通了，是初一值班的编辑回来取充电器时听到了电话，才得以接通。老婆说，他们聊了有一段时间。那名编辑被老婆的行为深深感动，赞赏有加，夸老婆真是一名称职的好军嫂。他告诉老婆，21点半后再打这个值班电话，那才是正确的时间，那时候正是夜班值班的时候。他还告诉老婆，今晚是一名领导值班，也教了应该如何汇报新闻线索。

在老婆联络的这段时间，我已经把文字稿件和配图准备完毕，

任务交接前夜,官兵们突击强化战区司令部的防御工事,将白天要来的防卫物资全部用上了

并按惯例将指挥长的审核签字扫描成图片。而后,就开始用老牛拉车的网速给老婆发送稿件。不直接发送给军报邮箱的原因是,网络太不给力了,我不确定是否能发送成功。因此,通过老婆转发这样的加急新闻,可以有效确认,保险。经历了几次发送失败后,大约两个小时后,发送成功了。在马里,编发一条新闻多不容易啊。

　　北京时间21点半,老婆准时拨通值班电话,向值班编辑详细地介绍了我是什么情况、她是什么情况、今天的事情是什么情况。又按照初一值班的那名编辑的指点,反复地讲述着今天事件的重要性。编辑老师几次想结束电话,都被老婆故意忽略,继续向他急切地表达重要性。随后编辑要了我的电话,拨通后就开始核实。毕竟一个军嫂打电话向军报汇报新闻,这件事本身就是个新闻,需要核实真实性。我向编辑介绍了情况:今天这里的电话和网络信号都不

中国警卫与尼日尔步兵营进行任务交接,两军参谋互敬军礼,现场的官兵感到无比庄重

好,所以我才委托妻子投稿。

19点多,也就是北京时间凌晨3点钟左右,我通过手机看到那篇稿子上了军报要闻版。除了最后一句话,前面只字未改。这既让我惊喜,又在我的意料之中,因为老婆的办事能力和幸运指数永远让我放心。在写给军报的初稿中,张指挥长说了一句压轴的话,虽然删掉了,但我还是觉得非常有意义:"和平是对军人最大的庆贺。"在春节执行任务,身处爆炸和冲突的前沿,我们备感使命神圣、责任重大,全体维和官兵会牢记重托、不辱使命。

营区建设攻坚战

马里全年分3个季节,11月到来年2月为凉季,3月到5月为热季，6月到10月为雨季。凉季马上就要过去了，即将进入热季，气温不断飙升，白天最高气温已经达到45℃左右。据当地百姓说，这还不是最热的时候，最热时气温能超过50℃。可现在，我们发现帐篷已经无法使用了。正午时分，太阳炙烤下的帐篷像是蒸笼一样，外表滚烫，好像能着火，里面闷热，似乎能蒸包子。任凭空调怎样使劲都没有用，把官兵们蒸得满身都是汗水。帐篷的透气性比较好，保存不住冷空气，况且普通家用小空调对付撒哈拉的热空气，就像蚂蚁绊大象、蚍蜉撼大树，太自不量力了。

其实我们不光带了帐篷，还带了集装箱板房，但始终没有架设。原因是，联马团东战区要在加奥机场附近建设一个超级营地，把司令部和东战区所有维和部队都搬到那里，集中部署。但现在，那片地方还是荒漠，连块砖都没运进去，不知猴年马月才能建成。我们的最初考虑是，如果超级营地启用时间不会拖太久，我们就先用帐篷顶一段时间。这样，集装箱板房就可以直接建到超级营地里了。否则，先把板房安装到现在的营区，再搬走，我们担心部分板房会损坏。但目前的形势容不得我们再等待了，实在太热了，必须拆帐篷，建板房！考虑到天气和安全因素，指挥部下令，3天建完！领导没有过多地动员，现实需求本身就催生了强大的动力。

"一二，起"……中午烈日当空，气温超过40℃，兄弟们在营区里喊着口号，抡起膀子，战天斗地，场面好生壮观。即便是如此高温，战友们为了保护皮肤，还是穿戴整齐，甚至围上纱巾，戴上墨镜。个别战士大意了，没有按照要求做好防护，结果被撒哈拉强烈的紫外线灼伤了皮肤，紫红紫红的，干活时再浸上汗水，火辣辣地疼，疼得不敢碰。

集装箱板房骨架是钢制立柱，顶棚和墙壁的表层是铁皮材质，内层嵌入石棉，大约5厘米厚。架设完毕后，每个板房15平方米左右。时间不紧的情况下，我们可以用钩机先吊起顶棚，再竖起四周的钢立柱，十余个人分配到4根立柱处，紧固螺丝。但目前时间紧迫，而且安全形势也不允许我们使用大量兵力搞营区建设。大量的吊装任务还累病了工兵分队的吊车手，他需要暂时休整。我们没有足够的机械辅助，没有足够的时间等待，只能靠双手。

我们的动作要领是这样的：20多个人先将2吨重的顶棚抬起，垂直放置于地面，再将4根立柱紧固在集装箱板房底板上，而后大家一起用力，将板房底旋转至与地面垂直，再将顶棚同4根立柱紧固，一个横倒放置的集装箱板房骨架就安装完毕。最后，我们用人力再将4吨多重的横向放置的集装箱翻转90度立起。工兵分队钩机不在的时候，我们就用20多个人将集装箱板房骨架抬至指定位置，再安装墙壁、窗户等附件。就用这样的方法，我们打响了营区建设的攻坚战。除去执勤、站哨、保障等兵力，只有大约60个人，架设90个集装箱板房，3天时间基本架设完毕。如果只看开始和结果，一定会感觉不可思议：就一台非全时工作的吊车，这么大的工程量，如何完成？但是如果你参与全过程中，你会不由自主地想到一个词：人定胜天。

即便是中午最热的时候，我们也在奋战，因为早一分钟建完，就多一分安全。这样火热的劳动场面，没有人能够缺席，即便是指挥部领导也都一直坚持在现场，做好指挥员和安全员。我的照相机和摄像机更是无法容忍我错过这样的场面，随意对着一个方向按下快门，都会捕捉到最美的瞬间。那不是劳动，那是战斗。透过镜头，

人力安装移动集装箱板房

我看见,那鼻子里插着纸团止血的中士汗如雨下,手中用力扭转着螺丝刀。我看见,那脚趾不小心被扎出了血的两名战士跑到医务室要了点纱布,随便包了一下,又回到劳动现场。晚上的时候,他们再脱下鞋,指甲已经脱落。我看见,30多岁的老士官爬上钻下,丝毫没有老兵的架子。我甚至在现场分不清干部和战士,都穿着迷彩服,戴着工作帽,肩并着肩,一样劳动,一样卖力。

3天后,我们全部搬入整洁、干净、清凉的集装箱板房中。集装箱板房封闭性非常好,可以将蚊子、沙尘、狂风阻挡在外面,也可以将空调吹出的冷空气保留在室内。官兵们终于能好好睡觉了。法军、荷军等外军来营区参观,看到集装箱板房巨大的优越性,都羡慕不已。后来,荷兰驻马里维和部队特意向我们要了集装箱板房的订购联系方式,专门从中国采购了和我们一模一样的板房。

生活区建设完毕，我们并没有停止，而是一鼓作气，将营区外围防御工事重新加固。我们将所有集装箱堆成两层，绕着营区摆上一圈，当作防御墙。集装箱防御墙虽然无法阻挡炮弹、穿甲子弹的攻击，但可以作为吸能墙，有效吸收爆炸冲击波的能量。在墙顶部编织铁丝网后，还可以有效阻止人员的潜入。

集装箱防御墙的搭建就不能只靠人了，必须有机械，因为重量大、高度大。其实，我们并不是不肯花钱雇人，能花钱解决的事都不算事。但整个加奥地区只有一台吊车，还经常坏，在它好的时候，我们也曾雇用过。那天，当地的小商贩穆斯塔法帮着联络，当地吊车早上8点就赶到了我们的施工场地。不要觉得8点到位工作很正常，那是需要当地人克服很大惰性的。当地百姓经常嘲笑我们是工作狂，不会享受生活。发达国家嘲笑我们也就罢了，当地人这么穷还敢嘲笑我们！看来，我们真的很拼命。

我们答应的报酬是，一台吊车一天50万西法，折合人民币7000多元。当然，对司机，还得管吃管喝管看病。由于很多集装箱都被压在底下，因此转运一个集装箱，往往需要吊动4次，即把第二层的先吊下来，然后把下面第一层的吊到卡车上，再把第二层的那个吊回原位置。为了确保集装箱防御墙无缝连接，还要再从别处吊来一个落在第二层，然后再把上面的铁丝网接好。

上午9点，眼看着一个个需要放在营区内的功能性集装箱从营区外运了回来，却无法卸载，等吊车必然耽误进度。因为吊车架设好后，再移动，是一件费时费力的事情。我们从东战区司令部借来一辆叉车，就放在营区。可工兵分队叉车手都在执行别的任务，警卫分队又没有叉车手，怎么办？就在这时，后勤官周长春启动了叉车,将其开到一块平坦的地方,一边打电话咨询工兵技师,一边试着叉车上的操纵杆。大约个把小时后,他把叉车开了回来,说:"可以卸了,但我需要两个助手。"

我们持怀疑态度。毕竟需要挪动的是数吨重的集装箱,有的甚至10吨左右,若是操作不当,很有可能侧翻、脱落。"来吧,开整,我有底子。"他坚定地说。军医赵军和外事副队长苏世顺听了这话,半信半疑地配合着,跑来跑去帮着观察钢叉位置。周长春像模像样地操作叉车,移动、提升、降落、对准……我一看,这哪是有底子啊,这是霸王硬上弓。这中间,因速度和平衡没有掌握好,发生几次险情,大家都捏了一把汗。大约半个小时,他终于把第一个集装箱从平板车上卸了下来。

有了第一次的成功经验,更加壮了周长春的胆子,第二个、第三个……集装箱依次顺利卸载,两个助手跑前跑后,也紧张得一头汗。有趣的是,他每卸载一个集装箱,熟练度就上一个台阶,进步飞快,到最后竟然完全看不出他是个新手了。我们开玩笑说:"在非洲维和学叉车,比在蓝翔技校成才还快!"后来周长春跟我们说,他当兵时开过叉车,只是十几年没碰了,手生了而已。人少活多,一专多能成了必然要求,这也是当初我们挑选队员的标准。军人不是随便敢喊"革命战士一块砖,哪里需要哪里搬"这个口号的,虽不必十八般武艺样样精通,但至少要关键时候挑得起担子、扛得住重任。

营区外,那几位操作吊车的黑人兄弟也很卖力。中午,我们提供了免费的午餐,休息半个小时后,大家就又投入到工作中。这个吊车是20吨级的,而且较为陈旧,吊钩的弹力锁失灵。在一次吊运的过程中，突然两根吊链滑脱，集装箱一侧猝然落到车上，险些造成事故。幸好集装箱上站的是快反排的战士，身手不错，一把抓住了吊链，不然后果不堪设想。我们都提高了警惕，并用铁丝代替弹力锁，以确保安全。

实用主义至上的西方人不可能理解，以为是什么药物使得我们的官兵可以这样富有激情、这样忘我。医疗队的胡参谋说："你们太强悍了，这样的进度只有你们能干得出来。"陶红护士长看到战士们忘我地劳动，感动得直掉眼泪。她说："我儿子跟他们差不多大，当妈的真不能看这场面，会心疼的。"或许等联马团官员再次走进中国警卫营区的时候，他们又会把嘴张成一个大大的O形："不可思议！"这样的建设过程和建设速度，在他们眼里是神话和魔术。这就是所谓的中国速度吧！

人是决定因素，不等于人多力量大。人手是物质基础，但如果没有精神上的激励，我们就是有600人，也将受制于机械。吊车就一个，单靠它，半个月也未必能干完。由此，我想到，战争不也是如此？战争中，装备绝对不是决定因素，士兵的精神和忠诚才是关键。

死亡离我们很近

别过来！有地雷

自从我们抵达加奥后，营区地面平整和防御工事建设就一直在进行，甚至在集装箱板房搭设完毕后，这两项工作也没有停止。因为受热带沙漠气候影响，加奥的土地已全部沙化，营区里到处都是沙子。挖污水处理池时，我们曾掘地两米深，发现依旧是沙子，而且是干燥的，一点水分都没有，"一脚踩，半脚沙"是生活的真实写照。这么厚的沙子，对官兵日常活动和部队执行任务非常不利。每次车辆和队伍走过，都是沙土飞扬。载重物时，卡车还会陷在沙窝里。如果处置突发事件时发生陷车事故，情况就会很尴尬。

全沙地面真的不太好平整，无论我们浇多少水都无济于事。后来，我们到荷兰工兵分队营区参观时，看到他们用矿砂铺路，铺完后再碾压，路面非常坚硬。一打听才知道，他们是从沙漠深处的一个铁矿场买的矿砂。我们也到那个铁矿场买来一些矿砂，铺在营区的沙子上，而后不断地浇水，并用轧路机碾压，效果果然不错。与地面平整相比，防御工事建设更是一项只有起点、没有终点的工作。面对没有底线的恐怖分子和没有上限的炸药当量，防御工事无论多么坚固都不过分。

一天上午，快反排完成对战区司令部周边的例行巡逻后，开始向营区重要位置搬运沙箱和沙袋，准备强化防御要点。9点左右，下士许思典在搬运沙箱的过程中，突然身体一倾，右脚一陷，"咔嚓"一个闷声让人头皮发麻。"我可能踩到地雷了！"许思典一字一顿地说。"思典，千万别动，别动！"在附近指挥的快反排排长刘晓辉赶紧喊道，"别过来，都别过来，有地雷！"他迅速摆手，让其他官兵赶紧后退。空气仿佛凝固了，时间仿佛静止了。许思典一动不动，炎热的天气下，他似乎流出了冷汗。

刘排长用对讲机迅速将情况上报指挥部。张指挥长一面派作战参谋孙宝玮前去查看，一面向战区司令部请求扫雷部门支援。张指挥长命令现场人员外撤30米建立沙箱安全隔离带，毕竟在这种危险未知的情形下，减少次生伤害终究还是解决爆炸物威胁的基本原则。很快，战区司令部反馈消息称：因联马团东战区排爆分队尚未部署到位，目前不具备排爆能力，建议可以依托自身技术和装备器材，在确保安全的前提下，做进一步安全应急处理。

联马团有标准工作程序，像爆炸物处理这样的任务需要专业的扫雷部门解决，我们警卫分队无须上手。但若是战区司令部都没有排爆专家，那么最近的排爆专家就远在1000多公里外的首都巴马科了。我们的工兵分队属于建筑工兵，铺路、架桥、盖房子还行，排爆这样的战斗工兵任务却指望不上。如此一来，彻底孤立无援了，看来今天只能靠孙宝玮了。

孙宝玮是侦察与特种作战指挥专业毕业的优秀学员，特战素养不错，有过排雷实战经验。他迅速赶来，却被刘排长拉住胳膊道："这片区域是我亲自组织摸排过的，我敢肯定这绝对不是常规的雷！"刘排长是经验十分老到的指挥员，他坚信问题的严重性已经超过了预期。"我现在不敢下定论，先看看再说，这片区域原本是加奥能源局，打了半年的仗，情况未知，还是保守点好，把沙袋再往外围移动移动。"孙宝玮也是眉头紧锁，走近危险区域慢慢探身，准备检查现场。

"千万别紧张，应该事不大，放稳呼吸。你老弟可别一晃荡，咱俩可就报销在这儿了，呵呵！"孙宝玮一边宽慰许思典，一边开始了检查工作。他缓慢扒开许思典脚边的黄沙，只见一枚已经半触发的老式苏制 PMN 压发地雷被许思典踩个正着。孙参谋连忙抬头看了一眼许思典，狠狠地说了句："千万别动！"

这种 PMN 防步兵地雷大概有 600 克重，雷壳大部分是电木，常规的探雷器如果受其他金属物件影响，根本探不出来，刘排长的判断果然不假。这种地雷不易探测，装药量也不大，雷壳内仅存有 200 克 TNT 炸药，一般受压 7—30 公斤就能触发爆炸。它原本有两道保险，一根保险销，一层软金属保险片，在保险销拔下后，40℃的地表温度就会将保险片在 2.5—15 分钟内切割断开，从而使两道保险全部报废，而且过程不可逆。目前，加奥白天的地面最高气温可以达到 60℃，这颗雷早已经处于待发状态。

虽然这颗地雷看上去已经有些老旧，雷体侧面的击发机构有些腐蚀，但不知道其他功能是否正常，也许是防潮蒙皮腐蚀严重导致压杆卡顿，也许是雷壳内击针卡壳导致未完全击发，还有可能是压杆下凸台簧长期受力变形将击针卡住，这些都可能是它还没爆炸的原因。正因为内部状态未知，因此一丝一毫的重量变化都有可能随时引发爆炸。

时间不等人，多一秒就多一分危险。危急时刻，孙宝玮一边让刘排长报告指挥部现场情况，一边拆掉了雷壳侧面的封口塞和起爆管螺盖，查看起爆管状态和钢丝环露出长度，然后拔出腰间青锋闪闪的军刀，准备插入许思典的脚底，采取"置换法"将他替下。

此刻，冷汗已挂在孙宝玮的脸颊，他心里十分清楚，如果按照常规的拆除方法，需要将起爆管从雷壳中倒出，使击针无法撞击起爆管引爆雷体，同时还要确保击针尾端外露的钢丝环不会缩进雷体破坏此刻击针的卡顿平衡。这样做难度相当大，并且是两个人同时面临危险，安全风险成倍增加，根本行不通。可如果能够将许思典先替换下来，然后利用卡顿平衡做点文章，将这一状态带来的效果扩大化，危险就由两个人变成一个人承担，那么地雷即便在最后拆除阶段爆炸，也只会危及他自己的生命而已。否则，就只有让许思典跟死神掰个手腕，看运气了。这样的事，我军的干部干不出来！

许思典有些瘦，体重只有不到60公斤，一条腿加上重心偏移，雷体受压大概三分之二的体重而未爆炸。那么使压杆和凸台受力在较小范围内变化，从而把他置换出来，而不至于引发击针平衡破坏，看来这种办法可行。但是，卧姿排雷，双臂力量不足以代替他40公斤的重量，又无法实施转换。看来，成败关键就在这儿了。孙宝玮在这短暂而又漫长的时间里，心里反复掂量了两三遍。"给我准备一个沙袋，40公斤，能够立住的！"坚定的声音传了过来。

此刻，这个不是办法的办法，让隔离带旁的刘排长瞬间心领神会。"用掺水的沙子，用秤量好40公斤沙袋，拍成圆柱形，快去！"刘排长果断地下达了准备器材的命令，"宝玮，给我3分钟。"快反排战士的作风是相当过硬的，2分56秒，掺过水但外表又不渗水的沙袋被送到地雷旁边。

"孙参谋，你等一下。"看到孙宝玮要用自己替换他，许思典大声说："你别管我，这雷不一定能响，就是响，炸我可能最多是残废一条腿，炸到你可就脑袋开花了！""少废话！这种压发地雷我拆过很多，很熟悉，你别乱动，也别说话！"随即，孙宝玮双腿跪在雷前，缓慢地解开许思典触雷的右脚鞋带，动作没有一丝犹豫，也没有一丝颤抖。随后一点点清除地雷四周的沙土,确认周边没有特殊装置后,将军刀一寸寸从许思典的脚下横向插过去。他双手满握军刀,把身体的部分重量压在了地雷上。

"兄弟,脚趾别乱动,慢慢把脚抽出来,然后轻轻走出隔离带!"孙宝玮命令道。许思典小心翼翼地把脚往外抽,直到全部脱离。短短的十几分钟,漫长得像一个世纪,身处极度危险状态的人都会明白,"不能乱动"命令的执行,已经让一个军区拔尖的特战尖兵耗去了全部力量,许思典的腿几乎没有力气回弯了,刘排长立即将他搀出隔离带。

此时的孙宝玮已经成功地把战友从死神的手中夺了回来,但是自己也把性命悬在了小小的地雷上。放下许思典后的刘排长,立即组织人员用钩秤把圆柱形的沙袋缓缓地竖直向下,一点一点地贴放于压在地雷上方的军刀上。每放下一点,就通报一下钩秤读数,孙宝玮便稍松一丝力气,好让自己的压力和沙袋的重力之和稳定在 40 公斤。"40 公斤——39——38……"两人密切配合着,不断调整着下放速度,直到沙袋稳稳地压在了地雷上,雷壳侧面的钢丝环没有发生任何变化。

孙宝玮确认军刀被稳稳地压住后,屏住呼吸,松手后退,地雷依旧静静地躺在原地。又一次成功完成置换!战友们松了口气,大家这才都撤到了安全区域。孙宝玮的衣服已被汗水浸透,张指挥长握住他的手说道:"好样的!"随后,便指挥快反排战士利用探雷针再一次对该区域进行人工探测,并在地雷周边 3 米处,再布下一道阻绝沙墙,确保将危险降到最小。

人,没依靠的时候才最强大,我们只能靠自己了。地雷埋设位

孙宝玮把安全让给了别人，将危险留给了自己，独自舍命排雷

置较为特殊，属于人员工作生活必经之路，周围无明显可隐蔽或绕行的道路。尽管没有专业的扫雷部门帮忙，但我们必须排掉这颗雷，否则后患无穷。

孙宝玮休息了10分钟后，再次穿戴好防爆服，独自一人携带排爆作业工具进入了隔离区内，其余官兵都撤到了30米的隔离带外。有些事情虽然危险，但只能一个人做，我们帮不上。孙宝玮的策略是采用常规排爆法，先拆除地雷起爆管，使其失效，而后转移至安全区域，深埋地下。

营区西南角，一个无人进入的角落里，快反2班挖掘了一个深坑，深达2米。

时间一点点过去，我们除了静静等待别无他法。大约半个小时，孙宝玮竖起了一个胜利的手势。而后，按照雷区3米阻绝、人员30

米隔离、人力起雷转运和沙箱封闭隔离等阶段进行转移。10时24分，孙宝玮成功将这枚步兵地雷安全转移至指定地点，并设置了醒目的危险标示牌。等待联马团扫雷部门到位后，申请排爆专家进行安全转移和集中爆破处理。

孙宝玮回来后，许思典和他紧紧拥抱在一起，那种激动是常人无法理解的。"炸我就一条腿，炸你可就全没了……"电影《集结号》里的情节，老兵谷子地冒着生命危险为踩到地雷的赵二斗排雷，最终化解了险情，却没想到，今天在这片撒哈拉沙漠里真真实实地上演了一次。

子弹在午夜上膛

每年11月至2月是马里的凉季，气温会降至全年最低。沙漠里昼夜温差大，白天升至40℃以上，晚上又能降到10℃左右。今晚格外冷，月黑风高，军医赵军趴在透风的窗户边向外张望，伸手不见五指。沙尘会穿过没有玻璃的门窗，洒在被褥上、桌椅上，甚至头发里。今晚22点至凌晨1点，是我和赵军医的巡逻时间。老赵46岁了，是分队里年龄最大的军官。每次看到他穿戴20余斤的装备，跟90后战士们一起巡逻警戒，我都会想起当年那句"人人争当战斗员"的号召。

穿好防弹衣后，我将子弹一颗颗压进步枪弹匣。"等一下！"老赵提醒我，"今晚，曳光弹和穿甲弹也要上，一二二。"老赵说的是曳光弹、穿甲弹、常规弹按照1∶2∶2的比例装填，5发一个周期，这种配弹方式用于无光黑夜。

这不是书本上的要点，而是鲜血换来的实战经验。因为就在今早，我们接到通报：马里北部基达尔市马里发展银行发生汽车炸弹袭击，担任警卫任务的塞内加尔维和士兵2死7伤，马里国防军4人受伤，银行大楼损坏，东战区救援飞机处于待命状态。当时，银行警卫提前发现了可疑皮卡，并开枪对其进行阻击，可小口径步枪和常规子弹根本不起作用。即便是打碎挡风玻璃，击中驾驶员也无济于事，因为自杀式汽车炸弹的最末程已和驾驶员关系不大，只有用障碍物直接拦截车体或用大口径反器材武器打爆发动机才可以有效拦截。

可惜，知道这一切已经太晚了，袭击已成功实施。战区因此提高了警戒级别，要求所有部队加强营区防护。战区司令部特别提到，常规弹未能有效阻止加厚皮卡的冲撞，是这次付出鲜血代价的重要原因。电报还明确提到了中国维和部队防御设施建设和警戒状态令人印象深刻，为战区树立了榜样，其他部队要向其学习，并按照中国营区警戒标准加强夜间防卫。这是我们抵达加奥10天后树立的首个中国标准。

我们的警戒部署和防御工事建设，在10天内就成了战区楷模，令我们备感欣慰，这些天的辛苦努力得到了认可。12月5日部署至联马团东部战区——加奥维和任务区后，我们在部分武器装备及防御设施未到的情况下，依据现有条件迅速进行防御工事建设、警戒防卫演练。由集装箱防护墙、沙箱墙、阻绝壕沟、蛇形铁丝网及掩体等要素组成了立体防御工事，针对不同种类的袭击方式先后进行了多次警戒演练。这还远远没有达到我们的标准，我们将继续加紧进行工事修筑和警戒优化部署。

我和老赵检查了各哨位，哨兵们警惕性很高。基达尔遭袭事件给兄弟们触动很大，大家都清楚什么是关键时刻，他们将多年训练的战斗素养百分之百地展示了出来。重机枪、狙击步枪、冲锋枪等所有武器都处于待命状态。在哨位查验期间，我同他们聊了聊，希望他们也不要过分紧张，控制好精神状态。巡视了一个小时后，我同赵军医回来休息一下喝口水，还未来得及脱下防弹衣，就听见红外网墙报警，紧接着医疗队哨兵报告："B区3号哨位报告，营区西南角发现不明身份人员，口头警告和拉枪栓示警后，向营区东侧逃窜，请求搜剿。"

这个报告如一声霹雳，在这个紧张情绪如乌云般密布的夜晚，突然炸响。我就住在指挥长隔壁，听见了他和哨兵的对话，也听见了他快速穿戴装备的声音，所以我知道这次绝对不是演练，是来真的了。我再次戴上头盔，拉枪栓，子弹上膛。指挥长立即指挥快反力量，按平时预案对营区进行地毯式搜索。苏世顺副队长跳下床，拔开互扣在一起的战靴，下意识地磕了一下，结果掉出一只10厘米长的毒蝎。真是火上浇油，顾不上灭蝎，他迅速取枪。

我把相机挂在脖子上，右手握着相机，左手握着手枪，同快反队员一起对营区每个角落进行搜索。平生第一次这样近距离面对未知的敌人，恐惧是有的，但只有一点点。我注意观察周围的一切，我们的官兵在面对危险的情况下，一个个掩护冲击、搜索布控的战术动作做得非常专业。我们逐个废弃建筑、逐个帐篷搜索。作为战地记者，我的相机也处于战斗状态。它是我的另一部武器，随时记录关键性的一瞬间。

营区西面的独立小院距离居民区较近，是我们搜索的重点部

快反排官兵正穿过围墙豁口对下一个营区进行搜索，左一是作战参谋孙宝玮

位。指挥部干部及快反一组十余人迅速形成包围，并逐步缩小包围圈。3 名队员迅速抵近门窗附近，隐蔽于左右，据枪掩护，并用强光电筒照亮房间。2 名队员突然跨步跳上窗台，确定无人后，用手语指挥掩护队员立即前出占领房间。在搜索完毕这个固体建筑之后，狙击手迅速定位掩护，其他人依次搜索下一块场地。

突然，先锋队员大喊："STOP, or I'll fire!"（不许动，再动开枪了！）我顺着呼喊方向看去，果然有两个黑影，他们已被逼到墙角。先锋队员距离他们大约有 50 米，他们已在 95-1 步枪的有效射程之内，枪上装配的微光瞄准镜，可在夜间瞄准目标。另外，狙击手王长军早已将其锁定，只需一个命令。

就在这时，那两个黑影仓皇逃窜，竟跳入隔壁的马里国防军营区内，先锋队员立即跟了上去。"别追了，让他们走！"张指挥长果断下令。这个命令下得很及时，再追我们就违反维和原则了。如果是作战，我们可以一直追，直至击毙。目前，这两人身份不明，若是直接击毙，或许会造成极大的外交被动。另外，这两人确实很聪明。我们和马里国防军相互中立，没有合作，所以他们的营区具有很好的保护作用。

今晚，没有伤亡，算是万幸。看似一次简单的搜索，其实危险极大，稍不注意就会有伤亡。敌暗我明，一个小小的手雷就能对官兵造成巨大伤亡。豆大的汗珠从我的头盔里滑落，砸在枪身上。厚重的防弹衣内，迷彩服已全部汗湿，但没人脱下。我们不敢立即撤兵，而是在可疑人员逃跑的地方增加了一组岗哨和探照灯，防止他们再杀回来。张指挥长命令快反排回去待命，武器装备不许卸下，随时准备再次搜剿。

张指挥长带领指挥部3名干部到各个哨位再次查看了一遍。查到营区东部哨位时，我发现远处有移动物体，仔细辨认后发现是一条野狗，很快又聚集了二十几条野狗，这些动物也是我们的关注对象。还有其他一些细微变化，比如突然多了一块大石头或是树枝，我们不能随便靠近或移动，有可能是恐怖分子设置的诡雷。前几天，一名哨兵报告，加奥城中祈祷音乐的音色和音量较往日有些变化。我们迅速派人调查，原来平日里播放的都是录音，而周末是信徒聚集起来进行现场唱诗，所以起了变化。我们对哨兵进行了表扬，谨慎细致地观察周围环境的一切细微变化，是我们获取信息的重要方式。在这里，人人都是观察员。

我穿着20多斤的装备，脖子上还挂着照相机，一个多小时的紧张搜索让衣服已经湿透。我换了衣服，喝了点东西，补充点能量，

可疑人员被官兵围堵在墙角,实战中官兵们的战术动作并不好看,但却实用。图为一名战士依托树木掩护自己

压压惊。黎明前是否还会有情况,大家都不知道,反正枪就在手上,和衣而睡。这一夜,水是融化了的冰。我看到手机里有老婆的留言,她说在网上看到基达尔银行遭袭的消息了。这个聪明的丫头肯定又在担心了,我在被窝里赶紧打去电话。她像个专家一样,像模像样地告诉我该怎么注意安全,发现危险人员后该怎么样,听上去很专业,我知道她是用心研究了。她对我的好、对我的用心,让我感动。

电话挂断后,我躺在床上,却一直睡不着。经历了今晚的事情,我突然感觉死亡离我真的很近。搜索时,我一直跟随快反排冲在最前面,伴我左右的还有作战参谋孙宝玮。我觉得作为战地记者,站位就应该在最前沿。我没有把今晚发生的事告诉老婆,我想如果告诉了她,睡不着的就不止我一个了。我突然想起她当初不愿意让我来维和是有道理的,又想到我有可能在某次搜索中被干掉,或是在一次火箭炮袭击中被炸死。想着想着,我后悔跟她登记了。我脑袋掉了无所谓,顶天碗大个疤,二十年后又是一条好汉,可她却成寡妇了。世上没有后悔药,我现在唯一期盼的就是任务期满后,我能四肢健全活着回家。跟活着相比,什么立功受奖、著书立说都是浮云。

想着想着,我默默地写下一行字:前进不必遗憾,若是美好,叫作精彩;若是糟糕,叫作经历。半夜2点,我又检查了一下手枪和弹夹,然后不知不觉地睡着了。

黎明前的爆炸

天还没完全亮,我就被沙尘呛醒了,空气中有一股浓浓的沙土味儿,我抿了抿嘴,嘴里还有沙粒。我扭开一瓶矿泉水,漱了一下口,咕咚咕咚喝了两口,就又倒在了床上。今天是圣诞节,听说战区司令部集体放假一天。恐怖分子不过圣诞节,我们也就不过。朝鲜战争时,美军搞过一次圣诞节攻势,在圣诞节当天发动了大规模袭击。前几天战区司令部曾提醒,在马里也有圣诞节攻势之说,恐怖分子喜欢利用节日作掩护进行袭击。所以,今天我们更要格外小心。

我随手拿起一本放在床头的摄影杂志,看了起来。正看着,突然一声轰然炸响将我掀起,钉在窗框上的塑料布和纸壳都被震掉了,甚至床都有些摇晃,巨大的声响刺激着我的神经。我一个翻身跳下床,开始穿戴装备,跟我睡一屋的小陆也被震醒了。我听见隔壁的张指挥长大声喊："什么情况！是不是爆炸？"这时，哨兵在电台里呼叫："1号哨位报告，1号哨位报告，机场方位遭袭，有爆炸，具体情况不明。"指挥部开始指挥应对："赵云龙，你立即指挥快反一组支援北门。刘晓辉，你带快反二组向营区后侧部署。各哨位加强观察。"

果然是圣诞节攻势，该发生的一定会发生，越害怕的事越会出现，墨菲定律又显灵了。我看了一下手表，时间是5点41分。此时，我们指挥部人员已经穿戴好装备，一方面打探刚刚发生了什么，一方面做好准备应对可能发生的情况。盖翻译立即打电话给联马团雇员，询问知不知道发生了什么。苏世顺副队长给战区司令部的中国军参袁志义打电话询问情况。由于刚刚发生，而且没有预先情报，我们的询问没有得到更加详细的答案。

询问时，快反排已经部署到位。我带着相机，跟着抓拍了一些画面。配发的闪光灯质量比较差，黑暗条件下辅助对焦效果不好，很多动态画面都没有拍实。我的体会是，夜间和黎明的军事行动如果拍好了，比白天的有看点。我已经通知本队再带上一台佳能原装600EX型闪光灯，佳能的最新产品，希望它能解决我的问题。

直至6点半也没有发现更多的异常情况，我们便逐步撤回兵力。前几天，我们已经将马里境内的各武装力量部署情况和恐怖袭击事件发生地点标注在军事地图上。从近期恐怖袭击发展态势来看，袭击地点从加奥北部的基达尔市、阿尔慕斯塔拉市，加奥南部的德林尼市、梅纳卡市，逐渐向加奥地区发展。根据震动幅度和音量大小判断，今天早上的炸点距离营区也就几公里，甚至更近。看来，危险正在逐渐逼近。

爆炸发生后,官兵们按预案行动。有的官兵是一边穿戴装备一边向外跑,着装不求整齐,但求速度

千防万防,炮弹最难防。无论防御工事多么坚固,都是应对直射武器和强行冲撞的,对于火箭炮、榴弹炮这样的曲射武器还是没有办法应对。一发炮弹从天而降,哪里都不安全,集装箱板房顶部对炮弹来说,犹如纸片。除非天天待在地下掩体里,但这是不可能的。我们只能通过加固帐篷周围的沙箱墙,来尽量降低炸弹片和冲击波的杀伤效力,并在爆炸发生后,将人员迅速转移至地下掩体,防止二次打击,剩下的只能看运气了。

后来,我们从司令部那里得到了来自法军的准确答案——爆炸发生后,法军"小羚羊"武装直升机第一时间前往炸点进行了侦察。司令部通报共有两枚火箭炮弹袭击,每枚80公斤重。一枚是昨日0点20分发射的,由于误差过大,没有飞过尼日尔河,距离我们也较远,没有听到。另一枚是今天早上5点40分发射的,发射点距离机场20公里左右,弹头落在了机场南侧2公里处。这是我们抵达后经历的第一次火箭炮袭击事件。司令部分析,攻击目标很明显,就是驻扎在机场的法军。这不仅是由法军当前的所作所为造成的,还跟法、马两国的历史有不可分割的联系。

此次袭击让我们再次感到,应该想方设法加强对曲射武器的防护。我们在警卫分队、工兵分队和医疗队营区内各加设了一个地下掩体,还在各帐篷周围的沙箱墙上又加高了两层沙袋。地下掩体的制作方法就是将集装箱埋于地下,内部用木桩支撑,并修筑通向集装箱内部的地下通道,集装箱顶部则用两层沙箱加固。同时,我们向战区司令部提出建议,应该部署地炮雷达,对炮弹袭击进行预警和定位。

哨兵神秘失踪

圣诞节的火箭炮弹袭击似乎打开了马里北部的潘多拉魔盒,短短十来天内恐怖袭击不断——基达尔联马团营地东部约5公里处遭恐怖分子2枚107毫米火箭炮弹袭击;乍得维和部队巡逻车辆遭路边炸弹袭击,5人受伤;加奥东部120公里处,图阿雷格人的车辆从市场返回时遭到弗拉尼人伏击,造成25人死亡、4人重伤,2辆汽车被焚烧;4名国际红十字会人员在加奥和阿内菲斯之间地区遭"西圣运"绑架……不仅如此,针对联马团维和部队的袭击指向性也越来越明显。联马团维和部队在加奥市郊发现5枚指向机场的火箭弹,其中有3枚与手机相连,且在手机中发现联马团军事基地照片。恐怖分子很狡猾,用手机遥控发射火箭弹是他们的常用方式,这样可以提前埋设，发射前有充足的时间逃跑。

另外，反政府武装从境外走私了大量重火器。联马团在马里北部发现萨姆7地对空导弹、120毫米迫击炮和反坦克导弹等多种大口径火器，这是仅携带自卫武器的维和部队难以抵御的。

就在昨晚，马里北部还发生了一件令人毛骨悚然的事情——乍得维和部队一名哨兵夜间站哨时神秘失踪，携带的武器弹药也一同消失了。这是到目前为止，我们所掌握的汽车炸弹、人体炸弹、地雷、火箭炮弹等类型恐怖袭击之外，一种新型的袭击事件。因失踪哨兵未找到，所以下结论还为时尚早。但据推测，最大的可能性是恐怖分子趁哨兵不备，将其摸走。如果真是这样，估计命也保不住了，恐怖分子会有一百种残忍的方法令其升天。为什么恐怖分子犹如过街老鼠人人喊打？就因为他们不像反政府组织和宗教组织那样有政治立场或宗教教义，而是立场不坚定、杀人无底线。一旦定义为恐怖组织，联合国对他们的策略就是打击、重点打击，制裁、重点制裁。

说心里话，乍得维和兄弟真是不容易，每次和敌人火拼后，中国医疗队都要成批处理乍得士兵的枪伤、炸伤。都是二十几岁的小伙子，一个个疼得龇牙咧嘴直叫唤，爹妈若是看见了，会心碎的。这些军人干的真是玩命的职业，乍得维和部队平均每一到两周就要举行一次葬礼，并将烈士遗体送回国内。伤亡如此惨重，也与乍得维和部队深深陷入与恐怖分子的血海深仇有关。马里北部的恐怖分子也曾在乍得境内犯下罪行，乍得士兵对其恨之入骨，这是国仇。乍得维和部队的1000多人部署在泰萨利特、基达尔和阿盖洛克三个地方，这三个地方与恐怖分子老巢很近。乍得部队遭袭后经常追着恐怖分子打，一直打到老巢，这是积恨。国仇积恨难免会引发报复与反报复。

这次哨兵失踪事件，就是一个报复的佐证。同直接袭击相比，这种渗透性破坏行为虽然杀伤面较小，但技术含量和恐怖程度却高于前者。这种袭击行为的成功实施，是建立在有效情报和地形侦察工作的前提下进行的。恐怖分子或是直接隐藏在营区附近，或是派出线人间接侦察，掌握了哨兵活动和警戒规律，在哨兵交接前后或是夜间执勤等警惕性较低的时候实施偷袭。同时，须有观察、掩护和接应人员，才得以完成。

当前，我们营区的防御工事能够有效地阻绝和应对直接的冲击式袭击，但是对于曲射火器袭击和夜间武装偷袭的防御还有先天不足之处，尤其是火箭炮、迫击炮、手榴弹等不对称袭击将令我们防不胜防。对此，除了提高警戒级别，启动红外、雷达等监视网络外，最主要的还要靠警戒哨兵的及时发现和有效应对。

张指挥长知晓乍得哨兵失踪事件后，迅速叫来作战组长杨志峰、快反排排长刘晓辉、后勤官周长春等人，召开会议，通报情况，要求他们教育哨兵提高警惕，特别是在夜间。同时，夜间带哨干部在重点巡视营门岗哨的基础上，还要对营区进行全面巡逻，不留死角。夜间，监控室哨兵也要时刻盯着监控画面，敏锐地捕捉每一个异常情况，并把异常情况及时反馈给前方哨兵和值班作战参谋。从抵达起，指挥部就给所有干部安排了夜间带哨，除指挥长坐镇作战室指挥不得离岗外，连政委都要带哨，两个小时一班岗。夜间带哨干部的作用非常明显，有干部在哨位上，士兵更有底气。

11点20分，我同张指挥长、苏世顺副队队、盖庆翻译和"带刀护卫"小陆去会见战区司令，向其简要汇报近期工作。我们先进了司令部，小陆停好车后也全副武装地跟了进来，结果被一个民事官员激动地逐出了司令部，口中还大声嚷嚷着："这里是办公区，谁让你进来的，你不能带武器进去。"为了息事宁人，小陆只好守在司令部大帐篷旁边等候了。

汇报主要有三个方面：一是我们的第一批海运物资已经全部接收完毕；二是组织部队进行警戒防卫演练；三是积极协调派遣一个排部署到机场执行任务的有关事宜。虽然我们从巴马科方面已经获悉，派兵驻守机场只是两个月左右的暂时任务，但是为了避免误会、维护其权威，张指挥长并没有跟司令汇报具体细节，而是说具体安排需待本队人员及第二批装备到位后再研究。司令表示同意，并赞赏地说张指挥长和中国维和部队的能力是非常过硬的，战区官员有目共睹。

下午，预订的热水器到了。我一看，这哪是新热水器啊，怎么看都像用过报废的。老板笑容可掬地说："嘿嘿嘿，这是我们今年卖出的第一个，准确地说是一年以来卖出的第一个。"买热水器的兄弟告诉我，这个热水器是挂在墙上的展品，布满了灰尘，用抹布擦了三遍才看清商标。4名当地工人忙活了一下午，快到晚饭的时候才安装好，我们支付了18万西法，折合人民币大约2200元。从干活动作上看，就知道他们的业务不太熟练。这也不能怪他们，毕竟没有锻炼的机会。洗浴及厕所板房今天也架设好了，只待供水排水系统连接完毕就可以使用。在战区后勤官卡桑德拉的催促下，营区其他供水点也正在建设，我们的生活在逐渐步入正轨。

被鲜血证实了的情报

气温已经 40℃了，地表将近 60℃，地面附近的温差令空气密度急剧变化，视线延伸的地方都变得模糊、蒸腾、灵动。两辆皮卡在沙土路上拼命奔驰，带着杀气，带着仇恨，车后卷起滚滚沙尘。车上坐着十几个乍得士兵，手上握着 AK47 步枪，车的侧面挂着载弹的 40 毫米火箭弹发射器。

说是沙漠，但不时也出现一些小丘，零零星星的奇异灌木也增添了神秘。车有点快，司机不知道这条坎坷路通向的是地狱之门——恐怖分子和反政府军的老巢吗？再快，能快得过路边炸弹爆炸的速度吗？心理安慰罢了。他们要为死去的战友复仇，这种复仇既出于维护和平的需要，也出于历史和民族恩怨。恐怖分子和反政府武装在这里是不分国界的，乍得人民也曾饱受其苦。

临近中午，备用水已经不多了，他们必须赶到下一个村庄。突然，一声轰然巨响，沙尘、浓烟、人体、武器、车部件飞向天空，前车瞬间消失在浓烟中，后车一个急转弯，扣在了沙窝里，士兵散落一地。一切又归于安静，像是一场梦。许久，伤轻的爬起来开始呼喊求救，2 名士兵的生命时钟永远地停在了 11 日 10 时 54 分。12 时 55 分，法军侦察机侦察了该区域，发现联马团部队有损伤，但是数量和严重程度未知，联马团和法军的医疗援助队已经待命。

幸存的乍得士兵把事情经过讲给战区司令部作战处长尤里斯时，是带着眼泪的，尤里斯也是含着泪听的。都是乍得人，心是连着的。今早司令部交班会上，尤里斯向大家介绍了事件经过。正如前几日的情报预判，昨天是反政府武装遭受打击的两周年纪念日，

加奥地区到处可见的危险警示牌,提醒人们这里有各种可能会伤害到你的炸弹

他们果然实施了报复性行动,悲惨的依然是乍得部队。

分析一系列袭击事件的处置过程,武装直升机都扮演了重要角色。它速度快、攻击力强,可以在接到报告后迅速抵达事发地点进行侦察,并对恐怖分子形成强大威慑。可惜,整个东战区43万平方公里范围内只有法军有武装直升机,而联马团东战区只配备了医疗救护直升机。即将部署的荷兰特种分队或许会改变联马团这一被动局面,他们将携带阿帕奇武装直升机和支奴干运输直升机。

另外,前几天失踪的那名乍得哨兵已找到,也是法军直升机在巡逻时发现的。可惜发现时他已经牺牲,尸体腐烂,被扔在灌木丛中,他的武器装备也被掳走了。从身上的伤痕看,他在牺牲前经受了炼狱般的折磨。这就是我所说的恐怖分子杀人无底线的现实佐证。如果被抓,不要幻想他们会在获得政治影响或巨额赎金后仁慈地放了你。若是不幸被恐怖分子抓获，唯一的活路就是想方设法以壮士断腕的决心和背水一战的勇气逃命，或是做碟中谍、无间道，用智慧和伪装金蝉脱壳，就像美剧《国土安全》里被基地组织囚禁 8 年后，成功被"解救"的布洛迪。但不要被洗脑，更不要受怂恿对自己的祖国和人民实施恐怖袭击。

在阿盖洛克交火中受伤的那 3 名乍得伤员，受伤部位分别在后背、肩膀和大腿，均是枪伤。医生评估后决定后送，直接搭乘联马团医疗直升机送往首都巴马科。联马团最初是想把他们就近送到中国医疗队，可是医疗队的二级医院还没有建成，无法接诊这样的伤员。枪伤不像刀伤，不是谁都处理得了的，外表是一个小孔，里面可能烂得一塌糊涂了。所以普通人对枪的威力根本不了解，以为就是穿个小孔，不打要害死不了，其实不然。子弹对人体的伤害一般分为侵彻效应、锤击效应、空洞效应，具体效果取决于子弹的大小、速度和结构。当地恐怖分子用得比较多的枪支是 AK47，速度适中，弹径也不大，但射入人体后会在体内翻滚，把肌体组织都绞碎了。射入的地方也就一个小孔，射出的地方可能是碗大个洞，连骨头带肉一起飞出来。最可怕的是达姆弹，也称开花弹，弹头有裂纹，弹头打入人体就裂开了，杀伤效果数倍增加，后果将惨不忍睹，无法救治。由于过于残忍，联合国已经将其列为禁用武器了。

与此同时，联马团还在两处地点发现了肥料，分别藏有 700 公斤和 5000 公斤，这些肥料埋在地下 4 米深处，可以通过很简单的办法制作成"化肥炸弹"。恐怖分子经常购买十分廉价的硝酸盐和铵来制造简易炸弹，简单、稳定，并且便宜，当与柴油混合时炸弹的破坏力会更大。引爆装置可以在当地市场很容易地买到，用少量

TNT 或塑胶炸药就可引爆肥料和柴油的混合物。2002 年发生的巴厘岛爆炸事件造成 202 人死亡，其罪魁祸首就是"化肥炸弹"。

马里曾被称为"西非皇冠上的明珠"，其黄金产量为非洲第三，已探明储量为 900 吨。黄金也是马里第一大出口产品，其黄金出口收入占全国出口收入的一半以上。另外，马里铁矿资源也很丰富，已探明储量 13.6 亿吨，广泛的采矿活动造成当地市场存在很多类似于"化肥炸弹"这样的土制炸药。但总体上，这类土制混合爆炸物的爆炸当量还是有限的，如果目标是一栋楼的话，那么必须要有很多很多的化肥。如果恐怖分子没傻到扛着一袋化肥接近你，那么这种混合物就不会用来做自杀式人体炸弹，但可能会用于汽车炸弹和路边炸弹。

一名妇女的神秘符号

"119，119，2 号哨位报告，一名可疑人员对我营区进行侦察。"哨兵一边通过望远镜观察，一边向作战室报告。"迅速将其驱离，注意提高警惕。"值班参谋答复。

上午 10 时，正在站哨的中士张坤发现一名装扮可疑的当地妇女，在我营区北侧公路旁的电线杆上写下奇怪的字符，他报告并迅速用法语喊话。被发现后，该女子迅速逃离。张坤在对其实施跟踪观察后发现，该女子向战区司令部东门方向移动，并在距离东门不足 100 米的电线杆上再次写下不明字符，而后向东南方向村落快步离去。

随后，指挥部指派法语翻译盖庆和联马团雇佣翻译克瑞斯到事

班用机枪具有很强的威慑力,哨兵站哨之余,也会耍耍酷,让我留个影

发地查看,并将结果向联马团安全部门求证。经多方识别判断,该字符既非英、法语军事符号,又非当地民俗符号,隐含信息不明,但地理指向性特征明显,且标识位置一方面处于我营区与道路最近点,距指挥部及弹药库等重点要害目标也不远;另一方面其选择标识的位置较偏,不便于营区视频全时监控。一旦恐怖组织选择此处对我营区实施袭击,将直接危及指挥部和弹药库等重点要害目标安全。因此,这个神秘符号极有可能是恐怖分子唆使当地民众画的记号,以便对我营区及战区司令部实施针对性恐怖袭击活动。

事后指挥部向东战区司令部上报该情况,司令马马杜随即签发《关于防范恐怖袭击的紧急通报》,命令各分队提升安全警戒级别,做好随时应对恐怖活动的准备,严防恐怖分子对我及周边实施恐怖袭击。同时,司令还要求各分队严格控制人员、车辆外出,防止在外执勤时遭遇袭击造成人员和装备的损失。

在马里，自杀式袭击一般分为人体炸弹和汽车炸弹两种。汽车炸弹是将装满炸药的汽车，以伪装或是强闯的方式接近袭击目标，而后引爆炸药实施袭击。汽车炸弹的破坏力一般会比人体炸弹大得多，因为炸药装得多，一次可以装载数百公斤，杀伤半径可达数百米。人体炸弹一般是袭击者穿着特制的自杀式炸弹背心，在背心中安放高能炸药及钢珠、铁钉等杀伤利器，隐蔽接近袭击对象后引爆。由于背心的结构会使冲击波沿着背心上下导出，因此实施人体炸弹袭击的自杀者会死得很惨，因为冲击波会将其头部和腰部拉断。

今天这次侦察活动的成功拦截，除了与哨兵过硬的素质分不开，还与我们的哨位科学设置息息相关。从抵达后开始，本队兄弟们就立即投入到防御工事构筑的热潮中。人多力量大，营区每天都在发生巨大变化，这些变化让前来采访的《人民日报》驻非洲记者张建波很惊讶。他说：哦？怎么昨天还没有，今天就这样啦？！这块是什么时候出来的？我来的时候有吗？像是被变了戏法，每天都能从他的表情中看到一个个大大的惊叹号。

最怕火箭炮打不准

今早，我带4点至6点的哨，在1号哨位。带哨时，我一直观察隔壁马里国防军院内的那几只羊，想知道它们是如何吃到树叶的。马里北部植被稀少，羊要想吃饱，除了跟狗一起翻垃圾堆，还要学会两项新技能：爬树和双腿站立。只见那几只羊身材矫健，肌肉发达，后腿蹬地，前腿支撑，长时间站立，先是伸长脖子，再用力伸出舌头，舔食所能触碰到的所有树叶。怪不得这里的羊肉一点不好吃，大部分都是瘦肉，味道怪怪的，无论怎么炖都很硬，比内蒙古的小肥羊味道差远了。

正看得出神时，突然一声巨响，差点把我从10米多高的哨位上掀翻。我和哨兵迅速躲进掩体，观察并报告。爆炸吓得我一头冷汗，两腿发抖。这次爆炸太近了，而且一改袭击机场方位的惯例，爆炸声和冲击波好像是从市区传来的。糟了，出大事了，这回得死很多人！即便落后，加奥也是马里的大城市，市区内人口也有几万人。如此宁静美好的清晨又要被血淋淋的现场脏污掉了。

爆炸声响后，呼喊声、报告声、电话声、奔跑声、穿戴装备声、螺旋桨轰鸣声，声声入耳。和每次遭火箭炮袭击一样，我们启动战备预案，一切都按程序行动。通常情况，首发没袭击到我们，我们就不太害怕第二发、第三发了，因为人员已全部转移至哨位、沙墙后和地下掩体内了。一段时间以来，火箭炮袭击似乎成了常态。如果哪周听不到爆炸声，我们会觉得奇怪，不超过下周必然有炮击。

炸点坐标位于加奥市内的一个公交车站附近。极其幸运的是加奥早上没有人起这么早，公交车站空无一人。除了若干设施损坏，没有人员伤亡。奇了怪了，这是吓唬人玩吗？难道恐怖分子又打偏了？一直以来，马里恐怖分子的火箭炮袭击以打不准闻名于世，因为连个正儿八经的发射平台都没有，甚至连发射管都不用，挖个沙坑直接将火箭炮弹斜插进去，跟我小时候过年放"蹿天猴"一样。但是，抛开通布图、泰萨利特等地不谈，加奥和基达尔经历这么多次火箭炮袭击，竟然都没有人员伤亡。火箭炮弹每次都能够巧妙地在时空两个维度上避开人群，这难道还是不准吗？

营区监控记录下火箭炮袭击瞬间，远方位的滚滚浓烟并不光是炮弹释放的，很可能点燃了什么

在炮兵部队干过的都知道，加榴炮炮弹偏差一般是射程的千分之几，正常射击顶多几十米落点误差。火箭炮主要是杀伤人员和无防护轻型车辆的，属于面杀伤，散布误差稍大。即便如此，真想实施恐怖袭击也不至于总也打不中。唯一的解释就是，恐怖分子根本就不想打中！前期落弹点多针对机场及非城市中心区，今天虽在市区，却避开民众活动时段，很可能是袭击者并不想制造杀伤，而更倾向于袭扰，显示存在，恐吓和侦察维和部队。

袭击者之所以倾向使用火箭炮，是因为用手机启动，预设后就逃离，袭击者的生存安全有保障。通过上述分析，我们掌握了恐怖分子的想法和武器运用能力，结论是我们不必过分担心恐怖分子三天两头的袭扰，却担心其火箭炮发射的精度，一不小心打歪了最可怕。

在加奥发现的即将发射的火箭炮，均无制式发射系统

今天下午，东战区又在梅纳卡发现用两枚122毫米榴弹炮弹自制的路边简易爆炸物。这东西虽然也是火箭炮弹，但不比飞弹，并非毫无办法应对。一方面可以在路径选择上做文章，比如每次护送，我们都狡兔三窟，勘察的路是一条，行进的是另一条；又似移花接木，明明走的是这条路，半路又变为另外一条。唯一相同的是，后车必须紧跟前车车辙，最大限度规避路边炸弹。另一方面，可以在行车方式上做文章，每个驾驶员也都有自己的经验，比如记住路况，提前发现可疑变化。再比如快慢速度结合，进入危险路段前要慢行，便于仔细观察，而后要快行，尽快脱离危险路段。

火箭炮啊火箭炮，这是我们最难忍的痛。我们只好在心里默默地祈祷发射者在不想杀人的时候百发百中、指哪打哪，想杀人的时候最好原地爆炸。

被火箭炮击毁的加奥海关大楼,墙体彻底损毁,地面炸出1.5米深的坑,可见炮弹威力之大

意料之外的任务

继1月28日中国维和部队召开部署后的第一次党委会,各分队也在积极酝酿,为分队党委会做准备。我早早就将议题布置下去,议题同维和部队党委会议题类似,都是我们当前急需研究解决的一些问题。昨天晚饭时,徐文联政委临时交代了一个新的议题:研究机场布防。我惊讶了半天,问道:"首长,我们要去机场吗?我们的正式任务不就是防卫战区司令部吗?"徐政委说:"荷兰工兵分队要在机场附近建一个营区,名叫卡斯特,他们的警卫力量不足,前段时间请求我们提供保护,目前各方返回的信息是我们必须去执行这个任务了。不管怎样,先做好准备,有备无患吧。"

我的天啊,机场附近也是法军的部署地,那里可是火箭炮袭击的靶心啊,经常有火箭炮弹落在机场方向,有两枚火箭炮弹的炸点甚至距离加奥机场不足 200 米。卡斯特营区虽然距离加奥市只有十几公里,但那里毫无遮拦地暴露在沙漠中,经常狂风肆虐。那里除了一栋废弃的固体建筑,什么都没有,联马团的扫雷部门还在那附近发现不少未爆地雷和榴弹。我了解到,荷兰工兵分队并不是联合国框架下的维和部队,他们来到马里的主要目的是建设一个名叫卡斯特的营区。营区建设完毕后,交给即将部署的荷兰特种分队使用,它才是真正的联马团维和部队。马里近期恐怖袭击不断,出于安全考虑,荷兰工兵分队通过联马团,请求中国警卫为其提供安全防卫。这个任务可能持续两三个月,营区建设完毕后任务结束。

有些事不必评价,任务区这么多部队,荷兰工兵偏偏向中国求援,足以见得中国警卫受青睐的程度。在他们眼里,中国军队是一支强大的武装力量,中国军人纪律严明、责任心强、素质过硬,值得依靠。出动一个排的兵力,一次短期的安全防卫任务,后面牵扯的却是国家层面的重大决策,体现的是国力、军力在世界的地位和影响力。

在今天上午的党委会上,我们把为荷兰工兵分队提供防卫的兵力定为一个排,并视情况增加部分保障人员和翻译。这样一来,我们将会面临更加严峻的挑战。且不提执行机场方向任务的危险系数和保障难度,单从兵力部署上看,我们这 170 人就将分散成四个部分:警卫一排负责荷兰卡斯特营区;警卫二排和三排负责战区司令部;保障排负责中国维和部队营区,快反排在夜间对其进行加强;此外,快反排还要受联马团战术指挥权控制,随时执行护送安保和快反机动支援任务。前三个部分都需要独立保障,包括饮水、伙食、供电、住房、急救，等等。

我们携带的设备都是按照原定任务设计的，比如净水机只有两台，我们营区一台、战区司令部一台。若是开始执行防卫荷兰营区的任务，饮水就是一个难题。目前能想到的办法只有两个：一是供应瓶装矿泉水，二是用运水车从营区定期向机场方向送水。由于我们自带了净水机，并且联合国会提供净水机的装备租赁补偿，所以联马团很快就会停止向我们供应瓶装矿泉水。当地矿泉水价格非常高，折合人民币40多元一箱，若是饮用水全部花钱买，根本行不通。那么，只能用自来水。前期医疗队人员对供应营区的自来水水质进行了检测，结果显示重金属和矿物质含量超标10倍以上，长期饮用会严重威胁人体健康。所以，我们只能先将自来水净化，然后存储在运水车内，待运水车满后再运至机场。另外，卫生人员只有2个，军医赵军和卫生士官任祥宝，翻译人员特别是法语翻译也很有限。

毛主席说过：工作就是解决问题，办法总比问题多。无论有什么困难都要想办法克服。这是我军的特色和传统。我个人认为，执行防卫荷兰营区任务是个好事，不经实战、不经挑战，不好好在艰苦的环境中历练，为实践强军目标探索路子，我们此行就会失去意义。

来马里建起一个坚固的堡垒，把自己封闭起来待8个月也是完成任务，有目的、有策略、有组织地积极练兵也是完成任务，但质量却相差十万八千里。实战经验丰富的法军、装备先进的荷兰军队、英勇顽强的乍得军队都是我们需要学习的对象。怎么学习？远远地看着他们的轻型装甲车设计得多么符合实战要求？看着他们的女战士英武得像个汉子一样扶着重机枪？这样的远观除了给我们皮毛之监，没有丝毫实际意义。如若能去机场执行任务，同他们合作交流的机会将大大增加，这将使我们受益匪浅。

党委会最后形成决议，由作战副队长赵金财和作战组长杨志峰带领警卫一排，负责防卫荷兰营区的任务，实行独立伙食保障。在完成对机场附近固体建筑的使用申请后，我们会逐步落实住宿、发电、固定通信等其他方面的保障建设。赵金财和杨志峰都是寡言善行的得力干将，派他俩当负责人，也显示出这个任务的重要性和危险性。我曾多次去机场接送人员，候机厅内外密集的弹孔显示出这里是兵家必争之地。多次方位指向机场的炮弹袭击，也表明这里是恐怖分子倾泻仇恨和施展武力的重要目标。虽然加奥机场方向面积辽阔、纵深很长，但沙漠里都是一米多高的灌木丛，十分便于恐怖分子潜伏进来，实施偷袭。

这就是我们即将面临的任务挑战，另外内部安全隐患也是我们需要关注的重要方面，目前形势不容乐观。党委会上，各排都对本排官兵表现出来的思想问题进行了汇报和分析。

针对各种现象，我们在会上做了分析，并提了一些建议，首先要做好的就是思想政治教育，要把专题教育和随机教育结合起来。目前专题教育是较为欠缺的，因为官兵们几乎都投入到了接二连三的任务准备当中，组织集中教育比较困难。针对人员分散、任务紧张、环境恶劣的现实条件，我们决议化整为零，用小教育小活动解决大问题，最后形成了一座兵舍是一座坚固的堡垒、一次查哨是一次谈心交心、一个哨位是一个移动的课堂、一次活动是一次心理疏导、一本维和日记记录生活点滴、一个电子相册描绘青春轨迹、一片维和天地展示心路历程等思想教育工作思路。

另外，我们还打算利用目标牵引法激发官兵积极性，也就是为每名官兵设立阶段性目标，规划好维和期间个人成长路线图，还要充分发挥好党组织和干部骨干作用，确实把党支部的战斗堡垒作用体现出来。总之，就是要确保内部安全。若是在执行任务或遭遇袭击中牺牲了，那是光荣，是值得歌颂的，但若是因为思想和管理问题造成了伤亡，则是难以启齿的。

在和平时期的军队建设中，加强内部安全管理是各个部队常抓不懈的重要工作之一。相对于外部安全威胁，内部安全隐患更居于主要矛盾。对于战争时期的军队，或是像我们这样处于战乱地区的维和部队，外部安全威胁和内部安全隐患同样重要。自我们部署到位以来，维和部队党委就始终把消除内部安全隐患作为头等大事来抓，包括加强纪律管理、注意饮食安全、预防传染疾病、搞好心理疏导等。如果做不好内部安全管理，后果是跟外部安全威胁一样严重的。

这次党委会整整开了一上午，散会的时候就吃午饭了。会议长短不是关键，关键是解决问题。这次会议非常重要，算是从全部抵达部署到全面展开任务的转折点，准确描述了我们当前面临的严峻挑战，指明了下一步努力的方向。

下午，我们请来当地工人，把营区内可供居住的两个固体建筑的门全部安上。小一点儿的门是4万西法，大一点儿的是5万西法。三个工人只有一个是成年人，另外两个是孩子，一个是大人的儿子，一个是他的侄子。非洲朋友们干活都是一把好手，无论技术如何，肯出力能吃苦是不必怀疑的。14点的时候，大人找来一张纸壳，放到地上，然后跪下祷告，祷告完毕，两个孩子也都做了同样的动作。除此之外，他们一直在劳动。其间，有个孩子的脚趾还不小心被砸伤了，赵军医把他领到医疗帐篷，耐心地为他清洗了伤口，并包扎好。到了晚上，所有的门都安装好了。虽然是最简易的木板门，没有漆、没有纹，但是只要能关上，我们就非常知足了，挂了一个多月的毛巾被终于可以扯下来了。

非战斗减员

截至2月11日下午，警卫分队共有5名士兵住进了医疗室，是我们抵达以来倒下战友最多的一天。病因各不相同，有腹泻的，有感冒发烧的，也有中暑的，还有得疟疾的。说实话，小伙子们的身体还是很棒的，在这种恶劣的环境中执行这么繁重的任务，没经过锻炼的普通人早就趴下了。部队执行任务产生伤病员是再正常不过的事情了，但我们不希望任何一名战友倒下，特别是由于非战斗因素。

他们有的是睡觉时被空调吹了头，有的是身体正出汗时去冲凉水澡，有的是吃了没有洗净的食物，还有的是被携带疟原虫的蚊子喝了血。在所有这些因素中，我们最担心的是食品安全问题，因为一旦发生很可能是群体性的，甚至是致命的。

关于食物安全问题，我还要从头说起。我们的食物都由联马团统一供应，而联马团是按照每人每天需要的热量每半个月供给一次的，至于食物种类可根据需要和喜好自行调配。最初联马团供给我们的副食中，肉类占绝大部分，这不符合中国人的饮食结构，顿顿大鱼大肉弄得我们很不适应。后来，我们在总热量不变的前提下调整了食谱，加大了水果和蔬菜的比重，清单上报联马团总部两个多月后，第一批调整后的食物才送到。但官兵仍普遍反映蔬菜不够，只能保证在国内部队时三分之一的菜量，原因是高温和长途运输使得很多菜品都腐烂了，只能扔掉。

俗话说，好伙食相当于半个指导员，兄弟们吃不好会带来一系列问题。后来，分队领导决定每个月从机动经费中支出1万元人民币，用于从加奥当地购买新鲜蔬菜。菜量提高了，有时还能吃到生菜、嫩葱这样的绿叶蔬菜，官兵们很高兴。但又带来另外一个问题，那就是食品安全。当地的蔬菜都是老百姓自己种植的，虽然绿色无污染，但使用的肥料都是羊粪，浇灌则用尼日尔河河水，非常容易沾染病菌。炊事班的同志清洗当地蔬菜时，都要额外多洗几次。个别官兵没有管住自己的嘴，吃了没有清洗干净的青菜，结果得了急性肠炎，上吐下泻、腹胀胃痛，躺在病床上失去了战斗力，造成了非战斗减员。

非战斗减员这个词是各个国家最常用的军事用语之一，也是战争期间的常见现象，主要是指没有战斗而造成的减员，例如灾难、疾病、哗变等。当前我们的任务这么重，非战斗减员三五个尚可，若是十几个则是难以承受的。非战斗减员的危害不仅仅是减少兵员的问题，在正式开战以前己方部队就非战斗减员，可能会造成军心士气的涣散和整个战斗系统的瓦解。在伊拉克和阿富汗战争中，除美国军方公布的伤亡数字外，非战斗减员竟有1.7万人，回国士兵中有近5400人被诊断有神经疾患，这些数字严重影响了参战和即将参战人员的士气。

抗战时期在中缅边境的战役中，中国远征军的非战斗减员也是惊人的。杜聿明麾下的200师在抗日名将戴安澜的带领下，虽获同固大捷，但其后盟军大溃败，第一次缅战以大撤退告终。杜聿明在

《中国远征军入缅对日作战述略》中记述,"沿途白骨遍野,令人触目惊心",日军步步追杀,原始森林恶劣的自然条件和疟疾等疾病使部队非战斗减员十分严重,第5军1.5万人穿越野人山,最后抵达印度的只有三四千人,随军撤退的40多名妇女,生还的只有4人。可见非战斗减员是军队执行任务中不可忽视的一个重要问题,严重时可以导致整支部队大溃败。

有人会觉得,吃坏个东西、拉个肚子算什么,正好排排毒当减肥了。其实不然,我们所有的担心都是有根据的,甚至是有血淋淋的教训的。和我们同在马里维和的柬埔寨分队,刚刚抵达一个月就死了人,原因就是酒精中毒。柬埔寨官兵不知在哪儿买了些用工业酒精勾兑的假酒,喝完当天就死了人。我们的医疗队对中毒者实施了抢救,有的没抢救过来,第二天死了;有的虽捡回一条命,但失明了。此次事件后,中国维和部队禁止任何人私自购买当地的酒精饮料,包括红酒、啤酒和白酒等。

又过了些日子,柬埔寨分队出现了4名疟疾患者,也被送到我们的医疗队救治。不要小看疟疾,它是很重的病,治不好是要死人的。2008年全球有2.4亿人感染疟疾,其中100多万人死亡,非洲约每30秒就有一个幼儿因疟疾而死亡。传统的抗疟药物奎宁因疟原虫产生了抗药性已经失效,屠呦呦研究的青蒿素被世卫组织列为治疗疟疾首选药后,该药物覆盖的地区情况明显好转,但仍有很多地区被疟原虫折磨。

在战场上不要小看任何一个小病小伤,无论多小,如果不及时救治,都有可能让你失去战斗力,甚至是生命。所以,我平时格外小心地保护自己。在国内手脚要是磕破了,我不会太在意,在这里我会第一时间找赵军医消毒,再贴上创可贴。除了"联马团"供应的瓶装矿泉水,我绝对不会喝生水,必须烧开。爱自己的人才有能量爱别人,能保护好自己才能更好地保护别人,连自己都保护不了的人,谁敢把命交给你?

四

与外军并肩作战

维多利亚的秘密

自抵达之日起,先遣队135名官兵的生活用水仅靠一个水龙头。早上洗漱要排着长队,并且这个水龙头还在厕所旁,男同志还好将就,关键还有女同志,真的很不方便,所以必须尽快解决供水问题。按照规定,营区内的供水排水系统是由联马团民事部门负责建设。前期,我们已通过战区参谋军官联络协商了一次,但迟迟没有动静。等不了了,再不建,我们都成泥人了。

今天,我们去拜访民事工程有关官员,进行第二次协商。据说负责人是位来自南美的美女,金发碧眼,身材高挑,名叫维多利亚。这名字一听就够艳,自然会让人想到"维多利亚的秘密"——美国内衣大品牌,剩下的描述留给想象。联合国各维和任务区有很多女性民事人员,为了和平也为了梦想,她们要克服远离家人、环境恶劣、恐怖威胁等很多困难,令人敬佩。

为了表示尊重和礼貌,初次会面我们带上了一条丝巾和几盒清凉油。走进民事工程帐篷,看到里面坐着两个人,一名中年男性正伏案办公,另一名女官员热情地迎了上来,很明显就是她了。名似其人,但我只想说理想在上、现实在下,中间还是有距离的。说明来意后,我们把小礼品送给了她,只听她好一顿赞美:"真好看,很喜欢,没见过,哇噻,非常感谢……"

这时坐在旁边的那个中年男人抬起了头,迫不及待地说:"我是老板,我是老板,我给她付工资,我也要礼物。"并模仿孩子要糖吃的模样,伸手索求。我们一时间感到迷茫,维多利亚忍着笑点了点头:"是的,他是负责人,我是他手下。"顿时,我们都笑开了花。我们赶紧安慰一下他:"知道你是 Boss（大老板），你的礼物我们的 Boss（大老板）亲自送。"

维多利亚立即跟随我们来到营区，在现场听我们为她介绍供水排水系统的建设需求。这位美女工作态度非常严谨认真，她认真倾听，并根据需求提出建设方案，同时还考虑了排水系统的建设难度和可行性，当然她也在尽量控制建设经费。研究了近两个小时她才走，这次协商非常完美，我们甚至感到下午就能开工。

下午，维多利亚来电，接电话的兄弟拿手机先夸张地炫耀了一下：维多利亚打的。结果晴天霹雳，维多利亚说："我有事休假，一个月后回来。"电话挂了，我们突然感觉天气很冷。"什么事呢？这么急，把我们扔下不管了。"我们疑惑。嗨，没办法，也许全世界的美女都是神秘高冷的动物。

美女不能当饭吃、不能当水喝，我们去攻下一个目标：卡桑德拉，也是个美女，只不过有点老，快 60 岁了，战区民事三号人物。这个女人有特点，挽着裤脚，穿着平底鞋，粗声大嗓，说话直截了当，办事雷厉风行。这次果然高效，说完事她就把施工人员派来，量尺寸，定点位，开工了。私下里我问卡桑德拉："维多利亚哪去了？怎么走得这么匆忙、这么神秘？"卡桑德拉说："圣诞节快到了啊，她回家过圣诞啊。"

这回我想爆粗了！后来想想，这是在国外，不能老拿惯性思维思考问题，各国之间是有文化差异的。西方世界个人权益神圣不可侵犯，天大的事也只不过是工作，该休假就休假。这是我们这些在集体利益高于一切的环境中成长起来的人所无法理解的。当然，对于刚刚建立，且由几十个国家的维和人员临时组成的机构，协商办事有点曲折是难免的。经历此事我懂得了一个道理：有些事没有道理可讲，办成事就是王道。

另外，这里不比国内部队，令行禁止，雷厉风行，一切都那么高效。在这里一切都需要协商，这点非常重要。在我看来，这种工作方式的产生一方面源于机构组成。联马团总部设在马里首都巴马科，目前仅成立了东、西战区。西战区司令部部署在基达尔，东战区司令部就在我军营区的隔壁，有众多国家和肤色人种的现役军人和文职官员在这里工作。虽然在权力层级上有明确划分，但毕竟属于临时机构，权力作用的范畴和深度是有限的。说白了，谁也决定不了你什么，不可能"无条件服从"。另一方面源于任务性质，任何维和行动都是在动荡的局势中介入的，陌生的自然、政治和安全环境使得上下级间、各个部门间唯有通过反复协商才能获得一个高效科学、符合各方利益的最优结果。还有一个重要方面是高度法制化，无论你是司令还是士兵，我们都是按照自身的职责履行使命，一切都有法规依据。你若越过法规，再大的司令，我也可以不听你的。

前提是这种协商必须是符合联马团出兵声明、标准工作程序等有关法规制度，虽然有时候看起来比较烦琐和复杂，甚至缺少灵活变通的中国式人情味，但从长远和宏观来看，这确实是解决问题的最佳途径。比如营区分配，这是目前我们所有工作的关键，这项工作既涉及维和官兵自我维持状态的好坏、后续部队的部署进程，还直接决定了防卫部署效率。第一次协商是我们进入营区后的第二天，联马团东战区安全官侯赛第一时间走到营区驻地，查看部队到位部署情况和营区边界。

指挥长反复声明目前的营区根本无法容纳 395 人的中国维和部队，很多装备和集装箱都堆放在营区外面，大型装备拥挤地停靠在院墙周边，而且这只是 30% 的装备，剩余的将陆续到位。侯赛说，他也认为目前营区面积确实太小，他会第一时间打电话将这一情况向他的长官报告。下午，我们得到回复，隔壁一万余平方米的院子，即原加奥能源部的驻地也由我们支配。我们趁天黑前立即组织三支分队的领导巡视一圈，研究部署方案，并决定第二天就进行卫生清扫和地面平整，争取最快速度搭设帐篷。这里的固体建筑可供七八十名官兵住宿、办公和生活之用，其余官兵暂住帐篷，而后再搬到逐渐建立起来的集装箱板房中。这块场地的争取，必将在日后大为改善维和官兵的生存条件和安全环境。

营区分配的第二次协商发生在今天上午，我同指挥长、盖翻译和小陆前往司令部安全部，登门拜访安全官，进一步协商营区用地。出发前，我带上铜质纪念章、维和宣传册和国防白皮书。协商的目的，是把第一次申请下来的营区后面的两个小院再申请下来，供医疗队建立二级医院。小院东、北两侧由工兵、警卫营区防护，西侧是马里国防军军营，南门直接对着联马团东站区司令部，是一个有着天然屏障的宝地，里面有保存较好的小型建筑，用于设置手术室、治疗室和病房非常理想。侯赛跟随我们来到现场进行查看。侯赛是阿根廷人，退役海军军官。同样，他也是说："我决定不了，但我会把你们的情况和申请报告给我的长官，两天后给你们答复。"同时，他又向我们提出请求，希望我们能派出工兵机械，帮助司令部对隔壁场地进行平整，以便拓展司令部用地。

每次协商都是一次国际公关，软硬兼施，既有理性施压又有情感攻势。施压上，张指挥长在回答本队何时部署的时候，始终说这取决于我们的场地是否够用；情感上，赠送外宣礼品，邀请来营做客，品尝中国菜，共度中国节。整个协商过程下来，除去协商策略，我只看到两个目的："你给我两块地""你帮我铲平"；"你给我两块地""你帮我铲平"，反复 N 回，N 回反复。为了展示服务战区司令部的决心和效率，张指挥长在送走侯赛后，立即找来工兵分队王参谋长，决定在工兵装备大部分未到位的艰难情况下，抽出铲车于明天投入司令部土地平整任务中。侯赛竖起大拇指说：Chinese speed（中国速度）！想必两天后的答复也不会让我们失望。

协商，所有人都在这种联合国通用的工作方式中尽职尽责，共同为联马团的维和工作添砖加瓦。昨天，洗了凉水澡后有些感冒，但是为了尽可能多地亲自参与并掌握这些维和细节，我还是背着相机，不停地穿梭在各种第一现场，用心记录发生的一切。

尼日尔营遐想

抵达加奥不久的一天上午，我同苏世顺副队长、医疗队一名军官以及两名警卫去尼日尔步兵营，将接装组借用联马团的床垫子取回。

尼日尔哨兵看到中国军人都非常友好，热情地打着招呼，也不用查验身份，刷脸就行了。在这个恐怖分子大多是黑人的战乱地区，黄皮肤对于我们有着天然的保护，特别是尼日尔军营对中国军人的友好程度非同一般，别人入营需检验身份、审批上报，而我们受到的都是亲人般的欢迎态度，这是我们到任何一个军营都没有的待遇，并且我们在尼日尔营里行动自如。

我们找到接装组的床垫子和一些生活用品后就开始装车，像在自己家一样方便，以至于后来我们才意识到应当跟他们的头打声招呼，不然不地道。我们往营区后院走，那是尼日尔营营长的住处，其间要穿过一道墙。后院有几棵像模像样的大树，为这酷热干燥的地方制造着幸福的荫凉。营长马伽特不在，他的房间里有几名军官，应当是参谋人员，有的在工作，有的在看电视。我们说明来意，并希望转达对营长的谢意。尼日尔营不仅在我们抵达前对接装组进行了无微不至的照顾，提供热情的食宿招待，也曾派出一个班的兵力协助我们警戒。

尼日尔步兵营是标准的联合国步兵营编制，由850人组成，规模很大，相当于一个小型兵种团了。每支军队的管理方式都不一样，按照中国军队的标准来看，这个军营很松散，官兵衣着也很随意，很多穿着拖鞋。但从很多细节就可以看出，这支军队等级森严。盥洗室分为校官、尉官和士兵三个档次，校官有独立的淋浴房间、马桶和洗漱池；尉官只有带隔断的一个蹲坑，上面有水箱，但是不好用，每个人只能拎着水桶冲洗；士兵只有一个水龙头。

据接装组的周后勤官介绍，他们的饮食方式和结构与中国军队反差很大，先是炖一盆菜、蒸一桶饭，然后将菜倒进饭桶里，炊事员用黑大的右手插进饭菜中，搅一搅、抓一抓、捏一捏，最后再挝上一口放进嘴里尝尝味儿，觉得可以了，就叫大家聚过来一起抓着吃。给接装组成员分发面条时，他们也是用右手一捞，一把面条放进碗里。没办法，生存是第一需要，饥肠辘辘比异域风俗难忍，吃！

搁置床垫子的房间是尼日尔营的健身房，里面有些杠铃、臂力器等健身器材。我夸赞一名尼军士兵有发达的肱二头肌,他告诉我他经常在这里举杠铃。这些非洲士兵在体能上有着先天的优势,非常健壮。健身房的隔壁是一个娱乐室,里面有些长条木板钉成的桌椅,前面摆放着一台电视,正在播放 MV。看电视的是一名士兵,他回头龇着大白牙,笑呵呵地指着电视对我说:"呵呵呵,女人,女人。"晕,不知道是谁教的,竟然会用汉语说"女人"!还有些人在打牌、下棋。到了祷告时间,所有人都去净身祷告,用宗教统一思想,这就是他们的政治教育。有个大兵跟我开玩笑:"我祷告时,可以把一天犯的错跟伟大的主汇报一下,这样自己就赎罪了。"

尼日尔这个国家紧挨着马里,我们第一次来尼日尔营区的时候,营长马伽特告诉我们,从他家到这里只需要三个多小时。查看尼日尔的历史,动荡程度不亚于马里。尼日尔西北部也曾属桑海帝国,19 世纪初,尼日尔成为法属西非领地,后又沦为法国殖民地。1960 年 8 月 3 日宣布独立的,跟它的邻邦马里像是双胞胎,比马里共和国晚诞生 1 个月零 18 天。从此,一届届总统的上台下台大多以军事政变的方式进行,跟马里极为类似。最近的一次是 2010 年 2 月 18 日,尼日尔部分军人发动政变,扣押了坦贾总统,成立过渡政府和全国协商委员会。一年过渡期后,尼日尔争取民主和社会主义党候选人伊素福在竞选中获胜,就任总统。

同样,自 2007 年年初以来,尼日尔北部反政府武装就多次袭击政府军和外国公司,并在一些大城市制造恐怖袭击。2009 年年底以来,基地组织马格里布分支在尼日尔与马里、阿尔及利亚等国交界的边境地区向尼日尔国内渗透,实施了一系列绑架人质事件,并多次与尼日尔政府军交火。2011 年年初以来,受利比亚和马里局势影响，30余万难民涌入尼日尔境内，地区恐怖组织实施多起绑架人质事件，安全形势更加复杂。

马里、尼日尔如此相像而又相互影响的两个国家，再次印证了我的个人观点——很多人看来极其荒谬的观点：历史的背后是地理，不同的地理环境孕育了不同的历史。在有人类之前，马里人脚下和中国人脚下不一样的只是地理。这种环境决定论，是人地关系论的一种，虽然有伟大的代表人物撑腰，比如希腊的亚里士多德、法国的孟德斯鸠、德国的黑格尔，但不被大多数人认可，在绝大多数人眼里甚至是极端的想法。

你或许会问，这样一个动荡的国度为何还要加入西非盟军出兵马里呢？为何自顾不暇，还要替别的国家维护和平呢？我的判断是经济利益大于政治利益。毕竟，联合国是按照西方发达国家的标准给维和部队补偿的，因此是很高的。而对于另外一些国家来说，考虑政治利益则多一些，用一句俗语来形容就是：不差钱，差事儿。

从尼日尔营将东西运到司令部，我们正好看到从巴马科运来的沙箱已到，分给中国维和部队的是500个，其余还有麻袋和角铁若干。终于等到防卫宝贝儿了，我深知沙箱对于建立防御工事的重要意义。苏副队长立刻在对讲机里呼叫：所有人放下手头工作，立即来取，要快！

非洲兄弟够铁

按照营区的防御工事部署方案，4个哨楼需要迅速建起。本队兄弟全部到位后，人力已不再是制约因素，防卫物资匮乏的矛盾却凸显出来，说白了就是人有货缺。其中最主要的就是1米见方的防卫沙箱。到目前为止，联马团向我们三支分队发放的沙箱总共才500个，3万平方米的营区防卫，这点数量是远远不够的，都无法满足防御要点的哨楼建设需求。

安全是这里的头等大事，为了筹集防御沙箱，我们多次向联马团申请、催促，甚至张指挥长亲赴司令部向司令汇报中国维和部队面临的困难，希望联马团能予以物资支持，但均无果。防卫沙箱虽然属于军方使用的战备物资，但是所有的后勤支援都归民事部门管，因此战区司令部也是爱莫能助。但办法总比困难多，为了迅速筹集沙箱，我们绞尽脑汁。医疗队率先打听到塞内加尔警察营有沙箱，虽然是0.8米的小型沙箱，但也能解燃眉之急。医疗队向塞内加尔营借了500个沙箱，用于集装箱板房的周边防卫，尽可能减少火箭炮弹、迫击炮弹等曲射武器攻击营区后带来的伤害。

上周末，卢旺达警察营营长带领两名军官来到中国营区，拜访张指挥长。他们对中国医疗队能够帮助他们以及我们向他们提供集装箱存放部分物资表示感谢。同时，他希望双方能够经常互访，并在传统节日相互邀请，共同欢度。张指挥长借机询问卢旺达警察营是否还有防卫沙箱，可否借中国维和部队一用，该营营长爽快地答应了。

按照约定时间，我和苏副队长、赵军医带两辆猛士运兵车，来到卢旺达警察营。他们热情地迎接了我们，并非常豪爽地将他们剩余的沙箱倾囊相授。当我们提出好好清点数目，打个借条留给他们时，他们竟然说不用借条，拿去用吧。这不是一般阶级兄弟的情感啊！但我们还是坚持打了借条，并仔细清点了数目，共172个。这些沙箱为警卫分队的帐篷区建立起了一道坚固的防线。

可这些沙箱还是杯水车薪,无奈之下我们又想到了尼日尔营这个友好的兄弟。于是,苏副队长和我,还有前来采访的《人民日报》驻非记者张建波一同驱车前往尼日尔营,希望该营也能够借一部分沙箱给我们使用。让我们失望的是,他们也没有剩余的沙箱;但让我们惊喜和感动的是,尼日尔营营长马伽特说可以打一份报告,以尼日尔军营急需使用的名义,申请分配给他们一些西非共同体捐助的沙箱,请领到位后,再借给我们。这种主动借鸡生蛋、雪中送炭的行为着实让我们再次感受到了友军的意义。为了表示感谢,我们决定借给他们一顶哨兵凉棚,剩下的就是耐心等待。

张记者在我们谈完事情之后,开始了对尼日尔营官兵的采访。尼日尔步兵营原属于西非盟军,也就是西共体国家派出的部队,西共体的全称是西非国家经济共同体,于1975年成立。西共体有15个成员国,包括马里、多哥、贝宁、塞内加尔等西非国家,目的是实现区域经济一体化,跟北美自由贸易区、亚太经合组织、欧盟以及上海合作组织等基本是一回事。马里出事后,西非盟军比联合国部队早半年进入马里。这种区域组织军事力量介入他国的行动,在严格意义上算不上联合国维和行动,支持是好事,但也有个别部队不听话,不经联合国授权擅自行动,破坏了维和原则和地区稳定。联合国在马里成立特派团后,对其"招安收编",他们的行动算是正经的联合国维和行动了。

目前,联马团部署到位的维和部队来自12个国家,是一个小小的联合国。维和部队之间的关系除了代表各营区本身的相处程度,更多的还是反映出了两个国家间的关系。我深刻地体会到,在中央政府的努力下，我们坚持独立和平自主的睦邻友好政策，注重帮助经济落后的非洲国家，为维护世界和平与发展做出了巨大贡献，也在非洲产生了深远的影响。这种影响被我们亲身地感受着，我们在展示大国形象、托举大国责任担当的同时，也在享用着大国影响的馈赠。我们的外部对象包括联马团官员、友军官兵和当地百姓，在与他们接触的过程中，能感受到他们对中国面孔大拇指级的认可，也能够从他们的言语中感受到他们对中国政府无偿援助的感激，那种感激是历史性的，也是现实性的，是无法遮掩和伪装的。

我感谢友军兄弟们，但我更要感谢我的祖国。

司令怒发军令牌

来马里这么久了，今天是罕见的阴天。往日里那热情似火的骄阳，那个将西非大地炙烤得无处可藏的烈日，今天终于躲了起来，习习凉风从耳边吹过，天上零星地掉落几点雨滴。我和《人民日报》驻非记者张建波正在营区外聊着天，法语翻译刘季秋说："下雨了，快来凉棚里躲躲。"我说："这么珍贵的雨，哪舍得躲过它啊，淋一会儿这喜雨吧。"在这个世界上阳光最充足同时也是雨水最稀少的地方，阴天喜雨是多么难得，我不躲。

上午，张记者同张指挥长坐在办公室里聊天，他们聊着维和部队正规化管理与实战战备的关系问题。善于思考的张指挥长总能用他的观点吸引听众，是否立起旗杆、播放号音、集合站队等在国内看来理所应当的事，但在危险的加奥，高度战备和正规管理之间的矛盾让我们犹豫不决的时候，他的军事思想和战场思维总能让我们跳出局限，寻找到答案。"威慑重于实战""显示军事存在就不能畏畏缩缩""法理对话，智慧解决问题，力争不开一枪解决问题"等观点让张记者的笔头不停地在本子上奔跑。

9点半左右，突然一声巨大的爆炸将集装箱板房震动。声音低沉，震动巨大，据经验判断爆炸源应该是距离较远，但当量很大。来这里不到两个月，平均每周都能听到几声爆炸，最初还很紧张，慢慢就习惯了，就当放鞭炮了。如果哪周没有爆炸，我们还觉得不正常，不过用不了几天就会再响一次。透过窗户，我看到哨兵用望远镜观察，并报告作战值班室：我营区东南方位约3公里处发生巨大爆炸，爆炸后伴随大量烟雾。那里正好是法军驻扎的机场方向，后经战区司令部证实，这又是法军在销毁弹药。

后来听中国参谋军官说，爆炸吓得战区司令拿起枪就往外跑，一个跟跄绊倒在帐篷外。后来，还是司令部的一名法国小参谋告诉司令，这是法军在销毁弹药。司令气炸了，一改沉稳优雅，开始发飙。作为堂堂的东战区司令，在自己的眼皮底下发生巨大爆炸，竟然得不到事先通知，无疑会让他产生一种挫败感和失控感。一般情况下，法军销毁弹药会提前通报联马团，但也有不通报的时候，你又能怎样？

虽然法军在马里目前的兵力已经降至2500人左右，联马团增兵近万，已经远远超过法军，但法军一切行动均不受联马团制约。我们经历的一件事可以充分证明法军对任务区强有力的监视和控制。

那天，我们派出一辆排污车到联马团指定的垃圾场倾倒垃圾。刚到垃圾场3分钟左右，一架法军"虎式"武装直升机超低空冲来，悬停高度不超过 30 米，可以清晰地看到直升机挂载武器的型号。机上人员用扩音器对我们进行喊话，经辨认是 UN 车辆后才离去。法军营地距离这个排污地点大约 5 公里，从雷达侦察到情报判断，从指挥命令到启动直升机奔赴目标地，这一过程总共用时才 3 分钟，可见其战场链路的运行效率有多高。不仅司令，就连我们都有一种挫败感，我们是堂堂正正的联合国军，在防区内执行正常排污任务竟然被他们侦察喊话！

中午时分，我们收到联马团的第一份任务书，要求我们的警卫分队在 2 月 1 日，也就是国内农历大年初二开始执行机场及战区司令部的警卫任务，这是战区司令马马杜给我们下达的一份军令。我想，这份命令是带着怒气下达的，而且是很急切的。不久后，法军兵力还会减少，尼日尔步兵营也会南下，加奥地区的实际作战力量只剩下中国警卫分队。尽早让态度强硬、素质过硬的中国警卫守卫战区司令部，司令会获得满满的存在感和安全感。

司令不愧是司令，他一直在下棋，一盘战略军旗。正如前几日他对《人民日报》张记者的描述："中国警卫是战区王牌。"他要尽快用好用活这张王牌，用象棋术语说：他出车了！

根据前期磋商结果，执行机场方向的任务还需要进一步确认，毕竟不是《谅解备忘录》明确的正式任务。即便执行，时间上可以做个延缓，毕竟我们的主战装备 92 轮式步战车尚未到位。执行机场警戒任务，没有这样的重型装甲装备是条件不足的。下午送走张记者后，张指挥长前往司令部拜会司令协商此事。在反映了实际情况之后，司令表示机场方面任务可以暂缓执行，但司令部警戒需在 2 月 1 日正式开始。张指挥长返回营区后，立即找来有关领导研究此事。

这份任务书标志着中国首批赴马里维和部队正式开始执行联马团任务,真正的挑战和考验即将来临。

乍得上校的骄傲

墙壁上的日历已经翻到了 2014 年 2 月 2 日,是个周日。不见了往日的各色人种、各类人员熙熙攘攘忙碌的身影,东战区司令部里显得格外安静。这个面积只有 1 万多平方米,由十来个野战帐篷组成的指挥机关,在这个战后国家就如同一个发动机,不停地转动着和平的齿轮,同冲突和袭击相抗衡。今天走在这里又有一种新的感觉,那就是主人的感觉。自从昨天接过战区司令部的防卫任务,我们的兵力就已部署在这里,大院里人来人往,看到最多的就是中国蓝盔——我的兄弟们。控制口、制高点、重点防区、全部防线都在中国警卫的控制之下,而且负责的精神、专业的素养、高效的工作已被司令部所认可,这是一种由衷的自豪和骄傲。

上午,苏副队长、赵军医和我来司令部看看二排的警戒和保障情况,并为居住区进行消毒。完事后,我们到司令部指挥大帐看看里面谁在值班,想聊聊天。苏副队长想练练口语,我想了解点外军情况。除了值班参谋外,我们只看到一个人,就是那位乍得籍作战处长尤里斯,他在加班。这位非洲兄弟很热情,放下手头的工作,跟我们聊起了天。我说:"您工作很辛苦啊,大周末还来加班啊。"他说:"是啊,因为我是'中国人'。"他继续解释说:"在我们国家,谁要是工作狂,就会被形容为太'中国人'了。"

从言谈举止上看，这位乍得军人很出色，我从两个方面得出这个结论的：第一，作为联马团东战区作战处长，他工作不仅认真负责，而且还经常主动加班，这在联马团中是极为少见的。整个战区各个部队的行动计划、情况处置等都需要他来安排。第二，也是最主要的一点，他心中有强烈的民族自豪感和自信心。他对国家和民族的热爱、对乍得军队的忠诚成为他宝贵的品质。忠诚是一名军人最高贵的品质。

乍得军队历来以作战勇猛、战术凶悍而闻名于世。其参加的大小战斗是马里维和部队中最多的，伤亡数量也是最高的。每次在路上看到从前线返回的乍得军人，我的心中都会涌起崇高的敬意。忘不掉他们满脸灰呛呛的样子，有的头上还包裹着纱布，但他们的眼中却始终充满了自信和骄傲，那是军人应有的表情。

乍得是非洲中部的内陆国，位于撒哈拉沙漠南缘，远离海洋，且国土大部分属于沙漠气候，因此有"非洲死亡之心"之称。漫漫的历史长河中，乍得经历着难以想象的贫穷，没有电力，没有加油站，没有网络和通信。大多数城市没有一间像样的房子，只有土坯房和茅草屋。乍得一直以农牧业为主要产业，政变战乱时有发生，经济落后，在世界银行发布的 2011 年经营环境报告中排名倒数第一，比马里还穷。但是乍得有石油，是非洲第九大产油国。尽管有了上帝的馈赠，但乍得却没有能力开采，更没有办法运输。乍得自己用的每一滴成品油都要依靠进口，可以说在石油工业方面乍得还是"零基础"。2007 年后，乍得建立起了自己的石油工业体系，实现了商业油零的突破，2008 年突破稀油，2009 年发现高富集区块，2010—2011 年发现高产、高丰度亿吨级大油田。

听他这样一讲，我对乍得更多了几分兴趣。我跟他约好，有时间好好采访一下他。

大 Boss 恋上锅包肉

清晨起床，空气清爽。沙漠里，雨后的黎明，光线不忍错过这罕见的湿润，秀出最后一条淡淡的彩虹，如此美妙。如果仅是仰望营区中央那棵高大的棕榈树和它背后的蓝天，再嗅嗅这湿暖的空气，会给你正在三亚度假的错觉。可低头一看，依旧是黄沙，地面已被昨夜的细雨清洗，色泽加深，绘出一片罕见的冷色调。撒哈拉，不是雨季的雨，总显得那样珍贵和奇怪。

我揉搓一下惺忪睡眼，洗洗脸，刷刷牙，吃早饭，走在湿软的沙地上，步伐渐渐加快，准备迎接又一个忙碌的一天。按照预先通知，今天联马团总司令卡佐拉少将会从巴马科抵达加奥，并视察中国营区。卡佐拉是一位卢旺达籍将军，有着卢旺达人典型的漂亮骨骼和外形，身材高大，皮肤黑又亮。我们先遣分队抵达巴马科时，他曾率队在机场迎接。此次为了做好迎接准备，张指挥长在早交班会上作了简要的布置，包括对内务、着装等细节提出要求。在这里，迎接上级领导检查要比在国内省事一千倍，不需要层层陪同，不需要写汇报材料，不需要反复打扫卫生，轻松加愉快。

8时30分，中国维和部队三支分队的领导准时出发前往战区司令部。我看到司令部的全部军民官员都走出办公帐篷，来到司令部门口等候。门外有一支由30多名尼日尔军人组成的不太整齐的小型仪仗队，队列前有一位指挥官和一位号手，时不时地练上几个动作。以前每次来这里都是紧张严肃的,一个个情况通报、一个个问题协商让司令部大帐给我留下庄重的印象。但今天却不一样,这是我来到马里后,首次看到司令部内外聚集了这么多笑脸。或许是战争和伤亡这样沉重的话题让大家压抑得太久,军民官员们也需要释放,他们三三两两聚在一起说笑着,相互拍着照片,打着招呼,握着手。

卢旺达民事警察营那个像甲壳虫一样的小型装甲运兵车停在司令部墙外,上面坐着五六个人,座位背靠在车厢中央,人坐上后面向外。这样的设计较为科学,便于防卫和攻击。我走近他们,想近距离拍一张照片。不经意间发现一个有趣的现象,他们手中AK47步枪的弹夹都是两个对调后用胶带绑在一起的,而且都是装满实弹。一名卢旺达警察向我介绍,这样我们的弹夹容量就由30发变成60发啦,打完一面可以迅速换上另一面,这是实战得出的经验。听老辈人讲,在边境自卫反击作战时我们也这么干过。那场战争结束时我才3岁,还啥也不懂,就知道打仗是消灭敌人。现在我明白,战争是最高级形式的政治,涉及政治、经济、军事、民族、宗教、文化、社会、历史等因素,太复杂,绝对不是警察抓小偷、奥特曼打怪兽那么简单。

9时左右,我们等候的大司令乘坐着防弹车驾到,还有部分安保警卫人员和民事随员陪同卡佐拉来到加奥。仪仗队开始比画起来,接受司令的检阅,我真怕那玄乎的挥枪动作伤到队员自己。仪仗队指挥员做着夸张的迈步摆臂动作,走在侧方引领司令。

检阅完仪仗队,战区司令马马杜向卡佐拉依次介绍列队的军民官员,包括各维和部队领导,而后人员都进入司令部大帐篷,依次就座。没有名签，没有座次，只有一位负责人在会场指引就座，反正不聋不瞎不傻的都能领受全部信息，当然个别领导还需要带个翻译。组织者不用费脑筋给参会人员排座，搞不好还弄出国际纠纷。

小司令马马杜首先向大司令卡佐拉介绍战区情况，包括安全形势、人员规模和建设进度，而后卡佐拉讲话，主要内容是肯定和勉励。按照预先计划，这一环节大约在9时55分结束，但实际上一直拖到10点半。值得肯定的是，卡佐拉一直站着讲，而我们坐着听，而且他没有事先准备讲稿。

下一个环节是视察中国维和营区，开路车是我们的一辆猛士运兵车。车队来到中国警卫营门时，两名哨兵挺拔地站着军姿，行一个标准的中国军礼。营区内指挥部前矗立着一列"蓝盔武士"，整齐划一让所有人为之惊讶，我听到有人叹了一声：so cool！（真帅！）全副武装的中国蓝盔仪仗队在视觉上有很强的冲击力：头顶蓝盔，蓝盔上套着黑色防沙镜，士兵都戴着墨镜，在阳光的照耀下映射着人影，还有那锃亮的战靴、护膝护肘、战术手套、95-1式步枪……在张指挥长的介绍下，卡佐拉同官兵们一一握手。

随后，卡佐拉来到作战室参观，我们向他介绍了作战室内的地面监视雷达和红外监视器等设备。在张指挥长的邀请下，卡佐拉为我们题词："中国维和部队，你们是中国军队的优秀力量，是中国军队的骄傲，纪律严明，完全具有执行任务的能力。你们是优中选优的精英。我祝你们新年快乐、年年有余、工作顺利、万事如意。"在生活区，卡佐拉看到了整齐的帐篷、统一的内务、完善的生活和娱乐设施，这一切都让他非常满意。特别是对叠成豆腐块一样的被子感到好奇，他问："你们平时就这样吗？这里睡人吗？"我确信他的诧异是发自内心的。

参观完警卫分队,卡佐拉直接进入医疗队进行参观。医疗队已架起全部的集装箱板房,看上去更为规范和整洁。两排集装箱板房相互对应排列,每列板房前都有从国内带来的板砖铺成的小路以及围成的微型花坛,其中几个已经种上了花花草草。同警卫分队浓浓的火药味儿相比,这里明显更具有温馨的气息。几名女队员正在布置文化展板,看到中国军花后,那些可爱的黑人警卫也放下威严,跑到军花中间急切地要求合影。

卡佐拉司令的一名随员是个法国女人,四十多岁的样子,也按捺不住凑到中间合影。他们排列完毕,面对镜头,正在准备表情之际,两侧分别冲过来几张滑稽的露出洁白牙齿的黑脸,抢了个镜头。那名法国女人说:"这是女人们的合影。"惹得周围人阵阵欢笑。最为搞笑的还是那名最小的 UN 队员,医疗队养的一只小狗,人称 UN 狗。队员们用木板给它做了一个非常专业的窝,上面用黑色油漆写着大大的 UN。看到这么多人来参观,它吓得汪汪直叫,这是我第一次听到它叫。正好卡佐拉路过,这么严肃的场合,配上狗叫声,似乎以特殊的方式表示欢迎。几位随员干脆停下脚步,在狗窝前逗着小狗。或许在这些联合国官员远方的家中,也有一只可爱的小狗吧。人类最亲密的伙伴总能让人联想到家的温暖和人性的善良。

参观医疗队时,全程都是由医疗队队长肖刚进行讲解,不需要翻译,他的英语口语应对这样的外事场合绰绰有余。这位已经接任解放军第 211 医院院长的维和分队长已是第三次执行维和任务了,他极具亲和力,和队员们相处融洽。最后参观的是工兵分队,卡佐拉在工兵分队驻留的时间较短。工兵分队队长以工程建筑部队特有的实力向司令表态:"春节前队员将全部从帐篷搬入板房内。"从工兵分队的营门出去,卡佐拉前往下一个视察区域——卢旺达警察营。

按照计划,午饭在中国维和部队吃,也就是参观完卢旺达警察营后再返回中国营区。这样安排的原因只有一个,用卡佐拉司令饭后的评价来说:"在马里的五星级饭店,都吃不到这样的美味!"特别是锅包肉,外酥里嫩、酸甜可口、色泽金黄,令他"爱不释口",完全好上这口儿了,边吃边问怎么做。我终于知道,饮食文化就是这么传播的。关于吃,还有很多故事,比如荷兰队员专门赶着饭点来我们营区参观,比如多哥队员吃完还要打包带走……有时候我会想,他们就这么傻吗,做个菜都不会?他们的菜不是包就是裹,再就是烤和炖。看来文化不但会遗传,还会影响味蕾。早知如此,我或许可以考虑在联马团开个中国饭店,会赚翻的。

塞内加尔营的车祸

车祸是联合国维和人员的重要伤亡因素之一,那么就来说说车祸。说车祸之前,先描述一下加奥的交通情况吧。加奥周边没有山、没有谷、没有沟,只有一望无际的沙漠,受战乱影响,市区外的交通线上车辆、行人很少。加奥市区内从来不会发生堵车现象,甚至连红绿灯都没有,因为道路就那么几条,车就那么几辆,真的用不着红绿灯。按照常理来看,即便你是新手,在这里发生车祸的概率也会很小,只要速度不快,发生车祸也不会死人。

可就是在这个地方,今天却发生了一起惨烈的车祸。4月27

日14时左右，大批塞内加尔士兵从国内抵达马里，与上一批维和士兵进行轮换。一辆辆皮卡飞驰在从加奥到基达尔的那段杳无人烟的公路上，每辆皮卡上都坐了十来个士兵。突然，一辆皮卡的右前轮爆胎，由于车速快，皮卡瞬间翻扣在路边，车上的士兵撒了一地。后车一个急转弯，扎进了沙丘里，躲开了翻倒的前车。1名士兵当场死亡，另有8人伤情严重，情况十分危急。我们的医疗队接到联马团东战区求助电话后，立即启动应急预案：派出救护车队前接伤员，其他人员到岗就位做好收治准备。

14时50分，三辆装甲救护车呼啸驶入医疗队的二级医院。伤员送来时，塞内加尔营近百名军人乘坐皮卡也跟着冲到战区司令部。医疗队的二级医院成立后，由我们警卫分队一个班的兵力负责警戒，他们自从接防后还没有见过这阵势，当时哨兵有些惊愕，反复问作战值班室："这是什么情况？"得知缘由后，哨兵简单查看了ID卡后，将其放行。护送伤员的塞内加尔军人们焦急地等待着，他们的神情很恐慌。

现场组织伤员分类的医疗队副队长朱四强仔细检查伤者情况，接连发出伤员分流指令：一号伤员送到ICU抢救；二号伤员送到X线室拍片；三号伤员头部及四肢多发伤，立即止血缝合……很快，伤员们被有序分散到急救室、ICU、普通病房及处置室内接受检查和治疗。经过7个多小时的急救处理，22时8名伤员都已妥善处理。1名头颈外伤病人仍昏迷，需要继续观察，轻伤的2人经包扎处理后已经归队，另外5名重伤员也得到及时的收治和监护，病情渐趋平稳。第二天上午，三辆野战救护车出动，将重症伤员迅速后送至加奥机场，乘机飞抵巴马科。

死亡的那名士兵被送至医疗队的停尸房，等待时机运回他的祖国。那个停尸房是按照《谅解备忘录》要求设置的存放遗体的冷库。为了防止因意外因素导致压缩机停止工作，每天都有专人负责检查停尸房的电源和线路。从外表上看，这个集装箱和其他冷藏集装箱并没有什么区别，但那道门却横亘在生死之间。自从这个停尸房启用后，短短2个月已经存放了十多具遗体，这个数字比同一时段联合国其他任务区阵亡人数之和还多。停尸房距离二级医院哨兵宿舍只有20多米的距离，孤零零地放在那里。每当停尸房的压缩机运转，哨兵们都显得格外沉默。

如此惨重的车祸，究竟是怎么发生的呢？事故调查结论表明，原来是地面温度过高，高速行驶中的皮卡突然发生爆胎，致使载满军人的皮卡突然翻车。太恐怖了！对于四轮车来说，行驶中突然一个轮胎爆破，后果是不堪设想的。自我们抵达任务区以来，除汽车炸弹、火箭炮袭击、零星交火和地雷设伏等恐怖袭击造成的人员伤亡外，车祸是最大的非战斗减员因素。目前，多国维和部队都被通报有车祸事故。

随着马里热季影响加剧，白天最高气温接近50℃，测量地表温度的温度表已经爆表，量程是70℃。白天最热时段，埋入沙土中的鸡蛋，经过一两个小时就会熟透。据科学数据显示，能够固化鸡蛋蛋白的温度至少要达到70℃。在如此高温的地表上，长时间剧烈摩擦会使车胎温度逐步升高，这就是此次塞内加尔营车祸的自然环境因素。在这样的环境中，内嵌加固钢丝网的实体防爆车胎显得尤为重要，不仅能够预防车胎因过热爆胎，而且可在交火中避免子弹轻易击爆胎体，导致无法机动的恶性后果，这两种情形都是致命的。他人的教训就是我们的经验，交班会上我们立即布置车辆事故预防工作，包括检测所有车辆的胎压，要求控制车速和行车时间，严禁干部驾车、无证驾车和非驾驶员驾车等。

除自然因素可导致车祸外，人为因素也是存在的。维和任务区多为战乱地区，贫困落后，路况较差，管理无序。在有些任务区，路上的运动体从原始到现代应有尽有，手推车、驴车、马车、皮卡、大巴，乃至悠然散步的狗、毛驴、牛、骆驼，还有玩耍的儿童，虽不拥挤，但堪称混乱。恶劣的自然环境、严峻的安全环境、陌生的路况对驾驶员的安全驾驶都是不利因素。

为了提高运载能力，我们的步战车和指挥车较为宽大，这就导致驾驶过程中会有视野死角。虽然维和部队驾驶员都是经验老到的士官，但在闹市地区往往需要带车干部协助观察，并慢速鸣笛，才能顺利通过。联马团运输部门还专门组织过一次驾驶员资格认证，抽组人员对各维和部队驾驶员进行考核，考核通过后下发联合国驾照，就是一张简易的小卡片。严格意义上说，只有获得联合国驾照的人才可以驾驶车辆。我也有幸获得了一张联合国驾照，很有纪念意义。

那名士兵的遗体在停尸间里存放了七天后，门打开了。那一刹那，一股凉气扑来，和外面形成巨大的反差，一道门的距离如同地狱和人间的距离。那名士兵孤独、寂寞、冰冷地躺在那里，如今他终于可以回家了。当他被抬出来的时候，东战区司令部所有到场的军民官员都肃然默哀，经过每个人面前时，都会被致以军礼。遗体被医疗队送到了加奥机场，后送专机机组人员表达了痛心，并承诺会好好护送的。我们难以想象：士兵的父母、妻子或是孩子刚刚将他送到马里,很快又接回了他的遗体,这将会是一种怎样痛彻心扉的悲伤。

愿为人类和平事业献身的英雄,一路走好!

为荷兰工兵提供防卫

在意料之外也在情理之中,我们正式接受了为荷兰工兵分队提供防卫的任务。我在维和日记里写的那天是2月27日,很平常的一天,但那天发生的事可能会载入中国维和史册。据我了解,那天是我军自1990年参加联合国维和行动以来,首次派出一个建制排为外军提供全域安全防卫。这件事在2月初的时候我们就知道了,并开了党委会做了初步的安排:负责人是作战副队长赵金财和作战组长杨志峰,兵力是警卫一排。另外,我们也曾多次考察机场的地形及安全环境,并对兵力部署、警戒方案、应急处突、行进路线、防御工事建设等任务要素做了周密的研究论证。荷兰工兵方面也很积极,他们的分队队长克里麦利少校对我们的防卫需求很强烈,多次跑到我们这里来磋商任务细节。克里麦利个子不高,一米七左右,但很精明,他对加奥的安全形势有着很深刻的认识,对他们可能遭遇的袭击有着很充分的预想。

那天早上6时20分,我们在营区里举行了一场出征仪式。张指挥长下达了任务命令,并对防卫要点、行为纪律、保密规定等关键要素提出要求,徐政委以"久违的郁金香"为主题作战前动员。这个仪式很简短,但令人很激动,特别是徐政委借古喻今的动员讲话使得维和官兵士气高昂。

仪式完毕后，警卫一排官兵就全副武装跃上步战车，向沙漠深处的加奥机场开进，7时抵达荷兰工兵分队在建的卡斯特营区，并和荷兰工兵分队哨兵进行了交接。按照约定，我们负责早7时至晚17时整个卡斯特营区的防卫任务，因为这段时间荷兰工兵都在施工，无暇抽出兵力警戒，而在夜间荷兰工兵可以自行防御。这样一来，警卫一排需要每天迎着朝阳向卡斯特营区开进，晚上再伴着晚霞返回。因此，为荷兰工兵防卫的第一个危险就来自机动途中，可以说是"绝路上的求生"。

3月上旬的一天早上，晨曦初露，静谧清凉，本就落后的地区加上战乱影响，见不到车水马龙，步战车一如往常地行驶在通往防卫区域的路上。作战组长杨志峰看了一眼手表，6点整。为了让恐怖分子摸不清规律，警卫一排官兵特意将出发时间安排得很混乱，有时5时50分出发，有时6时20分出发……为了适应这样的无规律变化，警卫一排官兵需要把起床、集合、洗漱、整理内务、早饭这清晨五部曲在尽量短的时间内完成。

一路上，步战车队犹如一只敏捷的猎豹，时而加速，时而缓行，时而画起长龙，就好像是老练的驾驶员在秀车技。驾驶员陈天洪说："一路上2个转盘路、4个转弯点、8个涵洞以及数不清的坑坑洼洼都是潜在的敌情，勘察预防、标识警报、电磁干扰、变速通过、延时规避、曲线回避、拉大车距都是战术动作。"为了确保安全，他通过反复观看行车记录仪录像，硬是把路上的各种特殊状况牢牢地记在心底，并编写了方便记忆的口诀：一号涵洞三连坑、油站过后轮胎横……车上包括炮长、观察员、战斗员在内的所有乘员都瞪大双眼，通过观察镜对所负责方向进行侦察警戒，庞然铁甲已然成为三头六臂的超级战士。兄弟们都深知，这条10多公里的道路是任务区的一条死亡之路。路上密集的弹坑、烧毁的轮胎、被炸零散的汽车部件，还有无边的沙漠和险象环生的灌木丛，无声地诉说着危险有多近。仅3月上旬，在联马团部队经常经过的道路节点和停车位置，就先后遭遇3起简易爆炸物袭击，造成3名乍得士兵和2名当地医护人员受伤。马里国防军和法军也分别遭地雷袭击，导致3人重伤、2人轻伤。

突然，步战车紧急制动。"有情况，准备战斗！"作战副队长赵金财果断下令，所有人拉枪栓子弹上膛，那一刻安静得只剩风声。那是我们命名为"8号点位"的地方，前方50米处的涵洞和垃圾场周边，以捡拾垃圾为生的孩子不见了踪影。"119，防卫车队已行至8号点位，涵洞附近预设的标识有人为破坏迹象，恐有埋伏，请求扫雷支援。"用高倍望远镜观察后，赵副队长向指挥部报告。"注意加强警戒，立即变更行进路线。"正在作战室内坐镇指挥的张指挥长下达指令，"孙宝玮赶紧致电联马团值班参谋，请求扫雷支援。"当日下午，联马团扫雷部门在该点位发现300公斤的硝铵炸药，启动装置是一部手机。

如果……这世上没有如果，说是幸运也好，说是素质过硬也罢，反正那次警卫一排躲过了死神。如果说机动途中是他们要过的一道鬼门关，那么卡斯特营区则是真正的地狱，那里不仅是火箭炮袭击的靶子，而且是靶心，而警卫一排官兵算得上靶心上的舞者了。

"1组报告，2号诡计装置异常。"3月25日早上刚抵达防卫区域，警卫一排排长杨开金就接到报告。"各组利用地物就近隐蔽，加强观察，注意警戒。"数秒后，各组迅速完成环形防御部署。"轻扫浮沙，不要改变机关状态。"杨开金命令，他正带领一个班侦察防卫区是否被埋设地雷。前一天刮了一夜的沙暴，埋设在路口、检查哨等几个关键点位的机关已被细沙完全埋没。中士邹守祥伏在地上，小心地吹去诡计机关上的沙尘，这个机关正是他的设计。为防止夜间恐怖分子潜入防御区埋设诡雷，他设计了一款自动触发的报警装置，可为警卫官兵提供重要的安全判定依据。"报告排长，有蛇行痕迹，应该是动物触发。"

虚惊一场，警报解除，兵力展开，大家开始在战位上警戒。突然，"咣"的一声巨响，大地被震动，车窗嗡嗡作响。"就近隐蔽！"杨开金大喊，话音刚落，又是一声巨响。随后，升起一团乌黑的蘑菇云，近在咫尺。杨开金事后跟我说：我当时目测了一下，最近的那个炸点距离卡斯特营区也就200多米。法军的直升机随即飞来巡逻，螺旋桨轰鸣的噪声不时地从头顶掠过。当天，再没有进一步的袭击。

其实，火箭炮袭击对于我们来说不算稀奇，从抵达到3月底，加奥地区已经发生了18起。如果哪一段时间听不到爆炸声，我们甚至都会感觉很奇怪，但过后的爆炸又会印证周期性袭击规律。发射位置、时间、方式均变幻莫测，大多数情况只能是在爆炸之后，侦察到用遥控装置连接的发射筒，唯一不变的是目标都指向机场附近这个"靶心"。但那次的炸点确实距离太近了，可以说是精确打击，令人感到后怕。

警卫一排官兵确实不容易，他们执行的任务虽然是后加的，但却是最危险的，比防卫战区司令部这个正式任务还要危险。不仅恐怖袭击多，而且自然环境的恶劣在那里表现得更加突出。虽然同在

尼日尔步兵营的士兵正在"俱乐部"看电视,房间内部设施很简陋

尼日尔官兵正在祷告。这种宗教仪式的作用类似于中国军队的政治教育

一名卢旺达警察帮着中国士兵装沙箱。卢旺达警察营是驻加奥所有非洲维和部队中内务最整洁、着装最统一的。

这是准备去前线作战的乍得士兵,车上挂了很多火箭弹

中国警卫全副武装迎接"联马团"司令卡佐拉检阅

卢旺达警察营沿着加奥主干道游行,纪念卢旺达大屠杀。游行获得了各国维和部队和加奥人民的大力支持

警卫一排的一辆步战车正在为荷兰工兵作业区进行警戒,作业可休息,警戒却全时存在

卡斯特营区在一望无际的沙漠里,哨兵又干又热

荷兰特种分队官兵被中国维和营区的标语吸引。所有标语都是用中英两种文字制作的,既有教育官兵作用,又有对外宣传目的

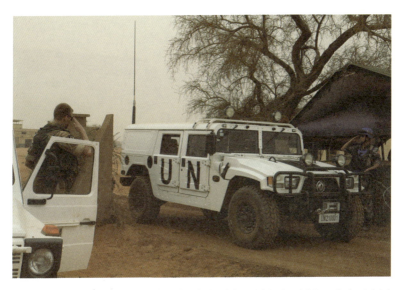

每次出入卡斯特营区大门,荷兰哨兵都会对中国军人致以军礼。他们对中国军人为其提供防卫充满感激

荷兰部队实现了高度的军民融合，企业跟到了战场上

荷兰维和部队新老指挥官以钥匙为信物进行权力交接。这位新指挥官是任务区唯一的女指挥官

小切磋增进大友谊。荷兰军人还是很好相处的,很随和、很幽默,而且偶尔还会搞些恶作剧

法军的"潘哈德"步战车小巧轻便,皮实耐用非常适合沙漠地形,是法国人的骄傲

加奥，但毫无遮拦的沙漠让警卫一排官兵对高温的体验更加强烈。正午时分，将温度计插入沙中，40℃、48℃、59℃……你会发现温度计指数甚至能够飙升至60℃以上。气温最高已达50℃，放眼望去，被太阳炙烤的空气蒸腾滚动，扭曲了视线，除了生存能力极强的小型灌木，那里毫无生命迹象。为了适应地表折射率的变化，射击时的瞄准基线还要做相应调整。

从11时开始到15时是每天最热的时段，也是警卫一排官兵每天都要经历的绝命4小时。哨兵不时地用望远镜看着远处来往的车辆，然后记下"皮卡1辆，乘员2名，车牌号UN5701……"。但凡有车辆出入卡斯特营区，他们就要记录，即便是带有UN标志。为了看清车内人员，他们必须摘掉墨镜，而其他时候他们必须戴着墨镜，否则毒辣的阳光会让肉眼难以忍受。豆大的汗珠从哨兵头盔内滑落，摸一下他防弹衣下的迷彩服，早已湿透，而透气的地方，汗水刚刚溢出就蒸发了。阳光令哨兵的眼里常布满血丝，干涩红肿，贪婪的热风似乎连他眼中的那点湿润也不肯放过。

一般来说，中暑没什么大不了的，但如此高温导致的中暑可能是致命的。为了降温，每天晚上官兵们都要回到主营区冰冻大量的矿泉水。第二天执勤时，放在战位上，热了就用冻成冰柱的矿泉水冰冰太阳穴，渴了就喝口刚融化的冰水。防卫区域有一栋废弃的车间可供官兵休息，水车每周都会送来5吨水用于降温。水泼洒到屋内地上，会发出嘶啦嘶啦的异响。刚开始，连续浇灌一周都未饱和，饥渴的撒哈拉犹如怪兽般张着大口。

热情的不止是太阳，还有这里的女人。4月上旬连续一周，防区附近都会出现三五个穿着暴露的女人，有的头顶着盛有水果的盆,有的还领着孩子。每次警戒官兵路过,她们都会热情地招着手。马里人民对中国蓝盔是热情和欢迎的,但是如此热情着实令人费解。一天,狙击手王峰在瞄准镜中发现了端倪。原来打招呼只是幌子,她们手中的笔和纸,以及不时的记录动作暴露了她们的热情背后的冷酷。王峰迅速将情况上报。按标准工作程序,尚未实施袭击的可疑人员,须由联马团民事安全官员和警察实施抓捕和审讯。经审讯,那几名热情的女人正在为恐怖分子侦察目标坐标、兵力部署和活动规律。女人和孩子再次被恐怖分子利用,善意的笑容和火辣的勾引下隐藏着嗜血的目的。

为荷兰工兵提供防卫的警卫一排是加强了外援的一个排,比如加强了卫生员任祥宝、翻译李海内等支援保障人员。其中,李海内的主要职责就是代表作战副队长赵金财和荷兰工兵分队进行联络,他不仅是中荷官兵友谊的纽带,更是安全的纽带。

4月下旬的一天上午,卡斯特营区正门哨兵突然报告:"一辆不明身份的皮卡正向我防御方向急速接近,车上有两名疑似图阿雷格族的蒙面人。"此时,这辆可疑皮卡距防卫前沿仅有400米。"各组注意,迅速按3号预案执行。"作战副队长赵金财命令下达后,1号哨位立即隐蔽于掩体,拉枪栓子弹上膛。两辆半掩于地下的步战车轰然发动,跃出沙坑,向防御前沿冲去支援。大口径的反器材破甲弹已上膛,必要时可以轻易穿透装甲。狙击组迅速调整射击角度,瞄准好预定参照物。李海内立即通过电台将情况通报给正在作业的荷兰工兵,并要求按1号协同方案执行。而后,他利用设置在防御前沿的大功率扩音器进行法语喊话。接到通报,荷兰工兵分队队长克里麦利少校指挥所属部队就地疏散隐蔽。

当皮卡距离防御阵地 150 米时，赵金财果断下达"拉响警报"的命令，刺耳的警报撕破寂静。或许是可疑人员意识到事态严重，迅速转向，调转车头逃离了现场，只留下滚滚沙尘。威胁解除后，克里麦利少校握着赵金财的手说："多亏了你们。中国警卫非常出色，能够得到你们的安全防卫是我们的莫大荣幸。我们可以安心建设，不必担心安全问题。"

中荷官兵在相互合作中筑起一道安全屏障，也结下了深厚的友谊，正如分队政委徐文联在诗中描述的："英雄时势论甲申，再见久违郁金香。"一次双方部队领导碰头会上，荷兰工兵分队一名 55 岁的少校军官激动地用一袋郁金香干花瓣表达感激之情。久违的郁金香，见证了新时期的中荷友好。

见证权力交接

经过四个月的辛苦工作，荷兰工兵分队已经完成了卡斯特营区的建设任务，荷兰特种分队的主体部队已经抵达加奥，并接收了从荷兰本土运来的大部分装备物资，形成了自我维持能力。为了更好地形成全面作战能力，荷兰工兵分队第一批部队需要进行权力移交，并光荣回国。按部队惯例，权力交接必有交接仪式。在马里，我们已经见证过一次法军的权力交接，新老指挥官以指挥手机为信物进行转交，形象地展示了指挥权力的移交。交接仪式一般需邀请联马团和马里重要人物以及友邻部队指挥官参加。作为在加奥的一支举足轻重的武装力量，并且为荷兰工兵分队提供了这么久的安全防卫，我们必然会收到邀请。

邀请函是以邮件的方式发送过来的,交接仪式是5月3日11时正式开始,邀请我们于10时30分前抵达卡斯特营区。进入营区后我发现变化很大,之前这里还是黄沙漫漫的不毛之地,如今一座座营房拔地而起,虽然以帐篷为主,但也非常规整。因为看到了中国维和营区集装箱板房的优越性,下一步他们也会陆续架设和我们一样的集装箱板房,采购地也是中国。铁制防护网墙沿着卡斯特营区环绕一周,网墙上面是蛇腹形铁丝网,营区地表铺设了大量的铁矿石。这种就地取材的细碎铁矿石非常坚硬,荷兰工兵分队铺设了有三四十厘米厚,而后用轧路机反复碾压,完成了高质量的硬化工作。据警卫一排排长杨开金说:"荷兰工兵建设能力确实很强,施工质量标准也很高,作业全部用大型工程机械。"

抵达卡斯特营区后,我看到东战区司令、副司令也同时抵达,进入营区大门,一名引导员将我们引入营区内指定的迎宾大帐篷。这种引导既是出于一种礼仪安排,也是出于安全考虑,在引导的过程中,引导员反复强调可以拍人,但不要对着道路另一侧的装备拍照,另外也不允许我们随意自行参观。迎宾大帐是一个以集装箱为后墙、以遮阳网为顶、三面透空的地方,里面摆放了一些桌椅,其中有木质的圆桌,大帐后侧是个小型吧台,用于制作和提供饮品食物。

吧台后面是一位四五十岁的长相标致、穿着蓝色工作装的荷兰人。他热情地询问我们需要喝什么、吃什么,并动作专业地制作咖啡、茶等热饮,麻利地准备着可乐、雪碧、果汁等冷饮。我好奇地走上前,询问他一些问题,他很友好地作了回答。原来,他是SUPREME公司的员工,荷兰分遣队虽然消耗的是联合国的供给,但饮食制作保障等方面已承包给了一个公司。这可是在战场前线啊，为了提高后勤保障的精细化、专业化程度，荷兰分遣队竟然实现了高度的社会化保障，包括营区建设、施工设备等方面，能用钱解决的都尽量用钱。荷兰分遣队大量雇用当地员工、租用机械设备，卡斯特营区里的当地雇员甚至比荷兰军人还多，有洗衣服的、有干力气活的、有清理垃圾的，等等。

这个迎宾大帐平时是荷兰部队的休闲室，木质的吧台做得很精致。荷兰的木工活儿就如中国的瓷器活儿一样，是有着悠久历史和传统的。曾经被誉为"海上马车夫"的荷兰曾是海上强国，拥有当时世界上一半数量的大型帆船。无论是国内的引水风车还是海上的帆船，这些标志性的木质工具代表着荷兰的特色，也展示着荷兰几百年来发达的木制工艺。卡斯特营区内大量使用的木质设施，包括哨楼、木桥、圆桌等都非常精致考究。拿哨楼来说吧，荷兰工兵在每个哨位都做了一个小盒子，用于放置哨兵的个人物品，如此精细令人惊讶。

我看到禁止拍摄区有一个大型的拱顶设施，我问引导员那是什么。他笑着告诉我说是游泳池，后来他坦言那是直升机库，其实不用他说我也猜出了十之八九。只有那片场地铺着厚厚的混凝土，方便直升机进出。如果没有机库，沙暴来袭后，直升机将会被吹毁，法军的"小羚羊"就曾因此受过伤。仔细看去，禁止拍摄区还真是有些看点：设备复杂的灰色敞篷步战车，还有单兵沙漠四轮车以及一体化指挥车，最靓的还是机库外的阿帕奇武装直升机和支奴干运输直升机，这些都是荷兰特种分队刚运来的美制装备。身边的军士始终盯着我，不允许我拍摄。

接替克里麦利的新指挥官是名女中校，她走进迎宾大帐后首先同联马团东战区司令、副司令见面打了招呼，然后来到我们面前，向张指挥长致敬，并表示感谢。这位女中校气场强大，举手投足间尽显女汉子风范。仪式即将开始时，法军十几名军官也赶来了。看来此次权力交接仪式仅邀请了中、法两支友邻部队，其他非洲维和部队并没有收到荷兰工兵分队的邀请。

11时，权力交接仪式准时开始。荷兰分遣队所有官兵分三个排面列队跨立，克里麦利整队后，向主持交接仪式的一名荷兰军官报告。新老队长以一把钥匙作为指挥权力的象征，进行了移交。新任女队长向克里麦利赠送了非洲黑木雕面具，表示敬意和感谢，而后她发表了简短的致辞，向各方的帮助表示了感谢。她的致辞真的很简短，不超过5分钟。

在队伍中，我发现有很多的女军人，占全体人员的比例超过10%。经过询问得知，她们不仅仅是担负医疗、通信等保障工作，更多的是和男兵一样的战斗员、驾驶员。我经常看到荷兰工兵分队的女兵驾驶运兵车来往于卡斯特营区和中国医疗队的二级医院，运送伤病员，还看到她们抡起铁锹装沙袋，甚至指挥男兵运送物资。荷兰女性平均身高1.72米，她们人高马大，粗犷朴实，有的还叼着烟，霸气十足。

目前世界各主要国家军队员额逐步向减少数量、提高质量的方向发展，但女军人的比例不断升高却是共同趋势。比如美国女军人数量不断攀升是随着1973年全美志愿兵役制的实行开始的，当时美国女军人占军队总人员数的2.4%，目前已达到17%。不仅如此，各国军队对女军人开放的领域也越来越多，世界各国女军人在军队中分布的专业主要有5类：一是作战保障，包括战斗支援、战斗勤务支援、轰炸机机组、作战舰艇等岗位；二是指挥保障，包括通信、技侦、自动化、指挥作战平台等岗位；三是装备保障，包括工程装备维修和弹药、军械运送补给等岗位；四是后勤保障，包括医疗卫生和军需供应等岗位；五是行政管理，包括公共事务、档案图书和牧师等岗位。

联合国也曾呼吁让更多女性参与到联合国维和行动中来，实现性别平等。负责维和事务的联合国副秘书长拉德苏表示，联合国致力于实现2020年前使联合国维和行动军事和警察特遣队中的女性人数翻一番的目标。他说，女性在包括警务、民事、情报等众多领域发挥了重要作用，在一些方面比男性更有优势。目前女性占联合国维和军人的3%，占维和警察的10%。

交接仪式完毕后，所有人都重新返回迎宾大帐开始就餐。这是典型的西方冷餐会，饮品很多，至少几十种，食物主要就是油炸肉丸、薯片、花生豆和一些糕点。荷兰分遣队的女兵充当了冷餐会的服务生，端着食物和饮品到处穿梭着。我不喜欢甜食，但在一名服务生的推荐下，也品尝了一块糕点，味道很不错。吃不是目的，只是一种方便各方交流的形式，大家更多的是相互打招呼、相互认识。我们看到荷兰驻马里大使夫妇也参加了宴会，大使是一名头发花白的老人。我们主动起身，向其致意，并简单地寒暄攀谈了几句。我们的一名翻译要和荷兰女兵合影，并没有遭到拒绝，不过却遭到了荷兰男兵们的起哄，引得大家阵阵欢笑。宴会过半，我们起身告辞。荷兰分遣队新指挥官前来送行，再次表示感谢，并希望以后继续加强交流合作。

返回至卡斯特营区正门,我发现除我们的两名哨兵外,大门的另一侧增加了两名荷兰特种分队的哨兵,坐在奔驰牌指挥车中。如此看来,随着荷兰特种分队的部署,我们为荷兰工兵提供安全防卫的任务也快结束了。但具体什么时候结束,还要看荷兰方面的需求,好人做到底、送佛到西天嘛。这也算是中、荷联合防卫的一幕,我下车拍摄了几张照片,而后跟荷兰那个哨兵闲聊了几句。那名哨兵手中拿着的中国单兵自热食品,是我们的哨兵赠送的,他吃得正香。他说在荷兰的中国人很多,中国美食是最棒的,他非常喜欢去中餐馆。

聊着聊着,我突发奇想,我曾在高二时掰手腕赢了一名身高一米九十多的美国人,荷兰人人高马大,是虚架子还是体格健壮,我想试试能不能把荷兰人也掰倒。于是,我就邀请这名士兵比试一下掰手腕,这名士兵从指挥车上一下来我就后悔了。我的天,坐着看不出来,这家伙站起身足有两米高,看来我好像选错对手了。虽然在警卫分队我的臂力也算是数一数二的,但遭遇这大块头,重量级完全不在一个层次,心里顿时没了底,但我不能退缩。我拼尽全力和他僵持住了,最终并未分出胜负。我们彼此竖起了大拇指,后来他身边的哨兵说:这位是我们分队的臂力第一人。看来今天出师不利,打个招呼,撤!

想玩"快闪"的法军

谈到马里的外军,其实首先要提的是法军,不仅因为法军是联马团之外唯一一支直接作战的外部军事力量,更主要的是马里政变后法军对马里局势最先产生战略性影响。说实话，来到马里这么长时间，我们与法军接触的次数很多，但始终有一种难以名状的距离感，每次沟通都是礼节性的，没有像与联马团其他维和部队那样深入交流。尽管如此，我们却始终没有停止学习研究这支重要的军事力量。

了解法军不光要看眼下，还得从头说起。2012年3月22日马里发生军事政变，马里北部的"阿解运"和其他反政府武装趁乱攻城略地，至2013年1月马里全国三分之二的国土被反政府武装占领，包括廷巴克图、基达尔、加奥、通布图等北方要地。2013年1月8日，马里政府向法国求援，法军于1月11日开始在马里展开军事行动，目的是恢复马里的领土完整和打击威胁到整个西非地区的恐怖主义，代号"薮猫行动"。薮猫是非洲的一种中型猫科动物，其原生词Serval最初来自葡萄牙语，意思是像鹿一样的狼，法军借用"薮猫"形容其在马里的行动像鹿一样灵敏，像狼一样凶狠。

出兵马里的法军是一支混合兵团，有法国第2和第21海军陆战团、第1空降骠骑兵团、第3海军陆战伞兵团、第17工程伞兵团、特种陆战旅、特战指挥部等部队，此外法国外籍军团第6轻装甲旅第1装甲骑兵团也派出了部分兵力。很多人不了解前面的这些部队，但法国外籍军团广为人知，是由来自136个国家约8000名志愿兵组成的陆军正规部队，有将近200年的历史了，拥有不错的战绩，当中甚至有很多华人的身影。"薮猫行动"也获得了包括英国、德国、比利时等欧美国家的支持，他们纷纷派出军事顾问、运输机等支援法军行动。鉴于阿富汗和伊拉克两场战争的惨痛教训，美国对投入马里战事态度谨慎，虽表态支持法军行动，但也表示不会向马里直接派兵。

在军事介入马里三周之后，法军就先后夺回了被反政府武装占据的加奥、通布图和基达尔。2月8日法军占领了泰萨利特，马里反政府军丢失了在马里境内的最后一座城市，也就是说"薮猫行动"进行不到一个月，法军就帮助马里政府收复了所有失地。当时，法国外长法比尤斯对媒体表示：如果一切进展顺利，法国将从3月起开始撤军。

很多媒体称法军在马里的行动为"闪电战"或"快闪"，理由主要有三点：第一，短时间内法军作为"解放者"出现在马里固然大受欢迎，但如果长时间赖着不走，难免给人造成"前殖民者归来"的印象，引起反感；第二，迄今为止法国在马里的军事行动伤亡有限，一旦常驻，难免受到反对派武装和极端宗教组织的袭击，从而引发国内反战浪潮，阿富汗的前车之鉴犹在，奥朗德不得不考虑；第三，作为前宗主国，法国与马里的关系千丝万缕，许多马里移民现居法国，长期交战会使法国本土暴露于恐怖袭击威胁之下。另外，大炮一响，黄金万两，长期驻兵，耗资巨大，也非今日之法国所愿承担。有机构专门为"薮猫行动"算了一笔账，估计每天将花费40万欧元，一架"幻影2000"战机每小时就要花费1.17万欧元。

不过话说回来，法军想玩"快闪"多少也有些一厢情愿，起码有一些弊端爱丽舍宫不得不斟酌。马里政府军实力不济和非洲援军部署迟缓是法军面临的首要问题。法国原先的如意算盘是以强大的军事实力击溃反政府军、稳定局势，然后将"烂摊子"扔给非盟和马里政府。不过培训马里军队和恢复当地秩序显然不可能一蹴而就，虽然法军帮助政府军夺回了北部的主要城市，但一旦撤出，恐怖势力会立即卷土重来，以马里军队的战斗力，恐怕无法抵挡武装分子的反扑。马里的稳定对于西部非洲至关重要。马里位于多个国家如尼日尔、毛里塔尼亚、科特迪瓦、布基纳法索、几内亚和塞内加尔的包围之中，一些宗教极端分子常以马里北部为基地从事绑架以及破坏活动，对地区贸易构成威胁。由此看来，如果法国没有周全的计划稳定局势，防范恐怖分子死灰复燃，那么即使赢得了一时的胜利，也无法换来马里长久的安定。

后来的事实证明法军确实过于乐观了，法军在2014年7月15日才结束"薮猫行动"，紧接着8月1日法军又发动了"新月沙丘行动"，击毙了马里恐怖组织的领导人中的三人，并迫使剩下的两人流亡利比亚和阿尔及利亚。法军出动兵力最多时是2013年2月，达到了4000多人。

我个人觉得，法军闪电战的战略计划没有实现，跟其武器装备和战斗力水平关系不大，主要是战略判断不够准确。因为法国出兵马里后，几乎没有遇到像样的抵抗，并不是极端组织和恐怖势力没有想象中强大，而是他们暂时退守阿尔及利亚与马里交界的深山等待机会。另外，马里过渡政府总统特拉奥雷虽然将最强大的反政府力量"阿解运"视为"唯一的对话者"，并签订了和解条约，暂时缓和了紧张局势，但他们彼此间的仇恨和不信任感不是一天两天能消除的，一旦法军撤走，不排除双方再度交战，届时局势又将失控，而法国将前功尽弃。无论是从战略的考量，还是由于反恐的需要，法国都是欲走还留，陷入两难。

这些政治上、战略上的问题还是留给法国人自己去研究吧，作为军人，我更感兴趣的是法军的战术编成和武器装备。战术方面，由于法国在非洲前殖民地长期保持军事存在，对马里的武装力量、地形地貌、气候条件等各方面因素非常熟悉，并且在沙漠地区有着丰富的作战经验，因此出兵马里就如球场撒欢一样，战术运用自如，陆空配合完美。美国兰德公司在2014年10月发布的一份报告也对"薮猫行动"给予较高的评价。在我看来，法军最大的亮点是其地面部队的战术单元：次级联合作战群和联合作战群，这二者表现出了营级或营以下单位的联合作战自主性和高效性。

次级联合作战群是整个"薮猫行动"的地面基本战术单元，其基本构架是A连的三个装甲或步兵排加上B连一个装甲或步兵排的"3步兵+1装甲"模式或"3装甲+1步兵"模式，而后再整合相关支援单位和连级指挥部，由此而建立一个独立战斗单位。这个独立战斗单位由两名上尉指挥，其中一名充当联合终端打击控制员的角色，任务是为主官提供同步的符合其战术目的的集成火力支援方案，并且是必须符合指挥官战术预期的最佳火力支援方案。此战斗单位还可以根据战斗需要，在上述基础上添加更多的排级单位和支援单位，最大容量可达8个排。

次级联合作战群具有非常多的优点。首先，它具有良好的火力支援和火力协调能力，虽为连级单位，但并非仅依靠其自身战车火炮战斗，而是得到了诸如155毫米"恺撒"自行火炮和120毫米迫击炮的加强，甚至还可以协调武装直升机和法国空军的"幻影"及"阵风"战机对任务目标进行打击。其次，它具有模块化的快速拆解融合能力，比如第1空降骠骑兵团第4骠骑兵中队从2012年10月起就驻扎在科特迪瓦首都阿比让，2013年1月11日15时该中队接到通知：12日早7时出发部署到马里首都巴马科。接下来一个次级联合作战群就围绕该中队进行组建，包括第4骠骑兵中队的1个侦察排、2个装甲排、第3海军陆战伞兵团的1个支援排和第17工程伞兵团的1个工程排共5个一线作战单元，外加一个战术指挥部，共计200名士兵和60台战车，并具有10天的战斗自我维持能力。这一组建过程仅仅用了12小时，表现出了次级联合作战群极强的融合能力。

联合作战群的架构和次级联合作战群类似，但其最基本的组成单元为连而非战斗排。因此，一个标准的联合作战群由3个步兵连、1个装甲连或3个装甲连、1个步兵连组成，融合部分支援单位及一个营级指挥部构成。联合作战群有点类似于我军常提到的合成营。比如参加阿德拉尔山脉进攻的法军单位，是一个拥有850人的加强联合作战群，包含了1个营级战术指挥部、1个轻型装甲连、1个后勤保障连、3个摩托化步兵连、1个战斗工兵连、1个炮兵群、1个电子战/情报通讯分遣队和1个空中管制排。

法军的作战任务也是每天都在发生变化，联合作战群和次级联合作战群也就随着不断地拆解和重建，使其能更有效地适应当下作战任务和作战环境。作战单元的高频率变化使得法军指挥官具有极强的自决性和灵活性，并具备熟练的指挥能力。法国陆军军官通过在联合作战群和次级联合作战群中服役和战斗来学习指挥艺术，这种服役经历也是他们日常基本训练的重要组成部分。

法军武器装备方面值得一提的也很多，比如声名显赫的"幻影2000"战斗机、"潘哈德"装甲车分别是执行空、陆任务的主力，加奥上空天天可见的"小羚羊"武装直升机不太走运，经常受伤，除此之外，还有那些可圈可点的单兵装备。"薮猫行动"中法军拥有绝对的制空权，行动开始当天就出动了4架"幻影2000D"，攻击了12处军事目标，摧毁了反政府武装6辆小型卡车和1个指挥中心。"幻影2000"战机是法国达索飞机公司研制的轻型超音速战斗机，主要用于完成截击和制空，也可以执行对地攻击或战术侦察等任务，是法国航空兵的主力战机。"幻影2000D"是"幻影2000"的改进型，可外挂9架武器，武器最大重量介于4500—6000千克之间。"幻影"战机可以说既是老牌又是名牌，国外曾以"幻影时代"来形容"幻影"系列战机红极一时的盛况。

"薮猫行动"第三天，法军驻科特迪瓦"独角兽"部队的60辆装甲车驶向巴马科机场，次日加入战斗，配合空军与反政府武装交火。这批装甲车就是"潘哈德ERC-90"、"潘哈德"轻型装甲车及突击装甲车。ERC-90是法语90毫米炮侦察载具的缩写，该车是六轮全地形装甲车，装甲厚度10毫米，除90毫米炮外还配备2挺7.62毫米机枪，战斗全重8.3吨，时速90—96千米。"潘哈德"轻型装甲车又称"法国的悍马"，重才2吨，可通过伞降和直升机运输的方式部署，装备了1挺7.62毫米机枪和核生化武器探测设备，陆地时速93千米。这种装甲车是驻加奥法军最常用的，小巧轻便，非常适合沙漠作战。"潘哈德"系列装甲车都是轮式的，体现了法国长期以来对轮式装甲车情有独钟的传统，法军也曾颇为自豪地称："有法军就有'潘哈德'。"

"薮猫行动"中殒命的第一人就是"小羚羊"直升机驾驶员达米安·布瓦特中尉，行动开始后的当天下午，马里反政府武装在进攻莫菩提和塞瓦尔途中遭到法军阻击，双方激烈交火。达米安被反政府武装的20毫米炮击伤，后因伤势过重身亡。几个月后沙暴来袭，一架"小羚羊"直升机被掀翻，螺旋桨被折断。这样的遭遇只能说"小羚羊"不幸，并不能说明"小羚羊"不行，事实上"小羚羊"直升机的性能非常优异。它是由法国宇航公司和英国韦斯特直升机公司共同研制的，历史悠久，1967 年就实现了首飞，1971 年"小羚羊"创造了三项直升机飞行速度的世界纪录。法军为避免"小羚羊"再受地面炮火攻击，专门出动了用于辅助防御的欧洲"虎"式 HAP 型武装直升机赴马里提供掩护。

法军十分重视运用直升机支援地面部队，由于马里的气候和地形因素，即使不含空中打击等作战需求，仅从后勤保障和医疗救援的角度来说，直升机也十分重要。一直以来，中国都没有派出直升机参与维和行动，2016 年 10 月这一历史彻底改变，中国赴苏丹达尔富尔地区维和直升机分队配套装备物资从天津港起运，这标志着我军首支维和直升机分队已正式展开部署。该分队编制 140 人，配备 4 架"米 -171"中型多用途直升机，主要担负维和部队运输、人员搜救后送和空运后勤补给等任务。

法军大型装备不仅仅是这些高大上的，甚至还有中国产的"兴达"牌三轮摩托车，俗称"三蹦子"，法军用它执行短距离运送任务。对于基层官兵来说，其实更感兴趣的是法军的单兵装备物资和生存常识。法军使用的步枪是"法玛斯"无托突击步枪，是世界十大突击步枪之一，拥有很好的精准度和较强的威力。该枪弹头初速 960 米 / 秒，弹容量 25 发，射速非常快，理论射速为 1000 发 / 分钟，更重要的是它的弹道非常集中，25 发子弹连射时基本都集中在一个很小的范围里。打过 CS 游戏的人都知道这款枪，是警察专用枪，远距离三连发效果强劲，游戏中的性能和现实中基本一致。不过，从 1979 年法玛斯开始服役算起已有 30 多年了。该枪也暴露出了一些问题，比如与北约盟友的弹药不通用。因此法军已计划让它退役，转而采购德国 HK-416 突击步枪。法军军靴开始用的法军制式，轻便透气，后来配发了德国的 LOWA 军靴，质量更好，但略笨重。在沙漠中执行任务很多法军士兵都有脚气，他们会找军医要一种红色药水泡 15 分钟，杀杀菌就好了。

法军的作战服装是沙漠迷彩，休息时也会穿上迷彩短裤、短袖，这种迷彩服在沙漠中隐蔽效果很好，而且上衣腰部、裤口等可调节的地方比较多，能够适应各种体型。虽然透气性不错，但很多人也会起痱子，法军军医一般会建议用肥皂经常洗，而后抹些痱子粉。风镜、手套也是他们的标配，不戴风镜，沙暴来袭时会完全看不清路，不戴手套，被太阳炙烤的装备会烫坏他们的手。

他们喝的水一般为马里本地产的 1.5 升装 DIAGO 牌矿泉水，一般小店卖 500 西法，折合人民币 6 元，每人每天能喝 4 瓶。为了降温，他们会将袜子套在矿泉水瓶上，外面用水浇透，1 小时后瓶内水温就会下降。马里士兵也这么做，他们甚至专门做了一个纺织套来给水降温。跟我们用自来水不一样，他们洗澡是用稍干净的井水加漂白粉，刷牙用瓶装矿泉水。法军基地食堂一般早上和中午开放，伙食水平比法国本土略差点，新鲜蔬菜很少，大都是罐头蔬菜，水果也不是天天有，晚饭发军用口粮。出任务或站岗就只有军用口粮罐头，每车都最少备 4 天的量。

法军不出任务时都住在标准制式帐篷中，每个帐篷 4—8 人，加装了外支撑防晒层和内挂隔热层。指挥官和法军二级医院用的是三层标准空调帐，相对更舒服一些。车队远离基地驻扎时，法军的做法是卡车、医疗、指挥、电台等后勤车辆在中心布置成圆形，车头向外,其他装甲战斗车辆在外围呈一个大圆形。24小时360度有人站岗,四边各一个并且视野互相交叉,白天配望远镜,晚上配夜视仪和热感望远镜。在野外扎营,每车每2天补充一次罐头和水,单车保持有5天的补给量。法军规定除执行任务外任何人不准出基地,出门必是武装装甲车队,枪支全部子弹上膛。重要的任务会由运输直升机将部队运去,也都会有武装"小羚羊"或"虎"式武装直升机护送。

这就是我所了解的法军,一支想速战速决却又欲罢不能的军队,一支既骄傲又务实的军队,一支与我们近距离接触却又非常陌生的军队。当我越努力地了解研究这支军队,我就发现我对其越感到陌生。即便如此,我从不否认法军对马里的决定性影响力。走近它、学习它,或许是我们马里之行的最大收获之一。

意外拦截的背后

4月8日,张指挥长带着我和孙参谋到加奥机场办事。令我们大跌眼镜的是,守卫机场的法军哨兵竟然不放行,这个突变令我们有些难以接受。除刚刚抵达外,一直以来法军哨兵对我们都是一路免检开绿灯的,而今天中国维和部队指挥长竟被拦截,不可思议!当盖翻译反复表达情况紧急并要求立刻放行,换来的竟然是法军哨兵手扣扳机的高度警戒。一方面,法军哨兵要上报情况得到批准后,才能予以放行;另一方面,这个哨兵还要对人员进行搜身检查,岂有此理!同时,这个哨兵提出可以由在机场内的联马团运输官出来领人。这岂不是贻笑大方吗?中国指挥官被法军哨兵拦截,由联马团民事人员领人？5分钟后，法军指挥官回复予以放行。来不及纠缠，我们赶紧驾车来到候机厅先办公事。

法军哨卡的这次拦截令我们极为不悦，但更多的是让我们思考背后的原因。回想几天前我们医疗队到机场，也是在那个哨卡遇到了一点小波折。当时，9辆各式车辆组成的车队要求进入机场，遭到法军拒绝，理由是如此大规模进入会带来安全风险，只有救护车和指挥车可以进入，步战车需停于机场外。为何突然变得这样严格？以前没有这么严格啊，是只对中国维和部队这样吗？当然，如果简单地意气用事，我们可以采取以牙还牙的手段，在联马团司令部对法军实行同样甚至更高的警戒，所有法军车辆全部拦截。但这不是君子之道、大国之道，不是中国军人应有的作为。我们决定主动出击，打探拦截背后的秘密。

下午，张指挥长、苏世顺副队长、法语翻译李海内和我驱车来到法军营区。法军指挥官到营门外迎接，并将我们引领至会客室，法军两名指挥官相互介绍了一下自己和自己的部队。一位指挥官是负责作战指挥的，另外一位负责加奥地区法军除指挥作战外的一切事务，在法国国内他是一支部队的参谋长。法军的管理和指挥是分开的。该部队是以法国外籍军团为主，任务期是4个月，极个别情况会延至6个月。自我介绍后，就是相互寒暄一番，都表明这是一次两军难得的交流契机，应当加强合作。

聊完这些题外话后，我们正式进入主题，也就是我们此行的目的。张指挥长直接问："我感觉到近期贵军哨位警戒程度有所提高，是否有最新的安全情报？"听到这个问题，我注意到这位指挥官回头同他的联络官诡秘地一笑，这一笑表明这几天发生的事情他们了然于心。他解释道："这也是无奈之举，这个入口既是法军营区的入口，也是整个机场区域的入口，而且通过最新情报了解到，恐怖分子在加奥将实施人体炸弹、汽车炸弹等自杀式袭击，提高警戒也是出于安全目的。但我们会在以后有所区分。"他意指会对某些维和部队车辆直接放行。我们相信他们的判断，都是军人，我们也理解他们的做法。

最后，我们问是否可以在贵军靶场校射轻武器。不管是武器还是人员，都需要定期用实弹射击来保持最佳战斗状态，特别是高温、风沙环境对武器还会产生不良影响。法军指挥官说，那个靶场是马里国防军的，他们也是借用。若想使用需要向马里国防军协调，但要注意只能用于轻武器射击，并告知有关各方，而且要通过无线电向当地百姓通知，防止误伤。经过慎重考虑，我们还是暂缓武器校射计划。虽然使用马里国防军的靶场可以通过联马团出面协调，但毕竟马里国防军属于冲突中的一方，深入接触尚属敏感行为。

离开前，我们在这个简易的会客室外合影留念。法军的实战气息还是比较浓的。会客室外，是由两米多高的草帘围成的篱笆，很有古代中军帐的味道。会客室帐篷外立着联合国国旗和法国国旗，中间是一只薮猫，这也是法军在马里进行"薮猫行动"的标志，和指挥官的臂章是一样的图案。

你所不知道的马里

国足咋输给马里?

抵达加奥后第一个周末的下午,营区外的足球场聚集了五六十人,并且越来越多。营区附近的布尔贡杰村村民阿杜拉说:"除了反政府武装占据期间,加奥市每周都要在这里举行足球赛。"战乱时期,最怕人聚堆、狗乱吠。孙参谋将营区外的监控画面全屏显示、重点监视,靠近足球场方向的3号哨位也增派了人手。

对于这件事,张指挥长做了强调:"不能靠近,严密监视,做好准备。"毕竟人群聚集后,很容易被夹杂其中的恐怖分子煽动成游行示威甚至暴力冲击。趁领导不注意,我背着相机小心翼翼地从3号哨位向球场接近。对于我,张指挥长有时睁一只眼闭一只眼,管得不那么严,毕竟想获得文字、图片和视频素材需要我走近现场。虽然领导信任,但我自己也得多个心眼,每次单独出来都多带一个弹夹,枪里一个弹夹,腰带上两个弹夹,共45发子弹。92式手枪的弹夹容量是20发,但压满很费力。手枪保险也被我打开了,关键时刻保命要紧。

加奥是沙的世界,因此足球场不可能是草坪,也不可能是硬化地面,看上去倒是很像沙滩足球场,有的地方一脚下去整只鞋直接没入沙土。我数了一下球场上奔跑的队员,竟然有30多个,这难道是马里足球的特殊打法?再仔细观察球员,一个个身高腿长、十分健硕。在如此贫瘠的地方,这群小伙子到底吃了什么,使体形长得这么完美?看来,上帝对他们是有所补偿的。

他们颠球、停球、带球、过人的脚法十分灵活,简直是人球一体,甚至有的动作协调优美,像是跳舞。他们不知疲倦地争抢奔跑,

五 你所不知道的马里　181

背对着镜头的这个人既是裁判员也是球队教练，他通过比赛训练自己的球员

身后扬起一股沙尘。球场周边有很多孩子光脚丫踢着一个破旧的胶皮球，这种球在国内只卖 10 块钱。这些孩子没有像样的球服，没有真正的足球，甚至连双鞋都没有，可我分明能够想象到，球场外的孩子长大了就会成为球场内的健儿。在应当玩耍的年纪，没人喊他们回家写作业，没人送他们去补习班，更没有人在乎场上是不是 22 个人，在这种环境中能够生存并成长起来的孩子绝对是体力精英，他们的一举一动都展示着人类最原始的魅力。

时间穿越到 2014 年 6 月 19 日，也就是这场球赛的半年之后，国足在深圳和马里足球队来了一场热身赛，马里球队 10 人上场，竟然 3∶1 赢了国足。当时球迷、网友都疯狂了，纷纷问百度：马里在哪？当他们发现马里是如此贫穷落后的一个小国家时，都崩溃了：丢人丢到姥姥家了，再踢下去世界地图都不够用了……

看过了这场不正规但很精彩的球赛，我真的觉得足球的意义不止于胜负、不止于竞技、不止于职业，不仅仅局限于排兵布阵、技战术提升，更重要的是成败之外的内容——文化根基，是健康向上的足球理念，是拼搏进取、团结协作的体育精神，是文明参赛、文明观赛的良好氛围。我们的国足曾盲目崇拜大牌洋教练，盲目追求短期效果，盲目追求经济利益，结果积贫积弱、根基不稳。发展理念滞后、体制机制落后、足球基础薄弱都不是根子，缺乏先进的、健康的体育文化才是真正的内伤。

少年强则国强。一个民族、一个国家，如果将少年的天性扼杀在反天性的枷锁当中，想在他成年后再强筋壮骨是不可能的。无论是大器晚成还是少年得志，高手往往都是自幼习武，从小就把天性变成爱好，把爱好变成习惯，把习惯变成特长，无数个孩子的特长必将汇成整个民族的实力。在大多数中国父母眼里，踢球是不务正业，只有学习不好的孩子才去练足球。我们不是输在了起跑线上，而是被观念和文化绑住了，输在了腿上。

拍摄完球赛，张指挥长、警卫小陆和我对营区周边进行了一次巡逻。这是我们到达加奥后最大范围的一次地形地貌勘察，也让我第一次看到了加奥的真正魅力。因为只有我们三个人，为了加强警卫力量，我除了携带自卫手枪，还背上了一支冲锋枪。勇士指挥车缓慢地行驶在陌生的居民区中，穿过一片片泥土砌成的院落，有很多老人和妇女带着孩子在泥墙外休憩、玩耍。小孩子穿着破旧的衣服，有的甚至光着屁股和脚丫，瞪着大大的眼睛好奇地跑过来跟我们打招呼，稍大一点的孩子都可以用汉语喊着：你好！你好！这让我很是惊讶，可见迅速发展的中国在非洲所产生的广泛而深刻的影响。

这是加奥最繁华的街市,没有几家像样的店面,多数是路边摊,看上去很杂乱

有很多年轻人看见我背着相机,都招手说"育额否斗"(法语:照个照片),然后很自然地摆出一个姿势,露出洁白的牙齿和毫不掩饰的笑容。在国内集训学习马里风土人情时,我们知道当地人厌恶照相,认为相机是一种可以"摄取魂魄"的设备。但事实上这种现象在年轻人和大部分老人身上基本不存在,他们很爱照相,或许那种观念更多地存在于宗教情结较重的人身上。但在陌生的环境中,我们还是谨慎为妙,不得不保持距离,毕竟11月30日,也就是10天前,我脚下的地方刚刚发生了针对联马团的人体炸弹和简易爆炸装置袭击。

不一会儿,我们就驱车来到距离营区大约500米的尼日尔河。尼日尔河是马里境内最大的河流,该河马里段长约1780公里,河水清澈,河滩水草茂盛,盛产鳄鱼和河马。尼日尔河也是西非文明的摇篮,如今马里境内的尼日尔河流域历史上曾先后是加纳帝国、马里帝国和桑海帝国的中心地带。就是这条被当地人奉为圣水的河流滋养着这片贫瘠的土地,养育着贫穷的百姓,我们营区内的生活用水也是尼日尔河水净化来的。此时正值枯水期,河边更热闹,有钓鱼钓虾的,有游泳的,有抢割水草的,还有无处不在的牲畜在悠然地吃草,这里真是沙漠里的绿洲、生物的天堂。望着平静的尼日尔河,总会让我忘记了战争。

沿着尼日尔河驱车北上是加奥市中心,我看到有些妇女用头顶着物品,这是非洲女人特有的携带重物方式。各式各样的盆盆罐罐、纸箱、装满牛肉羊肉的大铁盘、厚厚的一沓衣服,乃至一大捆拐杖都可以用头顶着,我甚至看到一个女人顶着直径约达1米的大盆,里面还装满东西,想必至少也有50斤重。刚开始的时候我很纳闷,为何不用手。后来我想明白了,用头顶着重物可以将双手解放出来做其他事情。路上有些姑娘穿着传统服饰,很漂亮。各种颜色的布料,上面刺绣着曼妙的纹理,好似漫不经心地裹在身上,仔细欣赏,却是经过一番精心裁剪,十分个性化,很难撞衫。一名妇女在后背用一块布兜裹着孩子,孩子睡着了,大脑袋随着母亲的身体摇晃着。那孩子应该不到一周岁,真结实!

一群孩子赤着脚在垃圾堆里挑拣食物,看到我们后笑着招手。这般年纪的孩子若是在国内,应该是坐在课堂里读书了,而在这里填饱肚子几乎就是天大的事和唯一的事了。路边有些小商店和修理铺,所谓的商店就是设一个木架子,上面摆上一点货物,有可乐、果汁等饮料,还有用酒瓶子灌好的汽油。土墙边坐着货架的主人,每次路过他们的时候,都会"被"打招呼。无论男女老少,向我们

这些孩子在垃圾堆里寻找还没有腐烂的食物以及可以利用的瓶瓶罐罐，一旦找到，非常兴奋

打招呼似乎是一种自然的习惯，不打招呼反而需要特别关注。他们打招呼最常用的方式就是竖起大拇指、招手和点头，这些行为反映了当地百姓的淳朴热情。在街上熟人相遇，他们可以寒暄半天，配合着夸张的身体语言，问家人、问亲戚，问他大姑、他二姨、他三舅、他四姥爷……最后分手都相隔十几米远了，还要回头招招手：他五舅母还好？

在市中心，我们看到了弹痕累累的墙壁、炸毁的汽车和废弃的建筑，它们无声地向我们述说着曾经的战火和伤害。没敢久留，我们就返回了。或许张指挥长也被球场外的孩子们感动了，他让我拿出 10 个从国内带来的足球，并叫上盖翻译，准备送给那些孩子。我们重返足球场，把球分发给了孩子们。那些孩子紧紧地抱着足球，感觉像是怕丢了一样，喜欢得不得了。场内的球赛也终止了，小伙子们都跑过来凑热闹。有位自称是球队教练的人跟我们说:"你们出个球队,我们踢一场,好不好?"我们说:"好,但今天太晚了,下次再约时间。"其实能否踢过他们,我是没有自信的,马里弱,但马里的足球不弱。

一个男人四个老婆

当地雇员迪哥欧最近结婚了,怀着对马里人婚礼的好奇,我与他聊了一上午。约好了见面时间,可他却迟到了30分钟。我开玩笑地问他:"难道真像我听说的那样,你们非洲人的时间观念都很差吗?"他不好意思地说:"也不都是这样。虽然你们中国人常说时间就是金钱,可是我们有很多的时间,却没那么多钱。"

迪哥欧大学毕业,现在受雇于联马团,家在加奥市布尔贡杰村。他今年29岁,妻子塔恩娣17岁,比他小12岁,还是一名在读大学生,就读于马里首都巴马科一所学院。政变时巴马科死伤很多人,安全形势很不好,他很担心仍在巴马科学习的妻子。他介绍说,他的恋爱经历很现代,不像传统婚姻那样由父母指定,时代变了,可以自己选择所爱了。那是一个偶然的机会,他第一次见到塔恩娣就被这个内心宁静、眼睛灵动的女孩所吸引,两人很快就坠入了爱河。不久,迪哥欧就带着她见过父母,论及婚嫁了。

马里全国80%的人信奉伊斯兰教,因此马里人的婚礼大多遵循伊斯兰教传统习俗。我问道,你的妻子年龄这么小,和你年龄相差这么大,这符合伊斯兰教的教义吗?他解释说,伊斯兰教教义规定:男女满18岁就可以结婚,如果女孩满16岁而不满18岁,但是女方父母同意，也可以结婚，但要签个协议，他的婚礼就是经过女方父母同意的。迪哥欧还说，男人也可以娶比他们年龄大的妻子，因为先知穆罕默德也曾经娶了比自己年龄大的妻子，先知是所有穆斯林的榜样。

伊斯兰教教义还规定，每个男人最多可以娶4个老婆，大老婆同意后可娶二老婆，二老婆同意后可娶三老婆，以此类推。虽然这是很多男人的福利，但并不是谁都能够享受得了，丈夫要把爱平均分配给这些妻子，每个妻子必须有自己的独立房间，丈夫要轮流去和她们住，不能偏心。联马团东战区副司令就有4个老婆，这4个老婆一共给他生了13个孩子，副司令说他必须努力工作才养得起老婆孩子。出于对宗教习惯的尊重，我不好对他们的教规做什么评价。尽管一个人可以爱很多人，但我想也就只有一个人才会让你笑得最灿烂、哭得最伤心吧。

当谈到他的婚礼仪式时，迪哥欧很兴奋，仿佛又穿越回了那个激动幸福的美好时刻。他说，穆斯林婚礼所有的一切都由男方准备，女方家一般不用准备，甚至男方还要负责出钱为女方家的房子布置出嫁的装饰。娶妻子是要给女方家彩礼的，根据家庭的状况而定，可以赠予钱，也可以赠送牛、羊等礼品。穆斯林有分享的习俗，如果亲戚中有一个相对富有，他就会帮助穷亲戚，甚至拿出钱来帮助买房子、娶媳妇。这就是为什么我们在村子里常会看到有的人家院子里会人来人往，非常热闹，每到中午和晚上常常有穷亲戚来蹭饭，但主人却从不因此愁眉苦脸，反而悠闲自得地喝着茶。

婚礼一般要在同一天举行两套仪式，一套是法律上的仪式，一套是宗教上的仪式。结婚当天早上，新郎要去女方家接上新娘，和亲戚朋友们一起来到政府的婚姻部门，由主管官员亲自主持一个仪式，亲戚朋友在场见证。主持人会询问双方是否自愿结婚，当得到双方肯定的回答后，当场为一对新人签发事先准备好的结婚证书，新人本人及双方证婚人也要签字。随后，亲戚朋友们来到新郎家，由妇女们帮助准备宴请宾朋及邻里的食物，客人可以先吃点水果和小吃等。迪哥欧买了一头牛来招待客人。由于穆斯林要遵守祷告的时间，所以宴请亲戚朋友的午饭要在13时祷告后开始，而真正的传统宗教婚礼仪式要在16时的祷告后开始。宗教婚礼仪式由伊玛目（穆斯林阿訇）来主持，伊玛目一般由新郎父母请来，并根据自身经济条件支付一定的主持费，一般平民给1万西法左右就可以了，相当于人民币125元。

首先，伊玛目要把双方父母及证婚人等召集在一起，这时候新郎新娘要回避。伊玛目会向双方了解，结婚是不是双方自愿的，有没有受到强迫，女方父母是否对男方家给的彩礼感到满意等。如果没什么问题，就开始举行宗教仪式。迪哥欧说他给了女方家两头牛作为彩礼。新郎要和他的已婚兄长一起，头上缠着白色长围巾，身着穆斯林传统黑色长袍，每人手中拿着一根木棍，接受伊玛目主持的祷告。按照他的说法，穿上这套传统服装就可以受到保护，有安全感；手中拿着棍子，表示要和兄长一起帮助管理家庭，指引家庭成员和睦相处。迪哥欧指着照片告诉我，棍子要立起来，这是穆斯林的传统。参加婚礼的亲朋好友可以不用随礼，迪哥欧说收礼钱不是穆斯林的文化。如果有人想资助，要在婚礼以前而不是当天把钱或礼物赠送给他们。

在战乱期间，政府对举办婚礼还有些特殊的要求。记得有一天中午时分，突然响起一阵鸣笛声，我向公路望去，发现十几辆皮卡和几十辆摩托组成的车队呼啸而来。快反排指导员赵云龙在对讲机中突然呼叫，叫盖翻译到门口。张指挥长也警觉起来，在对讲机呼叫："赵云龙，什么情况？"在我们快速赶到营门的时候，车队已经疾驰而去。我看到警卫架起重机枪做好了战斗准备，赵云龙及时用取证相机记录下了这一切。原来虚惊一场，是婚礼车队，头车是辆武装皮卡，只不过后面架的不是高射机枪，而是个摄像机，车队里还有穿制服的警察。后来询问附近百姓才明白，在当前形势下，这样的大规模行动是受到管制的，必须由军警全程监控。结个婚搞得这么狂野，看着像是山大王抢亲一样。

我问迪哥欧，听说男人在家不干活，他说不是的，不过非洲贝宁的男人是不干活的。在马里，以前都是男人外出努力工作养家糊口，现在女人也可以出来工作，和男人共同承担起家庭责任。如果女方家经济条件好，而且男方同意，也可以倒插门到女方家，由女方家提供房屋。男人娶了妻子后，母亲一般就不再承担家务活了，这个担子就交给了儿媳妇。有了孩子之后，父母就要教育孩子如何谋生、如何做事。当他们长大后，大部分人都能够自立，个别不能自立的，父母也会帮助他，甚至想方设法帮助他娶妻。

迪哥欧说，离婚比结婚简单得多，男人如果觉得跟妻子不合适了，可以再娶一个。离婚一般都是由女方提出，女方如果不想过了，可以先回自己的娘家住一段时间。这期间会有人来为双方调解，如果调解不成，双方父母见面签订一份协议就可以离婚了。离婚后，孩子必须归男方抚养，离婚的女子也可以再婚。虽说过程简单，但也只有经历过的人才知道其中的漫长、艰难、痛苦和那一片一片碎掉的心。

聊完后我发现，马里人的婚姻除了有点宗教的神秘感以外，与中国人的婚姻观念和习俗也是大同小异的。无论国家、人种、肤色、地域如何不同，婚姻都是需要爱的，爱才是这个世界亘古不变的真理。

帝都没有钢丝绳

刚吃过早饭，我就和外事副队长苏世顺、后勤官卢志新带着几名战士奔赴工兵分队车场，准备将警卫分队的20多个集装箱转移回我们营区内。工兵分队在任务繁重的情况下腾出一辆吊车全时保障警卫分队，如果顺利的话这个任务需要两天时间。

到达车场后，我发现小商贩穆斯塔法也在，他做我们的中间人，帮忙租了一辆德国生产的MAN牌卡车。这辆卡车诞生于1973年，后视镜已经掉在车门上，没有车灯，车顶棚的铁皮锈得到处是窟窿，右前轮轮胎上有一周深深的闭合裂痕，似乎随时会爆掉。它的驾驶室有些向前上方倾斜，骄傲地扬起它的"汉子"标志，似乎在炫耀着它的力量。穆斯塔法说："它是四驱的，力量很大，所以租金也是很贵的，每天12万西法，你们负责无限量加油。" 12万西法折算下来就是人民币1500元，好贵啊，但没办法，供求失衡。这辆车虽然像头年迈的老黄牛，破旧不堪，但我敢保证全加奥不超过3辆。

8时左右工兵分队的吊车开到，吊车手说刚才检查钢丝绳吊缆，发现它已损坏，不敢继续使用了，需要再配一套。运送集装箱的卡

这台卡车已经40岁了,很多零件都掉了,看上去随时可能趴窝,但马力却很足

车已经到位,耽误时间就是浪费金钱。我和苏副队长立刻想办法借,借了一圈只在医疗分队借到一根钢丝绳,可吊装集装箱至少还需要3根。无奈之下,我们又想到了穆斯塔法,这个商业小灵通或许可以想到办法。他打了一圈电话,得出结论:在联马团入驻加奥之前,整个加奥都没有吊车,更没有吊缆了;联马团入驻后,加奥有位商人想揽点工程赚点钱,买了一辆二手吊车,可是吊车和吊缆因过载现已损坏。

听到这个消息,我整个人都感觉迷茫了,偌大一个加奥市,500年前是堂堂的桑海帝国首都,怎么连根钢丝吊缆都搞不到啊。桑海帝国虽然在摩洛哥军队的入侵下早已瓦解,但当年的辉煌可谓盛极一时。公元7世纪时,桑海人建立小国,11世纪初叶迁都加奥。15世纪,也就是与中国大明王朝同一时期,这个小国沿尼日尔河大力扩张，正式建立桑海帝国，为萨赫勒地区最后一个黑人土著大帝国。最盛时期，它西至大西洋，东至豪萨人区域，北至摩洛哥南境。加奥不仅是桑海帝国的首都，还是它的商业中心，是整个西北非地区的一颗明珠，可如今却落魄至如此地步，怎不叫人唏嘘感叹。

一根钢丝绳难倒一群英雄汉，但凡能用人力解决的问题，我们肯定会拼了力气，但我们面对的是平均 10 吨重的集装箱，没有机械是不可能移动的。加奥市没有，我们自己的不是正在使用就是损坏待修，只剩下一个地方可以求助了，那就是联马团司令部。我和苏副队长徒步来到战区司令部，直接走进地区行政官的帐篷，开门见山地说：I need your help（我需要你帮忙）。地区行政官了解了我们的困难，立即开始找那个曾和我们打过交道的运输队负责人，让他查看是否有吊缆。

由于工兵分队的吊车只有一台，而且还有繁重的施工任务，为了长远考虑，我们再次提出战区司令部的那台吊车可否借中国维和部队使用。得到的答复是：没问题，但是需要申请，接到申请后，联马团会派人从巴马科赶来，审查资质，并对操作手进行培训和考核，通过之后……跟上一次申请时得到的答复一样，就当我们没说吧。这个过程少说也需要一两个月，到那时我们的大项工程早已完毕，根本就不需要吊车了。

运输队负责人很顺利地就找到了吊缆，有整整两大桶，不同样式共十余根，每根都非常坚固。运输队负责人指了一下最粗的那根说："这是可以吊载 50 吨重的。"我们如获至宝，通过对讲机呼叫人手，拉走这寻找了一上午的宝物。吊车开始作业的时候已经是 10 点半了，这意味着那辆雄霸一方的 MAN 牌卡车还没有展露力量就已经赚了三分之一的租金。中午我们没有休息，一直干到 16 点，一共运回了 10 个集装箱。

吃完晚饭，我拖着疲惫的身体倒在床上。来马里一个月了，每天都有干不完的工作，体力的、脑力的都要干，真的好疲惫啊！如果谁有睡眠问题可以体验一下这种生活，我相信他要么会睡得很好，要么会身体崩溃。子夜 1 点我还要巡逻，闹钟在 0 点 50 分的时候准时将我叫醒，我强打起精神穿戴好装备走向哨位。加奥市中心的一个扩音器不时地传出类似 DJ 角色的渲染声、鼓动声，还有一曲曲欢快的歌声，又是一个歌舞升平的夜晚。据说，那是加奥一家舞厅发出的声音。这种前卫的娱乐现象，与这战乱危险的环境极不相称，但想想非洲朋友们天性乐观，又不觉得意外。

凌晨 2 点左右，舞厅散场了，路上有三三两两的年轻人，或是骑着摩托车，或是悠然地迈着步子。有两辆摩托车在营门对面的路口停住，像是出了故障，车上的人下来检查一番。凡事都要从最坏的结果考虑，我让哨兵立即提高警惕，注意观察动态，随时做好战斗准备。大约 10 分钟后，摩托车离去了。一直到 2 点 40 分，我的执勤任务才结束。我回到房间，拿出手机看看事先和《解放军报》约好的通讯稿是否见报，才发现今天是星期日，没有时事版，期待明天发表吧。

躺在床上我又想起了钢丝绳的事情，到底是这个世界抛弃了加奥还是加奥远离了这个世界，我们来到马里跨越的只是空间距离吗？为何还会有一种穿越的感觉？不仅仅是钢丝绳，就连智能手机、液晶电视这些我们早已司空见惯的产品，在加奥都是稀罕物。想买一部高端一点的智能手机很难，满街都是直板非智能手机，电视更多的是大屁股式的电子显像管小电视。曾经的帝国之都啊,是什么让岁月变换了人间?待狂风停息、黄沙吹尽,你是否还会显露出曾经那种金子般的本色?

每个毛孔都滴着血

在国内,大部分孩子的周末和假期记忆往往是充满快乐和温馨的,他们可以同伙伴们一起玩耍,或是跟父母逛街旅游,或是待在家里看看电视上上网,当然也有许多孩子的周末是被补课占据了。但在加奥,你却可以看到另一番景象。

按照装备核查要求,营区需建立两个渗水池,用于过滤和储存废水。在小商贩穆斯塔法的联络下,上午我们驱车来到加奥一家砖厂买砖。这个砖厂是个小型的人工作坊,门口堆了些原材料,有砾石、沙子和水泥,院子里还有各种各样的模具,可以做些铺路石板、空心方砖、梁柱等。按照工程计算结果,我们需要空心方砖920块。老板开出的价格是450西法一块,也就是人民币5.6元,当然这中间会有穆斯塔法的一部分回扣,而且是很大一部分。没办法,这就是市场规则,虽然我们早晚会把穆斯塔法甩掉,但现阶段我们还需要他。价格谈妥后,我们的战士就开始往车上装。

此时,正好赶上砖厂做砖,我发现工人竟然是些孩子,准确地说全部都是孩子,两名稍大一点的也就十二三岁,其他的孩子只有十岁左右。最大的那个孩子,用铁锹将砾石、水泥和沙子按比例混合搅拌,另外一个孩子用水管往里浇水。这两名童工的身上、脸上都是水泥灰,甚至长长的睫毛都沾满了水泥。虽然年幼,但他们的肌肉发育得较为厚实，50公斤的水泥用头就可以顶起来运走。他们的眼神里没有喜悦，没有悲伤，只有迷茫和空洞，这不是一个孩子应有的眼神！这些孩子长得浓眉大眼，睫毛都很长，脸庞轮廓分明，很是俊俏，同蜜罐里的孩子有何不同？为何就要遭受这般命运呢？

旁边有一个孩子正在清理用过的模具，清理干净后，整齐地摆放在地上，待混凝土搅拌完全后，依次倒入模具当中。另外一个孩子拿着抹板，跪在地上，抹平模具里的混凝土。一批板砖大约几十块，做好后孩子们要把砖坯运到旁边较为平整的地上晾晒。这时候又过来几个只有七八岁的孩子，看上去也就三块板砖立起来那么高。他们抱起填满混凝土的模具，向晾晒场运送，力气不够的需要鼓足气，顶起肚皮，才能抱动沉重的砖以及沉重的命运。看到我在拍照，他们都特意绕道走到我的镜头前停一下，待我按下快门后再继续前行，像是打门禁卡一样，没有搔首弄姿，一切都那么自然淳朴。在工作间隙，一个稍大一点的童工还要去照看一个幼儿，想必这是他的家庭任务吧。

长得五大三粗的当地老板叼着烟，在旁边不时地呼吼着。孩子们是那么小，干的却是这样重的活，极不协调。哪个孩子若是歇口气，老板就会凶神恶煞地吆喝着。那样弱小的身体完全经不起推搡，但经得住奴役和压榨吗？经过询问我了解到，这些孩子都是附近的，周一到周五会去上学，周末和假期会在这里打工赚钱。老板供孩子一日三餐，每天的工资是1000—2000西法不等，约合人民币十几到二十块钱。为了生计，孩子的父母都支持这样的打工。这些童工存在的理由其实合情合理，而且无法根除，对于被雇用者来说那就是贫困，对于雇主来说那就是花最少的钱获得最大的利益，当

叼着烟的男人是砖厂老板,他长得凶神恶煞。其实,我小时候也跟着大人做过砖坯,但那是自家用而不是打工,相比之下童工们显得很可怜

地政府也是无法禁止的。

20多年前,童工现象在国内也是屡禁不止,我们经常在媒体上看到相关报道,特别是一些私营企业、个体工商户和偏远地区的黑心地下作坊使用童工现象最为严重。但在2003年国务院颁布了《禁止使用童工规定》、完善法律法规、加大惩处力度后,童工现象渐渐消失,淡出了人们的视野。人的权利有很多,生存权利具有最高优先级,当生存权利都无法保证的时候,尊严、健康、成长、自我实现等权利会碎一地的,碎到连国家、社会都没法拾起。

临走的时候,盖翻译问老板:"有没有多余的当地法语课本,我想买一本。"那个老板让一个孩子跑回去,拿一本四年级的课本。盖翻译给了3000西法,老板一把抢过钱跟那孩子说:你的书这么破,给你2500西法再买本新的,剩下500西法被那老板顺手揣进了自己兜里。那一刻，我想到了一句话：资本来到世间，从头到脚，每个毛孔都滴着血和肮脏的东西。除了被剥削和压榨，还有什么能让这些童工生存下去呢？

难以理解的生意经

"胡萝卜怎么卖？"见到一个妇女顶着一盆胡萝卜，法语翻译刘季秋问她。"100西法。"她答道。"一斤？"刘翻译问。"不，是一个。"好吧，小商贩连秤都没有，只能按个卖了。"这胡萝卜还不错，给我来两个吧。"刘翻译说。那妇女笑呵呵地指了指头上的盆，说："自己拿吧。"刘翻译踮着脚，在那妇女的头上扒拉来扒拉去，挑了两个，点了200西法给那妇女。

"不，是250西法。"那妇女说。"1个100西法，2个不是200西法吗？多买应该便宜才对，怎么还贵了呢？"刘翻译疑惑不解地反问。"1个是100西法，但2个就得250西法，没错的。"那妇女反驳。奇怪了，我站在一旁也觉得诧异，怎么这么做生意啊！难道她不会算术？虽然我们在加奥购物过程中经常遇到当地生意人算不明白的情况，但那都是数目较大的情况，这么简单的加减法不可能不会啊！

由于贫穷落后，马里文盲占人口的72.8%。我们国家小学生入学后都要求背诵算术九九表的，印度学生要求必须会背19×19表的，可能是由于文盲比例太高，也可能是由于受欧洲教育体制影响，马里的孩子是不背的。记得有一次买可乐，一箱2250西法，给老板10000西法，结果他分三次共找给我们9500西法。天哪，他只收了 500 西法。我们跟他说找错了，他还挺不高兴，很生气的样子。我们再三解释，他反复算了好几遍才终于明白过来。类似的事情经常出现，平均每 10 次购物就会遇到 1 次。唉！在马里买东西太费神经和智商了。

可今天的状况也太不可思议了，应该不是算错了吧。"为什么？"刘翻译不解地问。"现在是凉季，胡萝卜很少，我的地里就这些了，你都买了，别人就吃不到了，所以买两个贵。"那妇女解释道。我和刘翻译愣住了，从小到大，我真是从未见识过这样的商业逻辑，带着仁慈和关怀的商业逻辑。突然间，我对这个笑眯眯的中年妇女顿生敬意，她穿着朴素，面有善容，很干净很淡定。如此心肠，难道是观音菩萨转世？仔细一想，在蔬菜极度匮乏的沙漠地区，这样的逻辑也是符合实情的，我甚至都想象不到她从哪儿搞到的胡萝卜，难道从天庭带下来的？

加奥市中心的建设水平虽然都不及国内的城镇，但市场上人头攒动，街区依旧喧嚣热闹。我们今天上街的主要任务是购买玻璃。在加奥玻璃可是稀奇的东西，当地需求不多，很少有地方卖，我们找了半天都没找到卖玻璃的五金商店。正当我们一筹莫展时，有个人主动跟我们搭话，得知我们要买玻璃后，他带着我们一连去了四五家商店才找到。

询问价格后，我们吓了一跳。老板说 1.2 米 × 1.5 米的一块玻璃是 35000 西法，折合人民币 400 多元。看出我们不太想买，他又给出了 30000 西法的最低价格。他说："这是进口的，当然很贵啦。"我们这才知道，加奥根本没有生产玻璃的厂子。我们和他又讨价还价一番，最终以 25000 西法的价格成交了，比国内玻璃贵很多倍。

这是一位有信仰的妇女,她把每颗蔬菜都洗得很干净

沿路返回时,我们看到了不少黑木雕,就是用黑木雕刻的工艺品。黑木是产于非洲部分热带原始森林的一种木材,生长周期很长,目前很少具有森林的规模。马里的黑木资源也不足,无法以大宗原木形式出口,常被艺人制成工艺品。非洲黑木有些类似于在中国很受欢迎的红木,除了比较稀有,还有很多非常优秀的特质,比如木质致密而坚硬,比重远高于常见木材,因此放在水里会一个劲地往下沉。这些黑木雕看上去很粗糙,种类也很少。我们问小商贩:"哪里有黑木雕大市场,种类多一点儿的地方。"那小商贩说:"跟我来。"他把小店一扔,骑着摩托就带我们往市郊走。走了大约10分钟,七拐八拐地进入一个大院子,里面有几栋很大的房子。"就这里。"那个小商贩带着我们走了进去。

走到里面豁然开朗,每个房间都是一家工艺品店,里面都是黑木雕，还有一些工匠正在制作，简直是黑木雕集散地啊。各种各样的雕塑和物件，比如马、牛、长颈鹿、河马、瓶起子、钥匙坠、面具、刀剑柄等等。一打眼很是漂亮，但是仔细一看还是觉得粗糙。还有的屋子卖大弯刀和大宝剑，店主介绍说："这是图阿雷格宝剑和马刀。"图阿雷格人在很多当地人眼里是武士、是骑士、是威武的英雄，就像我们的蒙古族一样。

我们五个人到各个房间里挑选喜欢的工艺品，我挑了五个瓶起子和两把弯刀，讨价还价后付了钱。后来我发现，有些东西跟其他战友买的一样，但是价格却不一样，有的贵了，有的便宜了，最多相差一两倍，有的甚至是一个店主卖出的。"为什么给我们的价格不一样？"我们问。那店主说："因为你们买的东西不一样啊。你看这个瓶起子是这样的花纹，那个是那样的……"

店主说完，我们哭笑不得。在我们眼里，那些花纹虽不同，但属于同一个档次的，却硬生生地被店主做了区分。我只想说，要么是我们被骗了，要么就是市场太混乱，没有成熟的规则。同卖玻璃和胡萝卜一样，真的是想怎么卖就怎么卖，完全没有市场价，全凭心情和感觉啊。马克思的劳动价值理论在这里根本行不通，这里根本没有社会平均劳动时间，即便有，价格波动曲率也太大了。所以说尽信书不如无书，学马列别学死了，马里人民的生意经会颠覆真理的。

马里华人很自豪

3月19日，张指挥长从巴马科开会回来，带回几位在马里做

一位当地手工艺人正在展示他做的剑,每一个部件都是纯手工打造。佩剑是图阿雷格人的传统

生意的同胞。一位姓李,是人福医药的董事长兼总经理。他的公司原本是做医药进出口生意的,就是把中国的医药产品销到非洲。后来随着公司的发展、市场的拓展,他们积极响应国家号召,将国内先进的生产线引入马里,成立了一个工业制药合资公司,中非发展合作基金占了一定的股份。现在,他的生意涵盖了布基纳法索、马里等西非法语系国家,生产常用的主流药品,给当地的百姓带来了福音。

一位姓关,在马里生活工作了十几年,先后开过金矿和蚊香厂,已经打下了坚实的基础。还有一位姓陆,开金矿的。联马团副参谋长隋宁也跟着一起来了,他是在联马团总部工作的中国参谋军官。前段时间,分队后勤官周长春和英语翻译周立坤去巴马科出差时就和这些同胞相聚过。看到同胞来到马里,尤其是中国军人驻扎马里,他们非常高兴、非常自豪、非常热情。此次张指挥长去巴马科，他们将马里各行各业的几十位华人代表召集起来，欢迎中国维和部队指挥长，欢迎中国军人。

目前，在马里的华人主要聚集在首都巴马科，有两三千人。他们分布在各行各业，有做老师的，有搞建筑的，有开矿的，有开酒吧宾馆的，还有做快消生意的，比如日用品、服装鞋帽等。他们在这里经营的产品大多是国产货，是从中国经海运到阿比让港口，而后转陆路运输到马里。如此长途运输使很多产品的运费比生产成本还高，比如一瓶"老干妈"在这里要卖到2000多西法，折合人民币25块钱左右，不太好的茶叶粉末在这里都很受欢迎。

这些华人靠着自己勤劳的双手、过人的智慧，在环境恶劣的遥远国度开辟了属于自己的一片天地。听李经理讲，在异国他乡打拼很不容易，需要克服很多在国内想不到的困难，有很多事情需要同当地政府和百姓协调。为了克服困难，除了依靠华人团体抱团取暖，一些棘手问题还需要中国大使馆这个靠山。中国军队来了，他们又多了一个主心骨。

其实在马里，一般情况下我们并不能为华人做些什么实质的事情，因为我们属于联合国框架下的维和部队，指挥权暂时归联合国秘书长，并且要遵守维和中立原则，不能擅自干预他国内政，只能在规定的防区内按照规定的程序完成规定的任务。比如巴马科丽笙酒店遭袭，"中铁建"3名中国员工遇难，但因距离太远，受联合国法规约束，我们没法出兵干预，只能依靠马里的武装力量。但有军事存在，华人们就有一种安全感和自豪感，这是任何机构和个人都无法给予的。况且，一旦马里安全形势彻底崩溃，我们能做的其实很多！

其实商人和军人有很多相同之处，不是有那么句话吗：商场如战场。很多时候，两者都需要你死我活的斗争。有人说：一流人才在军界和商界，二流人才在政界，三流人才在学术界。这句话容易成为众矢之的，我不敢苟同，但至少说明军、商相似。能在国外尤其是在这样一个动荡的国度，并且是华人数量较少的国度生存并发展起来，必定是有头脑的人。在聊天过程中，我发现讲政治、懂政策、头脑活是这些华商的共同特点。比如刚下飞机，看见我拿着照相机，关先生就主动问我："您是杨华文吧，我看过您发表的那些文章。"如此开场，令我感到很荣幸和意外。一个好的生意人，肯定是一位关心政局形势，并且善于学习的人，特别是在动荡的国度，必然关心军事。

出了候机厅，当看到中国军队的步战车和猛士指挥车，他们就忙不迭地开始跟装备合影。从他们的表情中，我看出了惊喜、自豪、骄傲……"这是国产的吗？""这也是国产的吗？""这个步战车真有样！"随后他们指了指远处法军的小型步战车，说："和咱的一比，那个就是玩具。"感觉来自于对比，这一对比，我相信他们心中会升起浓浓的民族自豪感。说实话，近些年国产武器装备发展进步还是很大的，很多装备是拿得出手、摆得上台面的。

同胞们很关心维和官兵，听说我们吃不到猪肉，新鲜蔬菜即便购买种类也很少。他们就特意从巴马科买了一头猪，切成肉块冻实了，放进箱子里随机运来，还买了些韭菜、豆角、白菜等我们平时吃不到的新鲜蔬菜。关先生说，巴马科的猪都比较小，他挑了好几家养猪场才挑到一头最大的，有80公斤。我能感受到这位善良的中年人给官兵们准备礼物是用了很多心思的，真的很令我感动。军民鱼水情深，在异域他乡更显珍贵。

我开玩笑说："这里可不像巴马科那样安全，就在昨天，有3个平民被恐怖分子用手雷炸死了。""没事儿，有咱的部队在，就有根据地，还怕啥。"关先生说道。这位华人的感慨是发自内心的，也是饱受马里战乱之苦后的深刻感悟。有自己的部队在，就有主心骨，就安全。2012年3月马里政变，在巴马科发生了多起打砸抢烧事件，中资机构、华侨华人的生活受到严重影响，华人酒吧遭到政变军人砸抢，中国在马里的部分援建项目停工。为了应对局势，包括中国援马医疗队31名队员在内的华人都按照大使馆要求，做好粮食和饮用水储备。关先生回忆道："那时，我们华人紧紧抱成一团，相互照应和保护。但还是有些害怕，要是有中国军队在，我们就不必害怕了。"

如果不是有中国维和部队在，我想他们是不会来加奥的，恶劣的安全环境令这片沙漠成了禁地。除这三位在马里工作生活的华人外，整个维和期间我只见过一名华人私自来到马里北部地区。有一天，一辆吊车停在了工兵分队大门外，我们派人查看，发现车上是一名中国人和一名马里人。那个中国人是河南的，在马里首都生活，靠出租吊车为生。他用电话联系了加奥的一个项目，说是给某国维和部队建营区，就带着助手开车赶来了。一路风尘仆仆，吊车的车窗都碎了。赶过来后没谈妥，打算回去，看到加奥形势如此严峻，他害怕了，晚上不知道该在哪里停车休息，怕被抢劫。正一筹莫展时，他看见了五星红旗。他说："我看见红旗和'中国维和部队'几个字时，眼泪一下子就出来了，心想这回有救了。"患难见同胞，两眼泪汪汪。我们给他提供了饮食、警卫等帮助，并联系了大使馆。

两天后,他安全返回到巴马科。我们劝他:"中国大使馆不让华人私自来北部,你要听从安排,这里危险。"他说:"还不是为了挣钱,以后我再也不敢独自来北部了。"

救人先救医

出发前的一次意外摔伤让财务助理鲁长江的腿骨骨折,他硬是拄着拐杖飞到了马里。如今已经三个月了,骨折处已经痊愈,到了该取出钢钉的时候。无奈的是中国医疗队的二级医院仍在紧张建设中,设备、药品和医生我们都有,但没有无菌环境就无法做这样的手术。所以,我们要在当地寻找一家有手术条件的医院。

衣、食、住、行、医是人类生存必需的五类行为。来到马里后,每天都会看到当地人的衣食住行,了解得较为广泛和深入,但医药卫生是我一直没有机会了解的。今天恰逢这个机会,我带着相机上了车,开始了加奥医疗卫生状况的探索之旅。进入市区,法语翻译刘季秋就开始询问路人哪里有医院。问路过程比较顺利,三个路人三次指示,我们就找到了一家医院。后来了解到加奥就这一家医院,所以人人皆知。

医院门口较为热闹,有卖花生和水果的,有进进出出的百姓,还停了不少摩托车。我们一下车,迎面就走来一名马里国防军士兵,我这才注意到这家医院是由马里国防军把守的,我一共看到了三五个军人。我们说明来意,那名士兵很热情地欢迎我们,并为我们带路,但进入医院前需把武器留在车上。这家医院规模不小,虽然都是平房,但是比国内一般的乡镇医院大,比县级医院要小。走进去首先映入眼帘的是走廊里到处铺着垫子，上面是病人，有老人、孩子，有男人、妇女，有坐着的，有躺着的，还有抱着孩子的。除了手术室，这里似乎没有病房和病床，当然也不会收病床费了。

一名医生说，院长不在，需等20分钟才能回来。等待期间，我在医院里四处转了转，并通过刘翻译的帮忙了解了一些情况。这家医院叫加奥医院，是由房子和走廊围成的四合院，房子中间还有院中院，种了几棵棕榈树。等待期间，有几名军人和我打招呼，他们也是这里的医生，是军医。这家医院是军民混合使用的，军人免费。透过一个窗口，我看见了一个药房，很小很小。木架上摆着种类和数量都十分稀少的药品，都不及乡村卫生所的药品多。作为加奥市唯一的一家医院，其稀有的医疗设备和药品就如黄金一般珍贵，尤其对于战乱中的人民甚至是恐怖分子而言。2012年6月，这家医院就惨遭恐怖分子抢劫，本来就稀少的医药资源被洗劫一空，造成当地人缺医少药。后来，马里国防军意识到医院是战略重地，就派兵来驻守。

我走近那些生病的百姓，蹲到和他们同样的高度，打着招呼。虽然语言不通，但传递的友好感情却是相通的。我掏出随身携带的糖果给一个孩子，那个孩子露出快乐的笑容。经同意后，我开始为他们照相，每照一张我都会给他们看一下。有个光着屁股的小男孩，浓眉大眼，非常可爱，看着照片咯咯直笑。还有个漂亮的小女孩，应该是黑人和白人混血，长得像新疆人，对着相机很自然地微笑，很有明星范儿。旁边那位脑袋上缠满布料的是图阿雷格人，看着我给孩子们照相，也眼馋起来，拉着身边的哥们儿也来了一张。我忘不了孩子们的大眼睛，那么漂亮，那么纯净，希望他们能够战胜疾

我先后来加奥医院多次,发现这几位患者在走廊里至少躺了半个月。远处的小姑娘五官精致,被战友们评为加奥最美女孩

病,快乐健康地成长。

医院院长回来后,把我们请到他的办公室。他说这家医院是由国际红十字会捐助的,这件事需要向红十字会在医院的负责人汇报,由他决定,不过应该没问题。随后,他打电话给那个负责人,那面很快就答应了。我想这就如同经理需要跟董事长请示一样,走个程序而已。中马友谊深植人民心中,怎么会拒绝呢?随后,一名医生带着我们到这家医院的手术室简单参观了一下,让我们看看是否符合要求。赵军医详细询问了手术室的消毒方式,以确认是否达标。了解完情况后,赵军医不是特别满意,但也没办法,这已经是加奥唯一的手术室了。如果确定哪天手术,我们有必要自带设备进行术前无菌化处理。毕竟拆除固定钢钉不是个小手术,若是因为手术卫生问题带来其他疾病就得不偿失了。

出门前，红十字会在医院的负责人知道我们参观了手术室，用开玩笑的口吻表达了他的不满。他说你们身穿军装进手术室很不好，需要经过他的同意才行。我们向他致歉。很明显，这家伙很重视他在这家医院的地位和权威。他认为医院院长同意参观也不行，必须经过他同意。

下午，赵军医背上卫生背囊给布尔贡杰村村长伊萨复诊。昨天他因腹泻不止、虚弱不堪打来求救电话，作为一位89岁高龄的老人出现这样的症状很危险。昨天，他吃了赵军医给他开的止泻药，已经不拉肚子了。今天赵军医又为他做了腹腔听诊和血压测量，发现情况好转，又送给他们几盒常用的非处方药物，并让翻译告诉他使用方法。在为伊萨复诊期间，我看到他家有个孩子一直躲在女主人的身后，露着小脑袋，睁着大眼睛，看着我们，眼神里有一丝害怕。她的妈妈告诉我："这孩子耳朵失聪了，两年前因病失去听觉的，你们能不能给她治好？赵军医为那个孩子做了检查，说："应该是神经受损了，我们现在没有这样的检查和治疗条件。"

不仅那个孩子有残疾，我注意到她的妈妈有一只眼睛也是失明的，或许只是因为一个小小的疾病，在现代社会再平常不过的小病，都可能让他们致残或是失去性命。我了解到加奥市一般一个村庄有一个诊所，有医护人员5人左右，布尔贡杰村也是这样。诊所一般只为妇女和儿童做孕检、保健和开处方，男人生病一般买点药吃就行了。村里没有药店，买药要到加奥市里的药店。诊所看一次病大约1000西法，相当于人民币10元多一点。生了重病，村民才有可能去加奥市医院。当地好多人患有高血压，甚至年纪轻轻就患上了高血压，但却得不到系统的治疗。大人、小孩好多都营养不良，维

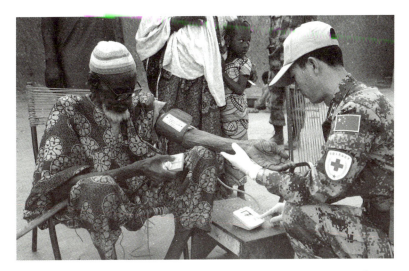

军医赵军正在为伊萨量血压，89岁在平均寿命只有50岁左右的马里算是罕见的高龄了

生素缺乏。

有一天，我在路上看到一个得了脐疝的女孩，肚脐那个地方高高隆起。赵军医说："这在国内只需要一个很小的手术就能把她治好，但在这里若是不及时治疗，那个女孩有可能会丢掉性命。"听完赵军医的判断，我的胸口犹如压了块石头，很憋闷。救人先救医，这是我今天最大的感受，帮助这里的人们首先要帮助改善当地的医疗卫生条件。我想，这也是中国从20世纪60年代开始向非洲派遣医疗队，至今从未间断的原因。

同刚到这里时不一样，我们不再仅从肤色和外表上去感受当地百姓，不再仅从外交和安全需要同当地百姓打交道，而是真正融入了感情地想和他们共渡难关。他们的喜怒和哀乐，他们的幸福和疾苦，能够真正走到我们心里，欣慰着他们的幸福，同情着他们的痛苦。如果条件允许，脱下军装后，我还会来这里做些善事，首先就从医疗卫生开始吧。

沙漠深处的求生

排污虽然算不上任务，但却是目前各种活动中最危险的一项。排污就是将分队产生的生活废水及垃圾物定期排放到联马团指定的垃圾场，一般每周要排污两三次。说它最危险是因为那个垃圾场是在距离营区大约15公里的沙漠深处，那里经常有恐怖分子活动。前期参与排污的官兵都说，那里太瘆得慌了，如果采取偷袭的话，成功概率太大了。到底是怎样的一个地方让特战出身的官兵有如此感受，我非常好奇。今天早上交班会刚开完，我就提上相机跟随排污车上路了，我要亲自体验一下排污之旅。

我坐在后勤官周长春驾驶的排污车上，前面有一辆步战车开路，后面还有一辆排污车和一辆垃圾车。按预先计划，我们走到2号路9号点位置时，另一辆步战车将从机场方向赶来支援，加强车队尾部防御力量。路上，周长春说："上次排污，灌木丛中突然来了三辆武装皮卡，上面坐满了荷枪实弹的武装人员，把我们吓了一跳。我们立刻提高警惕，准备战斗。后来，皮卡停在沙岗上，武装人员注视着我们。大约10分钟后，他们消失在灌木丛中，只留下飞扬的尘土和惊魂未定的我们。"

大约15分钟后，我们抵达9号点，接应的步战车已经守候在那里。我们从通向首都巴马科方向的柏油路下来，顺着沙土路，向沙漠深处开进。沙土松软，前车扬起的尘土几乎形成一个大面积扬

五 你所不知道的马里 211

每次排污都要由至少一个快反小组进行护送

尘区,将后车全部遮蔽。路上是被车辗轧过的车辙,很深,隆起的沙土时不时地把车底盘磨得嘎嘎作响。起初,路边还有些一米高的小型植被,转过几道弯之后,小型植被被较为高大的针叶树所取代。不远处的沙丘上有两只黑色的秃鹰,它们的模样让我想起了1993年苏丹大饥荒时摄影师凯文·卡特表现整个非洲大陆绝望的那张照片。我相信很多人都记得那张照片,那是一只秃鹰紧紧盯着一个赤裸上身的小女孩,等待她死亡后啄食。

越往沙漠深处走,我越能理解战友们的感受。这样的地形是打伏击战得天独厚后的条件,既便于隐蔽攻击又便于迅速撤退,地雷设伏更是难以发现。打完伏击后,驾驶摩托车向沙漠深处逃窜,连追都无处可追。有些羊和骆驼在树丛中游荡,用他们灵巧的舌尖卷食着荆棘间的小叶。这里的羊让你很难叫它小肥羊,这里的骆驼让

官兵们看到孩子抢食垃圾中的食物后,心情很复杂很难过,所以有些维和士兵将饼干攒下来分给孩子们

你不禁会想到一个成语:瘦死的骆驼比马大。其实,非洲的单峰驼不像亚洲的双峰驼,它们原本就很细瘦,而缺食少水的马里令它们瘦得更为夸张。

见此情景,我们只好加速行驶,以便速战速决。大约又过了15分钟,我们抵达了联马团指定的排污垃圾场。那是一块较为开阔的场地,有一个水泥硬化的大型垃圾坑,用于存放固体垃圾,垃圾坑边有一对成年男女和几十个孩子,在寻找可以食用和使用的东西。

即便是对食物充满了渴望,但是这些孩子并不贪婪。有一个小男孩,光着屁股,抓起几个腐烂的橙子,然后把多余的分给其他小朋友,自己留下一个。那个橙子几乎烂掉了80%,但他的笑容却是百分百的满足,似乎手里拿的是完美的礼物。有些孩子直接在垃圾坑里吃了起来,我不知道他们吃的是什么,因为我完全分辨不出来

无论大人孩子,联马团的废弃垃圾就是他们的食物来源。镜头前这个光着屁股的小男孩连身遮体的衣服都没有

是不是食物。吃坏了怎么办?我该阻止呢,还是纵容呢?我真的不知道该怎么办了。

战士们的感受和我一样,对他们很同情,因此每次出来排污,他们都把平时攒下的一些牛奶、饼干、咖啡、水果等食物藏在衣服里,偷偷带来。其实按要求这是不允许的,领导们担心百姓吃坏肚子,生病或是死亡,进而引发军民纠纷。因此,指挥部在我们抵达之初就定下规矩,不准私自赠送当地百姓任何东西,但仍然阻止不了部分战士的怜悯之情。

不远处垃圾坑边上的那对夫妇静静地坐着,看着这一切,习以为常。这附近根本没有房屋建筑,他们的家在哪里呢?他们的家或许是某棵树下的一个小窝棚,也或许连窝棚都没有,沙漠为床天为盖,垃圾坑就是他们的家园,每天来这里觅食就是他们的全部生活。

我实在不忍看下去，我终于知道这世界上还有这样一个地方。

车队急速赶回营区，垃圾坑消失在沙尘中，我们也消失在孩子们的视线里。从那天开始，我会将吃不完的、不易变质的食物攒起来，让排污的战士带给那些孩子。这些食物对于我只是节约，对于他们则是充饥，是救命。

落寞的王陵

今天是三八妇女节，我们抵达马里三个月了。我感觉时间过得越来越慢，日子过得越来越难，当欣喜和好奇消失，剩下的就是无尽的等待和坚守。紧张、繁重、枯燥的日子让焦虑情绪渐渐地浮上心头，失眠越来越多地困扰着官兵。警卫一排排长杨开金说他已经连续失眠一周了，作战参谋孙宝玮因抵抗力低下得了蛇盘疮，在腰部长了一圈水泡，钻心地刺痛。比男人更难的是女人，考虑到安全因素，我们这些男队员对医疗队的 12 名女队员可谓层层保护，一直没让她们出过营区大门。她们都快憋闷出心病来了。

为了让 12 朵金花散散心，过一个愉快的节日，指挥部特意为女队员安排了一次节日游。第一个参观地点就是著名的阿斯基亚王陵，是桑海帝国皇帝阿斯基亚·穆罕默德一世的陵墓，建于 1495 年。从营区出发，沿着贯通加奥南北的主干道一路向北，穿过市中心，车程不过 20 分钟就来到了陵墓遗址。陵墓原本没有围墙和大门，但为了加强文物的保护和管理，1999 年马里政府修建了水泥围墙，并安装了两个铁门。队员们刚在正门集结，管理员就从道路对面赶来收门票，一人 1500 西法，折合人民币约 20 元。这位名叫莫萨里的管理员为王陵义务服务了20多年,这也是他们家族的义务,守卫王陵的接力棒是祖祖辈辈传下来的。

走进大门,可以看到一座金字塔形坟墓、两座清真寺、一座公墓和一片祷告场。所有建筑都是泥土构造,它们是西非泥造建筑的典型代表。莫萨里介绍说,2004年这座陵墓被列入联合国教科文组织的世界遗产名录。阿斯基亚王陵之所以造成金字塔的形状是有故事的,传说阿斯基亚经过埃及去麦加朝圣的路上,对埃及的金字塔留下了深刻的印象,决定回去也为自己建造一座金字塔形的坟墓。

陵墓四面分别对准东南西北方向,分三层,共17米高,最下面是长宽不足20米的矩形底座,最上面是一个锥顶,侧面是倾斜向上的土质外墙,有许多木桩插在其中。这些木桩是作为永久脚手架,方便泥水匠在上面涂灰泥,弥补雨季时被冲走的泥土。这是西非泥造建筑共有的特征,当地包括民房在内的很多建筑都是这样的。经过500多年的风吹日晒,木桩大多已经腐烂。莫萨里提醒我们:"需要有组织地沿着台阶向陵墓走,每组不能超过10个人,以防坍塌。"

陵墓附属有一组清真寺,长宽分别为50米和45米,好像陵墓被包围在里面一样。清真寺内有一位白衣信徒,他一直生活在那里,每天都会朝向沙特的麦加城孤零零地做5次礼拜:晨礼、响礼、晡礼、昏礼、宵礼。麦加是伊斯兰教的第一圣地,在马里的东北方向,因此与中国的穆斯林不一样,这里的朝拜方向都是东方,这是苏丹地区清真寺的特征。在东墙内有一座2.5米高的圣殿,圣殿又被分为四个隔间的连环拱,69根紧挨的方柱排成四列,支撑着屋顶平台。圣殿的内部很暗,只有从庭院里射来的一束光,走在里面,会给人

若不是事先了解了历史背景,没人会知道这个大土包竟是一座王陵。王陵上面有洞,可以钻进去

些许神秘感。在最东面的那堵墙中部有一个双壁龛,这是西非伊斯兰教建筑的典型特色,右边第二个壁龛内有一个宣礼台,表现出阿訇和卡迪的权威,也显示了正统伊斯兰教教义在桑海帝国的影响。

陵墓的外面是公墓,立着很多无名的小石板,下面埋葬着曾经有头有脸的皇亲国戚、显赫贵族。如今没人记得他们是谁了,只剩下这些残破的石块来证明他们曾经存在过。有的石块已经倒了,大多还在坚挺地矗立着。我们绕着公墓走了一圈,大大小小数百个小石板。人啊,生前的至尊和华贵带不到死后,甚至连这份虚荣都无法感受,有的只是虚无和缥缈,或是供人观赏的一点遗迹而已,正如《红楼梦》所写的:"世人都晓神仙好,唯有功名忘不了!古今将相今何在?荒冢一堆草没了。"

莫萨里告诉我们:"2009年前这里还有很多游客,从法国的马赛到加奥甚至有直飞的航班，方便世界各地的游客到马里北部地区观赏历史文化遗迹，最主要的参观地就是阿斯基亚陵。游客主要有法国人、荷兰人、美国人、中国人等，每年至少几千人，可现如今几乎没有游客了。这几个月来，只有你们中国维和部队的人过来看一看。我家祖祖辈辈都在义务守护王陵，没人给我发工资，门票收入都用于修缮陵墓了。2012年马里战乱发生时，加奥的年轻人在军事占领期间承担起了保护遗迹的任务，防止极端分子像破坏廷巴克图古城一样损毁阿斯基亚陵，所幸的是王陵实体本身并没有在战火中遭受太多损伤。萨赫勒博物馆旧馆中保存的图阿雷格弦乐器等文物也在战乱期间被博物馆工作人员秘密保护了起来。"

历史上战火所过之处，文物极难幸免，马里也不例外。马里北方的通布图古城和坐落在加奥的阿斯基亚陵墓就面临过这样的命运。战火对通布图的摧残主要集中在建筑方面，作为非洲伊斯兰教的标志性城市，通布图的清真寺和宗教学校等一些古建筑的历史可追溯到14世纪。而今，通布图的多处陵墓已被无情的战火彻底破坏，图书馆里古代手稿的命运也堪忧。文物在战乱中变得脆弱，需要国际社会的关注和保护。马里政变期间，联合国教科文组织已经关注到战乱中文物破坏的问题，在巴黎举办的"国际马里团结日"活动中，联合国教科文组织和法国政府呼吁国际社会共同采取行动，拯救和保护战乱中的世界文化遗产。

2012年马里政变之后，联合国教科文组织的专家组完成了对加奥地区损毁评估的第一阶段工作。评估认为，阿斯基亚陵需要进行紧急修护，以确保其能够度过即将到来的雨季。同时，当地的清真寺也亟须大面积维护。专家组指出，加奥地区的其他文化遗产也遭到不同程度的损坏。大约九成的建筑遗迹被武装分子破坏，这些建筑可以追溯到 11 世纪，而新建的萨赫勒博物馆曾被武装分子用作堡垒长达一年之久，里面的设备几乎丢失殆尽，这一问题必须在文物转移到博物馆前得到妥善解决。

走出王陵，看到街道上车水马龙，一片繁荣景象，犹如从历史和战争穿越回来。战争虽然已经远去，但恐怖袭击仍然袭扰着这座古城。希望我们的军事存在和力量能够消除恐怖，更希望马里的文明能够重新焕发生机。一天下来，医疗队女队员们玩得很开心，看得出她们很喜欢这个节日礼物。

痛并快乐的村民

我们的营区位于加奥市第八区布尔贡杰村，村庄古朴而美丽。由于紧挨着尼日尔河，所以即便处在撒哈拉沙漠南缘，这里也有为数不少的绿色。通过几个月的接触，我渐渐地了解了这个小村子的基本情况和生活方式。村子大约有 2000 多人口，有固定职业的人很少，政府公务员算是有固定职业的一类人，但他们的收入也常常无法养活一家人，况且政府拖欠工资已经一年之久了，他们不得不在工作之余打点零工补贴家用。

大部分村民以种地和打鱼为生，还有以打工出力为生的，也有少部分人做点小买卖，比如开个小店，在村里的空地或树下摆个小地摊。由于自然条件恶劣，蔬菜只有土豆、卷心菜、胡萝卜和生菜，产量不是很高，而且只有在尼日尔河沿岸湿润的土壤上才能种植。粮食主要有少量的水稻和高粱，高粱比水稻产量高一些，价格也便宜一些。产出的粮食和蔬菜除了自己留用外,其余都拿到市场上去卖,换回一些油、盐、糖等物资。

村民的土地都是从政府那里买的,买来后就成为个人私有财产,如果没钱买,就只能租用土地。有了土地,村民就可以盖房子。这里的房屋大多是泥土房,属于西非泥造建筑类型,冬暖夏凉,还有些人家住在用木头和席子搭起的窝棚里。家里一般都没有床,垫子铺在地上,还有的人家连床垫子也没有,只有席子。每年3—5月热季时,村民常在院子里席地而睡,而凉季和雨季时一般在屋里睡觉。除了个别稍微富裕点的人家有院子、有门、有锁外,大多数人家的房子是没有门和锁的,就像我们国内出售的毛坯房。我以为这种程度的贫穷根本养不活小偷,没想到联马团当地雇员克瑞斯说也会有小偷。比如凉季时人们在屋里睡觉,小偷会偷走院子里的小物件,有时候还会偷走摩托车。小偷被抓到就会挨顿打,有时是本村熟悉的面孔,有时是外村的。村民也会把小偷送到加奥市警察局,而整个加奥市只有一个警察局。

以前听说过非洲人爱用树枝刷牙,我在这里得到了印证。早上,很多村民将细长的树枝含在嘴里不停地咀嚼,据他们说这样不仅可以清洁牙齿,还有一定的药效。我曾看到,在医疗队二级医院住院的乍得维和军人早上起来就坐在床上,既不用水也不用牙膏,拿着一个牙刷在嘴里干刷。我没弄明白是怎么回事,或许这是树枝刷牙的演变?

每天清晨,我们都会被村里清真寺大喇叭传来的浑厚男高音吵醒,据克瑞斯介绍,那是在呼唤村民做祷告。他们每天要进行5次祷告。

村民们非常惧怕战争。2012年内战爆发后加奥被"阿解运"占领，一段时间内加奥处于无政府状态，村民生活苦不堪言，衣食无着落，人们都不敢外出，只能待在家里，外出常会被抢、被打，当时这个村子就有3个人被砍掉了胳膊。那时候，妇女必须把全身都裹得严严实实的，只能露两只眼睛。联马团来到后状况才得以改变，村民逐渐过上了比较正常的生活。克瑞斯说：“中国军人都在工作，纪律性好，给予我们很多帮助，从不会去惹老百姓，当地老百姓非常喜欢中国的维和军人。"

村民家里很少有电视、DVD机、冰箱、电饭锅等家用电器，做饭都用木炭，因为电费很高。每当夜幕降临，大多数村民家里也变得漆黑一片，只有少数富裕家庭才敢开灯。这种黑夜让我想起了小时候的日子。那时家里只有一台14英寸的黑白电视机，用自制的铝制天线接收县里的电视信号。没有有线电视网，没有互联网，没有电话，电视是大多数家庭在夜间唯一的娱乐设施。那时候最怕的就是停电了，一停电只能点上一根蜡烛，唯一的娱乐设施也成了摆设。在微弱的烛光下，娱乐活动也由看电视变成了唠嗑，听大人们唠家常、讲故事。其实停电也是很温馨的，可以让家人那样紧凑地围坐在蜡烛旁边，一下子家里变得温暖了许多。

停电的时候，灯泡的开关总是开着的，这样一来电马上就知道。当灯亮时，我和弟弟抢着吹灭蜡烛，然后又抢着跑去打开电视机开关。那些家常和故事瞬间没有了吸引力，我们的眼睛又掉进了电视里。虽然只有一个频道，但除了小孩子不关心的新闻，动画片、大风车、电视剧，甚至广告都是好看的。在不同的国度穿梭，物质发展程度的巨大落差会让人产生强烈的感受突变，或许村民的生活就像我小时候一样——没有灯光的夜晚也可以是幸福的。

村民平时吃的饭类似我们的盖浇饭，把汤汁浇在饭上拌着吃。尽管身处战乱国家，过着朝不保夕的日子，但是村民仍然十分乐观，喜欢享受慢节奏的生活，三五成群聚在一起煮茶喝，周末在空地上伴着音乐唱歌跳舞，年轻人每周都会在足球场上踢球。他们的喝茶方式与我们不同，通常用两个小铁壶，先是将茶叶放在一个壶里，用炭火烧开后煮两三分钟，再将热腾腾的茶水倒入另一个放了很多白糖的壶里，然后用一个小杯反复冲倒，待糖完全融化后，再倒入小杯中饮用。招待客人时，主人喜欢与客人共饮一杯茶，以示尊重。这里的茶叶大多是中国产的绿茶。

经历苦难，但依旧乐观，经济的落后、生活资料的匮乏、不时的恐怖袭击并没有让这里的百姓苦大仇深，相反地，我看到的是他们真诚快乐的笑容。静静的尼日尔河缓缓流淌，那是幸福的源泉。河边有闲适的百姓、欢乐的笑声、激情的舞蹈，悠然自得的老人们在棕榈树下铺一张毯子，躺在上面纳凉，恬静地享受自然的馈赠。我看到那个年轻的哨兵站在皮卡边，旁若无人地哼着小曲，自得其乐。我看到，路上行人，不管大人还是小孩，都会向你问好、招手，都会露出美丽的笑容。我看到不管什么时候、正在干什么，当听到祈祷音乐时，司机会停下车，工匠会放下手中的工具，妇女们会放下头顶的篮子，孩子们会学着大人，带着一块毯子跪在地上祷告。他们是有信仰的、虔诚的，这是他们的精神源泉。

看到村民们痛并快乐着，我常会想起美剧《权力的游戏》中的一句台词：即使在战争最黑暗的日子，多数地方依旧风平浪静。

唱响和平之歌

两天前,加奥地区文化部长阿卜杜拉耶·包古姆发来一封邀请函,邀请中国维和部队指挥长参加 4 月 26 日 16 点 30 分加奥市文化艺术初级学校的表演活动,表演的主题是和谐社会、国民和解、和平相处。15 点 30 分,我们驱车走 2 号路线绕进加奥市区,于 16 点 20 分抵达文化艺术中心。文化艺术中心外人潮涌动,陆陆续续地向艺术中心内挤,艺术中心内人头攒动。正门人员较多,怕磕碰到当地百姓,我们将两辆步战车和一辆指挥车直接开到侧门,下车后警卫迅速进行环形警戒。包古姆听说我们抵达,热情地出来迎接,引领我们进入中心,坐在第一排中间位置。

这个中心简陋不堪,一个长宽各不足百米的沙地院子,院子前面正对大门的地方是水泥制舞台,舞台后方及两侧是一栋连体的固体建筑,用来做道具室和更衣室,舞台上面拉着一个白底宣传条幅,上面写着"宽容不是弱者的权利""教育是暴力的克星""办法总比困难多"等标语,都是法语。观众坐在下面的藤椅上,但更多的是站着的,足有千人之多,大多是年轻人。有两名马里国防军士兵在维持场内的秩序,他们背着枪到处溜达。有四名年龄较大的男性坐在紧靠舞台的地方,据说是评委,将为各个节目打分。

快 17 点的时候,节目才正式开始,很多加奥人基本没有时间观念,我们早已领教并适应了。一名主持人上台说了些我听不懂的开场白,身后便传来一阵阵呐喊和欢呼声,我感到身后的热情像海浪一样涌来。主持人废话特别少,只用几句就掀起了狂热气氛,随后立马闪身,第一个节目上场。

道具、场地虽然简陋，但学生们表演得很投入

　　节目大多为情景剧，描述种族之间的冲突、杀戮和调解。舞台道具简陋，上台前扔一张席子，演员们便或躺或坐。演员大多为十几岁的青少年学生，如泣如诉，十分入戏，引得现场观众阵阵欢呼，掌声雷动。盖翻译坐在张指挥长身边，一边看节目一边同声传译，我坐在盖翻译另一侧也跟着听。我了解到，演员们在哭诉冲突的伤害和对和平的期盼。有个情景剧是这样的：有两个部族白天将羊赶到一口井边饮水，资源有限，发生冲突。夜间，其中一个部族竟用枪对另外那个部族进行血腥屠杀。我发现他们常用的舞蹈道具是木制大碗，上面刷成红、黄、绿等各种颜色，文化部长包古姆介绍说："这代表着对食物的企盼。"

　　有个舞蹈节目是一群姑娘用舞姿来赞颂马里一个民族、一个目标、一个信念的国家精神。舞蹈的最后，姑娘们伴着优美欢快的旋律将马里国旗冉冉升起。这旋律很熟悉，我每次到加奥市里都会听到很多店铺播放这个曲子。文化部长包古姆说："这首歌叫《和平之歌》，寄托着马里人民对和平的热切向往和不懈追求。"

  不比其他场合，看节目期间我没有斗胆在舞台前对节目进行认真拍摄，而是坐在席位上随机按了几下快门。我怕自己的无知行为触犯了当地人的某些忌讳而引起骚乱。节目看到一半，我起身走到人群后面，发现很多小商贩在售卖零食和饮料。见我走来，一位带着孩子的妇女打开了她的冷藏箱，里面都是塑料袋包装的饮料，很像我小时候喝的"透心凉"冷饮。我想起小时候学校开运动会，妈妈就会弄个纸壳箱子，里面塞上棉被，改造成冷藏箱，卖些雪糕和冰棍。看着比赛，吃着雪糕，我和弟弟既能解馋又能过足眼瘾。

  看我拿着相机，有几个青少年拉着我要拍照，那种渴望程度好像我能马上把相片冲洗出来给他们一样。虽然做不到这一点，但是每拍一张我都让他们看一下照相机液晶屏，他们是那么开心。一个小男孩坐在妈妈怀里，看着照片咯咯地乐个不停，大大的眼睛很是可爱。我转身后，那小男孩用手抓着我的衣服，似乎想说：再来一张。一对俊男靓女长得极像兄妹，但是看亲热程度我确信他们是恋人。男孩让我多给他们拍几张，他们的姿势自然大方、变幻多姿、绝不重样。慢慢地，想要拍照的人越来越多，我赶紧抽身闪了出去。

  走出侧门，我看到艺术中心外的大墙上挤满了或坐或站的少年。夕阳的光辉从他们的身体间穿过，很美妙。我迅速调整曝光度，拍了几张漂亮的剪影。看到这些青少年对艺术的热情，我想到了小时候村里放露天电影，大人孩子挤得到处都是——房顶、墙头，甚至大人的脖子上。

演到最后一个节目时，我们向文化部长包古姆致谢并告辞，发动步战车抓紧离开，以免集中散场时人员拥挤、发生意外。这次文艺演出让我们对马里人民心中的苦难和马里文化有了更深刻的了解，也深切地感受到马里人民对和平的渴望。我想，就连路边的一只猫、一只狗、一头驴都对安宁充满了渴望，何况是饱受战乱之苦的人民，谁不想幸福啊？可是战乱中哪来的幸福，有的只是无休止的分离和杀戮！我希望这首《和平之歌》能一直唱下去，唱到每个人的心里，能感化一个是一个，能减少一颗子弹就减少一颗。

求同存异的联马团

探索工作方式

上周张指挥长向司令提出，可否每周向其当面做一次汇报，以便反映工作、解决问题。司令当场拒绝了，他说：如果每个分队都那样的话，我就没有时间干别的工作了。今天，我又同苏世顺副队长前往司令部打探司令是否可以接见我们，以便我们做汇报，结果又遭到司令拒绝。他说："你们有特别的事情吗？如果有，我安排时间。如果只是例行工作，可以直接跟参谋长说。"看来，中外军队工作方法真的不一样。有事说事，没特别的事不开会不汇报，这就是联马团东战区司令部的工作方式给我的感受。

战区司令部有军、民两大系统，这两个系统组成一个团队，相互独立，又相互合作，共同管理和服务整个战区。出现这样的问题是有很多原因的：主观上，我们对司令部军事、民事部门的体系架构、权力划分和人员组成研究得不够透彻清楚，对联合国工作模式还不是很熟悉，就连在其中工作的中国参谋军官都没有完全理顺；客观上，联马团成立刚刚半年，很多人员尚未到位，个别时候存在权责交叉的地方，另外我们刚刚抵达，通信网络、联系模式等尚未建立健全，这些原因共同导致了理解和磨合上的小问题。

比如申请砖、水泥、沙箱等物资，正常的途径是我们维和分队直接将申请报告打到司令部的军事相关处，比如防卫设施是作战处，水、油料、给养等是后勤处，毕竟我们是受军方管理和领导的，相关部门要将申请抄送至司令、副司令和参谋长。我们在发送邮件的时候，也要抄送至民事部门的战区联合后勤支援中心。一名中国参谋军官曾告诉我们直接找民事部门申请物资是一个较为高效的方式。事实上这是否符合规则，我有些怀疑。但我们还是拜会了战区联合后勤支援中心官员卡桑德拉，她向我们表达了疑惑："你们申请沙箱、砖、水泥，为何我们这里没有收到申请邮件？"

除了工作方式需要磨合，对于联马团的工作效率我们也需要适应。比如营区供水系统是由战区民事工程部门负责保障的，这个部门负责一些修修补补的保障工作，具体负责人是阿宅特和维多利亚。由于这两个人休假回国过圣诞节了，我们已经连续两周找不到负责人，采购设备的发票还在他们手上。在国内，我们手上的工作若是干不完，都不好意思跟领导提休假的事；即便是休假中，若是有紧急情况，也是说召回就召回，绝无二话。

上周，司令马马杜·桑比曾对我们说："我看到你们中国维和部队几乎把家都搬来了，什么都从国内带，完全不需要我们。"之所以这样做，一方面是由于在国内的时候我们无法准确预料在这里到底会缺少什么，什么是买不到的，什么是能够申请的，这些信息我们掌握得不够全面，所以穷家富路嘛。但更主要的是，以联马团的工作效率，我们等不起。仅仅是一个通信网络，从申请到现在已经20多天了，一直都没有展开建设。上周的理由是负责人已经准备从巴马科赶来，但是因为误了起飞时间，没能赶上飞机，这周还没有人宣称提供理由，我们只能不断催促。

说到坐飞机，我想多说几句。在很多中国军人眼中，联合国的驻军模式是奢侈的，不仅因为房间有空调、食品全球采购、加油用油不限量，还因为人员出行基本都是空运。在战乱地区，飞机是最安全最快捷的交通工具，野战停机坪呈网络状分布。不管是战区司令、参谋军官还是民事人员，乘坐小型飞机或直升机出差简直是家常便饭，整建制部队人员、物资也常用飞机转运。可以说，兵力部署到哪儿，机场就修筑到哪儿。

言归正传。既然司令没时间，我们只好向参谋长汇报工作了，把近期情况向他反映一下，主要也是想让他帮忙解决一下具体问题。工作谈完后，参谋长说："我听说你们将离道路很近的那个营门封闭了，在另外一个地方开了一个门。"张指挥长说："是的，那个营门没有防御纵深，不安全。"参谋长说："由于这里的一草一木都属于马里政府，因此掏开一节墙也应当向司令部报告。即使这是为了加强防御而做出的英明决策，也不可以。"一直以来，我们都知道尊重马里的一草一木，但没想到分配给我们的营区也要如此谨慎使用。这个提醒很有必要，我们虚心接受。

傍晚时，荷兰特种部队的两名军官来营区参观，一位是年老的中校军官，一位是年轻的上尉军官。荷兰特种部队也隶属于联马团，将部署在机场那里。这是一支拥有武装直升机的特种部队，将执行战区机动任务。他俩看到我们把废弃的建筑打理得整洁干净，赞赏不已。张指挥长把他俩请到作战室，品着铁观音，聊着天，希望加强合作、加深友谊。那位中校军官看到赵军医后想起了他的儿子，因为专业相同，都是外科医生。他说他儿子想成为军人，但他希望儿子还是要有一个专业特长。在看到赵军医后，他说他想到了一个两全其美的办法。

协商与博弈

作战值班室每天都将任务区发生的大事和我们所做的工作以图

文并茂的形式传回国内，从总部、军区到集团军、旅首长都非常关心我们，经常打电话慰问。我们的处境国内是很清楚的，计划本队如期部署也是从安全角度考虑得出的结论。可今天上午，国内来电告知本队部署工作面临新情况、新挑战。本队已经做好1月15日登机准备，但是联合国纽约总部却持否定意见。纽约方面认为本队应当在第二批海运物资抵达后再部署，否则即便本队抵达也无法执行《谅解备忘录》所明确的任务。毕竟本队是245人的大部队，给养费用和工资是非常大的一个数目。

先遣分队目前的状况较为艰难，毕竟是首次部署，仅仅是在这片荒凉贫瘠的土地上建设新营区就很艰巨了，更何况由于人员少，安全形势不乐观。每人每天要站4班岗，每晚只睡4小时，每次巡逻2小时，下哨之后还要继续搞建设……这就是我们先遣官兵的生存状态，忙、危、累、困，要是碰上火箭炮袭击就更加不得安宁了，我们想本队兄弟想得可谓望眼欲穿。中国维和官兵在其他维和任务区的情况也大致相当，首次部署的部队比后续部队面临的挑战都更为严峻，创业艰难啊。后续部队可以享受到前人的建设成果，包括规整漂亮的营区、完备坚固的防御工事、整齐干净的集装箱板房、顺畅的内外关系等。

一面是高昂的部队自我维持成本，一面是巨大的营区建设和安全形势压力，孰轻孰重？怎么办？怎么说服纽约联合国总部？这是摆在我们面前的新难题。为了达到本队如期部署的目的，我们用了需求转移法。我们前往司令部会见司令马马杜·桑比，首先汇报了近期工作，并对司令在协调营区用地上给予的大力支持表示感谢。我们向司令表明态度，目前各方面条件完全能够满足本队部署需要，想听听司令是什么意见。司令回答道："越快部署越好，安全形势不容乐观，战区也急需力量。"

看来司令的想法和我们一样，我们就将目前所面临的困难向其详细做了介绍，并希望司令打份报告给联马团总部，表明中国维和部队本队尽快部署的必要性，也就是把我们的需要转移为联马团的需要。老到的司令委婉地拒绝了，他说："这件事我没法做，需要中国政府向联合国总部反映。"看来司令也明白其中的矛盾，这种矛盾不是一个小小的战区司令所能解决的。幸运的是我们有强大的祖国做后盾，相信这件事一定会完美解决的，后来的事实证明需求比成本更重要，本队最终如期部署。

我们向司令承诺，我们会协调各方积极争取1月15日完成本队部署任务，希望司令协助安排两件事：一是本队后勤供给的提前申请和领取，二是本队抵达后接运问题。第一件事，司令说没问题，按照程序上报即可。第二件事，司令表示他会在飞机抵达加奥当天，动用战区所有客车去机场接中国维和官兵。我们很关心本队官兵，再次强调一定要用巴士，不能用运兵卡车，他们经过长途飞行会很疲惫，下飞机要提供战区能够提供的最好待遇。司令说，战区只有两辆巴士，而且都是小巴士，需要跑四趟才能接完。我们说："谢谢司令支持，到时候我们会详细安排。"这些细节问题毕竟不是司令要考虑的。

司令还提到：中国警卫素质过硬，能否派一部分兵力到机场执行警戒任务，法军会把机场的一半面积交给我们。加奥只有一个机场，还被部署在那里的法军控制，每次进出机场都要接受法军的安检，这或许让司令很不爽，是司令心中一直存在的梗。但这个提议不用思考就被我们立即回绝:"我们只能执行法定任务,一是采取一切必要的协调步骤确保司令部营区的安全,二是确保对营区进出口的全面控制。这是中国政府同联合国签订的协议,我们只能在这个框架下服从司令部指挥。"在任务区凡事都要依据法理,依法而不依人,这是高度法制化的表现。谈完本队部署问题后,我们给司令提了两个建议:一个是希望能够加快司令部的防御工事建设进程,争取本队部署到位后能够立即执行任务。这是司令部的需求,当然也是我们的安全需求。

针对昨天的火箭炮弹袭击事件,我们还向司令提出建议,希望战区能够在超视距高空爆炸物袭击方面有所应对。司令回答说:"我的策略是建设地下掩体,同时安装地面侦察雷达,在火箭炮弹发射瞬间就提前预警,所有人员迅速转移到地下掩体。"对于这个策略,我作为一个政工干部都觉得不太可行。火箭弹中段飞行速度一般可以达到 1000 米 / 秒,远程火箭弹中段速度甚至可以达到 1500 米 / 秒以上,飞行 20 公里的话,仅仅需要 20 秒。这样短的时间内,司令部的值班参谋恐怕还没拿起电话,炮弹就已经响了。更别说恐怖袭击往往发生在夜间和凌晨,值班参谋应该在睡觉。看来解决这个问题还得靠自己,靠中国维和军人的智慧自己设计策略。

文化差异是冲突根源

为期一天的圣诞节结束了,加奥市又恢复了往日车水马龙的景象。逢假必休的战区司令部官员们,在放假一天后也开始上班了。

办公也不离枪的法国情报官,是一位少言寡语、独来独往的人

虽然这几天乍得军队伤亡惨重,但在有些人眼里这是战争,伤亡是常态,节日该休息还得休息。西方人的个人主义渗透到这些联合国工作人员的大脑,个人权利绝不会因为集体利益而受到一点点损害。享受生活、珍惜同家人朋友的相聚时光是一件光荣美好的事情,是备受宣扬和鼓励的行为。有一个周六,除作战值班参谋外,整个司令部大帐内就乍得籍作战处长一人加班。我问他在干吗,他说要赶制作战计划。我夸他敬业,他回了句:"和你们比差远了,中国人都加班。"

他说的没错,在这些外籍军人眼里我们都是工作狂,即便是马里当地百姓都觉得我们每天都在工作。我们的集体主义提倡个人利益服从集体利益,牺牲小我成全大我。虽然我们也不否定享受生活、

六 求同存异的联马团 235

这张照片形象地反映出，不论国籍肤色，武器都是男人的兴奋点，左二玩枪的就是盖翻译

珍惜健康、陪伴家人，但现实中很多时候我们走向了另外一个极端。

随着荷兰特种部队和我们首批赴马里维和部队第二梯队的部署，联马团的人丁越来越兴旺了。多个国家的军人、警察和民事人员工作于此，使得联马团越来越像一个小联合国。人上一百，形形色色，各种价值、文化冲突也不断上演，让我感到，很多时候这世界没有对错，人对了，他的世界就对了。

上午营区来了三名从联马团总部飞来的后勤官员，他们勘察了营区，准备明天为我们维和部队接通网络。网络信号从卫星直接发送至战区司令部，再由司令部通过微波天线发送至各个营区。虽然整个战区只分配了3兆带宽，但能够接入互联网可是件大快人心的事。我的心里乐滋滋的，没有网络的日子快要结束了。没有网络给我们带来很多麻烦，比如说上传下达不得不通过中国参谋军官，或是打印成纸质文件，一趟趟地奔跑于司令部和营区之间；再比如向国内发送新闻素材不得不先导入手机，再通过蜗牛般的手机网速，开始马拉松式的发送过程，最惨的是"摔倒"了不能原地爬起，必须重新跑，经常让我彻夜无眠，一遍遍重复着"发送，发送失败，再次发送"的操作过程。我在想：有了网络后，战友们是不是可以跟家人视频和语音聊天？那会省去一笔昂贵的电话费的。当然这只是我个人臆想，没准还不如手机网络呢。穿越剧不要当成都市剧来看，因为一个世界里的一切不合理，在另外一个世界里或许就是合理的。

  网络安装完毕后，这三名后勤官还为每个维和分队配发了两台工作电脑。后来，他说了一句话让我之前所有的幻想都化成了灰："网络和电脑仅限于分队同联马团发送接收工作邮件使用，不可以挪作他用，这是受到技术监控的，一旦违规使用将会受到处罚。"期待了许久的事就这样泡汤了。从我们先遣分队抵达任务区开始，就不断地申请网络，联马团方面有关负责人也不断地拖延再拖延，其中最可笑的一个理由是一位通信官员因起床晚了，没赶上从巴马科飞往加奥的航班，一拖又是半个月。还好他不是怀孕，不然整个维和期间就用不到网络了。这就是联合国的效率，特事特办几乎是不可能的。

  上午，东战区司令部一位名叫切克的公共信息官来到营区了解情况，准备在联马团官方网站上发表中国维和部队的信息。从某种意义上说，他应该是我的同行加上级。我们约好9点钟见面，他一拖再拖，到了10点半才姗姗赶到，警卫、工兵、医疗三个分队各派出一名干部配合他了解情况。在反映困难的时候,我们不约而同地反映了联马团很多资源难以有效服务维和部队。举个例子,在我们吊车极为紧缺、多次花费高昂租金雇用当地吊车的时候,那辆印着 UN 标识的崭新吊车依然纹丝不动地在战区司令部休息。

联马团方面给的说法是需要逐级申请,申请报告到了巴马科后,那面会派人过来培训操作手,培训结束后需要考核认证,通过后方可以借给我们使用,这一套程序下来不知道要到猴年马月了。无论我们怎样强调我们有专业的人员可以顺利使用吊车,但制度就是制度,比钢还硬,比铁还强,不可能有通融,用东北话讲,死艮死艮的。这些刚性制度体现的是法制精神,需要去严格执行,这无可厚非,但是从制度设计层面去考量,显然丢失了一定的科学性和实效性。当今世界,缺乏效率的制度绝对不是最优的制度。

向对手学习

战区司令部通知,联马团装备核查组将于今天上午抵达加奥,对中国维和部队进行装备核查。装备核查分月核查、季核查和大核查,主要核查用于完成任务的主装备和用于官兵生活的自我维持装备,是联合国对出兵国所提供的装备能否满足要求进行的数量和质量综合评估。联马团对所核查装备存在的问题会登记在案,并要求限期整改,整改不合格的,将根据《谅解备忘录》扣除联合国给出兵国的装备补偿金,因此装备核查事关国家利益和军队形象。此次核查是抵达核查,一般是在维和部队抵达任务区一个月内进行,算是大核查了。

　　核查组共三人，组长是菲律宾籍官员巴甫杜拉，还有一名中非人叫塔克，另外一名是中国参谋军官。9点20分，我们全副武装到机场执行安保接送任务。车队由三辆猛士指挥车、两辆猛士运兵车组成，92轮式步战车还在海运途中，所以只能由运兵车开路。运兵车部署在车队前后，车上一名带车干部、一名司机，车后站着四名警卫。三支分队的领导分别坐镇一辆猛士指挥车，每车留一个位置给核查官。我背着相机在头车上录像和照相，感觉有点像婚礼录像的。一路上坑洼很多，颠簸很大，抵达时我们走的就是这条路，时隔一个月重走此路，依旧被车外的景色所吸引。稀稀疏疏却一望无际的小灌木顽强地生长在沙土中，视野中几乎没有大树，有一群牛在路边悠然地吃着灌木叶。加奥这片沙地很难长出草，小灌木叶往往成为牲畜觅食的主要对象。我看到一些白鹤一样高挺的大鸟，在牛儿之间悠闲地踱来踱去。这是仙鹤吗，怎么活下来的？

　　我在对讲机里呼叫带车干部刘晓辉，希望他能在前方大转弯处停车，给我一个拍摄车队的时机。由于时间紧迫，我拍了1分钟就上车继续出发了。20分钟后，我们到了机场。驻守机场的法军戒备森严，张指挥长在对讲机里反复强调警卫要注意武器朝向，不要有多余动作，防止发生冲突。在第一道检查哨，我们停车接受检查。法军一名士兵向上级报告情况，我们等了大约有5分钟才被放行。郁闷，这是在法国吗？难怪战区司令马马杜·桑比总想让我们接管机场。从第一道检查哨到机场内部大约有500米，这段距离设置了很多检查点和控制点，包括用于检查车辆是否安装爆炸装置的车辆检查点、用于观察和火力狙击的高位控制点等。

除第一道检查哨耽误时间外，其余哨位均一路放行。进入机场后车队一线停靠，警卫迅速下车展开部署。机场候机厅旁有一个四层高的小楼，是机场内最高的制高点，小楼顶部用沙袋围着。我看到一名法军哨兵正在用摄像机拍摄，他看见我也在下面拍摄，向我招手示意我到他的位置，可惜这时候运送装备核查组的飞机已经降落了。

接到人后，我们一路奔驰到加奥市一家小旅馆。越靠近市中心人口密度越高，路边小商贩也密集起来。有扔一堆衣服在地上，做服装生意的；有支个架子，摆上几瓶汽油，做汽油生意的；有在小土屋里放上一个柜子，摆上饮料、日用品，做百货生意的；还有放上几个西瓜、一堆苹果，做水果生意的，真是一种别样繁华景象。小旅馆是一个平房，有围墙，墙上刷着油漆，方圆十里之内算是最好的建筑了。我发现这个旅馆外竟然有沙箱做的防御工事，一打听才知道，司令马马杜·桑比平时就租住在这里。猛士车停在旅馆外后警卫一线排列，与当地环境颜色反差较大的林地迷彩服，鲜艳的蓝盔和防弹背心，又黑又亮的步枪、护膝护肘、作战靴、防沙镜和墨镜，远远看去甚是扎眼，获得了路人百分之百的回头率。核查官将行李放在旅馆后，随我们返回营区。联马团官员出差都是按照标准预先支付现金，你若能省，剩下的就是自己的。中国人比较会节省，出差补助往往都用不了。

中午，我们在指挥部餐厅宴请了三位核查官。我们采用中西餐结合的招待方式，中餐有狮子头、小鸡炖蘑菇等，西餐有沙拉、牛排、点心等。巴甫杜拉竟然拿出手机对着丰盛的菜肴拍了张照片，看来他也经不住中国美食的诱惑。《跟着美军上战场》那本书曾描述美军伙食如何好，其实，我们的也不逊色于他们的。该有的都有，还想吃什么？能在马里维和战场提供这么高档的一桌菜已经很牛了，我敢说全加奥都找不到这标准。维和也是树立大国形象、传播中华文化的时机，不能弄得抠抠搜搜的，当然也不会奢侈，毕竟都是官兵自己的口粮。

下午在作战室，三支分队分别向核查组做了简要的装备情况汇报，而后先对工兵分队进行核查。为了提前获取经验，医疗和警卫的装备负责人一直跟随着。塔克负责核查车辆装备，他仔细核对每一个发动机及底盘编号，不时地还要求发动车辆，非常细心。巴甫杜拉更是一个难对付的角色，经验丰富，工作较真。当时菲律宾正与我国发生南海争端，但我们相信他的较真是一贯作风，与国家争议无关。

巴甫杜拉说："你们厨房的排水系统简陋，排出的污水未能及时清除，操作间和烹饪间应当分开，而且操作间应当密闭以防蚊蝇进入。"我们解释道："这是临时使用的，我们有集装箱专用厨房，但是由于吊装机械有限，需逐步架设。排水系统由联马团民事部门负责，我们已经申请多日，负责人休假了，这不是我们的责任。"面对这样的严谨核查，我们不敢有半点马虎。他建议中国三支分队将厨房、厕所、弹药库等公用设施集中设置。这个建议从卫生角度考虑是不错的，但会给我们的生活造成极大的麻烦。另外，三支分队虽都是中国派出的，但相对于战区司令部我们是并行关系，混在一起也不符合联合国要求啊，我们委婉地驳回了他的建议。

查完工兵分队后，巴甫杜拉穿过围墙直接来到警卫分队搞了提前预检。虽然情况稍好，但也有些问题。他还拿起电话要向他的领导打报告，告我们使用了战乱遗留下来的固体建筑。因为使用帐篷有使用帐篷的补偿标准，使用集装箱板房有使用集装箱板房的补偿标准，但若是使用固体建筑则无法获得补偿。按照联合国规定，如果前6个月因客观原因住了帐篷，就可以得到帐篷补偿，但远少于集装箱板房的补偿，若是6个月后还因场地限制等客观原因住不进集装箱板房，联合国方面会按板房标准予以补偿。

当他看见有些装备因陆路运输造成损坏，他说："装备损坏10%以下自行维修，损坏10%以上的按程序申请可以获得补偿，但也需自行维修。"

装备核查并非新闻上说的那样皆大欢喜，个中博弈和艰难只有亲身经历的核心人员才懂得。一天核查下来费神费力，脑细胞烧死好多。有人说巴甫杜拉核查这么严，争端这么多，或许是从南海吹来的。我不这样认为，我觉得应就事论事，有则改之，无则加勉。有争端不怕，是联合国的常态，关键是要坚持立场解决争端。不要小看我们这支小分队的坚持，会为我们的国家争回很多经济权益。走出国门，一言一行代表的都是祖国和人民，此时此刻我深感此话的含义和分量。第二天是2013年最后一天，核查组将对医疗队和警卫分队进行核查，我们早早起床收拾个人及营区卫生。8点半我到医疗队，准备继续跟着他们了解情况。

我们预先得到消息，此次核查重点是主装备，而事实上主装备核查就是核对型号及编号，自我维持装备却是核查组重点关注的。医疗队的二级医院还没有建成，很多精密的医疗仪器无法展示出来，塔克主要看了一下自我维持装备，巴甫杜拉则查验单兵物资。

我们在每张床上都整齐地摆放着单兵全套标配物资，包括生活物资和战斗装备。检查完一张床上的物资后，巴甫杜拉问道："你们有单兵生存装备吗？"我们说："有。"然后将单兵急救包递给他。巴甫杜拉说："不，这不是生存包，生存包是有单兵铁锹、多功能刀具、手电筒、野外取火设备等装备的。"事实上，我们没有单独设置这样的包，但这些装备都购置了，我们展示给他看，他点头表示可以。

这位有着9年联合国工作经历的"老同志"，严谨、细致、专业的工作态度十分令人敬佩，值得学习。他还问有没有驱蚊设备、枕头有没有枕巾、有没有床单等。这些物件我们都有，驱蚊的是花露水、清凉油等药品，军用枕头有制式枕套，床单在集装箱里尚未取出。在公共卫生方面，他说每个帐篷都应当有垃圾桶，而且是分类垃圾桶，营区的垃圾坑也应当分类，这样有利于环保。另外，用过的附属油料、电池等污染物也要分类收集好，定期上交战区环保办公室；还要有洗衣房，内有供水排水系统、洗衣机、烘干机、熨斗以及熨衣板；帐篷周边要有硬化道路及排水防蛇沟。查完单兵装备，巴甫杜拉又去查验三支分队的标准集装箱，他要求每个集装箱都要打开登记编号。很多集装箱因场地受限而堆放在了二层甚至三层，但可以不断变换角度观察，巴甫杜拉最终将所有集装箱编号都记录了下来。

接着，巴甫杜拉开始核查通信装备，先给我们来了一个下马威，他说："我可是通信专家，来联合国工作前我就在国内搞通信工程建设。按照规定，高频、甚高频或超高频通信设备你们都要有，高频频段为30—80兆赫兹，甚高频频段为30—300兆赫兹，超高频频段为3—30吉赫兹。这些你们都有吗？"巴甫杜拉说的没错，《谅解备忘录》确实是这样规定的，这也符合任务需求——频率越高，通信带宽越大，抗干扰性越好，但通信距离就比较近，因此我们需要具备多种频段下的通信能力。我们告诉他这些都有，并把对讲机、电话、电台等通信设备摆出来给他看。看完后，他问："就这些？你们难道没有中继站吗？"我们向他解释道："我们有基站，我们的基站就有广播和中继功能，不需要额外的中继站。"三支分队集中部署，有一个基站就足以满足联合国要求的通信能力。但是就这个问题，巴甫杜拉反复说了不下两个小时，他的意思是每个分队都要有自己的基站和中继站。

午饭时，我向指挥长建议："联合国工作凡事都应有依据和标准，不能检查官说什么就是什么，我们要向其索要依据，一是方便我们改进，二是也不容易被动。"

巴甫杜拉核查到夜视仪时，他说："到目前为止，我核查过的所有驻马里维和部队的夜视仪都不达标，我就不相信你们可以通过。"张指挥长说："夜视仪是侦察主装备，我会为士兵的安全考虑，肯定符合你的要求。"巴甫杜拉就是不相信，说："如果判定你们合格，等下次核查出了问题，我就有麻烦了，会被联合国炒鱿鱼。"他偏要在天黑后到房顶实际测试，并用激光测距仪验证，我们说没问题。吃完饭后他爬到房顶，对着远方试用了单目夜视仪，张指挥长说："我让人用激光测距仪配合你。"他说："不用了，你们的夜视仪合格。"

在吃饭时，张指挥长提了三个问题：一是前面提到的装备损坏10%以下由分队自己负担不合理；二是我们的固体建筑只是临时居

夜幕降临，巴甫杜拉亲自测试夜视仪。巴甫杜拉如此较真，令张指挥长的表情有些不悦

住，很快会住进帐篷，集装箱板房我们已经带来，必须按照板房补偿；三是能不能给我们一份白纸黑字的核查标准，方便我们参考。巴甫杜拉一一做了回答：第一个问题，规定是联合国制定的，每次适用三年，下次更改是 2015 年，更改之前再不合理也要执行；第二个问题，前 6 个月必须按照帐篷标准补偿，6 个月后视情况而定；第三个问题，我们会尽快拿出一份标准给你们。

饭后，我们派出一辆猛士车将核查组护送回旅店，极具挑战的两天终于过去了。这位核查官的严谨细致令我惊讶，或许正是这种负责的精神才使他能够在联合国工作这么多年。最终结果如何，明天上午就会揭晓。

第二天，装备核查组来到指挥部进行核查总结。每个分队包括主装备、自我维持装备共五六十页的核查情况表，需要各分队长或后勤官代表中国政府签字。表单里写"yes"表示这个项目通过核查，写"no"表示没有核查或没有通过。张指挥长签字后说："我手有点抖，这一笔下去就是几千万元啊。"核查结果还算令人满意，没有大的问题，涉及补偿的项目都是"yes"。核查组给我们指出了11个可以改进的地方，比如消防设施不完善，没有消防报警设施，所有设备都需要有编号，车牌要制式的，单兵生存设备需要统一装在专用生存包内，几辆有色差的指挥车均需喷成白色，帐篷之间要有防蛇排水沟等。三支分队的装备负责人都做了详细的记录，以便日后整改。

之后，张指挥长代表中国维和部队发言，他对核查组的辛勤劳动表示敬意和感谢，最后提出两个问题：第一个，联马团能否用发展的眼光解决发展的问题。最初考察场地的时候，我们的营区足够大，可以架设集装箱板房，但现在情况变了，联马团没有那么多的营区提供给我们，因此我们无法使用集装箱板房，这不是我们的责任。第二个，核查组是否能够同联马团其他部门沟通协调，根据我们目前的处境系统地制定核查标准，而不是各部门彼此独立要求，相互冲突，导致无法满足要求。比如本队245人马上部署，需要帐篷挨着帐篷，根本没有多余的空间。按照安全部门的要求，帐篷之间要有沙箱隔离，起到防护作用；按照核查组的要求，还要有一道沟。如此一来，帐篷之间至少要有3.5米的距离，整个营区根本无法安置245人，更满足不了每人7—9平方米居住空间的要求。

张指挥长不卑不亢、有理有节地维护国家利益；盖翻译口译能力也了得，很准确地表达着他的意思，甚至一些谚语翻译得也很到位。巴甫杜拉很认真地倾听张指挥长的意见，经过三天的深入了解和磨合，他对我们的处境也很同情，答应我们一定会向上级反映情况。他说他已经和战区临时的 RAO（地区行政官）沟通过，希望能够让他帮助我们解决一些棘手的问题。临走时，巴甫杜拉热情地拥抱了张指挥长。这一真情拥抱是对这位既有合作又有较量的对手的最大尊重。14 点多，我们驱车将核查组送到机场，还是三支分队的领导带队，一个也不少，这让核查组官员很感动。回来后，我扔掉身上厚重的防弹衣和头盔，穿着湿透了的短袖 T 恤，倒在床上就睡过去了。

回顾这三天的工作，有两点我觉得需要注意和学习。第一点是联合国的标准意识很值得我们学习，只要定下标准，一切都按照这个标准执行。无论饭菜多可口、吃得多香，吃完饭擦去嘴上的油，他们依旧坚持严谨细致的工作态度和毫不动摇的工作标准。10 厘米厚的一沓文件就是他们细致认真的工作成果，能定量的，绝不为图省事只定性。第二点是联合国在权力设计上讲究制衡，很科学。比如，核查组核查的结果必须由被核查分队认可签字后才生效，联合国赋予核查组核查的权力，但同时这个权力又受到被核查对象的监督和制约，这就比较合理。权力运用的最高境界就是平衡，平衡的途径就是相互制约。联合国在设计权力规则的时候就将制衡的原理充分发挥，这在很大程度上限制了官僚和腐败。管理与被管理、检查与被检查、上级与下级之间都需要依法、依理、依据互动。

司令保镖被拿下

半年来，东战区维和分队多次遭人体炸弹袭击，乍得和塞内加尔维和分队先后有数人伤亡。随着安全形势逐渐恶化，恐怖组织针对联马团维和部队的各类袭击越发频繁。因此我们在接防联马团司令部之初就经司令同意，拟制了《联马团东战区司令部人员进出要求》，并分发至东战区各部门和各维和部队。我们要求哨兵加强对进出人员和车辆的排查，防止恐怖分子渗透或实施自杀式炸弹袭击。可事实上，树苗栽歪了，长大了便不好扶正。

尼日尔营在东战区建立后就开始担负司令部警戒任务，因此对司令部的大多数面孔较为熟悉，慢慢地安检变得不那么严格。其实从我的个人感觉看，他们的执勤本来就像肥裤裆，松松垮垮，和中国警卫的安保标准相比至少差了孙悟空一个跟斗的距离——十万八千里。你会问：这与我们又有什么关系呢？关系大了去了！小树不修不直溜，人不修理艮揪揪。战区司令部的工作人员已经习惯了松散的安检方式，我们接防后，警戒防卫标准和方式的变化必然会让战区司令部的工作人员，特别是民事人员感到不爽。松则危险，严能防范，但过严又会导致误解和不满，我们是平衡绳上的舞者。这不，刚接防就出了两起冲突，虽曾预料到，但没有想到会这么快发生。

2月3日15时30分，一名男子带着一名穿着时尚的女人准备从侧门进入联马团东战区司令部。执勤哨兵王威要求二人出示证件，那位女士比较配合，出示了身份证件，而那个男子则态度蛮横，自称是司令的保镖，拒绝出示证件，并且不允许哨兵检查他携带的腰包，还企图强行进入司令部。哨长判断可能是伪装的恐怖分子，携带的腰包内藏有武器，于是命令哨兵做好武器升级准备，加强戒备，防止其闯岗，并立即上报相关情况。闻讯赶来的刘继秋翻译向其出示了《联马团东战区司令部人员进出要求》，并做解释工作，希望其理解和配合。

该男子看了司令亲笔签署的《联马团东战区司令部人员进出要求》后，表示了歉意，愿意出示证件和接受检查。在检查他腰包时，我们发现果然有奥地利产的"格洛克19"手枪1支，子弹20发。王排长请示指挥部协调联马团东战区安全官出面验证该男子是否属于可携带武器人员。一名安全官确认其身份是司令的保镖，并将其带入司令部。我估计，如果身边没有那个女人，那保镖应该不会这么好面子，自古红颜多祸水啊，不，是"黑颜"。司令知情后，特意为其属下的行为表示了歉意，并高度赞扬了我们哨兵的过硬作风。这次事件处置程序标准，严格按照授权执行，哨兵表现得不卑不亢，为中国警卫立了威信。

无独有偶，战区司令部的正门也发生了一件事。一辆拉沙车要求进入。按照规定，非UN车辆进入司令部，需要停车接受车辆检查，这是得到战区司令合法授权的。在我们的哨兵示意停车的时候，车上下来一名女士，是战区民事工作人员，怒气冲冲地指着哨兵说：我带车也不让进，看没看见这是什么？说着，她掏出ID卡挥舞到哨兵的眼前，就差贴到哨兵脸上了。

此时，翻译李海内反复向其解释：为你们提供安全保障是我们的职责，我们的程序是符合联马团工作规定的，请予以配合。该女士不但不听劝阻，还命令卡车司机强行冲撞哨兵。就在这时，排长刘庆伟迅速掏出手枪，拉枪栓示警，车戛然而止。看到这一幕，司机惊呆了，吓得一动不敢动。那位脾气暴躁的女士又冲向刘庆伟，暴跳如雷，一阵推搡。这一切都被营门口的监控摄像头记录了下来，并第一时间上报给战区司令部。初次处置这样的情况，刘庆伟向张指挥长反复描述过程细节，看得出他还是有些担心和后怕的。张指挥长告诉他："严格落实标准程序，用法理对话，剩下的都不用担心。"听了这话，刘排长算是吃了一颗定心丸。

后来，这位女士将一份致歉信送到刘排长手中，并歉疚地说："感谢你们坚守原则，你们为我们提供了值得信赖的安全保障。"这仅仅是开始，我相信这样的事情以后还会发生。但是只要我们按照程序和制度办事，不卑不亢，有理有节，慢慢地会得到大家，特别是民事官员们的认可。军方和民事在总体上合作，但在很多具体细节方面有观念上的冲突和摩擦，这是必然的。安全官侯赛和杰西经常会来到哨位上，了解我们的警戒执勤情况，并观看我们的应急处突演练。侯赛说："中国警卫是我见过的最专业、最高效、最负责的警卫部队。"他请求张指挥长，能否为任务区其他维和部队做一个应急处突的演练展示。张指挥长说："没问题。"

这两件事情让我感到，标准定了就是法，按法执行，坚持原则，不怕出事。人性都是这样的：由俭入奢易，由奢入俭难；由紧入松易，由松入紧难；给你点笑容，你就蹬鼻子上脸；给你点颜色，你就浑身炸了毛。从尼日尔营到中国警卫，虽然安检由松到紧，但是安全却更有保障了。我们建议司令，应该让司令部所有人仔细学习我们制定的《联马团东战区司令部人员进出要求》，里面有明确的检查程序和标准，别再往枪口上撞。

大国形象不是喊口号

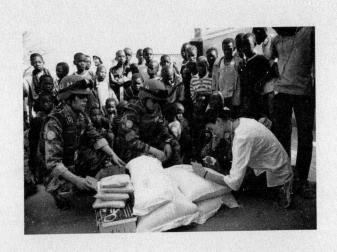

老百姓是天

早上5点多，天还没有完全放亮，我被一股浓浓的沙土味儿呛醒，睁开眼睛，发现漫天黄沙。屋子里没有门窗，吊顶四周还是漏的，所有物件儿都被一层尘土覆盖，摸一把被子，灰突突的。嗓子也干巴巴的，我打开一瓶水，喝了几口，感觉像是喝了泥汤。这算是第一次让我尝尝加奥沙尘暴的味道，意思意思，几分钟内把白昼变成黑夜的大沙暴还在后头。这也是我们每个人都配备防沙镜和纱巾的原因。

上午，邻近的布尔贡杰村副村长杜黑带着村民，满脸怒气地冲到营门，质问正在警戒的下士马招："你们为何而来？你们荷枪实弹，会不会伤害到村民？"虽然只有19岁，但国内半年多的思想和能力准备，让马招有底气沉着应对。他先用对讲机迅速将情况上报，为防止村民冲撞营区，他命令副哨立即封锁营门，随后他用集训时学习的法语常用语解释："我们为和平而来，我们是朋友……"渐渐地，他稳住了村民的情绪。

不到3分钟，张指挥长、法语翻译盖庆和快反排一组赶至门口应对此事。看到部队领导来了，杜黑又提出意见说："你们设置的警戒铁丝网侵占了村里集会用地，我代表村长来解决此事。"张指挥长解释道："设置警戒铁丝网是出于安全考虑，防止恐怖分子夜间偷偷进入营区。如果村民要集会，我们随时可以清理场地，不仅不会干扰村民集会活动，而且必要情况下中国警卫还可以为当地百姓提供帮助。"或许中国军人诚恳友好的态度令杜黑很意外，他竟然没有继续追究，点头表示满意。难道他是来测试中国军人态度的？

最后，他说："你们能否随我一同见见村长。"张指挥长说："我正有此意，有劳引见。"

我们返回营区，把建设营区戴的工作帽换成了礼仪专用的贝雷帽和绶带，再带上中国剪纸、防蚊药和纪念章等小礼物，前往村长家。村长家的外墙是泥土砌成的，穿过豁口一样的小门就可进入院中。院中有几棵老树，其中一棵已经没有了枝叶，部分根系已经裸露在地表，像老人手上的筋骨，千秋纵横，深深地抠在泥土里，拼命攫取土壤中的生命之源。树上被锯断的一些枝干只剩下短短的一节，还傲然地擎在空中，仿佛在支撑着什么。

院子左面有一个简陋的约一人高的窝棚，一半用草席围着，一半用小木棍支撑，窝棚顶部压盖着一些防雨的杂物。杜黑快步走进窝棚，弯腰探头将一位老人扶起，介绍说："这是我们的村长，名叫伊萨，89岁了。"张指挥长赶紧帮着扶起老人，让他坐在树下一个手工编制的小椅子上，杜黑则坐在张指挥长和村长中间。后来我才明白如此安排座次的原因，原来这次谈话需要接力翻译，盖翻译把张指挥长的汉语翻译成法语，杜黑再把法语翻译成当地的班巴拉语，村长伊萨才能听得懂，然后反向翻译。

张指挥长首先介绍了中国维和部队来到此地的原因，他说："我们是为了维护马里和平稳定、保护和帮助马里百姓而来。中马友谊源远流长，马里是同中国最早建交的非洲国家之一。从1960年建交，中马就开始了政治、经贸和文化的往来，先后共有20个中国医疗队赴马里服务。马里始终奉行独立自主的外交政策和支持一个中国原则，所以我们是好兄弟、铁哥们儿……"张指挥长此前是做了一番功课的，因此滔滔不绝说了很多中马往事。

右一为村长伊萨，右二为副村长杜黑。从未见过伊萨穿鞋，相反他的头却裹得很严实

正如其耄耋高龄，老村长是位见证了太多历史往事的人。他说道："中国也是马里建国后最早与之建交的国家之一，我多次看到中国人来到马里帮助我们建学校、修大桥、看病。我们百姓很惧怕战争，但你们中国军人来到这里，我们感到很安全。我会告诉我的百姓，中国军人是友好的，并尽力为你们提供帮助。"张指挥长把礼物一件件拿出来，边介绍边赠送给了村长，村长高兴地说："我会告诉每一个来到这里的人，这是中国军队送的，让他们知道中马友谊。"老人接过纪念章，主动扭过身子，对着我的镜头，等待我按下快门。这个细节告诉我：这是一位经历过大场面的老人。

在谈话过程中，有一只长着红色羽毛的漂亮小鸟在我们周围跳来跳去，丝毫没有畏惧，时而跳到我们的脚背上，时而衔着一根草，很是可爱，还有一只长约20厘米的蜥蜴出现在院中又爬走了。这种人与动物和谐相处的画面是我平生第一次见到，虔诚淳朴的非洲百姓把动物当作人类的朋友和伙伴，尊重世间一切生命，用他们的实际行动建立起人与动物和谐相处的良好关系。这是在国内很少见到的，需要我们学习。后来，村长伊萨的妻子领着孩子也出来了。看上去，她与村长是忘年恋，也就50多岁。她身上裹着一块花布，2岁左右的孩子瞪着眼睛好奇地望着我们。

谈完后，村长拄着拐杖把我们送出门口，杜黑一直跟着我们，非要把我们送到家。分别的时候，杜黑请求我们能不能给他办一张中国维和军营的出入证，他说他不喜欢被持枪警卫检查。"这个事情嘛，我们还没有做证件的设备，以后再说。"张指挥长委婉地拒绝了他，因为这是绝对不可能的。

12月15日是马里议会选举的日子，按照"大选期间必有大乱"的情况研判，我们加紧建设防御工事、强化警戒部署。有一个营门距离公路较近，最近点仅有10米左右。我们在联马团的沙箱、角铁等防卫设施未到位的情况下，用从国内带来的麻袋制作沙袋建立起多道防线。为了有效阻绝汽车炸弹，我们沿着营区挖了一圈两米深的壕沟，如此一来汽车就无法直接冲入营区。没想到机械手在挖掘壕沟的过程中，不小心将加奥市自来水管线挖断，导致下游断水。为了不影响当地百姓生活，我们迅速联系了当地自来水公司，支付17.5万西法维修费，折合人民币2000多元，前后仅用两个小时就恢复了供水。

花钱平事儿，以免引起当地百姓的不满，这笔钱再多也值。不论是国内还是国外，老百姓始终是天，军人必须服务百姓、尊重百姓。远离祖国执行维和任务，若与当地人的军民关系搞不好，群众有可能拿起武器成为防不胜防的敌人。若是群众工作做得好,群众可能成为确保安全的重要链条,为维和官兵提供安全屏障。这是我党、我军从建立之初就定下的纪律,在国外一样要遵守执行。

哨兵,请扔掉白手套

"当得起兵,站得起岗","当兵不当司务长,站岗不站二五岗","当兵不站岗,不如回家卖红薯"……对于站岗,基层部队有太多的顺口溜,说明站岗放哨是军人的必然经历。无论是机关还是基层,干部还是战士,抑或是学员,大可为祖国边防线巡逻警戒,为国家领袖站岗护卫,小可为一个连队、一个排甚至一个班站岗放哨。哨兵是确保一个集体安全稳固、避免外部侵犯和内部动乱的关键因素,其神圣不可侵犯受国法军法保护。

国内从中央到地方的各大党政军机关大门均设有岗哨,安保级别高的由作战部队或武警部队官兵站哨,较低的由安保公司负责。对于军警哨兵,我们的印象往往是军容严整,仪表端庄,军姿挺拔,目不斜视,动作制式规范,一动不动,好像雷劈下来都不会躲一样。他们的形象往往代表和反映着他所警卫单位的威严和形象,是礼仪哨兵,高大、挺拔、帅!

礼仪哨兵最基础的动作就是立正,也就是站功。不管是天安门还是市县政府,一班岗两小时一动不动是入门。立正时每个兵的心中都会默念一段"圣经":"当听到'立正'的口令,两脚跟靠拢并齐,两脚尖向外分开约60度,两腿挺直,小腹微收,自然挺胸,上体正直,微向前倾;两肩要平,稍向后张,两臂下垂自然伸直,手指并拢自然微曲,拇指尖贴于食指第二节,中指贴于裤缝;头要正,颈要直,口要闭,下颌微收,两眼向前平视。"凡是当过兵的,这段话都曾背到烂熟于心,这是一个地方小青年向合格革命军人转变的第一步——立正动作要领。

不仅要学会,还要练好练精,用到平时中。为了教会一个新兵立正,小到班长、排长、连长,大到领导机关的高参、专家都曾研究过训练方法和动作要领,有术曰:"三挺、三收、两平一睁"和八种感觉:三挺是指两腿挺直、自然挺胸、脖颈后挺。三收是指收腹、收臀、收下颌。两平是指两肩要平、两眼向前平视。一睁是两眼睁大,炯炯有神。八种感觉是指两脚蹬地感,两腿后挺感,臀腹内收感,两肩后张感,两肘贴身感,颈部上拉感,头部上顶感。只要听话,这套动作要领做下来,一个活生生的兵就会变成一动不动的"植物人"了。两个小时下来,两腿僵直无法回弯,第一个想法就是找个地方坐下来歇歇,更别说追敌人了。

可在动荡的马里,你却看不到这样的礼仪哨兵。我们的战士没有洁白的礼仪手套,没有乌黑锃亮的皮鞋,没有干净平整的常服,也不会军姿挺拔地原地站着不动,但他们却最大程度地保卫着目标的安全。即便如此,在联马团官员和外军官员眼里,中国维和士兵也是最敬业的,军人仪表也是最正规的。出发前,有的战士带了白手套,心想在国外站岗得拿出最高标准,像样、好看。来到马里后没几天就发现白手套可以扔掉了,因为在战场岗哨的标准不是好看而是安全。相反,耐磨灵活的战术手套却是士兵们每天都要戴的。

疲惫时,哨兵也会靠在沙袋上休息一下双腿,但眼睛始终不停地扫描各自所负责的警戒方向。太阳炙烤时,哨兵也会戴上酷酷的墨镜，只有保护好双眼，才能及时发现敌情。沙尘暴肆虐时，他们还要戴上风镜，即便是砂砾横飞也要睁大警惕的双眼。气温飙升到40℃后，他们会脱下迷彩服外衣，穿着短袖，靠着一瓶瓶冰水和冰围脖降温，因为一旦中暑丢失的就不仅仅是哨位。他们的衣服因风沙弥漫而脏兮兮的，但衣服下面却包裹着一颗赤诚干净的心。枪支也常会沾上灰尘，但你放心，一有敌情子弹绝对会第一时间射出。

先遣分队部署至任务区已经36天，每当夜幕降临，哨兵都静静地潜伏在哨位附近，或卧或坐或趴。那里没有灯光，没有声响，只有一双双炯炯有神的眼睛和黑洞洞的枪口，外人根本不知道他们在哪里，但借助红外监视设备，他们却时刻巡视着营区所有角落。今晚月光皎洁，繁星闪烁，我是23时至1时的带哨干部，也就是顺口溜"站岗不站二五岗"中的"二岗"。第二岗和倒数第二岗会让哨兵连续两岗无法休息，相当于站两岗。来到营门口1号哨位跟哨兵对上口令后，我就同三名哨兵一起站岗。我们四人相向躲在沙袋后面，分别观察不同的方向。月光温柔地倾洒在哨兵的头盔上，借着月光可以看到最美的轮廓，防弹衣、头盔、枪口，还有那棱角分明的年轻面庞——这是战地摄影师的职业病，看什么都想着构图、曝光。

随着温度升高，蚊子越来越多，它们无孔不入，防不胜防。哨兵需要戴上手套和防沙巾，尽可能地将暴露部位包裹上。但蚊子依然可以将它的毒喙穿过迷彩服，将毒液注入我们的身体，奇痒难忍。我们痛恨这种生物！我们每个人都带了很多的防蚊药，但都无法阻止它们的进攻。同刚来时相比，被叮后我们不再紧张地担心是否会得疟疾，我们已经习惯被叮咬，得就得吧，死不了就行。因为就算

夜幕降临，哨兵和武器紧挨在一起，光线绘出一幅最美的轮廓

你试过千百种方法，也真的没办法完全避免被咬，也没办法事先问一下蚊子你带不带疟原虫。

漫漫长夜，我同哨兵聊着天，说着生活点滴，交流着维和感受。虽然先遣任务繁重，但他们很少有怨言。他们当中最小的才18岁，大一点的已为人父，不能守在妻儿身边，享受天伦之乐，而是把最宝贵的青春年华奉献给了人类最伟大的事业。我问哨兵李玉凯："这里随时都有危险，你怕不怕？"他说："想想其实也怕，老婆儿子还等我回去养他们呢。但怕也没用，要是炮弹飞来，想躲都来不及。站好岗，一旦有情况，按程序应对就是了。"远在万里之遥的另一边是他们的妻儿老小，同一个月亮、同一份思念，却身处不同的世界。在国内他们为祖国安宁站岗，在这里他们为世界和平放哨。

司令手中的王牌

昨天,随同曹大使一起来到中国维和部队的还有《人民日报》驻非洲记者张建波。他毕业于北京外国语学院,法语专业,硕士学历,在南非工作了两年多。他此行的目的是想做一个全面的报道,包括马里局势、中国维和部队的表现及受到的评价等,能够与同行交流学习,对我来说是一件幸事。

根据计划,今天他要采访的内部对象是警卫分队官兵,外部对象是联马团东战区司令马马杜·桑比、加奥第八区布尔贡杰村村长伊萨、联马团雇员穆斯塔法。我打算选些典型人物安排一个集中座谈采访,但被张记者拒绝了,他认为在工作和生活中随机采访更加真实,写出的稿件会更加具有生命力。他脖子上挂着相机,手里拿着采访本和笔,走到执勤和劳动的官兵中间,询问着他们的感受和体会。不得不承认,这样获得的感受更加真实,受访对象也更加放松。否则大家在一起座谈,有各级领导和干部在,士兵是不会完全打开话匣子的。

15点半,我们准时赶到司令部采访马马杜·桑比司令。之前委托参谋军官预约司令时,司令一反常态,很爽快地答应了,看来司令对中国媒体很重视。张指挥长和徐政委也一同前往,一方面张指挥长想向司令介绍刚刚抵达的徐政委,另一方面也体现出中国维和部队对此次采访的重视。

开场白过后,我们就把时间交给了张记者。张记者用非常流利的法语提了一些问题,司令一一作答。通过翻译我了解到,司令对中国维和部队的表现十分满意。他说道:"中国维和部队纪律严明、经验丰富、素质过硬、装备精良，是我手上的一张王牌。你们夜以继日地工作，以非常高的标准和速度完成了大量工作，给马里其他维和部队树立了榜样。"这样高度的肯定也是我们第一次听到，我们用实际行动证明了自己的实力。他还说道："联马团对于恢复马里和平与稳定发挥了重要作用，没有联马团，马里总统和议会大选是不可能实现的。"临别时，张记者和司令互赠了名片。

从司令部出来后，我们直奔村长伊萨家。在采访的过程中，村长家里又来了几名加奥地区其他区的村长，他们为张记者提供了较为丰富的素材。语言真是沟通的桥梁，张记者跟他们用法语沟通完全没有障碍，甚至法语比他们还流利。一名村长告诉我们："以前，我们这里多以种族进行区域划分，我们大多是桑海人。特别是1970年以前，一个区里的居民基本都是一家人，之后渐渐地有了融合交叉。但到目前为止，仍有部分区内是一个家族的。"对于当前局势，他还说："你们很难在外表上区分谁是好人、谁是坏人，但我们这里的百姓却非常容易辨认谁是恐怖分子、谁是良民。各个恐怖组织的政治诉求和目的也较为复杂。比如曾有一股恐怖分子抢夺了当地的物资，而为了拉拢群众，'西圣运'又帮助百姓抢回了物资。这些复杂现象又增加了敌我辨别难度。"看来多和群众聊聊天是很有好处的，这些信息都非常重要。

几位村长完全卸下了防备，敞开心扉你一言我一语地向我们诉说着。伊萨说："现在加奥市基本恢复了和平，没有了较为激烈的冲突，但难以恢复的是因战乱而造成的经济和社会发展。比如现在已经很难找到银行、邮局、工厂等。"张记者问当地百姓对中国军队的看法，他们的回答很一致："我们都支持中国维和部队，村民

布尔贡杰村的桥坏了,中国警卫将其重新翻修,起名为"中马友谊"桥

们会一直和中国军人在一起,他们在这里让我们感到非常安全。战乱时,'西圣运'就在法院对面的独立广场执行刑罚,抽烟、喝酒、唱歌、跳舞甚至看电视的人都会受到鞭笞,现在我们不用担心这样的事情了,每晚都可以安心睡觉了。"

不知不觉太阳就落山了,采访完毕已到了吃晚饭的时间。张记者告诉我,这一天的收获不错。对于我来说,收获也很多,除了张记者的采访内容增加了我对当前形势的认识外,我还有幸学习到了张记者的职业精神和专业技巧。他的采访领域很广泛,采访重点也很突出,这就会让他的稿件非常具有高度、深度、厚度、亮度和精度。他的采访本随身携带,包括吃饭、散步、闲聊等非正式的采访活动,这也是一个很好的习惯,可以随时记录下好点子、好信息。再好的记性也无法记录一天的信息量,回忆时不但不完整,而且看法也会因时间的推移而产生变化。

没过多久,《人民日报》通讯《中国维和部队在马里建起"安全绿洲"》刊发,在国内引起了很大反响。《人民日报》的影响力让很多人知道了我们这支部队,知道了我们的艰苦努力和精彩表现。文章不仅写了张记者在加奥的采访,还提到他在首都巴马科对联马团和马里高层的采访。比如马里前计划、财政和经济协调部部长库亚特说:"如果没有战争和冲突,马里等非洲国家也可以像中国一样快速发展起来。自 1990 年马中建交以来,中国一直给予马里坚定支持,马里为有中国这样的好朋友而感到自豪。我相信中国维和部队将使两国友谊之花结出更丰硕的果实。"马里官方报纸《发展报》社长苏莱曼说:"马里人民有理由为中国维和部队的到来和全面执行任务欢欣鼓舞。联马团未来兵力会超过 1.1 万人,中国维和部队将加强联马团的实力。"……

所有这一切都印证了战区司令马马杜·桑比那句直白的评价:"中国警卫是王牌!"

布隆谷地的欢笑

教室里的人越来越多了,窗台上一个个黑脑袋越来越密了,大眼睛忽闪忽闪地望着我们。我竟然认出了其中的几个孩子,他们上学放学经常经过我们的营区,我还给过他们糖吃。一个小男孩顽皮地注视着我,像是跟我说:你还记不记得我?黑板前的三尺讲台上放了三张桌子,摆满了即将赠送给学生们的礼物,有书本、文具盒、笔、橡皮、学习机、收音机、足球、中国结、中国蓝盔宣传画册等,

我正在发礼品,副村长杜黑竟也上台替学生代表领了一份

还有我冲洗出来的一些照片。

这个学校是联马团东战区驻地附近最大的一所学校,名叫布隆谷地学校。在校学生大约有 1000 人,教师 10 个左右,学生从六七岁到十七八岁都有。小、初、高三个阶段的学生都放在了一起,一共才三间教室,其中两间教室是给六七岁到十一二岁的,另外一个大一点的是高中。学校硬件设施破旧,教室都没有门窗了,围墙破败不堪,断成几截,像是开了很多门。操场上唯一的体育设施是一个篮球架,木质篮板已经腐朽漏空,似乎随时都能倒下。课桌上面和桌子里面什么都没有,这让我觉得学生们的书本文具一定非常少。

"大家安静,安静一下。"副村长杜黑张罗着控制场面,但似乎并没有起到多大作用,看来孩子们自由的天性没受到压抑。很快,教室里坐满了人,有六七岁的孩子,也有十几岁的少年,还有抱着孩子的母亲，坐在第一排的是老师和学生代表。讲台上，坐着苏副队长、赵军医等中国维和部队代表和学校负责人。就在这时候，忽地又涌进一拨学生，结果被一个老师驱赶了出去。看身材和体形，那个老师很像教体育的，很健壮。驱赶完，他回身大吼一声"闭嘴"，一声压过群语，教室顿时安静了下来。随后，他开始主持活动，依次介绍活动主题、赠送礼物的嘉宾、表示感谢并邀请维和部队代表发言。苏副队长和学校代表分别发表了简短的致辞，都是关于中马友谊之类的，希望学生们好好学习、天天向上，做传播中马友谊的接班人。

关于此次捐助活动的细节，我事先让翻译告知学校负责人，但翻译却告知了副村长杜黑，杜黑再安排学校负责人做准备工作。如此一来，信息量损失殆尽。现场很混乱，我们没法按计划逐一发放赠品，只能先发给学生代表。没有将礼品一次性发放到位是我最担心的，我怕他们不能平均地分配这些礼品。学生代表坐在教室的前排，是学校里的好学生。领到礼物的学生代表欣喜万分，没有机会领到的瞪着大眼睛巴望着。等所有学生代表都领到礼物后，我们开始集体赠送，每次上来五六个人领取。当礼物只剩下些足球和中国结的时候，场面有些混乱，有些大人也伸出手一顿抓抢。真是人穷志短、马瘦毛长啊。这次失误启示我：跨文化、跨语言沟通，务必要面对面通过图文并茂的方式，将所要关注的所有细节反反复复讲清楚，只有这样才能达到良好的过程控制，否则不可能像在国内那样顺利。

尽管捐赠过程并不完美，但孩子们脸上的笑容却是灿烂的。前期考察布隆谷地学校的时候，学校负责人曾提出是否可以帮助修葺校舍和围墙，我们以这方面行动联马团有总体安排，我们不能擅自行动为由婉拒。这也是联马团的规定，对于小规模的人道主义援助,维和部队可自行开展,大规模的需由联马团统一安排。事实上,联马团军民协调部门已计划给予当地学校等机构必要的人道主义援助,我们的工兵分队就曾给一个学校修筑道路。

赠送完毕,大家来到室外合影留念。我看到孩子们在操场上追逐打闹着,很快乐,不禁想到我小时候。幼儿园时,我曾在一个危房中度过,房子一角可以看见天,下雨的时候那一角下面的学生需要搬到前面听课。后来学校盖了砖瓦房,那栋危房不到一年就倒塌了。我很感谢给我们盖新房的校长,不然我该被砸到里面了,因为我就是坐在那个漏雨角落听课的孩子。孩子是祖国的花朵,孩子的成长、学习环境是花朵得以绽放的土壤。既要有风吹日晒、雨打霜冻的历练,更要有雨露阳光的滋养,这是必需的。都说男孩子需要穷养,但这只是志的层面,我并不完全赞同,良好的物质基础是成才的基石。

威武亮丽的中国名片

有这样一支仪仗队,规模很小,却走得最远,在万里之遥的非洲演绎精彩;有这样一支仪仗队,临时组建,却专业展示,令各国政要和将领赞不绝口;它名不见经传,在解放军的序列里,你找不到这支仪仗队,但它却在国际维和舞台上默默展示着中国军队的风采、打造武威亮丽的国家名片。走近中国首支蓝盔仪仗队,你不仅能品味到这张名片背后的精彩故事,还能知道它的三条"命"。

"第一条命"叫临危受命:在战乱中组建成立。

"敬礼……"一声洪亮的口令在联马团战区司令部响起。瞬间,"哗"的一声,蓝色UN头盔齐刷刷地甩向右前方,目光炯炯地注视者联合国马里维和事务特别代表科恩德斯。横成列，如刀切；竖成行，似道墙，乌黑锃亮的战靴一尘不染，蓝色联合国旗帜随风飘展。国际及马里当地媒体记者的镜头快速捕捉，焦点早已转移到这支威武亮丽的蓝盔仪仗队上。紧随科恩德斯身后的是仪仗队队长王洋，昂首挺胸，迈着自豪稳健的步伐。检阅完毕，科恩德斯握着王洋的手说："太不可思议了！我去过很多任务区，见过很多维和部队的仪仗队，你们是最整齐、最专业、最威武的。"

作为中国首支维和安全部队，首批赴马里维和警卫分队抵达任务区后，执行的第一个正式任务就是为联马团东战区司令部提供防卫警戒。按照国际维和惯例，为司令部提供警戒的同时，安全部队也要组建一支仪仗队，负责迎接来访的联合国及其他各国的政要和高级将领，每逢重大庆典和节日，仪仗队表演也是不可或缺的重头戏。

接到任务后，指挥长张革强既激动又忐忑。能在维和任务区担负仪仗任务，是在国际维和舞台上向联合国和外军展示我军威武之师、文明之师最直接的途径，光荣自不必说。手下这170号人大多是特战出身，近三分之一是军区、集团军特战精兵，各个身怀绝技，秀肌肉肯定没问题，搞司礼能成吗？另外，当前安全形势严峻，自分队抵达后，任务区先后发生数十起火箭弹袭击、简易爆炸物袭击、零星交火、自杀式汽车炸弹袭击、绑架事件和种族冲突等，针对战区司令部的可疑侦察、强行冲卡也时有发生，全员全时处于执行任务中，如何抽身训练？

既是挑战也是机遇，为了荣誉和形象，我们必须迎难而上。张指挥长将组建仪仗队的任务赋予驻防在战区司令部内的警卫三排。三排长王洋从思想政治、形象气质、队列养成、任务表现、专业素

中国首支蓝盔仪仗队在加奥机场迎接联合国秘书长助理马赫布布斯

养 5 个方面，按照个人申请、班级推荐、比武考核的方式展开了选拔，最终确定了由 21 名正式成员和 5 名替补组成的仪仗队列，21 名成员全部为优秀班长，且身高均为 1.8 米左右。

"第二条命"叫随时待命：仪仗队先是战斗队。

机场路危机四伏，被加奥市长迪亚罗称为地狱之路。为了完成好联合国秘书长助理马赫布布斯视察联马团东战区的安保护送任务，5 月 9 日，警卫分队派出一个排的兵力。

"你们的仪仗队呢？今天来访的可是重要人物。"正在加奥机场接机的战区司令马马杜不解地询问。"仪仗就位。"中国维和部队指挥长张革强下令。只见一声令下，二十几名全副武装的警卫官兵跳下步战车，迅速集结列队，迈着矫健整齐的步伐走向机场辅道，哨兵摇身一变成礼兵。其余警卫调整战斗队形，继续担负警戒任务，这一幕令马马杜司令目瞪口呆。

走近仪仗队，看到小伙子们个个全副武装，荷枪实弹，且枪弹结合。军刺开刃锋利无比，在烈日的照耀下，反射着慑人的寒光，凯夫拉头盔、加厚钢板的防弹衣、护膝护肘和特战半指手套等单兵防护装具一应俱全，马马杜司令伸出了褒奖的大拇指。"防卫警戒、维护安全是维和安全部队的首要任务，任何时候都不能忘记自己的使命。所以，我们的蓝盔仪仗队首先是战斗队。"在仪仗队的成立大会上，中国维和部队指挥长张革强强调。

平时，警卫三排负责联马团东战区司令部 2 号进出口的警戒控制和 4 个重要防区的快反支援任务，需要官兵们全时处于待命状态，一有情况，能够迅速支援、有效处置。担负仪仗任务时，迎接的都是联马团重要官员和各国政要及军事将领，安保警戒等级要求更高。为此，该排将仪仗队应急处突列为高频训练科目，仪仗队员被分为 5 个战斗小组，针对 24 种不同情况设计处置预案，进行针对性演练。仪仗展示时，单兵战斗装具、防护装具、通信器材和生存包全副武装，确保仪仗队随时切换为战斗队。马里国防军总参谋长易登贝莱访问时，颇为惊讶，评价道：这是一支专业漂亮的仪仗队，更是一支随时可以投入战斗的可怕的特战队。

"第三条命"叫不辱使命：国家形象重于一切。

走进警卫三排兵舍，可以看到醒目的标语——"形象重于生命"。"这是我们的口号，我们的形象直接代表着国家和军队的形象。"上士胡全昌说。胡全昌是沈阳军区特战精兵，曾在训练中患腰间盘突出，长时间站军姿就会腰腿疼痛。仪仗训练，他流的汗是别人的两倍，有人曾劝他退出。他却说："站进队伍会疼会累，但都能克服，走出队伍将是我一生的遗憾。"

警卫官兵全员全时执行任务，训练时难以集中。对此，仪仗队就设计了阶梯训练法。每一轮执勤结束的哨兵先接受仪仗训练，训练完毕后，再指导下一组哨兵，依次循环。热季最高气温已达48℃，插入沙土中温度表已经爆了，量程是60℃。战靴里像是钻进了蚂蚁，烫得吱吱响。从军姿、动作到眼神、表情，他们一点点地抠。练过仪仗的人都知道，形好塑，神难达。为了练就眼功，队员们就瞪大眼睛盯着前上方的物体，保持3分钟不眨眼。撒哈拉的太阳是火辣热情的，起初很多人不到一分钟就泪流不止。一次训练下来，眼睛红肿干涩，但没人退缩放弃。经过不懈坚持，队员们练就出炯炯有神、自信坚毅的眼神。

世界十大沙尘暴源头之一就是中国维和部队驻扎的被称为萨赫勒的广袤沙漠。沙暴季，沙暴频发，从无到有仅需10分钟，黄沙漫漫，遮天蔽日。联合国专机曾多次盘旋在加奥上空，因沙暴肆虐而无法降落。仪仗队队长王洋说："在这样的环境中，进行仪仗展示是一种不小的挑战。单是保持战靴的洁净光亮，就煞费脑筋。"每次仪仗，队员们脚上都穿着一双，手里的塑料袋中装着一双，以免途中弄脏。到达预定位置后，再换上手上的那双新靴。队员们的口袋中都有一块擦鞋布，等待贵宾时，每隔十来分钟就需要擦一次，否则就会有一层浮沙。

蓝盔仪仗队威武、整齐、精神、帅气，令见者肃然起敬，他们并不在乎这是哪个排、是如何训练的，只知道这是中国军人。一次迎接联合国高级军方代表团视察，检阅完毕，几名随员忙着拍摄仪仗官兵，竟然耽误了会议。三个月10次仪仗展示，这支小小的蓝盔仪仗队用它特有的方式向世界展示着中国军人的魅力，彰显着大国形象。

加奥市长生气了

"我对你们中国维和部队很生气。"按约拜访，刚刚落座，还没来得及相互寒暄问候，加奥市长迪亚罗突然冒出这句话，令我们很诧异。"你们到达加奥才5个月，就为我的市民做了大量贡献，守卫安全、治病送药、捐赠物资等，这些本该是我这个市长应当做到的，都让你们做了。这让我感觉自己很失职啊。"

今天上午，我们前去拜访加奥市市长迪亚罗，直爽幽默的迪亚罗用了这个冷笑话做了开场白。当然，笑话中也透露着些许不满：一方面，作为市长他更希望维和部队的人道主义援助在他的主持下进行，这也是提高政府威望的一种途径；另一方面，据他所说，法国、尼日尔、卢旺达等其他国家的军队都已与其接触，只有中国维和部队迟迟未到，却在背后做了大量的好事。"当然，你们是远道而来的外国客人，我应该主动邀请你们才是。"直接但也不乏峰回路转、积极斡旋，迪亚罗是位老到的政治谈判高手。"明天，我将为你们送去"古斯古斯"（一种当地特产）和羊肉，明天18点的时候，你们派人来取。"

"我对你们在加奥市的工作非常满意。我经常看到你们来帮助孩子们。"无论如何，中国维和部队的表现和付出是获得当地政界和百姓的广泛认可的。谈话中，迪亚罗对联马团的评价是有所甄别的，他说中国是真正来帮助马里的，而有些国家则是为了利益。迪亚罗对联马团的工作效率也很不满意，他说："加奥市一所学校门口的道路损坏严重,我向联马团反映情况,他们没有怎么理睬,但是中国工兵却热情回应,表示愿意帮助我们,你们的诚意我已经看到了。我对你们表示感谢,不仅是因为中国维和部队对加奥所做的贡献,而是60年来中国政府对马里所做的贡献。我们是昨天的朋友、今天的朋友,更是明天的朋友。"

和加奥第八区布尔贡杰村村长伊萨一样,迪亚罗对中马交往历史和友谊也是知道的。他说:"加奥人民是忘不了中国人民的,加奥大桥就是中国援建的,在加奥市像我这样60多岁的老人,很少有人提到中国而不肃然起敬的。我很想在当地的学校开设汉语课程,因为中国给马里提供的帮助比其他任何国家都要多,学校里的很多书籍都是中国捐赠的,遗憾的是汉语太难学了。中国是马里最好的伙伴,从来都没有放弃过马里。"

虽然已经60岁了,但仔细端详可以发现迪亚罗是位年富力强、精力旺盛、权威十足的老人。在办公室里,他戴着一顶牛仔帽,穿着牛仔裤,上身是件蓝格子衬衫,赤着脚穿着一双黑色皮鞋,脖子上挂着粗大的金项链,手腕上是金镯子,两只手上都有大大的银质戒指。聊着聊着,迪亚罗开始诉苦:"今明两天是加奥市罢工的日子,市政府100多人都罢工了,只有我还在上班,因为他们对自己的国家不满意,国家发不出工资,一年才给加奥市政府员工1000西法(折合人民币约12元)。"

迪亚罗说他自己也做生意,经营着分布在马里各地的9家宾馆。他会把生意上所挣的钱全部贡献给政府和百姓,他自己掏钱支付了市政府被炸后的修葺工程,而国家却没有管。听到这,才明白他身上首饰如此之多的原因。谈话中我能够明显地感到,这位老人热爱加奥和加奥的百姓，也为自己的事业感到骄傲。他是一位真正的民选市长，能够真正代表人民的利益，就像他对自己的评价："我没有架子，即便走在街上，有市民需要帮忙我都会随叫随到。"

当我们谈到战乱对加奥的影响时，迪亚罗说："战前加奥市有7.8万人，战后大部分百姓开始逃亡，只剩下2万人了，经过一年多的恢复重建以及和平和解的努力，现在加奥市的人口已经达到12万人，比战前还多，因为很多外地民众感到在加奥市比在其他地方更安全。遗憾的是国家对加奥的支持并不多，但是经过联马团和我的努力，情况正在逐步改善。"

谈话进行到半小时的时候，张指挥长起身拿出部队纪念章、丝巾、中国国防白皮书、中国维和宣传册赠送给迪亚罗。看到我拍照，迪亚罗特意到办公桌上取出马里国旗绶带披在身上。在谈话的半个小时中，迪亚罗的两部手机来电不下十余次，可见他的工作比较繁忙。由于担心打扰市长工作，张指挥长询问他是否还有时间聊天，迪亚罗说："没问题，今天全市罢工，情况特殊，如果在平时，我们就只能会见15分钟了。"

"为了更好地促进马里和平进程，做好维和工作，我想向您询问两个问题。"张指挥长说，"第一个问题是，您认为当前马里政治和解进展如何，特别是加奥地区？"迪亚罗说："加奥永远服从马里中央政府的领导，加奥不想自治。加奥以前也是帝国的中心，辉煌历史在非洲也是数一数二的。这里也是一个多民族地区，有不同的人种，经济成分也很多，比如市场上的蔬菜和琳琅满目的小商品都是阿拉伯人做的生意，如果没有这些人，加奥市也不可能有这么多羊，很多牛羊都是从其他地方运过来的。在加奥市，肤色较深的

加奥市长特意把羊烤好送给我们。前右二为加奥市长迪亚罗

人种更多地从事一些种植业。"

突然话锋一转,迪亚罗谈到了政治状况,他说:"马里当前最主要的问题和矛盾都集中在基达尔、通布图和加奥这三个北方城市。很多百姓认为国家支持北方的力度远远不够,认为这是他们获得幸福的障碍。"

在迪亚罗办公室的一个角落放着一个图板,上面贴了十几张被炸毁的建筑照片。战乱虽然已经过去两年,但这个图板时刻诉说着战争的可怕、和平的珍贵。在得到迪亚罗的允许后,我翻拍了那些照片。迪亚罗说:"我曾经也是一名军人、一个精英,但随着年龄的增长渐渐平静下来,然而为了加奥人民的安全和幸福,我会继续奋斗。加奥人民手中有大量的武器,拥有武器的人大多没有工作,国家也没有给他们发工资,所以有些人并不听从国家的指令,这是加奥随时存在动乱的重要因素。"在迪亚罗眼中，法军的表现似乎深得他的好感。他希望联马团能够为当地民众提供更多的工作机会和食物。如果当地百姓能够安居乐业，政府就能够把他们手中的武器收缴上来。但是政局动荡，百姓为了安全考虑，政府就很难顺利地收缴他们的武器，武器是用来保护百姓安全的工具。

对比加奥大区区长的办公室，加奥市长迪亚罗的工作条件要更为优越。我想不仅是因为迪亚罗本身就很富有，更因为他是一位实权人物。对中国维和部队，迪亚罗始终是赞赏有加的，他认为中国哨兵在哨位上始终保持警惕，而有些国家的军人在哨位上都快睡着了。他建议我们要继续保持高度警惕，特别要注意通往昂松戈的道路，那是一条通往地狱之门的道路。提到恐怖分子时，他说恐怖势力有很多当地的同伙，外表上他们就是普通百姓，会让我们很难区分。另外，恐怖分子也会将抢劫的财物分给百姓，因此获得部分百姓的庇护。这些说法同我们之前了解的一样。

"发展是解决问题的关键。"迪亚罗说。对于中国人，这是一句再熟悉不过的名言。他认为人民需要和平，哪怕路边的一只猫、一只狗都想过和平的日子，但解决这个问题的关键是发展。只有发展了，人民有了更好的生活，可以在炎热的天气下吹上空调，他们才会放弃斗争和反叛。

即将告辞的时候，我们婉拒了他的慰问品，希望他能够把食物送给更需要的当地百姓。迪亚罗又生气了，这是今天他第二次生气。"你们必须收下，这是我们的待客之道，是我们的文化。这点食物我还是买得起的。我送给其他部队4只羊，我要送给你们5只。"说着，迪亚罗站起来，"你们现在就跟我去看看羊吧，就5分钟。"这是一种难以拒绝的热情,我们答应了。但并没有同他去看羊,而是答应他明天18点的时候派人直接来取。两次生气,一次是假的,一次是真的。迪亚罗,一个富有热心、很有性格的老人,我会记住他的。

一名少女的深夜求救

她目光呆滞,表情痛苦,衣衫褴褛,瘫坐在集装箱边。破烂的衣服勉强能够遮羞,皮肤被沙土覆盖,个别地方还划出了血道子。如果不是细看,根本看不出是男孩还是女孩。她实在是太虚弱、太害怕了,以至于失去了理智,险些丧命。因为就在3分钟前,她强行从蛇腹形铁丝网的缝隙里爬了进来。这种铁丝网上布满了锋利的刀片,刮上就是一道深深的口子。

最危险的是她正逐渐走近1号哨位的射击线,此时她的身躯已暴露在哨兵黑洞洞的枪口下,若是继续强闯,哨兵很可能将其击毙。可她还在继续一步一步往前挪,像是僵尸一样。这究竟是求生还是求死啊?最后,像是拼尽了全力才挪到集装箱旁,倒下了。

"1号哨位报告,1名不明身份人员强闯营区,警告无效,请求支援,请求支援。"哨兵呼叫,同时电铃警报声在营区上空急促响起。此时,我正在作战值班室跟兄弟们聊天,所以报告声听得很清楚。报告完后,张指挥长开始指挥处置,而我要做的就是飞奔回房间,穿戴装备,拿着照相器材冲过去,第一时间取证。

等快反排和我赶到现场后,看到了前面的那一幕。若不是带哨干部刘佳机智果断的判断,她早已丧命在哨兵的枪口之下了,还能让她爬到哨位跟前?

当官兵们全副武装赶来,发现是一个求救的小女孩后,竟有点不知所措

张指挥长问带哨干部、警卫三排副排长刘佳具体过程,刘佳说:"确认情况后,我立即上报,请求快反分队支援。同时命令哨兵立即按照武力升级程序采取取证、喊话、拉响警报、拉枪栓装填子弹示警对其实施不接触驱离,并做好鸣枪示警的准备。通过仔细观察着装及表情神态,我发现她十分紧张,并判断其未藏匿任何危险品,虽有执意向前冲的举动,但很可能为流窜的难民,绝非伪装的恐怖分子,遂命令哨兵对其实施封控,密切观察其动向并等待支援。"

刘佳可是牛人,是百步穿杨、一箭双雕的选手,是子弹喂出来的尖子。他熟练掌握狙击、排雷、飞行、潜水、伞降等20多种特战技能,曾赴哥伦比亚参加国际狙击手集训,经过3个多月的死亡式训练,在最后的"死亡竞赛"中以全优成绩被哥伦比亚国家训练中心授予"优等狙击手"荣誉,成为第一个把五星红旗升起在哥伦比亚上空的特战精兵。今晚,他又成功处置了这个险情。

说是险情是因为看似简单,实则隐含着很多危险的可能性。如果这个少女是恐怖分子,身上绑着炸药,那么她冲到哨位附近引爆,后果将是血淋淋的。她借着夜色,沿着集装箱缝隙溜过来,很容易隐蔽接近。可事实是,这个少女是求救的难民,如果哨兵按照武力升级程序,在对其警告无效后果断开火,那么后果不仅是血淋淋的,而且会对我维和部队造成政治纠纷,同样也会给某些组织留下把柄。

通过观察,我们初步确认其为难民,由于饥饿疲惫和过度紧张而精神有些失常,闯入我营区寻求食物和其他帮助。盖翻译拿来食物和水,少女进食后情绪逐渐稳定,神情不再恍惚。赵军医也对其进行了初步的身体检查,发现只是缺乏营养,并无大碍。作战参谋孙宝玮看她光着脚,脚趾都刮破了,很可怜这个孩子,把自己的鞋脱下来给她穿。

我们联系了当地雇员翻译克瑞斯,都是当地人,或许克瑞斯知道该怎么办。他赶到后看了看那个女孩,说:"我对她有印象,但记不起来在哪儿见过。"克瑞斯问她家在哪儿,那女孩不作声。问她从哪里来、想到哪儿去,她也不吭声。最后,克瑞斯决定把她交到当地警察局,由警方联系其家人并寻求其他必要救助。正准备要送走女孩时,盖翻译突然转身往营区跑,不一会儿,抱了些面包和牛奶跑回来。"克瑞斯呢?"他急促地问。我们说:"走了。"盖翻译赶紧拿出电话,又让克瑞斯回来,把面包和牛奶交给了他,并嘱咐在女孩找到家人前,别让她再饿到。这一幕,看得我们心里酸酸的。盖翻译也有一个女儿,比这个少女能小几岁吧。我猜,盖翻译一定是下意识地想起了自己的女儿。

　　第二天，我们将整个过程上报东战区司令部后，军民合作处对我们的妥善处置和人道主义援助表示高度认可。我经常想，其实这个女孩能从我们的枪口下活下来，也是得益于我们的人道主义精神。虽然我们升级武力直至击毙强闯哨卡人员，就连苛刻的维和原则和SOP（标准工作程序）都不违背，但我们的官兵在潜意识里还是想最大限度地保护生命，而不是杀人。这与某些西方国家的作战原则是大相径庭的，他们的战斗条令甚至教育士兵，当你觉得对方（不管是不是敌人）有威胁动作时就可果断击毙，这在伊拉克战争中被诠释得淋漓尽致。有些时候人已死，不是谁都能够说得清的，何况在战场。

战地黄花分外香

稻草人哨兵

今天是 2013 年 12 月 20 日，转眼间抵达马里半个月了。夜里 1 点，赵军医把我叫醒，跟他一起去巡逻。经过半年的相处，我发现他是一位耐心、细心且很有责任心的老大哥，经常给我无微不至的照顾。举个例子，他经常把自己的果汁分给我和几个年轻参谋，自己留下很少的一点。他说："我都快 50 岁了，营养需求少，你们年轻，得多补充维生素。"我知道这是他的善意谎言，作为医生，他比谁都清楚，人体对维生素的需求是不分老幼的。

和他一样，政委徐文联也是把自己的果汁分给战士们，我甚至看到他亲自把刚发的果汁送到哨位上，自己一瓶也不留。联马团给我们提供的给养中包含果汁，有菠萝汁、苹果汁、梨汁等很多种，采购地不一，有西班牙、塞浦路斯、埃及等，质量都还不错，浓浓的。联马团半个月送一次给养，一人一次能够分到三四盒，每盒 1 升。对于缺乏蔬菜和水果的我们来说，这几盒果汁的意义不止在于爽口。我们的食材虽然比较单一，而且以肉类为主，但质量还是不错的。或许是联合国采购时质量把关较为严格，也或许是这里根本没有研究添加剂和生长剂的科技水平。

穿戴好装备后，我们到三支分队的各个哨位巡视，哨兵警惕性非常高。在我们走到离哨兵 50 米的时候，哨兵就大喊：口令。对上了一般口令还不行，再走近一点，他会立即问你：特殊口令。虽然他知道应当是巡逻干部，但严峻的形势和长期的训练已经让他们把警惕性融入细胞。在安全问题上，要始终抱着怀疑一切的态度，才能让人信任地把守护安全的责任交给你。

查了一圈，走到最后一个哨位时，我们发现一名哨兵像稻草人一样杵在那里。怎么会这样？睡着了？或许是我们查哨的动作太轻了，没有发现？我们并没有刻意悄悄地"摸哨"，在这里"摸哨"的后果很危险，很可能会因惊吓哨兵而遭到哨兵的意外攻击，毕竟弹在膛上了。我走近，拍了一下他的肩膀，他迅速出枪，刚要调整枪身对准我，我一把将枪口打回。"查哨的！干什么，你！"我喊道。"不好意思，刚看清。"他回答。这时候，他才看清楚我是谁。也难怪，马里的夜太黑，除了满天的星星和经常偷懒的月亮，没有一点光。

我问他："你怎么没发现我们？我要是敌人你不就完蛋啦。"他声音有点沙哑地说："我负责的方向是那面，没注意到后边。"我说："敌人可不会只从一个方向来，要环顾四周、来回走动，以一个方向为主的同时兼顾其他方向。"他没有回答，而是咳嗽了几声。"怎么了，感冒了吗？"我问道。赵军医用手摸了一下他的额头，"这孩子发高烧了！"我上去摸了一下，果然烫手，至少得有三十八九度。"高烧了还站哨，你怎么不报告？"赵军医心疼地责备小战士。

"老赵，我替他站岗，你领他回去赶紧打个退烧针吧。"说完我接过哨兵的枪，赵军医则领着他去了医务室。和下一班哨兵交接完毕后，我直奔医务室，看到那哨兵在输液。赵军医说："这孩子烧到了 39.2℃，都烧迷糊了。"我终于知道他为什么会像稻草人一样反应迟钝了，我为责备他而感到后悔。我问他："发烧了咋不跟班长说一声，别站哨了。"他说："我没想到烧这么高，心想就两个小时的哨，能坚持，大家伙都挺累的，不好意思让别人替我。"朴实的语言，却说得让人鼻子酸酸的。

他说的不无道理，若是换成我，我也不好意思让人替岗。先遣分队这点兵马，每人每晚至少站两班哨，前半夜一次，后半夜一次。若是有人替他，那么那名士兵基本就不用睡觉了。后来，这件事传到了张指挥长耳朵里，他召集各排干部开了一个会，他要求大家："详细掌握每名战士的情况，并教育战士生病不丢人，不要硬撑着。如果有人生病受伤，一定不能带病上哨。战士若是生病了，班长替他上；班长若是生病了，排长替他上；排长若是也病了，指挥部的参谋人员上。这既是关爱战士，也是为了确保每个哨位绝对安全、每名哨兵高度警惕。"

要想提高防卫标准，除了哨兵足够警惕，防御工事还要足够坚固。今天上午，我和苏副队长又去司令部申领用于建设防御工事的设施。中国赴联马团参谋军官袁志义负责帮助协调此事，他说："防御沙箱只能先给我们 200 个，其余沙箱正在从巴马科运来的途中，需要耐心等待，但铁丝网和三角铁数量很多。"返回营区后，我们立即向指挥部报告，并派了两辆运兵车拉回了大量铁丝网和角铁。这些设施对我们来说十分重要，只要量够，我们就能建起坚固的防御工事。

协调的过程中，我注意到司令部指挥大帐内司令的办公区是用软隔断与其他空间分开的，隔间外始终有一名持枪卫兵把守，可见司令的警戒级别真的很高。副司令、参谋长有自己的办公桌，其他人则是共用组合而成的大办公桌。下午，我写了一篇新闻稿，题目是《中国首批赴马里维和部队积极介绍对外政策》，主要写了张指挥长在拜访联马团官员和当地百姓的过程中积极宣传我国对外政策和中国军队的一些事。写完文字稿后，我挑选了两张配图，一并拿给张指挥长审核，他看后很高兴，只字未改就同意发表了。

我赶紧连上手机,把稿件先从电脑倒入手机,再通过手机 QQ 发送给新华社军事记者黎云。通过手机发送稿件是目前唯一的送稿方式,没有网络的日子真的很不方便。手机上网费还可以接受,是用一种叫作 Orange ML 的当地手机卡,买一张充值卡大约 60 元人民币,可以订制 500 兆的流量包。打电话就比较贵了,本地市话大约每分钟 100 多西法,折合人民币 1 元多;国际长途 200 多西法,折合人民币 2 元多。我就靠 Orange ML 手机卡联系媒体、发送稿件,半个月已经用了两张卡了。加奥的手机信号不稳定,有时一天都无法连接网络。即便有信号时,发送 5 兆以上大小的数据包也会经常中断、丢失。现在最大的期待就是能有互联网接入,发送文字、图片和视频就更加方便了。

傍晚,我换上了长焦镜头站在营区外,对着马路街拍了一会儿。非洲少年真是能歌善舞,这是他们骨子里的本能。我看见一群孩子在放学回家的路上,一边唱歌一边劲舞一边打着富有节奏的拍子,一边走路就能一边跳出如此动感的舞姿,这就是街舞的原型吧?有些姑娘穿戴着漂亮的服饰,对着镜头不停地招着手,三五成群摆姿势,有不断飞吻的,还有一位跳着一种快速抖动臀部的电臀舞,而且是正对着我的镜头。真是惊讶于她们的奔放,这也是在国内很难见到的异域风情。

尼采说:痛苦的人没有悲观的权利。或许正是这种乐天开朗的性格才使马里人民能够在艰难的环境中生存,这是上天的另一种公平所在吧。和他们一样,刚到马里时,我们不仅没有电视,甚至连电都没有,没时间娱乐,禁止外出,只有不停地劳动、执勤。后来,我们架起了发电机,又安装了电视,买了卫星接收天线,可以接收中央4台。但是，有维和官兵的角落，不论是劳动现场还是就寝之前，都能听到阵阵欢笑。尤其是我们指挥部，我写这篇日记的时候，指挥部饭堂依然传出阵阵响亮的说笑声。无论工作节奏多么快、劳动量有多大、安全形势有多么紧张，吃饭的时候我们不谈工作，只谈趣事，每天饭后甚至可以继续延伸话题半个小时，这似乎已成为一种习惯，成了维和生活的一部分，成了我们快乐的一部分。我们聊自己的糗事、身边的趣事、听到的笑话，聊家庭、聊媳妇、聊爱情亲情、聊风土人情。这种轻松的聊天在一定程度上起到了缓解压力、愉悦身心的作用，也增进了同志们的友谊。

疟疾终结者

10天了，他茶不思、饭不想，单靠着一瓶瓶营养液维持着体能。撒哈拉的热是难以抗拒的，帐篷外最高气温超过40℃，高温时段帐篷内的空调铆足了劲也吹不出凉气。干渴的喉咙冒了烟，喝两口水，过不了多久又吐了，但还得喝。

疟疾，这是在国内早已淡出人们视野的传染性疾病，甚至国内很多地区连抗疟药都几乎停产了，但在非洲却是如同感冒一样常见。出国前打了N种疫苗，唯独这种传染性最高的疾病没有疫苗可打。每名官兵的行囊中都装着大量防蚊利器，国产的、进口的、贴式、膏式、油式、喷雾等等，五花八门，汇集起来足可以开一个防蚊旗舰店。

可这蚊子就如马里的恐怖分子一样，玩的都是自杀式袭击，稍微疏忽大意就会被叮咬。这不，驾驶员朱传升"以身试蚊"，为全

朱传生是位性格开朗、任劳任怨的汉子

队兄弟率先做了示范。雪上加霜,他得的是罕见的恶性疟。"这才一个月啊,太可怕。"战友们的恐惧情绪有所蔓延。躺在病床上的朱传升迷迷糊糊,没法告诉妻子真相,就硬撑着发条微信:外出执行任务,过段时间联系,勿念。

堂堂一个山东汉子被一只携带疟原虫的蚊子放倒,实在憋屈。回想起这一个月的点滴,眼泪淌了下来。由于装备修理和操作技术过硬,他被选为中国首批赴马里维和警卫分队接装组成员,和其余4名同志率先登上飞机,来到这遥远陌生的世界。抵达任务区,一片荒芜,没有营区营房,放眼望去是广袤的沙漠和灌木丛。白天头顶烈日马不停蹄地接收海运来的装备,晚上只好借宿在尼日尔维和营。

与非洲兄弟同吃,一桶钢珠般硬的米,一桶大乱炖,倒在一起,一只粗大的黑手伸进去搅啊搅,抓啊抓,这是美味午餐。卧室很多,明月为灯,一张垫子扔在地上即为床,就在树下、墙边或是车旁。电工曹志山的蚊帐被刮烂了,他们就找来木棍支起,两人猫在一个蚊帐里睡。蚊帐、蚊帐,蚊子的帐篷。半夜的时候蚊帐里就不只他俩了,还有好多蚊子朋友。

5个人琢磨着,拼了也要把这200多个集装箱、90多个车辆装备,赶在先遣部队抵达前接收完毕。没想到,装备到齐后傻眼了:1万多公里的海陆转运颠簸,令92.3%的装备不同程度损坏。按联合国规定,一个月之内进行装备抵达核查。修!其实,这时候朱传升已经中标疟疾,偶发低烧。作为装备接收组主力,为了不影响进度,他没吱声,放弃休息时间,夜以继日地工作,一个人完成了35件装备修复工作。

有一辆运油车油泵故障,始终找不出原因,给厂家打电话也无济于事。由于不清楚构造,不少人都放弃了,但朱传升决定背水一战,将油泵系统拆卸,打着手电反复检测电路、油路,终于发现传动系统一根螺杆脱扣。油泵恢复工作,他的努力避免了给国家造成数万元的经济损失。

按照军医指导,我们每人都定期服用抗疟药青蒿素,能够起一定的预防作用。但不少战友吃了青蒿素反应很大,有恶心、冷战等强烈的副作用。为了不影响工作,朱传升偷偷地把青蒿素藏了起来。小朱呀小朱,你当自己是一次性的呢,还是可再生资源呢?后来他烧到40.3℃,寒战、乏力、头痛,终于撑不住了,才向军医说了实话。医疗队的许医生在显微镜下找到了疟原虫,小朱被确诊为疟疾。所幸用药及时,并没有发生恶性疟疾的严重并发症,但战友们永远忘不了他痛苦的神情、蜡黄的脸色、蜷曲发抖的身体。

这一幕幕让躺在病床上的朱传升被自己感动着。"不行，第一个得疟疾，我得打个样，否则人家会恐惧。若是再有人得了也得有个胜利的战斗榜样。"想到这儿，朱传升又笑了。治恶性疟可谓杀敌一千、自损八百。发作期虽已过去，机体功能却受到抗疟药副作用影响，浑身乏力。但他努力恢复作息规律，参加集体活动，主动要求执勤上哨。

他还给自己封官"抗疟专家"，协助赵军医到各个任务方向的执勤一线传授防蚊妙招，普及疟疾常识，用自己的经验、教训告诉战友们：疟疾不可怕，防蚊是关键。看到朱传升乐观地站了起来，战友们的恐惧渐渐消失了，同时对蚊虫叮咬的防范意识和措施也大大提高。从此，中国维和部队再无一例患疟。朱传升也有了很酷的新昵称：疟疾终结者。

有一天早晨我在哨位上站岗，他远远走来，到近前我发现他的蓝色棒球帽檐上写着"明天"两个字，我逗他说："帽子上的字很应景啊，果然天明了。"他抬起头，朝阳映在他的脸上，也照亮他年轻的笑容，我又看见帽檐下还有三个字："会更好"。他说那是他被确诊为"马里维和第一例疟疾"时在身心最痛苦的时候写在帽子上的。是的，明天会更好！

后来，他给战友现身说法讲了一段精彩的话："我觉得困难不可怕，可怕的是意志被击垮；病痛无所惧，难得的是乐观面对一切。第一个，也是唯一患疟的，是不幸，也是幸运。有过恐惧、彷徨，但始终没有动摇我战胜一切的信念。是遇坚必摧的乐观主义和勇往直前的战斗精神给我注入了强心剂，让我尽快回到战位。战胜病魔，我却获得一种新生的力量，鼓舞我出色地履行和平使命。"

干了这盘马里饺子

今天是元旦，2014 年的第一天，美好的一天。时间过得又快却又漫长，我们来这里马上就一个月了，但这一个月又像一年一样经历了那么多的事情，有那么多的体会和感受。以前听过一句话，意思是说每个人都有唯一的一生，有的人活出了几辈子，他不断拓展自己的人生高度和广度；有的人却仅仅活了一天，他不断地重复着昨天，不敢超越一步。此时此刻，我对这句话有深刻的体会。如果没有来到马里，或许我现在正在家里，跟妻儿老小享受着天伦之乐，幸福地看着孩子在妈妈的肚子里一天天发育、成长，静静地等待他的出生。而今，我舍弃了这份幸福，爱人至今还在医院住院。我把自己的全部精力放在了马里这片土地上。当然，并不是每个人都需要付出这样沉重的代价，对于渺小的我来说，有些事也是无力改变的。我能做的就是更加勤奋地工作，将维和之旅过得精彩，认真地付出，认真地经历，我没有资格荒废哪怕一天。因为，只有加倍地努力才能对得起家人的这份支持。

上午，我们开着运油车到加奥市里去加油。那是一家和联马团有协议的石油企业，名叫 Total，中文名叫道达尔石油集团。该集团总部设在法国巴黎，是全球四大石油化工公司之一，也是法国最大的工业集团，道达尔通过其子公司广泛涉足各行各业。以法国和马里的关系，道达尔当然会将它的加油枪插在马里的各大城市里。我们需要加 1 万升柴油，加油站将 4 个加油枪都插入了运油车的油罐中，只剩下一根用于额外的零星加油。

在等待加油的一个多小时里，我站在街边观察着来来往往的百姓，看着看着就想到一些问题，然后委托法语翻译盖庆同加油站的一名伙计聊聊天、咨询咨询。那名伙计说，他的月工资是 40 万西法，折合人民币大约 5000 元。我一听不错啊，比我这个上尉还多，但听了他之后说的话，我就同情他了。他说："买一袋大米就需要 17 万西法，工作一个月只够买两袋大米的。我养了 5 个孩子，3 个女孩正在上学，一个月就需要 9000 西法学杂费。"他是这个加油站的一个主要员工，他手下的那些小伙计一个月只有 2.5 万西法，连半袋大米的钱都不够。他还说：加奥的男子一般二十多岁结婚，有钱的十八九岁就可以结婚，结一次婚一般需要 100 万西法，主要用于给新娘子从头到脚准备像样的行头。当然，没有钱的话 2 万西法也是可以的。市民有些固定工作或是可以打些零工，或是搞些小生意，郊区或是离城市较远的偏僻地区只能是靠出苦力和乞讨了，生存状况较为艰难。

跟那名伙计聊完后，我就闲逛了一圈。加油站后面是一个小院，女主人正带着她的两个女儿舂米——一种给稻米脱壳的劳动。稻米盛在木质的舂米桶里，两个女孩都握着一根木棒，你一下我一下地交替进行舂打。其中一个女孩看到我过来给她拍照，似乎感觉自己成了明星，立即使出浑身的劲儿，还打出了花样，边打边击掌，结果没多久就气喘吁吁，打不动了，将木棒交给她的母亲。太可爱了，这幽默的小插曲让我们捧腹大笑。

路上的年轻人大多穿着现代服装，比如牛仔裤、T 恤衫、衬衫等，但大部分老人都还穿着长袍，那是一种叫作"布布"的马里传统服饰，就是下身用一块布围起来，都不用剪裁，把屁股包住后剩下的布直接扎进腰间，上身也是披着一块布。

忙碌了一上午，有点累，所以中午我睡得很香。我不知道我作为一个政工干事到处跑会不会有人说闲话，但我坚信我这样做是对的。我尽最大努力争取出现在更多的第一现场，就是为了全面了解掌握我们这支部队所经历的一切，而不仅仅是我个人经历的一切。只有这样，我才能写出更有广度、深度和亮度的文字，而不是关起门来当"坐家"，道听途说、无病呻吟。况且，我并没耽误政工干事的本职工作，我甚至用无数个加班熬夜将本职工作干到了极致。

下午一起床，指挥部就发动全体官兵动手包饺子，庆祝元旦。这是我们到马里后第一次包饺子，官兵们都乐呵呵的。说起饺子，那可是咱中国人的专利。相传在汉代就有了吃饺子的历史，而古书中最早记载饺子是在北宋时期，掐指一算，距今也有一千多年的历史了。小时候，只有过节才能吃饺子。在中国北方，除了节日吃饺子，还有"上车饺子下车面"的说法。所以说，饺子从古至今都是吉祥、顺利、团圆的象征。

在马里，包饺子用的都是联马团供应的食材，有面粉、牛肉、圆葱和胡萝卜，还有些人把自己养的蒜苗也割一茬做饺子馅。大蒜可是宝贝啊，排毒活血，抗癌消炎，壮阳补肾，是我们日常饮食之必备。不仅如此，用大蒜发蒜苗还解决了我们缺乏绿叶蔬菜的难题。养蒜苗很简单，找一个小木箱，再到大树附近挖些土，把大蒜栽进去，而后常浇水就可以了，这是土种法。还有水种法，更简单，把大蒜正向摆在盆里，倒入水将蒜尾没过就可以了。一般十天半个月长到30多厘米长的时候，就可以割一茬，一批蒜能割三四茬蒜苗，而后大蒜就瘪了。养蒜苗跟阳光也有关系，朝阳的是青蒜苗，背阳的是我们爱吃的蒜黄。

赵军医的这箱蒜苗可以割一茬了,无论是用它包饺子还是炒鸡蛋,都很受欢迎

在马里,我不光学会了养蒜苗,还学会了发绿豆芽。加奥温度高,发豆芽一般只需要三四天。这些技能都是环境逼迫我学的,若不是维和,或许一辈子我都不会养蒜苗、发豆芽。谁会用半个月的时间精心养护一种在超市分分钟就能买到的东西?这或许就是艰难困苦给我们的另一种馈赠吧。

有限的蔬菜难不住我们,另类的大米也没难住炊事班的战士们。联马团供应给我们的大米是当地产的,和国内的大米完全不同,生长期只有三四个月,像砂砾一样,非常硬,蒸熟了也完全没有黏性,很难吃。一直以来,如何对付这"砂砾米"都是炊事班的心头事。功夫不负有心人,经过多次试验,他们已经找到了方法:先用水把米浸泡两个小时,蒸饭的时候要加水至国内做饭时两倍的量,蒸熟后还要再焖20分钟。另外,在蒸当地米的时候加一点国内带来的米,这样蒸出来的饭就更加柔软了。人民的智慧真是无穷啊！

我们也曾探讨过，千百年来当地人也应摸索出这样的蒸饭方法啊，为何在西非友军的军营里，我看到他们蒸出的依然是"砂砾米"？后来，我从当地人的进食方式上有所领悟，黏软的米若是用手抓食，会把手粘住的。这是我胡乱想的，别当真。和大米一样，面粉也是需要特殊制作方法的。当地面粉的颜色比较黑，缺乏黏度和弹性，包的饺子还没有下锅就裂开了，所以只能用蒸的办法。用从国内带来的面粉包的饺子，才敢下锅煮。可毕竟从国内带来的大米和面粉数量很少，偶尔打打牙祭还可以，主要还得靠联马团供应的米面。

很快第一锅饺子蒸好了，香喷喷的。还没到开饭时间，我就溜进炊事班，忍不住夹起一个放嘴里，又烫又香，真好吃。但总觉得还是有一点淡淡的怪味，也不知是来自饺子皮还是饺子馅，蘸点酱油和醋就好多了。食醋是非洲产的，味道不错，很浓郁，一品就知道不是勾兑的。醋瓶包装很精致，我第一眼差点看错了，还以为是瓶红酒，也许是我太渴望来一杯了。

参谋军官于璇正好今天过生日，炊事员为他准备了用方便面做的长寿面，里面放上两个炸鸡蛋和黄瓜片，他很感动。我拿着相机，捕捉着每一个精彩的画面，记录着每一个开心的笑容，拍摄着每一个动人的瞬间。我的心一直被感动着，生活在这样一个和谐向上的集体中，难道不是一种幸福吗？还愁维和任务不能圆满完成吗？不知不觉间，我也会心地笑了……

晚上，指挥部给每名官兵发了两瓶哈尔滨小麦王啤酒。大家吃着饺子，喝着啤酒，度过了一个愉快的夜晚。我一个人干掉了整整一大盘饺子,足有 30 个。虽然饺子是马里的饺子,但跟战友相聚在一起,彼此感受着温暖,也吃出了中国味儿、家乡味儿。

他向东方跪拜

夜深人静,冷月寒光,他跪在地上,久久不起。作为一名已过不惑之年的老兵,风吹雨打的戎马生涯已在他的额头上留下了不浅的痕迹,粗糙的皮肤写满了艰辛。没有抽泣,没有飙泪,没有呐喊,只有无声的痛苦。他面朝东方,不知在地上磕了多少个响头,为了刚刚离去的老父亲。

同亲人因病离去不一样,工兵分队外事副队长龚自超一点心理准备都没有,他的父亲是遭遇车祸不幸走的。远隔重洋,父亲去世,对于这位维和老兵来说,除了忍着悲痛继续工作外,别无他法,自古忠孝难两全!这两天我也曾看到他,甚至没有从他的表情和状态上发觉任何异样,这是一种怎样的坚强?

狐死首丘,代马依风,兽犹如此,人何以堪?跪下来,好好拜一拜吧。一拜亏欠,多年军旅生涯,献身国防,不能膝前尽孝;二拜亏欠,《论语》讲"父母在,不远游,游必有方",可他却行游万里,虽有方但安危不定;三拜还是亏欠,父死子守,以三日为礼制也,而今他守的却是马里的和平与安宁。

同他类似,不少维和战友家中都有无尽的牵挂。王培建,警卫分队驾驶员,四级军士长,母亲是植物人,父亲也卧病在床,只有妹妹一人照料。王培建说他有两个梦想,大的是希望马里和平安宁,不再有恐怖袭击;小的是希望父母能够康复。他为大梦想付出了全部精力,虽尚未成功,但没有遗憾。世界上无论哪个任务区少说都得十年八年,需要十几批的维和官兵接续努力。遗憾的是,小梦想尚未付诸行动,可他却永远地失去了机会。就在维和期间,他的母亲悄悄地走了,走得那么静,静得一点消息都没有,静得连他自己都不知道,静得连所有维和官兵都不知道。或许他母亲的最后梦想就是让他实现大梦想。于大义之人,忠就是孝!是大孝!

后来回国后,他的妹妹告诉了他实情,一个乐观的汉子变得沉默了,沉默到就连身边的战友都不敢打破这种沉默。他不敢相信这一切,他还想着把军功章送到母亲的榻前。那天小雨,他带着勋章来到母亲的坟前,和着雨水,伴着雷声,终于号啕大哭起来……这种绝底的悲痛,甚至盖过了雷声,我想他的母亲能够听见!

这让我想起了 2008 年。那年冬天,我国南方发生罕见的冰雪灾害。为了完成《基于视觉的自动报靶系统》项目设计,我动员"猴子"陈云生留在了学员队跟我一起搞实验。一台电脑,一台嵌入式实验箱,一个寒冷的冬天。那个冬天我今生难忘,队里的人都走了,冷冷清清,凄凄凉凉。南方的冬天,没有暖气,屋子里阴冷潮湿。睡觉的时候,下面铺着绿垫子、毛毯、褥子,上面盖着军被、毛毯和大衣。放假前,军人服务社的老板好心地把他的电暖气借给我,勉强地给宿舍里制造些温暖。后来我才知道,那个老板更想把她的女儿介绍给我。

冰雪灾害发生后,室外的一切都被冰雪覆盖,所有的路面、花草树木都包裹在冰层里面。学校附近的饭馆、商店全部关门,最严重的时候公交车都停运了,想坐车去市里先要在冰面上走 5 公里。过年前一天,我和"猴子"出去买年货,买了点速冻饺子、两瓶葡萄酒，还有些速冻肉串和零食。速冻饺子放在室内融化了，粘在一起，大年三十晚上煮成面片了。吃着面片，喝着红酒，看着春晚，不回家过年也不过如此嘛。可当新年钟声敲响之时，当烟花爆竹奏响之时，心理的防线崩溃了，眼泪冲出闸门。那一刻，我深深地体会到过年永远都是和家连在一起的。大年初一，"猴子"竟然扛不住了，高烧42℃，住了一个月的医院。

那天早上6点，我在睡梦中听见"猴子"喊我的名字，声音不大。我醒了，他还在喊，我一看不对劲：他竟然在迷迷糊糊地喊。说梦话？不对啊，我过去看了一下，他的脸红红的，我一摸脑门，吓一跳，太烫了。那一刻，我竟然忘记了"有困难找组织"，没有第一时间给学院、大队值班室打电话求救，而是跑到大门口打车。大年初一，还赶上冰雪灾害，一直打不到车，大约一个小时才拦下一辆出租车。结果，门卫哨兵不让进，我还跟他动手打了起来，出租车见状吓跑了。最后没办法，我只好扶着"猴子"，采取平时最快捷的出门方式——跳墙。看"猴子"快撑不住了，我冲到马路上，拦住一辆面包车，一副送也得送、不送也得送的架势。

也就是那年冬天，家里把爷爷去世的消息告诉了我，那时他已经去世一个多月了。家里为了不耽误我的学业，在放假后才告诉我，我大哭了一场。小时候，想到爷爷就想起快乐。他带我钓鱼、教我下棋、领我放牛，从来都是和颜悦色，从未训斥过我半句。有一年，我才十一二岁，家里的农用四轮车停在院子中没有熄火。我看了一下挡位，模仿大人的动作，竟然开走了，后来撞倒了爷爷家的一面墙。我闯了大祸，爷爷知道后竟然笑得合不拢嘴，吩咐二叔修好就是了。

他走后，我无数次地梦见他战胜了胃癌，又醒了过来。这种梦做了几年，我始终不相信他真的走了。这让我更加相信仪式是非常重要的，守灵、出殡、祭扫，是一个都不能少的。这是对已逝人的告别，更是对自己的告慰。人的神经系统是不容许突变发生的，无论身体内外。若想彻底接受亲人去世这种变故，就需要庄重的仪式不断地强化，既是对逝者的祭奠，更是对自己灵魂的陪伴，让自己可以更加孤独地勇敢地活着。

过年是戒不掉的瘾

今天是除夕，过了这一天，历史将走进2014年，我将又长一岁。时间真是个贪婪的强盗，不知不觉就抢走了所有人的青春；时间又像个大铲车，将微如尘埃的我们，向生命的悬崖边推进。这是一条单向的、不可逆反、不可阻挡的路。马上就是30岁的人了，这是什么概念？意味着再有10年我也将成为中年人，意味着有些梦不能再做了，意味着我需要更加珍惜时光、珍惜生命、珍惜身边的人和事，意味着我不可以挥霍宝贵的青春，不可以虚伪做人，不可以为虚荣所累，要活出真我。不敢奢望成为国之栋梁，但而立之年我必须成为家庭脊梁，给家人以安全感和幸福感。

过年也是中国人永远也戒不掉的瘾，深入骨髓的瘾。无论是在外求知的学子、外出打工的民工、追求梦想的知识分子、献身国防的军人，还是到处游荡的浪子，都抵不过这种集体患上的瘾。过年和回家永远都是一对双胞胎，不可分割。没有和家人团聚的年无论形式多么繁华，都很难浓烈。过年是一种催化剂，它让家的诱惑变得难以抵抗。

如果不是这两天开始节日氛围布置,我们这些维和官兵根本不会感觉到年的脚步近了。北方的年,外面数九寒天,在银装素裹的世界里,挂上火红的灯笼,贴上喜庆的春联,强烈的反差让那年味儿相当浓郁。但在炽热的非洲大地,这些喜庆的元素似乎跟环境有些不搭边,年味儿总觉得有些牵强,就像南方人炖杀猪菜肯定不是那个味儿。我相信这是每个人心里的真实感觉,但年还是要过的、节还是要庆的,这就是活着的意义所在。无论身处何地何境,都要有声有色、鲜艳地活着。

贴春联、挂灯笼、贴剪纸……工兵分队和警卫分队相对简单些,医疗队的大哥大姐们搞得相对红火。我看了他们的活动计划:初一春节联欢晚会,初二篝火晚会,初三西餐舞会,初五举办首届中国维和医疗队马里好声音卡拉 OK 大奖赛,过节期间还要举办扑克、围棋、象棋、台球、乒乓球、羽毛球和心理游戏比赛,好热闹啊。大年初二,警卫分队将正式接防战区司令部防卫,工兵分队将完善防御设施,医疗队将组织精干力量开展春节巡诊。万家团圆之际,任务区接二连三的爆炸和交火,让我们维和部队面临着任务和安全的双重压力。因此,我们过年的基调还是朴素为主。其实,和平是对军人最大的庆贺。虽然朴素过年,但身处爆炸和冲突前沿,我们备感使命神圣、责任重大。

早上一起床,大家就开始忙碌了。按照计划,今天我们将举办新春联谊会,9 时 30 分开始,11 时 30 分结束。各个环节及负责人都已开会明确,程序清晰流畅,官兵也就忙而不乱。有的在忙着布置节目表演场地,有的在设置中国剪纸文化展示板,还有的抓紧最

春节联谊会让外国人一饱中国美食的口福,还有个别军官打包带回给其战友品尝的

后的时间排练节目。9 时左右,各位嘉宾就陆续赶到了。我们发出的邀请有 20 多份,但实际来的客人有五六十人。每位受邀的联马团军民官员和各维和部队指挥官都至少带一个司机兼警卫,有的甚至是开步战车护卫而来,比如法军。

法军是第一次来我们营区,可能是在马里其他地方自由惯了。在我方警卫盘问时,车上的人员只是晃了晃邀请函,人不但不下车,就连车窗都未摇下,并且要将步战车开入营区内。对此,我们的警卫也没惯着他们,坚决地予以拒绝。我们事先划定好了停车区域,所有车辆都停在那儿,而后步行进入营区。所有国家和军队都是平等的,我们不会因为谁霸道就给谁特权。后来,那辆步战车悻悻地开走了,乖乖地停到了指定位置。

在这里,我要特别提一下法军和马里国防军受邀的缘由。本来按照我们的设计，邀请的嘉宾有联马团东战区司令、副司令、参谋长及各处处长和民事要员，维和友军指挥官及加奥地区区长，不含法军和马里国防军。法军和马里国防军作为冲突一方，我们不想和他们特别是马里国防军有过多接触。但在苏世顺副队长和我去邀请加奥地区区长的时候，区长建议："可不可以把法军和马里国防军也叫上，趁着这个机会大家也加强沟通联络，同时法军和马里国防军作为加奥地区的两股重要力量，受邀参加后各方面也就到齐了，显得均衡。"

我们把这个信息反馈回指挥部后，指挥部认为事关重大，不可擅作主张。于是，指挥部上报此事给国内总部和东战区司令，并将我们的分析意见呈报，由上级定夺此事。毕竟作为坚持中立原则的维和部队，无论是什么场合，在接触冲突一方的时候都要慎而又慎，否则极易卷入冲突。同时，借春节联谊这个恰如其分的时机，同这两方做一个礼仪性接触，对以后执行维和任务也是有益的。毕竟接下来我们将把一部分兵力部署到加奥机场，那里就有法军和马里国防军。最终，国内总部和联马团东战区反馈决定：请！

9时30分左右，嘉宾基本都到齐了。张指挥长向嘉宾发表新年致辞，感谢各方对中国维和部队在营区防卫建设等方面给予的帮助和支持，也表达了中国维和部队坚决完成任务的信心和决心，并对现场嘉宾致以新年的祝福。开场白结束后，节目就开始了。第一个节目是《特战格斗》，战士们一出场就震慑全场，一招一式尽显中国特战队员之威武；第二个是《中国武术》，刚柔并济，动作漂亮，配上颇有气势的音乐，表现出中国传统武术之美；第三个上场的是医疗队女队员表演的《映山红》，她们穿着传统服饰，扭得婀娜多姿，展示出巾帼之柔美；第四个是伴舞独唱《士兵桂冠》，也是不错的。

最后一项是到工兵营区参观机械操作表演，这是今天的压轴戏，共分两项：铲车开瓶和钩机斟酒，均由工兵分队一名老兵来操作。表演前，东战区最高民事长官弗朗西斯科跟工兵分队队长李凯华打赌："如果你的士兵能用铲车把啤酒瓶启开，我就把酒喝了。"重达数吨的大型铲车在那名老兵的操作下，竟然如穿针走线般灵巧，很顺利地就把瓶盖抠掉了。钩机斟酒更是赚足眼球和掌声，庞大的钩机勾起铁挠去拿高脚杯，稳稳地摞起三层，然后用酒壶斟满酒。所有动作没有辅助，全凭操作手眼尖手稳，其间数次赢得嘉宾的热烈掌声。表演结束后，加奥地区区长和东战区司令马马杜接见了操作机械的老兵，并强烈要求合影留念。当然，弗朗西斯科并没有把酒喝了。

中午的冷餐会在医疗队举行。色香味俱全的美味佳肴让嘉宾们垂涎欲滴，也大开眼界。不可否认，中华美食绝对是世界第一。东战区扫雷组的加拿大籍官员对着果盘一顿拍照，或许她觉得，在水果上雕龙饰凤是不可思议的一件事。麦克风前一个接一个地致辞，下面不少人的眼睛已经掉在了美食中间。当主持人刚说完"请享用"，嘉宾们瞬间就冲到了美食中间。法军来了两名指挥官，一名是即将离任的现任指挥官，一名是即将上任的下任指挥官。在冷餐会上，他们向中国维和部队发出邀请，参加今晚在机场法军营地举行的权力交接仪式。看来，这次新春联谊会已经成为驻马里中法两军互访交流的一个良好开端。

中午12时正好是国内20时，分队领导及干部主动上哨，将哨

法军每隔一段时间就要组织一次冷餐会，跟我们宴会上的食物不一样，这里主要是点心和零食

兵替换下来看春晚直播。这是中国军队官爱兵的一个好传统，不管走到哪里都不该丢弃。16时，张指挥长传达军区和集团军领导的新年贺词，也代表分队领导向全体官兵致以新年的祝福。

按照法军邀请，18时30分，两辆92轮式步战车和三辆"猛士"指挥车开始编队，19时我们赶到法军营地。盖翻译在路上和法军再次通联，因此通过各个关卡的时候较为顺利。到了地方我们才发现，所有参加仪式的法军军官以及部分马里国防军军官早已等候，我们到位后仪式就开始了。好像有点儿失礼了，可我们确实是按照约定时间到达的。这是一个由帐篷围成的小型场地，右边是一条长桌，上面摆放着酒水和食物，场地内有三四十人。仪式开始后，新老指挥官依次发言，并举行一个幽默的权力交接仪式。老指挥官将一部手机交给新指挥官，这部手机是通联和指挥工具，代表着权力和责任,新指挥官送给老指挥官一部图册表示感谢。

仪式完毕,冷餐会开始,大家边吃边聊。席间,我同一名法军军官闲聊了一会儿。他比我大一岁,但已经是第七次出国执行任务了。像这样的任务,他们是每4个月轮换一次,较为人性化,不长不短刚刚好,跟荷兰军队任务期是一样的。当我们抵达马里4个月时,发现那时正好是身体和心理压力最高峰。我还了解到他们都是职业军人,赚钱目的非常明显,不菲的经济利益让他们可以到世界上任何一个地方执行任务。我看到有不少女军人在里面,我问道:"女军人在你们的部队都做什么工作?"他回答:"有通信的、医疗的,也有作战的,和男人一样。"

如果运气好的话,巡逻时就能看到英姿飒爽的法军女兵。有一次,我看到一名法军女兵穿着短袖和短裤,戴着酷酷的墨镜,穿着荒漠战靴,驾驶着一辆重型卡车来到仓库前。她把沉重的物资搬到车上,打了一个"流氓哨",指挥几名男兵干活,然后又驾车从机场辅道上飞速驶过,那造型相当酷了。还有一次,我拍下一张飞驰而过的法军潘哈德轻型装甲车的照片。车速很快,我没有看清载员模样,但隐隐约约地感觉到机枪手长得很秀气。后来我在电脑上放大照片才发现,那是一名绾起发髻的女兵。俗话说,战争让女人走开,但在现代战争中女兵已经成为不可或缺的参与者,当然也是一道亮丽的风景线。

冷餐会过半,我们谢过法军指挥官就告辞了。沙漠里一片漆黑,除了步战车的灯光,没有一丝光亮,很瘆人,我们全速返回营区。

战地火锅，爽！

为了改善官兵伙食，更为了缓解身心压力，加强战友之间的情感交流，自本队抵达后我们就制定了定期会餐制度。分队财务拿出一定经费，每周一个排轮流会餐。会餐一般会安排在周六，指挥部会派出一辆运输车到加奥市里买些羊肉、新鲜蔬菜和饮料。最初的几周，每次会给一个排发一只羊。渐渐地，官兵们对蔬菜的需求远远超过肉类，肉品就由活羊变为冷藏的牛羊肉。这牛羊肉是炊事班经过长期伙食调剂积攒下来的，每次各排会餐都会发放一定数量。

刚开始，大家很喜欢烤肉串，后来我们发现当地的牛羊肉肉质干硬，几乎没有肥肉，实在不适合用来烧烤。同时，也出于饮食安全的考虑，烧烤的火候掌握不好往往不能杀灭病菌。于是，从第二轮开始，热腾腾的火锅便唱上了主角。提起火锅，最有名的当属四川火锅了。火锅早在左思的《三都赋》中就有记载，历史至少在1700年以上。重庆麻辣火锅也应该算是火锅中比较有名的，如今重庆虽已成为直辖市，但饮食一派，多数人还是将其划入川菜范畴。

如今盛夏酷暑时，挥汗如雨吃火锅似乎成为一种饮食文化。人们已经习惯和爱上了夏天吃火锅热上加热的劲儿，但火锅的起源还是在冬季。记得小时候，吃火锅大多是在冬季寒风凛冽时，家人围坐在一起，享用着热气腾腾的炭火锅，身心都与那热气融在一起。将菜、肉放入滚沸的汤中一涮，蘸着调料大快朵颐，等到美味穿肠过，整个身子在辣和热的双重呵护下暖和起来。饮食的传播就如空气流动一样，无形无迹却又广泛而迅速，火锅如今已成为全国人民最爱的无季节性饮食享受。

在马里任务区，火锅食材种类有限，数一数每次也就那么几种，真的很简单很朴素：牛羊肉片、午餐肉、土豆片、大头菜、生菜、粉条和腐竹，饮品主要是啤酒和雪碧。如果菜品实在不够了，就用花生米和炒鸡蛋凑。但这都不是主要的，哪怕只涮一肉一菜，也有特别的味道，实在不行撸铁钎子也能喝一瓶。轮到哪个排时，这个排也会邀请其他排的战友参加。好兄弟凑成一圈，围在热腾腾的锅子前，大口吃、大口喝。没有应酬和约束，所有的烦恼和压力都在翻滚的热汤中蒸发，融在袅袅腾起的热气中。

按照顺序，今天吃火锅的是警卫一排和指挥部。虽是傍晚，但室外气温依然在35℃左右。集装箱板房内，空调设置在最低温度强力吹风挡。我们首先把锅底调制好，这里没有鸳鸯锅、清汤锅之类的，一律麻辣锅底，够麻够辣够热情。锅底渐渐沸腾，战友们渐渐增多，温度渐渐升高，气氛渐渐热烈。还未准备好，有的人已经袒胸露背，准备甩开膀子尽情享受了。

席间，大家相互交流着感情，述说着心情，也有些人趁此机会化解矛盾、溶解恩怨，将吃火锅的过程变成一个感情催化的过程。就如同这不同的食材，在共同的底料中翻滚混合，形成一锅美味。这小小的一个火锅快成了我们的业余追求，很有念头的。每当疲惫烦躁的时候，一顿及时的火锅就把毛病给治好了，比药顶用。除了集体安排的，私下里好朋友也会定期张罗一桌，轮流坐庄。比如分队里有五六个国防科大的校友，我们每两周就会组织一次校友会餐，当然前提是安全形势允许。就连腿伤未愈的财务助理鲁长江也拄着拐杖，一瘸一拐、一步不落地准时赶上每一次聚餐。

为了加强指挥部参谋人员和勤务战士管理，张指挥长和徐政委

八 战地黄花分外香　307

张指挥长和战士一起烤肉串，烧烤设备都是战士们亲手做的

给我临时戴了顶机关排指导员的官帽子，所以指挥部的会餐主要由我张罗。正当我们指挥部吃得正酣，张指挥长突然说了句："都别吱声，我出去拉一次警报，看看大家警惕性如何，是不是吃了火锅忘了战备。"警报拉响、敌情下达后，只见所有官兵扔下手中碗筷，撒腿就往宿舍冲去，很快就穿戴好装备，按预案抵达各自战位，果然训练有素。再看一眼火锅，还在咕嘟咕嘟地沸腾，像是在召唤我们可爱的官兵。

解除警报，张指挥长很满意地回到指挥部餐厅，笑呵呵地继续会餐。我想，这就是他所要求的外松内紧的完美状态。还记得很多年前部队的那句老口号吗——"团结紧张，严肃活泼"，就是这个意思！

坐着轮椅来维和

早饭过后，医疗队几名医生、警卫分队的赵军医、警卫人员和我护送着财务助理鲁长江去加奥医院。今天到了取出他脚踝部两根长钢钉的日子。一辆步战车护送着，我们跟鲁兄开玩笑："你跟司令一个安保级别。"

今天是周日，医院里的人不像上次考察时那样多了。前期考察时，赵军医对加奥医院的手术室不太满意，但没有选择余地，当地只有这一家医院。今天，我们自带了消杀设备，先对手术室进行消毒灭菌，术前消毒和器材准备占用了不少时间。加奥医院特意在手术室内留了两名医生辅助，说是辅助，其实是学艺。从我们消毒开始，这两名黑人兄弟就拿出手机录制视频，并且不断变化角度观察细节。按照手术要求，我是不可以进入的，但赵军医很细心地为我准备了手术衣帽和鞋套，以便我能够进入手术室进行拍摄。

虽然我以前也被手术过，但这是第一次以旁观者身份参与整个过程。所有进入手术室的人都将外衣脱掉，里面穿短袖和大裤衩，外面再套上一次性手术服。未经消毒的手不能触碰手术服，参与手术的人员要将手乃至手臂反复清洗，并用消毒剂消毒。手术用到的所有药品和器械，都需要摆放到方便取用和传递的位置。准备工作完毕后，手术很快就开始了。主刀的万医生动作麻利，没等我看清楚就将安放钢板的伤口再次割开，露出红白混合的肌肉，两根5厘米长的钢钉在螺丝刀的旋扭下，一个个被取了出来，看得我直起鸡皮疙瘩。

医生的工作真不是一般人做得了的，需要极大的心理耐受能力啊。或许是多年的学医经历，让外科医生在处理一个个人类尸体和动物活体的实验中，已经"麻木不仁"、见惯不怪了。听一个学医的同学说，在他们眼里，人就是一些组织和器官堆积成的、里面流淌着红色液体的机器。赵军医后来告诉我，割肉锯骨对外科医生来说是能够产生成就感的。我听完后，立马想起了我正在看的连续剧《吸血鬼》。

手术进行得很顺利，钢钉完好地被取了出来。最让鲁兄担心的钢钉断在里面的概率事件没有发生，如果真是那样麻烦就大了。手术过程中，鲁兄忍着疼痛，但他身边监控生命体征的朱医生听到了他的呻吟。我想到了英国国家博物馆收藏过一条船，这条船自下水后138次遭遇冰山，116次触礁，27次被风暴折断桅杆，13次起火，但它一直没有沉没。人体不正如这艘船一样吗，能够完好无损地从娘胎出来，再完好无损地离开人世是一件非常不容易的事。自然老死而不是因为疾病或是其他横祸离去，那是一种相当大的福气。

大约半个小时，手术完毕。所有医护人员站在手术床头，我给他们拍了一张合影。鲁兄躺在前面，仿佛是他们的战利品。鲁兄也是国防科技大学毕业的，是大我两届的师兄，我们又先后分配到师炮兵团，先后调入师机关，又作为师机关派出的仅有的两名队员参加维和行动，又同是内蒙古老乡，缘分不浅啊。维和准备期间，正值师编制体制调整之际，作为师财务科会计，有大量的结算迎检工作要做，很多工作一时间无法全部交接完毕。因此，他经常穿梭于维和集训地和师部之间。本来他是作为先遣队员和我一起先行出发的，但出发前不久，他摔倒在冰雪路面上，造成腓骨骨折、脚踝损伤。伤筋动骨一百天，先遣队是跟不上了。即便跟随本队出发，也

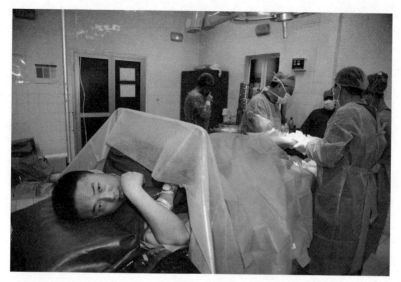

鲁长江正在接受手术

仅仅能够休养两个月,况且任务区医疗卫生条件还不乐观,有一定风险。

领导曾劝他为了身体健康着想放弃维和,但他不想前功尽弃,坚持要来。领导理解他的心思,再加上临时换人手续烦琐,最终遂了他的心愿。出发时,他是坐着轮椅上飞机的。来到加奥不久,他拄着拐杖接管了装备和财务工作。干财务要经常考察市场,搞装备要经常跑到车场,这些工作对于拄着拐杖的鲁兄来说,都需要十分吃力地进行。领导照顾他,让他多休息,找人暂时辅助他。他却坚持穿梭在第一现场,所负责的装备顺利地通过了装备核查,财务工作在他的努力下,也开展得正规有序,经常能够让维和官兵享用到物美价廉的好东西。

这就是内蒙古汉子,这就是草原上成长起来的内蒙古汉子。

铁骨柔情的"蓝盔爹"

"应该快生了。"警卫三排排长王洋迅速瞄了一眼表。9点整,站在仪仗队首的他不敢再动。加上时差,家里这时已是17点。从老婆住进医院开始,他就顾不得昂贵的电话费,一天几个电话地问这问那。"嫂子高血压,体检还发现白蛋白缺失,真是担心。"排里的战士们也都为嫂子祈祷着,希望母子平安。说来也巧,如今到了关键时候,却赶上仪仗任务。

这任务也非常关键,是中国蓝盔仪仗队的首次亮相。作为中国首支维和安全部队,首批赴马里维和警卫分队抵达任务区后,执行的第一个正式任务就是为联马团东战区司令部提供防卫警戒。按照国际维和惯例,为司令部提供警戒的同时,安全部队也要组建一支仪仗队,负责迎接来访的联合国及其他各国的政要和高级将领,每逢重大庆典和节日,仪仗队表演也是不可或缺的重头戏,于是我军首支蓝盔仪仗队诞生。今天迎接的是联马团一号人物——特派团团长科恩德斯。

除了防卫任务,仪仗表演是展示中国维和军人风采最直接的方式。别看他手下那30多号特战精兵个个身怀绝技,可是让他们站仪仗还真得苦练。为此,王洋也是煞费苦心。在平时,大部分人都在战位上执行任务,无法集中。他就等着,下来一个练一个,到了执勤时间再离开。眼前的兵换了一个又一个,王洋却始终站在那儿。头顶着烈日,最高气温已达48℃,插入沙土中的温度表已经爆了,量程是60℃。战靴里像是钻进了蚂蚁,烫得吱吱响。从军姿、动作到眼神、表情,他一点点地抠。"你们是中国蓝盔,要在心里不断告诉自己很牛!这样表情才会酷。"

"排长这句话讲了快一万遍了。"刚满18岁的小战士刘新伟诙谐道。

"怎么还不来?"豆大的汗珠顺着王洋的额头流下来。对面列队等待的是联马团东战区所有的大官小将,借此机会彼此交流着,谈笑风生,貌似没人着急,或者像他这样着急。

王洋自己想想也感到有些对不住老婆。当初要维和,老婆是反对的,因为已经有孕在身。为了说服老婆,他用过情感动容法,变着花样讲蓝盔勇士的故事;用过荣誉激励法,国际维和勋章闪耀光芒。当然,他也安排了亲人、战友帮忙照顾。不管千法万法,都会被老婆一个说法给噎回去:"蓝盔蓝盔,就知道蓝盔,儿子出生看不到你,以后让孩子管你叫蓝盔爹。"哪个军嫂不明理,最后老婆还是选择了支持。

"老婆说的也对,儿子从孕育到出生都没有爹陪伴,会不会不亲?"王洋离开祖国前,专门抽出两天时间布置了温馨的育婴房,里面贴满了他和妻子的照片,这样可以先让孩子认识照片上的爸爸。

"敬礼……"航班延迟,半小时后一号人物现身,仪仗队完美地做了表演,威武、整齐、精神、帅气。检阅完毕,几名随员还忙着跟拍摄像,竟然耽误了会议。王洋撇下白手套就往帐篷跑,翻出手机拨通了电话。"别挂啊,快了!"母亲在产房里帮着接生。

没过多久,手机里传来"哇"的一声啼哭。"老公,我给你生了个蓝盔小子。"万里之遥的"蓝盔爹"听了笑得合不拢嘴。后来,分队政委徐文联在文章里评价他:"战旗似火奋进如歌,黄沙百战铿锵依然。王洋戴上了蓝盔，就选择了别样的平凡、燃烧的青春。铁血军人响当当，他远离祖国和亲人，肩扛和平重担，脚踏强军之旅，为大国军人形象增新绿；情义男儿爱绵绵，他克服艰难和挑战，思妻念儿，用心陪伴，蓝盔爹必有蓝盔儿。"

和王洋一样在维和期间当爹的还有保障排指导员吴超。2014年6月15日，吴超度过了他人生中的第一个父亲节，也收到了最幸福的礼物——一段妻子抱着女儿向他问候的视频。相隔万里之遥，他在电话中给女儿唱了一首《宝贝，你听到了吗》。半个月前，他的宝宝来到世上。说来也巧，那天的日历上清晰地印着：联合国国际维和人员日。人生中很多巧合铸就了美妙，可有些巧合却略显遗憾。比如即将出征，吴超却惊喜地发现他的妻子王欣萍怀孕了。吴超心疼妻子，十个月没有丈夫的陪伴，她将承受着多少压力啊。王欣萍偷偷地擦干眼泪，转过身坚强地告诉吴超："去吧，我支持你，等你回来，我会为你生一个健康快乐的宝宝的。"

"不能照顾十月怀胎的妻子，不能亲眼见证宝贝的孕育、降生，我的心里是愧疚的。"吴超说。为了尽量弥补这份感情的缺位，在出国前，他忙里偷闲用心储存着他能够想到的温暖——他听说胎儿容易接受父亲的低中频男声，就买来十多本胎教书，每天晚上坐在电脑前给宝贝录制胎教故事，让自己的声音留下作伴，这样宝贝出生后就不会对他陌生。他到录音棚，为妻子和宝贝录下了深情的歌声，有唱给妻子的《望乡》，有唱给宝宝的《亲亲我的宝贝》，也为宝宝录下了千言万语："我即将出生的宝贝儿，你好！爸爸再过几天就要踏上维和征程了，这是国家命令，也是履行一名军人的义务。任务光荣，使命重大，但作为父亲和丈夫，我对你们娘俩亏欠太

妻子将刚出生时孩子的照片用微信发给王洋

多……对不起,我的两个挚爱,在你们最需要我的时候,我却无法陪在身边,我只能用这样的方式表达我对你们的爱。"磁道记录下一句句肺腑之言,也把录音棚外的工作人员感动得哭得稀里哗啦。

出发前,他身穿戎装,提前拍下"全家福",坐在化妆间的妻子抚摸着自己的肚子,说:"宝宝,爸爸马上就要出征了,你看摄影棚里其他阿姨肚子里面的宝宝都比你大,你也要快快长大,和妈妈一起到机场接爸爸凯旋,好吗?"在任务区,无论多么辛苦,无论工作到多晚,吴超每天都坚持记日记。"我要把每篇日记都配上插图,最后印成一本集子,送给我的妻子和宝宝。"

万里相思情相牵,铁血男儿也柔情。2月14日情人节,王欣萍惊喜地收到了一束火红的玫瑰。原来,这是吴超悄悄地托国内战友送上的一份浪漫,写着:"亲爱的萍,身处海外,无以为伴,朵朵玫瑰，盼妻幸福。"任务区条件艰苦，电话信号时常中断，本想着孩子出生那天用电话陪伴着，可5月下旬以来，马里局势急剧恶化，反政府组织"阿解运"占领基达尔后，相继发生多起交火、示威游行和暴恐活动。一辆满载炸药的汽车冲入阿盖洛克乍得维和营区，造成5人死亡、9人受伤。担负联马团东战区司令部安全防卫任务的警卫分队已将警戒级别升至红色。当天，吴超全副武装守在哨位上。回到宿舍后，微信收到信息："老公，我们母女平安。"那天晚上，他写下了日记《守卫和平，守望幸福》。

漫漫维和路，妻儿的声音和照片常伴着吴超入眠。还有3个月，这位年轻的蓝盔父亲就会完成维和任务，回到妻儿身边。他在微信中告诉女儿："宝贝儿，你要乖乖哦，谢谢你的父亲节礼物。爸爸会平安地回到你和妈妈身边，慢慢给你讲这里的故事。"

有一种生日叫集体生日

"多少年前的这一天，我们降临在这个世界上，经历着一步步成长，经历着开心欢笑与忧伤落泪，经历着成功与失败，经历着幸福与痛苦，经历着聚散离合……这一生我们在不断的经历中成长……每度过一个生日就是我们走过一步新的人生旅途，年复一年，日复一日，我们都会这样走下去，留下一串串或深或浅或直或弯的脚印。现在，这个脚印已经深深地刻在了广袤的非洲大地，刻在了每一名维和官兵的心中。"

"今天，是我们一生中最与众不同的一个生日。它见证了接领维和任务后近一年以来的付出、收获、快乐、成功，更见证了一名名维和军人的荣耀与自豪。因此它注定将成为一个快乐的日子，注定成为一生中最难忘美好的回忆。衷心祝福我们的小寿星在维和之旅中，一路坦途，一路欢歌，一路平安，一路辉煌！"

一首优美的诗朗诵开启了"马里月、维和情"集体生日晚会的序幕。

这个月过生日的维和官兵共有12名。抵达马里后，指挥部就将每个人的生日信息进行统计，按月归类组织集体生日晚会，让官兵们感受家的温暖和兄弟的祝福。晚饭时，炊事班为他们准备了长寿面。晚会设置在娱乐室，没有花哨的氛围布置，没有专业的节目和主持，都是官兵们真情实感的欢乐表达。保障排排长仲昭新首先献上一首《好男人》，一上场就掀起了官兵们的热烈气氛，就连在场的CCTV非洲分台一位主持人都激动地说："这位军人太帅了，太有型了，他就是好男人，好男人就是他。"

CCTV非洲分台设在肯尼亚首都内罗毕，2012年1月11日开播，新华社、中央人民广播电台在那儿也有分支机构。一周前，该台来了三位新闻人，计划拍摄五个专题纪录片，主要是反映在战乱的马里中国维和部队官兵如何工作生活。他们想通过宏观大背景和官兵生活点滴，点面结合地反映中国维和官兵所做的贡献和展现的风采。拍摄完毕，该纪录片将在非洲播放，会有很大的影响力。三名新闻人中有一名是中国人，叫胡越，是制片人；摄像师叫GP，是卢旺达人；主持人是南非人。过生日的官兵们依次被请上舞台。有的刚从机场执行任务返回，有的刚刚放下手中的劳动工具，还有的卸下肩头的摄像机，没有提前安排和准备。正如中士张宇所说："这是一个惊喜，这是我过得最快乐、最有意义的一次生日。领导和同

在集体生日晚会上，政委徐文联为获奖士兵发礼品

志们让我感受到了家的温暖。"保障排上士王培建说："我的母亲已成植物人三年了，妹妹在家照料母亲。出来维和后，我很惦念母亲。虽不能在身边尽孝，但一定会好好干好本职工作，为祖国尽忠，等回家后再侍候母亲。"他的这番话让我一阵心酸。这些在岗位上默默奉献的战友，各有各的苦衷和难处，都在承受着生命中的许多沉重。但他们都没有屈服，都倔强地挺起腰杆，做一个男子汉应该做的，承担一个男子汉应该承担的。在这里，我们每个人的梦想都是马里和平、我们的家人平安。

击鼓传花环节幽默风趣，接到花球的官兵要走到舞台上，为过生日的官兵送上祝福。CCTV非洲分台的三位新闻人也被邀请献歌一首，他们演唱了英文版的《当我什么也不说》，恰如其分地表达了对维和官兵的崇敬和祝福：当你什么也不说的时候，祖国和人民知道你，我们可爱的子弟兵。

维和任务区条件艰苦，没有蜡烛和生日蛋糕。但我们制作了电子蛋糕，投影在幕布上，上面放置12根蜡烛，代表了12名小寿星，下面是一双托举的手，代表着全体官兵的祝福。当蜡烛点亮的时刻，我们齐声唱响生日歌。晚会过程中，最令小寿星们惊讶的是时空连线环节。由于存在时差，国内的家人们已经睡觉了。晚会前，组织者就背着小寿星们联系到了他们的家人，通过手机录制了家人们的祝福。在时空连线环节，组织者不报姓名地播放录音，让小寿星听声辨人。虽然录音效果很不好，再加上浓重的方言口音，我们很难听清所有词句，但小寿星一听到亲人的声音，都会立刻辨认出来，惊喜和幸福溢于言表。这个环节最温馨、最有创意，很多战士都流下了感动的眼泪。

晚会在欢歌笑语中结束，大家纷纷合影留念。这就是战时政治工作的力量，不需要花哨的形式和高昂的成本，当然也没有条件那样做。只需深入人心、感动你我，一个生日、一个梦想凝聚了所有官兵。

万里接力救战友

3月底，作战副队长赵金财带领官兵执行防卫荷兰工兵任务时，突然感到胸闷、呼吸急促。随队卫生员任祥宝对其进行了初步检查，排除了中暑可能。见此情景，战友们立即将他送到我们的维和医疗队进行救治。医护人员通过心电图检查发现，赵金财心脏功能异常，怀疑是急性心梗。

由于医疗队的二级医院尚未全部建成，无法为赵金财做进一步确诊。其实即便全部建成，联合国标准的二级医院也不是万能的，能够救治的伤病种类范畴也有限，主要是急救、外伤、生命支持等。需要特别说明的是，我指的是硬件设备水平，中国医疗队医务人员水平是很高的，很多都是国内三甲医院的专家。为了进一步确诊，我们又将赵金财送到加奥医院做了胸透。加奥医院实在不敢恭维，缺医少药，拍个胸透等了好久，也没有明确的结论。傍晚时分，在联马团参谋军官于璇的联络下，我们将赵金财送到法军的二级医院进行全面的检查。结果印证了初步确诊的病症，是心肌梗死，心率只有30多次，用上药物后，可以接近60次。随着药效的衰减，心率又很快下来，这样的状况有心跳骤停的危险。法军军医说："你们最好赶紧把他送回国。"

这件事发生得如此突然，把我们都吓到了。赵金财是特战营长出身，素质非常过硬，身体棒得很，平时锻炼也很多，怎么会出现这种情况，而且出国前我们都经过全面体检，完全没有问题的啊。多好的一个战友，怎么说倒下就倒下了呢？我去他的房间看他时，他躺在那里，脸色很不好，但还在跟我开玩笑，调侃自己。多么坚强的一个汉子！我注意到，即便是生病倒下了，他的冲锋枪也始终挂在床头——一个伸手可及的地方，始终保持高度戒备的敌情意识。自从我们接受为荷兰工兵分队提供防卫的任务后，赵金财就作为该任务的负责人，带领20多名官兵，每天早出晚归往返于机场方向的荷兰卡斯特营区和中国维和营区之间。在那个地界执行任务是很苦的，只有一栋废弃的建筑供官兵休息，而且那里是火箭炮袭击的靶子，毫无遮拦地暴露在沙漠风暴之下。最热的时候，把水浇到地上会听到嘶啦嘶啦的响声，是沙漠饮水的声音。疲惫、高温、高压等，或许都是诱发因素。

目前，我们暂时形成了两个处置方案：一是动用一切可以动用的医疗资源，在马里进行救治，实行高度监护；二是在必要的情况下，医疗遣返。考虑到目前病情不稳定，乘坐飞机进行医疗遣返也是有很大的风险的，因此，第二方案只是作为必要情况下的选择。医疗队的医生每天都会见到不同国籍的维和战友倒下，如今看到与自己并肩作战的战友倒下，心情更为复杂、更为难过。危急关头，医疗队专门派了护士对赵金财进行24小时监护，并出动最好的专家进行初步治疗，他们还通过远程会诊系统与国内解放军第211医院专家取得了联系。经多次会诊认为，赵金财除可能有心梗外，还伴有心律失常，如果治疗不及时，随时可能发生休克、心力衰竭甚至突然死亡。好在赵金财的身体素质非常过硬，血压一直没有下降，如果是体质差的人早就昏厥了。

晚饭后，张指挥长临时召集全体维和部队党委委员，召开紧急党委会。议题就一个：研究救治赵金财方案事宜。会议形成了"生命第一，救治第一"的原则，要不惜一切代价做好救治工作，包括通过联马团医疗部门协调马里最好的专家和医疗设备、药物，进行支援；按照军医建议，我们指派专人对其饮食进行调剂，以清淡为主，等等。另外，噪声刺激对心脏疾病影响也较大，我们将打篮球、唱歌等音量较大的活动暂时取消，出早操的场地远离赵副队长的房间，为其提供较为安静的休息场所。这也只能是尽力而为，因为营区周围隆隆的发电机声音、加奥夜间不停播放的祷告音乐是我们无法控制的。

开会的委员们心情都很沉重，或许这个病在国内比较平常，不算什么，但在马里这个医疗条件极为有限的地方，任何能够造成生命危险的疾病都显得那样可怕。赵金财在他的房间里输液治疗，医生们时不时地过去探望病情。房间外，领导和有关人员也紧张地忙碌着。有的在商谈治疗对策，有的在联系有关部门理清紧急救治渠道，包括必要时协调使用法军医疗飞机。法军有两架医疗飞机，一架是直升机，一架是固定翼飞机。为了救人，我们可以不惜一切代价，因为他是我们的战友，好战友。只希望赵副队长能够安然渡过这个难关。他的孩子我见过，很乖很可爱，没记错的话今年该上幼儿园了。妻儿老小都在家里等着他回去，平安回去。在这里，他是我们的战友；在家里，他是家人的天，所以一定要站起来。希望我们395名中国维和军人都能渡过一切难关，平安回去是最大的成功、最大的福。

4月5日，联马团的多哥医疗小组计划将赵金财后送至巴马科，由联马团总部的帕斯特拉医院进行医疗诊断和评估。如果确认赵金财无法在马里救治，那么必须立即乘埃航或法航将其送回国。那天上午10时左右，多哥医疗小组人员乘专机抵达加奥，并携带着便携仪器对赵金财进行了检查。天有不测风云。就在这时，联马团总部电话通知，巴马科发现多名埃博拉病毒疑似感染者，其中有一名疑似感染者就住在我们即将前往的帕斯特拉医院，这个消息无疑是爆炸性的。张指挥长迅速让我通知维和部队党委成员召开临时党委会，研究决议此事。去还是不去，必须立即下定决心。

多哥医疗小组在会议室暂时休息，我迅速把图书室座椅简单摆放了一下，布置成一个临时的党委会议室。医疗队心内科专家耿主任向党委会介绍了情况：目前病情较为稳定，并有好转迹象。虽然一旦恶化后存在心脏骤停的可能性，但也只是一种可能性。各位党委委员一致认为，应立即取消后送计划，两害相权取其轻。因为目前病情较为稳定，如果后送小组到巴马科遭遇了埃博拉病毒感染，那后果将是灾难性的。最后党委会形成决议：取消后送安排，暂留观察，再做打算。同时，对刚从巴马科出差返回的几名翻译实行隔离观察，并禁止任何不必要的外出活动，禁止前往巴马科，禁止同外人不必要的接触。凡工作需要，务必报指挥部严格把关并明确防范措施，方可接触。

15分钟的党委会成为一个转折点。散会后，张指挥长立即返回会议室，向多哥医疗小组解释情况，并表达歉意。同时派苏副队长向负责协调航班的东战区运输官表达歉意。会议还决议：若是短期内埃博拉病毒疫情无法消除，就将赵副队长直接送往位于塞内加尔首都达喀尔的联马团定点三级医院。

幸运的是两天后疫情警报就解除了，赵金财的医疗后送程序可以重新启动了。虽然临时取消后送计划令医疗专机、多哥医疗小组和东战区运输官白跑了一趟，但这并没有影响第二次申请医疗专机。据有关人员介绍，这架医疗专机从加奥飞至巴马科的费用是20多万元人民币。虽然赵金财的病因尚不明确，但病情相对稳定，并非一两天都无法耽搁。联马团完全可以从经济利益考虑，要求我们乘坐周一的例行航班。但联马团没有这么做，而是直接派专机接送，这令我们很感动。事实上，如果维和人员在执行任务期间牺牲，联合国的赔偿金额是仅有5万美元。救治费用要远远高于牺牲补偿，这充分体现了尊重生命的联合国人道主义精神。

赵金财为人低调，不爱照相，这是我仅有的一张他带领作战骨干研究战区防卫方案的照片

上飞机后，赵金财看到还有一名病人躺在机尾，用隔帘遮挡。询问后得知，那是一名多哥维和部队的老士官，47岁了，已经死亡，更令赵金财紧张的是他也是突发心脏病。近期，在马里维和的各国部队先后有20多人因环境诱发疾病后送回国。一个多小时后，飞机抵达巴马科。经过帕斯特拉医院的全面检查，赵金财被确诊为变异型预激综合征和急性下壁心肌梗死，需尽快进行射频消融旁路手术，并进行长期监护，跟后来沈阳军区总医院的结论是一样的。不要说马里，就连整个西非、北非地区都没有可以治疗这样疾病的大型综合医院。所以，帕斯特拉医院专家建议我们立即将赵金财送回国内治疗，报联合国纽约总部也得到迅速批复，接下来要做的就是等2天后的航班。

由于事出紧急，心电仪等后送航班上必需的医疗器械和赵金财的护照、健康证等必要证件还在加奥，需要派人迅速送至巴马科，否则会耽误回国行程。原本张指挥长积极协调飞往巴马科，亲自送去医疗器械和证件，并代表维和部队到机场送行，但联马团有规定，无紧急特殊情况航班都需提前48小时申请，于是未能如愿。我们只好委托东战区司令部运输官找一个到巴马科出差的参谋军官，帮忙将物品捎至巴马科。联马团从加奥到巴马科的例行航班并非天天都有，距离今天航班起飞时间还有1个小时，张指挥长亲自带车一路狂飙将物品送往加奥机场。之所以如此火急火燎，是因为如果今天不把东西送到巴马科，飞往中国的下一个埃航航班要一周之后才能起飞。

  在机场，我们碰到了一个美国籍参谋军官，得知我们的情况后，他热情地表示要帮忙携带。走时太匆忙，医疗队密码箱的密码并未告知我们，机场安检时无法打开密码箱进行检验。这位美籍参谋军官也着急了，拍着胸脯对安检人员说：这个包裹我负责，我担保它肯定没问题。就这样，我们一路过关斩将，将包裹送上了飞机，15点左右飞机抵达巴马科。这位美籍参谋军官并没有按照我们的请求，等接洽的中国参谋军官隋宁找他取，而是亲自将东西送到了隋宁的办公室。我还记得这位美籍参谋军官刚到任务区时，对中国维和部队还不是很友好，工作协调配合不够顺畅，有些冷漠。路遥知马力，日久见人心。随着时间的推移，我们彼此之间也建立了信任和友谊。

  4月10日早晨，在医疗队心内科主任耿雪峰的护送下，赵金财乘飞机从马里出发，经埃塞俄比亚中转，飞抵北京后转机到达沈阳。经过24小时长途飞行，行程12000多公里，终于在4月11日顺利到达沈阳桃仙机场。一路上，他受到的是英雄般的待遇。飞抵埃塞俄比亚时，中国驻埃使馆派人亲自接机，并协调转机事宜。按照联合国标准，病人和后送人员只能坐经济舱，由联合国支付。但我们将两人都安排在了头等舱，由维和部队支付额外差价。抵达北京后，国防部维和办接机，并协调机场提供转机绿色通道，全部都是 VIP 通道，转机至沈阳后立即被送往军区总医院。医护人员争分夺秒，在救护车上完成了心肺功能等检查。军区领导第一时间前来慰问，并要求医院派出最好的专家进行治疗，提供最好的病房和药物。医院方面也极为重视，副院长亲自担任主治医师，一切手续都从简，优先检查、治疗，心血管内科召集相关专家连夜会诊。经冠脉 CT 检查发现，赵金财患的并不是心肌梗死，而是由心律失常和心肌缺血引起的间歇性预激综合征，若不是处置得当，后果将不堪设想。

4 月 16 日上午，沈阳军区总医院传出消息：经过 5 昼夜的持续抢救，赵金财的心脏功能等各项生命体征已恢复正常。消息传出，赵金财的家人和官兵们喜极而泣。至此，一段万里接力救战友的感人故事在军营内外传为佳话，《解放军报》还特意刊登了通讯稿。回顾整个过程，我觉得维和部队党委处置这例突发事件是非常成功的。国内各级党委不仅高度重视这件事，而且充分尊重维和部队党委的意见。将在外，情况最熟悉、最了解，很多决断权都交给了我们，国内各级党委只提供原则上、方向上的指导。手术成功后，我们考虑到赵金财的身体状况已不适合继续执行维和任务，就让他在国内安心治疗，不再返回马里，并安排作战组长杨志峰接任作战副队长。

给心理消消毒

6月份撒哈拉进入雨季以来，蝗虫大量繁殖导致蝗灾泛滥，大量农作物受损。蝗虫所过之处绿叶尽无，晚上一开门，蝗虫会像雨点一样打在身上。一个个蝗虫又肥又大，真不知道在这贫瘠的沙漠里怎么长的。除了蝗虫，雨季也让蚊蝇越来越多，它们常常携带着病菌。为了避免发生疫情，我跟赵军医一起带着氯氟氰聚酯——一种高效杀虫剂——对营区进行例行消毒，消灭蚊蝇、蟑螂和细菌等，而后再用巴氏消毒液对室内进行消毒。做好消杀灭是雨季的头等大事，如果发生大规模疫情，那将会是我们难以应对和承受的。除此之外，赵军医在用水方面进行了严格的要求，饮水、刷牙必须用联合国供应的瓶装矿泉水，洗脸、洗澡、洗衣可以用自来水，炒菜做饭必须用沸水。

虽然天气不如前几个月那样炎热，但雨后湿热的空气更令人难受。晚上，很多战士抱着凉席到图书室、健身房、娱乐室里去睡觉，那里有大功率的空调，可以提供干冷舒适的空气。与恶劣的外部环境相对应的是官兵心理状态的改变。面对单一枯燥的环境、不断恶化的安全形势，又饱受思乡念家之苦，官兵们的压力会逐渐积累，进而出现人际关系紧张、自我封闭、食欲不振、睡眠障碍、头痛等症状。有的官兵连续多天彻夜失眠，我也因睡不好而经常迷迷糊糊的，甚至把开会的议程都搞错了；还有些官兵产生了躯体症状，因免疫力下降得了神经性皮炎、带状疱疹等皮肤病，奇痒难忍。这些现象给我们的身心健康亮起了红灯，我们也积极地想了很多办法，其中一个就是开展心理疏导。

医疗队派出部分女队员担任心理服务组员

今天晚上，医疗队的心理服务小组再次来到警卫分队开展心理疏导活动，这已经是第二次了。为了提高质量效果，每次参与活动的官兵仅为一个排。心理服务小组组长是医疗队心理科主任，组员是两名女军医——贺彩军和孟博。所谓心理服务主要是通过印发维和心理简报宣传心理疾病防护知识，开展互动心理活动缓解人际压力、改善人际环境，通过心理咨询也就是"话疗"应对较为明显的心理不健康症状等。这几方面工作，在医疗队心理专家的协助下，我们都已经开展过了。

活动开始后，官兵们首先围坐一圈，在心理专家的指导下进行互动活动。第一个活动是让一名官兵表达一种肢体语言，而后其他人模仿，很多战士的动作都很简单，比如敬礼、握手、打个招呼，也有较为新颖的，比如对着镜子鞠躬，说声：哥，你辛苦了。还有的互动性多一些,比如拥抱,有的难度还较大,比如单人模仿拥抱、劈叉等。无论动作如何,官兵们都充分地体验敞开心扉的表达和回应,密切了个体同群体的关系。活动过程中官兵们笑声不断,会让你突然感觉其实战士们的快乐很简单。

第二个活动是抓手指,就是上一个人的手指放入下一个人的手掌上,整个队伍形成一个环形闭合。主持人会念一段绕口令:小蜜蜂,采花蜜,嗡嗡嗡、嗡嗡嗡……然后突然一个"抓"的指令下达,手指要迅速逃脱,手掌要迅速握抓手指,被抓住的则需要淘汰到圈中,准备表演节目。与其说是心理疏导活动,不如说是一个游戏,其实很多心理疏导活动本身就是游戏,愉悦身心,寓教于乐,让官兵在开心快乐的体验中,化解忧愁,增进情感。

"请大家专心注视你面前的战友,他与你朝夕相处、同甘共苦,在撒哈拉大漠,在战斗一线,你们一起欢笑、一起奋斗,彼此坦诚相待……让我们拉紧对方的手,在音乐中感受团队的力量,让我们相互帮助、彼此关爱……"第三个活动是在女军医孟博的声音和配乐引导下进行的,有的官兵眼睛湿润了。这是一种心与心的交流,压力在这一刻得到了释放,战友情在这一刻得到了升华。

最后一个是团体配合活动,旨在增强一个集体的团结和信任。主持人将一个排按照建制班分成四个小组,每个组要完成一个竞赛任务。第一个任务是看哪个班集体接触地面的脚最少。任务下发后,各个班开始集思广益、出谋划策,办法确定后大家就开始完成动作。有的班找了几名强壮的战士作为砥柱,其他人附在他们身上;有的班把人体当作建筑材料,编排设计了较为高级又符合力学原理的支撑构架;还有的投机取巧,倒立都用上了。

金榜题名时,张奇和王松难以抑制喜悦之情

成绩不是关键,过程实现效果。这些小活动舒缓心理压力的同时,也增强了战友间的亲密关系,为维和生活留下了不可缺少的美好记忆。维和任务已经过半,对于我这样的先遣队员来说,已经过去一大半,维和下半程能否过好,关键在于我们的心理状态。今天的心理疏导活动仅仅是我们努力的一个方面,我们还在内部管理、任务安排、政治教育、文化活动以及营区氛围布置等所有工作中尽力体现人文关怀和心理呵护。比如我们会定期组织"马里好声音"卡拉OK比赛、个人摄影展、球类比赛、拔河比赛等丰富多彩的文体活动。所有这一切的努力,目的就是为官兵心理消消毒、减减压,让大家高高兴兴执行任务、安安全全回到祖国。

两士兵喜获假通知书

有些时候,形式是很重要的。比如你考上大学,只是听说,却没有收到通知书,总是有些心里没底;再比如你和她结婚了,只是领了证,却没有办个婚礼,总觉得少点什么。这不,为了让士兵张奇和王松充分获得保送入学的真实感和幸福感,今天我偷偷摸摸地做了两个假证,一个是中国人民解放军装甲兵工程学院的入学通知书,一个是陆军军官学院的入学通知书。

准确地说应该是真通知、假证书,这两名士兵的真入学通知书已经下发至国内部队。战后加奥没有邮局,即便是有,我也不会让国内干部部门用特快专递把通知书寄到马里,谁知道恐怖分子会不会打劫包裹?何况邮到马里,少说也得两个月,黄花菜都凉了。我在网上下载了这两个学校的通知书的图片,简单修了一下图,然后打印出来,一般人看不出真假。下午,快反排例行巡逻归来,兄弟们刚跳下步战车,我就命令他们整队集合,而后把两个红灿灿的通知书发到张奇和王松手上。好家伙,顿时炸锅了。王松有些腼腆,张奇的嘴笑得快咧到后脑勺了,其他战士一起为他们的战友欢呼雀跃,眼睛都掉进通知书上了。我趁他们高兴,拍了几张照片,效果非常好,毫无修饰和做作。

大多数人都经历过高考。如果把高考中第、金榜题名算是人生大喜事的话,那么对于一个士兵来说,收到来自军校的保送入学通知书则意味着更多,因为实在是太难了。按照现在部队政策,一名普通士兵(不含大学生士兵)要想变成干部,有两条路:一个是参加军校统招考试,简称考学;另一个是在获得两次三等功或一次二等功的基础上，被逐级推荐、保送入学，简称提干。考学主要看成绩，其实跟高考一样，没啥好说的，在军事素质合格的基础上过了分数线就能上。提干的士兵绝对是尖子中的尖子，比国考很多职位的录取率还低。

不仅录取率低，而且还要经历逐级政审体检、考核排名、党委推荐等重重关卡。可远在1万多公里之外的非洲执行维和任务，这些程序怎么走？按以往惯例，在维和任务区是绝对不可能提干的，因此张奇和王松来维和前已经放弃提干想法，毅然血书请战。曾有记者问过张奇："出国维和或将使你与提干选拔失之交臂，不遗憾吗？"他却说："军人的使命比前途更重要！"

但天赐良机、天道酬勤，就在几个月前《解放军报》刊登总部提干新导向，提干对象要向执行维稳、护航、维和等重大任务的士兵倾斜。6月份时，我们收到国内部队发来的推荐优秀士兵保送入学通知。维和分队党委经全方位考察后，专门召开党委会研究推荐了这两名士兵，并将他们在维和一线的优异表现逐级向上级党委反映。最终经总部研究决定，特批这两名符合条件但无法走国内正常提干程序的优秀维和士兵直接保送入学，二人命运瞬间发生了180度转弯。其实这两名士兵也算是受益于维和了，因为如果二人在国内部队走程序，在残酷的竞争中也未必都能如愿。

张奇和王松均为快反排士兵，且各项条件均符合中国人民解放军关于优秀士兵保送入学的条件。下士张奇曾在军区、集团军特战比武考核中成绩优异，荣立二等功、三等功各一次。中士王松也因军事素质过硬、工作表现突出三次荣立三等功。抵达任务区后，张奇和王松均先后参与了百余次防区巡逻和警戒护送任务，并参与支援搜驱越界可疑人员、示威游行波及、强行冲撞哨卡等重大突发事件。其中，在 5 月的示威游行波及中，王松带领快反一组位于防御最前沿，成功抵挡了示威冲击；张奇因警戒营区时有效处置难民强闯事件，受到联马团东战区的赞誉。8 月 1 日，张奇和王松被授予联合国和平荣誉勋章。

没有三毛的撒哈拉

膜拜生命奇迹

炎热、干燥、广袤、平坦、远古、荒凉、单调、暴躁、死寂、宁静、顽强、活力、梦幻……这堆毫不相关甚至相互矛盾的词汇，可以分别用来形容很多事物，但在这个世界上，只有一个地方适合所有这些描述，用她那无与伦比、独一无二的张力包容你所有的想象和感受，静静地，亘古不变。

这个地方叫撒哈拉。

从孩提时起，我就无数次听过她的名字，犹如童话般梦幻的地方。中学时代读三毛《撒哈拉的故事》，一个个发生在撒哈拉的点滴故事让我感受着人性的真善美。如今，三毛已经不在撒哈拉了，或者说撒哈拉已经没有三毛了，但三毛留下的美好故事和撒哈拉的神秘传奇让我对这片广袤的沙漠产生了无尽的憧憬。而立之年，我以一名维和军人的身份真正走进她的怀抱，影影绰绰的撒哈拉变得真实而绵软。

疾风劲，烈日炎，平沙莽莽黄入天，这就是初入撒哈拉时我的真切感受。撒哈拉沙漠横贯非洲大陆北部，占据着非洲三分之一的面积，将非洲大陆分割成北非和南部黑非洲，这两部分的边界就是撒哈拉南部半干旱的热带稀树草原，阿拉伯语称"萨赫勒"，再往南就是雨水充沛、植物繁茂的南部非洲，阿拉伯语称为"苏丹"，意思就是黑非洲。我所在的加奥正好处于萨赫勒地区，虽不是大漠中心，但也能感受到撒哈拉的一切。

这里是世界上阳光最多，也是自然条件最恶劣的沙漠。走进撒哈拉，感觉像是走进沙的海洋。沙如雪，渺渺漫漫无边际。这里有机质稀少，死亡犹如沙粒一样不值一提。生命，哪怕是一次微弱的萌发都显得那样伟大，那么令人赞叹和感动。在这里，一切都变得简单而纯净，因为一切复杂沉重的东西都显得那样微不足道。在这里，梦想也变得轻盈而富有力量，因为存在本身就是一种梦想。这个充满传奇色彩和桀骜情怀的地方，如今又成了国际恐怖主义的新天堂。这片广袤、荒无人烟而又失控的沙漠就像一块巨大的磁铁，吸引着全球恐怖分子，并正发展成为滋生恐怖活动的沼泽地。马里境内的恐怖分子常在毛里塔尼亚、阿尔及利亚和马里三国交界处"恐怖三角"流窜。在这片沙漠中，你还可以发现武器走私、毒品贩卖及猖獗的跨国犯罪等罪恶。

想象撒哈拉时，若有人问你："沙漠的反义词是什么？"你也许会说："是大海。"是的，与那滚滚黄沙相对的，正是浩瀚的大海。但身处撒哈拉时，我想告诉你另一个答案——生命！这里缺水，极度缺水对于任何生物来说都意味着死亡，但在死亡的裂谷里却偏偏涌动着顽强的生命，让我看到了沙漠的另一面。抵达后，营区建设首先要做的就是挖个厕所，掘地两米依然是和地面一样干燥松散的沙子。在国内，我们也挖过光缆沟，这么深的地方基本已经渗水了，而在这里连一点水汽都没有。植物是怎么在干燥的沙土中活下来的？我很好奇，后来的见闻让我找到了答案。

我发现营区边上有些一米多高的植物，结绿色包囊状果实，有的开着羞答答的小花。如果说这种植物可以"泵"水，你信吗？若不是亲眼所见，没人敢相信。我无意间刮破了它的叶子，竟然汨汨地涌出白色液体。请注意我的用词，是涌！如同泉水般汨汨地涌！捏捏果实，里面也是一包液体，真为其强大的吸水蓄水能力而惊叹。

我查阅了资料，这种植物就是牛角瓜，分布在撒哈拉南部，维和部队营区周边零零星星生长着一些。它的枝干和叶子都是嫩绿色的，若是不小心弄破了它，白色的浆液就会涌出来！低头看看它的脚下，是松软干燥的沙。哪怕掘地三尺，你也绝对看不到湿润的痕迹。

这种植物最高有两三米，它的根系发达得像个动力吸盘，身上布满腺体，吸食根须所触的所有水分子。为了给营区增添点绿色，我试着移栽了一株。中午气温超过40℃，地表60℃，大量的浇灌，依然抵抗不过烈日的蒸发。一个中午，叶子就焦干了，一触即碎。常识告诉我，它不可能活，我放弃了期待，不再浇灌。几天的风吹日晒，已让它成为易燃物，干叶子已经碎在风中。可就在那干枯的枝头，我发现了嫩芽，那么小，那么脆弱，却倔强地顶起生命的绿。那一刻，我对它充满了敬意，它是有灵魂的，我对曾经弄破它的叶子而感到懊悔。

撒哈拉沙漠的植物是顽强的，能够在这样干旱炎热的环境中生存，无疑是一种奇迹。除了牛角瓜，这里还有一种不起眼的植物令我难以忘怀，它叫短命菊。

短命菊对湿度极其敏感，空气干燥时就赶快把自己闭合起来，蜷缩成一个小球，随风滚动，不停地滚动。被吹上沙丘，又被吹落下来，被摔打在裸露的岩石上，又踉跄前行，被沙苦苦地掩埋一阵子，再从掩埋中被剥离出来。没有方向，没有目的地，甚至它都不知道能不能重新活过来一次。它在寻找复活的机会，哪怕是亿万分之一。有一天，干涸的撒哈拉突然下了一阵雨，恰巧让它赶上这一年仅有的几次雨。而且重要的是，在这场雨降下的时候，它恰好要滚落在一个低洼地带，而这个低洼地带，恰好可以蓄下一小汪的水。

百年漂泊，只为与这一刻相逢。

它吸饱水分，不用几分钟，便迅速地舒展开来。这时候，必须有雨滴落下来，准确地说，是砸下来，正好砸在舒展开的每一个种囊身上。一粒粒种子被砸落下来，破土发芽，长高长大，开花结果，它必须要赶上水分蒸发的速度。它开白色花朵，吐黄色花蕊，迎着沙漠最毒辣的阳光，也要晕染出绝美的光色来。它迎风起舞，也随风摇曳，一个生命所有能灿烂的部分，它一点也不放过。因为，它知道生命只有两三周，等地面上的水分蒸发掉，它就会被太阳炙烤而死。然后，还得蜷缩成一个球，继续在浩瀚的沙漠里滚下去，几年、几十年、上百年，甚至，生命从此再无灿烂的可能……

大自然给了这些植物生命的同时，也决定了它们与众不同的求生方式，在这片贫瘠荒凉的沙漠中注定演绎可歌可泣的生命绝唱。感动，不是因为美丽，而是因为活着。于是，保护这里的生态，成为维和部队的铁律，在营区建设过程中我们都尽最大可能避免伤害这里的生物。架设所有帐篷和板房都要绕过大树木，小小的灌木丛也会尽最大可能地保留。中国医疗队的二级医院医疗区建设对场地要求非常高，几棵大树不得不移走，为此医疗队甚至打报告至巴马科联马团总部，并且妥善地移栽了那几棵树，让它们的生命在另一个地方延续，并见证中国军医对当地百姓和受伤军人的仁爱。

还有那些鸟、牛、羊、驴和野狗，能在这里生存，它们就是伟大而值得尊敬的。很多鸟不怕人，我甚至看到鸟儿跳到百姓的脚背上，跳到我的办公桌上，它们对人类充满了信任，这信任多么宝贵，多么自然！当地人对它们的爱护，也是出于对生命宗教般虔诚的信仰吧？可以想象，那些野狗即便再瘦，在吃狗肉的国度里也活不了几天。当地小孩是在土中长大的，不管男孩女孩，滚在土里就像躺在床上一样习以为常。路上大多数行人都是穿着拖鞋或光脚，当地人没有脚气病，每天都是泥土浴。我们的官兵不适应这里的气候，很多官兵鼻子都干燥得出血了。我的鼻子做过手术，鼻黏膜缺损，每天都有干燥的血鼻痂，希望我能尽快适应，别耽误工作。

在营区里，我们还发现很多蝎子和蜥蜴，有的蝎子甚至出现在帐篷里。这里的蝎子是有剧毒的，所以睡前我们就把衣服放进蚊帐内或是高挂起来，穿鞋袜的时候要反复抖一抖，避免被爬进去的毒蝎蜇到，这将成为我们在这里执行任务期间的一种必要的习惯。即使有毒，我们也不会主动捕捉和消灭它们，否则我们将变成更毒的生物了。

沙漠之血

徘徊于河畔，见过你，曾经见过你，见过你晨曦初露时的宁静圣洁，见过你艳阳映照下的清澈透底，见过你火烧红日时的金波粼粼。你是一幅美丽的风景画，水面水下皆有意，俯首低眉百媚生。小木舟滑过，惊起三两只白鹤，轻点着水面起舞，时而飞翔，时而游弋，不一会儿又回到了青青水草丛中。那里面有正在鼓足劲，等待破壳而出的小鹤。

河边几只乳毛未褪的小鸭子正在妈妈的看护下，试着水性，摇摇晃晃，笨拙得可爱。它们也试着追赶一下成群的游鱼，可小鸭子实在是太小了，没有一次成功。有些男人和女人跪在岸边，背对着河水，在石板上用力搓着衣服和毛毯，像是打着鼓点一样富有节奏，动作专业得很，一些孩子也在帮忙。他们看到我给他们拍照，就更加卖力地洗，巴不得溅出水花。他们洗完的衣服就直接晾在河边的灌木丛上，干燥炎热的天气会很快蒸干衣物。转眼的工夫，女人带着孩子在沙滩上跳起了欢快的舞蹈，男人们发出阵阵爽朗的笑声，是劳动，又像是在玩耍。

一只黑色的木舟向岸边漂来，惊起水草丛中的几只白鹭，悠然地扇动着翅膀。小木舟停在了岸边，上面载着一位皱纹如沟壑般纵横的老人，还有些椰枣。等了一会儿，只见他抄起两捧椰枣放在岸上，又伸出手接过几枚硬币。这种买卖没有市场价，放下一撮，给点钱就可以。慢慢地小木舟又消失在河面上，除了一小撮椰枣，没有一点痕迹，像是从未来过。

这就是刚抵达马里时我眼中的尼日尔河，当时是12月份，河水刚过汛期。为了平整硬化营区场地，我们用运水车到尼日尔河抽水，运回营区后向沙土地面喷洒，以便轧路机碾压硬化。尼日尔河被水资源奇缺的马里人视为神的馈赠，因此我们万万不敢贸然取水。每次到尼日尔河拉生活用水，我们都要向布尔贡杰村申请，不仅是由于法规习俗的约束，更是由于尊敬，尊敬这伟大的母亲河，尊敬她与撒哈拉神圣的生命寄托。这次我们派盖翻译找来布尔贡杰村副村长杜黑，让他出面帮助我们协调此事。杜黑很乐意地答应了下来，并坐上我们的猛士指挥车，指引我们到一处平坦宽阔的河口。

河岸上有一个用草席和木棍支起的简陋茅棚，里面躺着两名马里国防军哨兵，他们不时地拿起望远镜，扫描着对岸的动静。杜黑径直走向茅棚和那两名军人商量起来，很快就得到答复：没问题。有着语言优势的盖翻译，随后就和这两名军人攀谈起来，我们竖着耳朵干瞪眼，什么也听不懂。盖翻译介绍说："这两名军人是马里国防军专门派来驻守尼日尔河的哨兵，因为尼日尔河的东岸不受马里国防军控制，由桑海人、图阿雷格人组成的分裂势力往往会在夜间从东部偷渡尼日尔河实施袭击。"

尼日尔河是仅次于尼罗河、刚果河的非洲第三长河，西非最大的河流，发源于几内亚福塔贾隆高原东南坡，流经马里、尼日尔、贝宁、尼日利亚等国，注入几内亚湾，全长4160公里。尼日尔河河床在其流域北部蜿蜒成一个"几"字形，同黄河在河套地区"写"的那一笔颇为相似。居民们称其为"迪奥利巴"，意为大量的血液。我觉得这个称呼再贴切不过了，对于沙漠来说，水比金子贵。尼日尔河像血液一样，滋润着土地，哺育着人民，形成文明发展的摇篮。如果没有尼日尔河，沙漠里的生命就会失去血液。

尼日尔河是马里人民的母亲河。何为母亲河？直接的回答莫过于，没有她就没有这里的一草一木，就没有这里的生机与活力。作为西非重要的航运要道，尼日尔河的通航河段占全长的四分之三，很多铁路、公路线跨越其上，中国援建的巴马科第三大桥和加奥大桥成了非洲的交通要道。撒哈拉南部地区资源贫乏，电力供应不足，覆盖范围很小。千百年来，每当黑夜降临，村落就变成漆黑一片，没有半点灯光。尼日尔河上一个个水坝的建立改变了人民的生存状态，水电站开始向城乡和工业区供电，大规模灌溉也成为了可能。尼日尔河丰富的渔业资源不仅让捕鱼成为沿河居民养家糊口的行当，还产生了鱼米之乡莫普提。莫普提是马里第三大城市，每当雨季来临，莫普提地区河水满溢，形成2000多平方公里的大湖泽，成为鱼类产区和集散地，该地区的鱼产品远销非洲其他地区和欧洲。

2月至5月是枯水期，水面比我们刚来时下降了2米，几近断流。但我却在此时发现了对母亲河新的诠释——她的水涨潮落，她的盈满与枯涸，她生命的全部形式，甚至消亡的那一刻，都在不竭地哺育着她的孩子。随着水位的下降，茂盛的水草露出丰满的身姿。百姓抢着收割，做成草库伦，在草木稀疏的撒哈拉，这成了牲畜最美的盛宴。有些农民向河边的淤泥里插秧，他们要在枯水期完成种植。这种3个月就能成熟的早稻，干硬难吃，却是百姓最主要的口粮。河边永远是孩子们的天堂，肥美的河蚌陷在淤泥中，一个木棍，一根草绳，一条虫，钓螃蟹。

为了将抽水管放到较深的水域，上士朱传升挽起裤脚就下了河。战士们这种傻愣的劳动精神值得肯定，但这却是危险的行为，尼日尔河流域是大多数埃及血吸虫病的发生地。埃及血吸虫是感染人类的六大血吸虫之首，感染者常因肝功能损害和上消化道大出血而死亡。后来赵军医特意强调此事，并做了及时的专题卫生教育。

河岸边有户人家，远远地能看到有人在园子里劳作，我绕过枯枝编制的简易篱栅，走近观察。我惊奇地发现，他们种植的蔬菜竟然生长得那么好，有大片的生菜，远远看去翠绿翠绿的，树荫下面还有黄瓜、西红柿、小葱等，真眼馋啊！几名男子躺在树下休息，看到我过来，热情地跟我打着招呼。虽然他们年龄很大，岁月的沧桑在他们黝黑的皮肤上深深地犁出无数皱纹，但是从他们的眼神中我依然能够看出那种质朴单纯的民风。他们的劳动成果给了我极大的信心，返回营区后我立即将我看到的告诉了后勤官周长春，让他一定要坚定信心把营区的菜地种好。

绿色天堂

早上,我吃了圆葱炒鸡蛋和大米粥,干粮是被战友称为"法棍儿"的干面包。顾名思义,它来源自法国,像棍一样。这种面包是圆柱形的,大约半米长,粗面粉制作,不含防腐剂,不掺油脂,只用盐和酵母发酵烘焙。虽然难吃,但是作为军粮很实用,不易变质。维和期间,我们一直与"法棍儿"为伴。我们的后勤供给由联合国负责,是从非洲、欧洲等全球各地采购的,商品上印制"非卖品,联合国专用"。这些产品的质量绝对过关,令我惊讶的是每颗鸡蛋都印有出产日期和变质日期。

来马里前的那段时间,老婆每次做饭都不忘多做些新鲜蔬菜,吃饭的时候也往我的碗里不断地夹菜,嘴上嘱咐:多吃点,去了就吃不到新鲜蔬菜了。走的时候也给我带了很多维生素片,怕吃不到蔬菜,身体缺乏维生素,结果还真被她言中了。到马里一个多月了,每天都是牛肉、羊肉、鸡肉、鱼肉等各种肉,蔬菜很少很少。这些食材是从首都巴马科经陆路运来的,途中大约半个月的时间,再加上三四十摄氏度的高温,除了根茎类的蔬菜,其他绿叶蔬菜都烂得差不多了。所以,我们平时能吃到的只有极少的土豆、洋葱等运输存储方便、不易腐烂的蔬菜,而茄子、辣椒、西红柿、香蕉等蔬菜水果都烂在运输途中了。想吃点绿叶蔬菜,哪怕是看上一眼都成了奢望。

前些天去尼日尔河边拉水,不经意间发现了一片广袤的绿色"新大陆"。今天我和几位战友准备再去看一下,看看能否购买一些,以解我们的蔬菜之渴。我们驱车沿着尼日尔河向下游探索,河岸边都是民宅和茂密的大树，有芒果树、猴面包树、棕榈树等。平时经常看到有人在路边卖芒果，原来源头都在这里。这里的芒果不仅便宜，而且非常甜，是我平生吃过的最好吃的芒果，都是自然熟透的。同买卖其他物品相似，卖芒果是按个数或袋子，我曾买过半袋子芒果，一共30多个，1200西法，折合人民币15元，相当于每个芒果5角钱。猴面包树我也是第一次见到，长得像大蘑菇，树冠巨大，树杈千奇百怪，酷似树根，叶子都聚集在顶部，果实大得像足球，甘甜多汁，是猴子最喜欢的食物。果实成熟后，猴子会成群结队爬上树去摘果子吃，所以被称为猴面包树。

这些树将我们的视线遮断，只能走一段看一段问一段。大约走了2公里，突然一片绿油油的菜地映入我的眼帘，这要比上次拉水时看到的菜园子大得多，足够供应我们了。我们如同发现了天堂一样，高兴地欢呼起来。继续往前走，我们发现沿着尼日尔河绵延几公里都是菜地，这是我们想都未曾想到的。幸福来得太突然，让我感觉地狱和天堂只有2公里的距离。

中午回来的时候，我们向指挥部及时汇报了这一情况，领导们当即决定今天就买些绿色蔬菜改善官兵伙食。如果一切都合理的话，可以考虑包下一块地，长期为官兵供应。领导们所说的"一切都合理"不光是指价格，更主要的是考虑到卫生安全。

下午，我们乘车直驱尼日尔河畔，在一户村民家的泥土墙边停下车，人员下车穿过一道小门，进入园内后豁然开朗，放眼尽是青翠绿。园子被分割成无数个小菜畦，每个畦种植一种蔬菜，有生菜、小葱、胡萝卜、土豆、西红柿、黄瓜、包菜等。最让我们垂涎欲滴的是生菜和小葱，翠绿翠绿的，那真是最美的颜色，这种感觉是以前很难体会的。园子另外一侧紧挨着尼日尔河，所以尽管园子是沙土地，但是土壤肥沃，这些绿色都得益于尼日尔河的馈赠。

园中有一个大水池，水池中的水是由一个水泵从尼日尔河中抽上来的。有两个年轻人提着水桶到水池边装满水，然后到各个菜畦中浇灌。据说为了抵御高温和干燥，这样的浇灌每天都要进行两三次。靠近河边的位置有一小堆羊粪，那是天然肥料。相对于如此大面积的菜园，那点肥料显得杯水车薪，尼日尔河河水本身就是最好的肥料。有一群小孩子在田埂间跑来跑去，好奇地看着我们这些"外国人"。园子中央的那棵老芒果树格外显眼，枝叶极其茂密，像一个神秘的生命之源滋养着这片土地。

老树下有一位老人和三只羊。从老人的状态猜测，应当已是耄耋之年，他跪在席子上，缓慢地弯曲着身子，虔诚地做着礼拜。园子里还有些摘菜的妇女，她们是附近过来买菜的村民。正摘着菜，她们突然就停下手中的活，跪在地上做礼拜。对于虔诚的信徒来说，到了礼拜时间所有事都要停下来，哪怕是开车，甚至是战斗。我曾见过一辆武装皮卡，行驶中突然停下来，所有人跳下车跪在地上开始祷告，祷告完毕后跳上车，架起机枪继续驰骋。

经过询价，每畦生菜是 5000 西法，每畦小葱是 7500 西法，折合人民币不到 100 块钱，价格还算优惠。我们买了两畦小葱和一畦生菜，装了整整 6 大箱。为了表示对菜园主人的感谢，我同后勤官周长春驾车赶回营区拿了 4 条丝巾、2 套玩具和 5 本画册作为礼物，送给了树下的那位老人，让其代为分发给他的家人。张指挥长不失时机地做着群众工作，向园子里的村民介绍中国军队，告诉他们中国军队是来帮助他们的，我们是大买主，他们的菜不用担心卖不掉了。老人激动得说不出话来，年轻人也都围拢过来。令他们感动的不仅是因为我们是大头家，而且因为我们买了菜还如此感激他们，或许这就是互助共生军民关系的另一种体现吧。

看到绿色蔬菜，官兵们的眼睛都绿了。我们把一部分蔬菜送到炊事班统一制作，另一部分直接发到各班，大家一起动手，把蔬菜反复清洗了很多遍。我亲眼看见一名小战士一边洗着，一边把菜叶放进了嘴里，嚼了起来。正值十八九岁，他们可能更需要均衡的营养，我的鼻子一阵酸楚。"放心吧，以后会经常有的。"我拍拍他的肩膀说。

晚饭的主食是牛肉包子和米粥，副食就一道：小葱和生菜蘸大酱。这是没有使用化肥的纯绿色蔬菜，味道确实非常浓郁清香，蘸着香酱，品味着属于北方人的美味。那些不习惯这种吃法的南方籍战士，也无法抵挡绿色的诱惑，最终放弃了传统和习惯。虽然简单，但这却是我们来到马里后最痛快的一顿晚餐，我一口气吃了5个包子、N根小葱。明天，我们准备用剩下的小葱包一顿牛肉大葱馅包子。好伙食相当于半个指导员，官兵吃得好，身体和精神状态自然会好。随着时间推移，我们会慢慢熟悉当地和联马团的情况，后勤保障会做得更好。

死后，我愿变成一滴水

今天我们买回两只羊，一只当场杀掉，剩下一只拴在炊事班驻地前的树下，等待杀掉。买羊的主要目的是摆上一桌解压宴，犒劳犒劳奋战在一线的将士们。如果官兵们满意这种做法，今后我们将常态坚持,由指挥部买羊发给各排,而后各排轮流组织烧烤或火锅会餐。如此一来,每周都有一个排组织,其他排可以参加,所有官兵每周都能放松一下。这样的聚餐可以缓解压力、加强沟通、振奋士气。加奥当地的羊不贵,每只6万西法左右,折合人民币七八百元,比国内的价格稍高一点。

被杀掉的那只羊作为"先锋羊"先行一步了,拴在树下的那只羊惊恐地张望着,一会看看来往的人,一会看看炊事班那柴油罐喷出的烈烈火焰。这只羊是淡棕色的,很瘦,细长细长的,跟我们印象中的小肥羊完全是两种动物,干瘪的羊角形象地展示了这只羊艰难的、缺水少食的一生。

撒哈拉的动物能生存下来就是伟大的,无论是食草动物还是食肉动物。这里是世界上阳光最充足的地方,却也是有机质最稀少的地方。地上几乎没有草,《敕勒歌》中"天苍苍、野茫茫,风吹草低见牛羊"的景象只能是当地人的想象,也是当地生灵的天堂。我看到最多的场景是羊后腿撑地,站立起来,吃长满尖刺的小灌木叶,或是放羊人把羊群赶到垃圾堆上,让羊在垃圾堆里找些纸片、塑料布等垃圾吃。

除了自然环境令生存变得艰难,撒哈拉经济社会发展落后,也让强者从弱者身上榨取能源和动力的丛林法则赤裸裸地展示着。有一天,我看到一头小毛驴在沙地里拉着沉重的车奋力前行,沙土没过颤颤巍巍的蹄子,扬起沙尘。它低矮瘦小,喘着粗气,不时地发出愤怒的哼哼声。一根结实的木棍如雨点般急促地砸在它的背上,那地方的毛已经脱落,只剩下红白相间的皮。突然驴失前蹄,驴面投地,满车的水泥压在弱小的身躯上,它挣扎了几下,已无力抬起头，扑闪着可怜的大眼睛。

在撒哈拉，驴是最常见的动物。这里的驴体型普遍较小，似乎与这狂野非洲格格不入，但却干着最重的活。所有的驴车都是用废弃的汽车轮轴改造的，再加上松软的沙土路，摩擦力可想而知。我曾多次见到驴被压得趴在地上，一动不动。尼日尔河枯水期是驴一年中最幸福的时光，肥美的水草可以填饱肚子。更多的时候驴是杂食家，它们会跟羊、狗等动物挤在垃圾堆上一起寻"宝"，粪便、废纸片、塑料布、木棍都会成为辘辘饥肠的填充物。驴是温顺和受人爱戴的动物，但有时也会变得愤怒。一个当地人告诉我，这些驴不是家用的牲畜，而是赚钱的工具，穷苦人活下去的工具。每运送一次货物挣的钱，仅够驴主人填饱一次肚子，下一次什么时候能吃上，不得而知。这是一种原始的奴役，为了生存的奴役。

我注视着这只羊许久，不知道为何心里一阵痛楚，曾听过羔羊救母、老牛哭伴的故事，我一直认为这些动物都是有灵性的，在面对死亡的时候它们的恐惧和悲伤同人类没有本质的区别。刚刚被杀的那只羊，死前就充满了恐惧。炊事班的战士拽着它往屠宰地走，它似乎感觉到了不祥，跪在地上宁可被拖着也不肯走向死亡，口中还咩咩直叫——如今，最爱它的羊妈妈也保护不了它了。

当地宰杀牛羊前，一般是由伊斯兰教中主持教礼的阿訇组织祷告仪式。祷告完毕后，割断牲口的静脉，靠流干血液送它升天。不能割喉，更不能扎心，最大限度地减少牛羊的痛苦。前段时间，几名当地工人为我们装修门窗，午饭时我们送给他们几袋军用自热食品，其中有牛肉饼。他们问：这牛肉是来自经超度仪式而宰杀的牛吗？我们说：不是。他们果断地拒绝了，我们只好给他们面条吃。

我找了一点蔬菜喂那只羊，它没有吃。后来，我又把我们吃剩下的土豆挑了数块，用木棍串上喂给它，它吃了一点。等待这只羊的是两天后的宰杀。看着它的眼睛，我难以抑制心中的悲悯之情，不是伤心它作为羊而遭到被食用的命运，而是觉得活着那么不容易，不该被人为地结束生命。按理说，我出身行伍，不应当有这样的妇人之仁，可我好像已经理解并爱上了撒哈拉。

我并非素食主义者，也非动物保护极端分子，但作为有些良知的人总要有些信仰。我反对吃狗，从小到大一口没吃过。宰杀动物在很多情况下无关人类自身的生存，难道不吃狗肉人会死吗？马里如此贫穷，生活资料极其匮乏，流浪狗却不必担心来自人类的屠杀，信仰使然！

下午，我们要拍摄一组赴马里维和官兵向全国人民拜年的镜头。营区内平坦的场地很小，只有一个地方背景、面积和光线都符合拍摄需求，但被前面一株半米高的小灌木丛遮住了，无论如何调整都无法避开。无奈之下，我们只好把那株小灌木砍掉。后来我因为这件事沉默了许久，我实在是难以抵抗内心的愧疚。我觉得这里的一切生命都是值得敬畏的，哪怕伤害一点点都会触及良心、惊动神明。

对生灵的悲悯是撒哈拉维和之行给我的最大影响之一，这种影响是深远的，或许可以伴随我的一生。回国后，哪怕是去超市买鱼，我也只要已经死了的。如果没有死鱼，我宁可不吃，也不想看着水族箱里活蹦乱跳的鱼因我手里的几个钱而遭到致命一击。这种信念或许是愚蠢的，甚至是自欺欺人的，但却是发自内心的，至少能让我自己好受点。

这里的一切无不是上帝的杰作，无不体现了生命的伟大。爱护这里的一切生命，保护这里的生态秩序，就是对马里人民最大的尊重。如果有一天我死在了这里，我希望我能变成水，哪怕一滴，也要渗入撒哈拉，滋润这些伟大的生命。

摄氏50度

午休起床后头昏昏沉沉的，难以名状地难受，感觉自己像是被当成生理耐受实验的小白鼠，闷在了密不通风的瓶子里。我抓来水瓶咕咚咕咚灌了几口水，感觉精神了一些。空调的温度指数显示18℃，骗人的吧，丝毫没有凉爽的感觉，马里热季的高温已经令空调失效了。如此高温环境需要有大功率压缩机的专用空调，就像法军那种，普通家用空调有点吃力。我一把推开集装箱板房的门，像是掀开了蒸包子的大竹屉，一股热浪扑到脸上，睁不开眼。

时间久了，集装箱板房被炙烤出一种奇怪的味道，很熏人，新鲜空气和适宜温度真是不可兼得。在营区走了走，太阳炙烤着每一寸皮肤。我的苹果手机不一会竟然黑屏关机了，并出现一个红色温度计标志。果粉们，你没见过这种过热保护吧？有个战士用温度表测了一下，50℃！温度表的量程就是50℃，都爆表了。2号哨位上放了一个电风扇，但是已经关掉了。哨兵说，开了不如不开，吹的都是热风。我伸手摸了一下他防弹衣下面那块迷彩服，都湿透了，因为防弹衣是不透气不透水的，但迷彩服的其他部位都是干燥的，这就是干热天气的特色效果。

《解放军报》的吕编辑看我给他传的照片里官兵都戴着墨镜，

有些疑惑。军报是非常严谨正统的,"耍酷"的照片不能发。他就问我:"战士都戴着墨镜,不会影响射击效果吗?"我回复道:"不但不会影响,而且是射击必备品,是符合实战要求的。在这样高照射度的环境下,墨镜不但会让视野的亮度适宜生理感受,而且会保护人眼,否则用不了多久,眼睛就会干涩红肿。"听了我的回答,他在军报上帮我发了很多"耍酷"的照片。

不一会儿,我溜达到战区司令部。这会儿没有人,好像都在午休。我看到墙边放了一个很不起眼的瓦罐,起初没有在意,不经意间,我的手碰到了罐身,突然一惊,我的天啊,这里装的是冰块吗?这么凉!我一下子燃起了好奇心,蹲下来观察,这瓦罐是红棕色的,上面有一些简单的花纹,瓦罐的表面渗出一些细细的水珠。瓦罐上面盖了两层盖子,内层像碗,坐在罐口,里面盛水,外层像盘,扣在罐口,密封严实。我打开盖子,看到了大半罐清水。我把被太阳晒得热乎乎的脸向前凑了凑,一股凉气渗入毛孔,沁人心脾。

我忽然明白了,这罐子是可以透气渗水的,并利用蒸发散热的原理保持罐内的低温,多么奇妙的设计啊!不一会儿,我看到一名当地女雇员走过来,她打开罐子,倒一碗水喝了,看那样子一定很爽。而后,她又按照顺序把盖子盖好。马里北部为热带沙漠气候,终年干旱炎热,年平均气温28℃,旱季最高气温达50℃以上,当地百姓能在这样恶劣的环境中生存下去,必定有无穷的土办法、土智慧。除了小瓦罐,我还发现一个能够抵御高温的土智慧,那就是泥造建筑。泥造建筑是撒哈拉南部典型的建筑特色,沙土混合砌成,墙壁中埋设着木质的永久脚手架和排水沟,大到帝王陵墓、寺庙,小到平屋畜圈,均是如此。

从飞机上俯瞰马里北部地区,植被稀少

牛角瓜叶子被弄破后,涌出白色浆液,具有消炎抗菌、化痰等药用价值

尼日尔河有丰富的渔业资源，沿河百姓可以靠捕鱼养家糊口

枯水期，百姓抢割尼日尔河的水草，用来制成牲畜饲料

尼日尔河沿岸气温高、水分足,蔬菜生长得非常快

尼日尔河边的马军哨位非常简陋,就是个窝棚,完全没有防弹能力

人都活得如此艰难,何况驴。装满水泥的车深陷在沙子里,"驴"失前蹄,栽倒在路上

即便是一动不动,哨兵也是汗流浃背。幸好我们在国内集训时经历了耐热训练

这个小瓦罐凝结了当地百姓的生存智慧,透气不透水,可以通过蒸发水汽自降温度

这种泥土房的学名叫西非泥造建筑,表面经过防水处理,主体是混合的泥层,不怕烈日晒,不怕暴雨淋

旱季来临,口渴的织雀倒立在水龙头下喝水,虽有翅膀,但它们不会飞离巢穴太远

沙暴前沿景象,5分钟后天就"黑"了,一丝光亮都没有

沙暴过境，哨兵只能通过具有夜视功能的监控来观察

每周六是装备保养日，战士们要将枪械内的泥沙清理干净，而后在关键部位擦上少许的枪油，防止沾沙

经常能够看到孩子照看孩子的现象,大人们为了生存拼搏,家庭重担过早地分担到大一点的孩子肩上

这是潜伏在暗处、一动不动的狙击手王长军。对于狙击手来说,隐蔽是和射击同等重要的一项技能

泥造建筑最典型的当属加奥的阿斯基亚陵墓，即桑海帝王的陵墓，一个大土包，上面插满木棍，500年岿然不动，经历了多少风吹日晒，也抵挡住了一次次战争的洗礼。在某种价值体系下，你说这种泥造建筑落后吗？相当落后，泥兮兮、灰突突的，有碍市容。你说它应当拆毁吗？相当必要，年久失修，空间利用率低，抗震指数不高。但它却是撒哈拉世界不可分割的一部分，是撒哈拉百姓的全部。或许是真主不允许苍生破坏撒哈拉神圣的本色和气息，从外表看这种建筑的质地和颜色同这黄沙世界浑然一体，没有转化与合成，人类只是充当了自然界的搬运工。当你走进它的时候，才发现曾经的见解是如此浅薄，它真正的魅力在于会呼吸。

泥沙做的建筑会呼吸？胡扯！这是高科技智能家居才能实现的功能，泥房子怎么可能实现呢？听听我们的故事，你就知道了。

前些日子应荷兰政府请求，联马团派我们到加奥机场附近为荷兰工兵分队提供安全防卫。防卫区域地处沙漠深处，那里的气温比营区这里还要高上一个档，放眼地平线，是一片滚动的热浪，中午气温可达52℃。远处不时旋起一阵风，吹到脸上是烫的。地面沙子已经达到70℃了，战靴里脚丫起了泡。我们曾做过一个实验，将生鸡蛋放入正午的沙中，两个小时后竟然熟了。

哨兵的眼睛红肿干涩，这干热的风连眼睑中的泪也不放过。哨兵不时拿起望远镜，报告："2号哨位前方，联合国车辆一台，车上两名乘客，车号……"风干，一切都要风干。哨兵的脖子上都围着冰围脖，身边都放了一瓶冻成冰块的矿泉水。每融化一点儿，他就喝一点儿，以防中暑。赵军医说，在这里一旦重度中暑，没有血液透析机，很难救治，往往会危及生命。最难的是，机场那里没有水、电，不谈恐怖威胁，仅仅是天气考验，就足以让这些警卫官兵难受的了。有人说他们在那里坐着都是最大的奉献，实不为过。

有一天，一名哨兵在哨位上突然中暑。战友们赶紧帮他脱了衣服，擦了冰水，掐了人中，好不容易才弄醒。那名哨兵休息了一班哨，下一班还要上，他说我没事儿了，我不站别人就得站，我得把我的那班哨站完。他们是当代最可爱的人，借用作家魏巍的世纪一问：和这些维和官兵比，朋友，您是否意识到你正生活在幸福之中呢？为了尽量改善条件，指挥部每周要为那里送 5 吨水，每天 11 时至 15 时，向人员休息的地方浇灌地面。那干燥的地面像是饥渴的怪兽，遇水后发出嘶啦嘶啦的饮水声。它的胃像是无底洞，没有饱的时候，浇啊浇，浇啊浇，它就咕咚咕咚地喝。饥渴了数百万年的撒哈拉呀，太平洋的海水是否能够喂饱你？

绝望中，我们发现一座废弃的车间，清出大量的地雷和烟雾弹，消了毒，架起了床。哨兵再没有中暑过。车间没有门窗，为何墙内外温度相差这么大？我把脸靠近泥墙，分明地感受到散发出淡淡的清凉，它在呼吸！这是来自大地深处的呼吸，带着湿度，地面、墙体，每一个"细胞"都在呼吸，排放着清凉的氧气，在荒漠里形成天然的生命氧吧。我终于明白，泥造建筑是有生命的，钢筋混凝土、白石红砖、油漆涂料会堵塞它的呼吸通道；我终于知道，原来撒哈拉并非死亡之地，活在这里，你会发现那么多事物其实都是有生命的。

回到宿舍，我把门窗都开了一条缝，以便新鲜空气能够进来，但不能全开，全开就和外面一样温度了。同时，我把空调继续调低至 16℃，以抵御外面交换进来的热气。集装箱板房的安装结合部，都被我用透明胶带密封，防止夹层中类似石棉的物质在高温下释放有毒气体。

傍晚时分，我换上短裤短袖，跑到健身房锻炼，挥洒汗水，不为别的，只为保持健康的身体，不被这恶劣的环境所击倒。50℃，我想这还不算是最热的时候，挺住！挺住！

水荒引发的恐慌

我一直在等待一个瞬间，虽然这个瞬间经常看到，但是想近距离抓拍下来却没那么容易。一个小时过去了，许多织雀飞到水龙头上又飞走了，因为我就隐蔽在2米外的车后。又来了一只，金黄色的羽毛很漂亮，它落到水龙头的旋钮开关上，左看看，右看看，忽然来了一个灵巧的倒立，两爪紧紧抓住开关，用嘴去接水龙头滴下的水珠。一滴、两滴、三滴，它喝得很满足。它喝饱后飞走了，而我也拍下了鸟儿倒立喝水的珍贵特写，足足等了一个半小时。

进入3月就进入了热季，口渴的不只是鸟，还有人、牛、羊、驴等所有的生灵。火上浇油的是，马里北部发生水荒了。马里北部唯一的河流尼日尔河也进入了枯水期，水位日渐下降，如今水流量几乎为零，加上热季影响加剧，河水迅速蒸发，偌大的尼日尔河已能够步行蹚过，河底渐渐变成河岸，露出的水草，或被收割，或被牲畜吃掉，还有些早已被晒成枯草。热季之前，我看到路上乞讨的孩子都是抱着铁盆，用来装乞讨到的食物。最近，我看到很多孩子还背上了塑料桶，这是用来要水的。前段时间，我参加加奥"和平·和解"募捐演出，其中一个节目就是关于水荒的。两个部族都靠一口井活着，后来发生了干旱，水井打不出充足的水，这两个部族为了争夺水资源竟然发生了战斗，血流成河。

连日来，营区内的自来水常在夜间断流，白天水流也稀稀拉拉的，远不如往日。热季还有两个多月，这种水荒情况保守估计还将持续三个月左右。由于我们携带了净水设备，因此联马团已停止供应瓶装矿泉水。虽然官兵们对当地水源经过净化后的质量仍然心存顾虑，据检测重金属超标十多倍，即便是烧开了，壶底也是厚厚的一层水垢，但没办法，这也得喝。因此，指挥部决定拿出一定经费购买瓶装矿泉水，保证官兵有充足的饮用水，直至回国。

在沙漠地区，水比金子贵，这不是一句空话。我们到当地市场考察了一下，一箱矿泉水折合人民币40多元，但官兵的身体健康和生命安全比钱重要，一定要保证纯净水的供应。其实我们的给养仓库里有很多战备水，足够我们喝两个月的，但是一瓶都不能碰，那是发生重要情况后的备用水、保命水，是别无他法情况下的最后答案，联马团还会定期来检查，少一瓶都不行。从国内出发前，我在超市里买了两瓶矿泉水，一直压在箱底，没舍得打开喝，如今发生水荒就更不敢喝了。如果发生极端情况，靠着这两瓶水或许就能让我走出缺水区。

一个人不吃饭可以活7天，不喝水却只能活3天，所以没有水是很可怕的。食物匮乏尚不足以造成如此恐慌，水资源匮乏立刻会威胁当地百姓的生命安全，制造不稳定因素。缺水是撒哈拉地区无解的难题，千百年来一直如此，尤其是20世纪七八十年代的大干旱以来，这个地区的缺水问题愈加严重。水润万物，生命随水而存在。在国内生存训练的取水，到撒哈拉沙漠是没有效果的。远离河流的地方，即便是掘地三尺也不会看到一滴水，企图通过蒸发沙土中的湿气来取水简直是妄谈。迷失在沙漠中，即便将灌木叶捣碎蒸发水汽，也只能是微乎其微。

世界上有大片资源丰富的地方可供人类生存，荒芜如撒哈拉的黎民百姓为何不移居到那样的地方共享地球资源呢？是什么裹住了穷人的腿脚，让他们世世代代生活在贫穷的地方，而不能走出半步，逃离命运的咒语？我想不是距离，而是不平等，是侵略和压迫。武力和强占令整个世界永远不会是公平的，《圣经·马太福音》早已指出："富有的会更加富有，贫穷的会更加贫穷。"

"黑山老妖"来了

今天是 5 月的第一个周日。在执行任务方面，其实一周七天是没有区别的，所谓休息只是维和部队不安排学习、教育以及劳动等内部活动。对于我，不管周几更是没有区别，似乎只是在心理上舒服了些，在新闻写作上也会尽量地给自己放松一下而已。

16 时左右，太阳的暴脾气有些减弱了，我换了体能训练服，来到篮球场，准备活动活动筋骨。随着烈日西落，营区内官兵们渐渐多了起来。有的执勤完毕，提着弹鼓，扛着狙击步枪，向宿舍走去；有的正在篮球场上光着膀子，奔跑跳跃，抢板投球；还有的在洗洗衣服、晾晾被子；指挥部前的躺椅上则坐着几位干部，正聊着天。每天傍晚是最舒服的时候，不热不黑，还没有蚊子，大家都在做最快乐的事情。

突然，我发现天边升起一团灰黄色的云雾，犹如舞台烟雾般从地平线升起,直至穹顶。"沙尘暴!"有人大喊了一声。"沙尘暴有什么可怕的,又不是第一次见到,继续!"球场上的战斗没有受到任何影响。5分钟后天空有些暗淡,西边的太阳已经被灰黄的"云"完全遮住了。球场上的战友们依旧淡定,只是偶尔瞅瞅越来越近的那片"云",有些战友则是小心地把正在晾晒的衣服、被子收起来。

突然,一股劲风袭来,球场上的灰尘旋起,迷了人眼。紧接着,夹杂着黄沙和尘土的狂风咆哮起来,呼呼呼,越来越疯狂,天空中的鸟儿像是受到驱赶,成群地疯狂乱飞。"快撤!"球场上的战友们如炸开了的台球,撒丫子射进不同方向的各个集装箱板房中。仅仅十几秒钟,除了哨楼上的哨兵,营区内再无活动人员,晾衣绳上的衣服也不翼而飞。

前后仅仅10分钟,从无到有,从天边的一片"云"到漫天飞沙,这就是撒哈拉的沙尘暴。空气中弥漫着沙土的味道,一张嘴就会吹进来,它就如同马里的恐怖分子一样突然袭来,携带着原始而巨大的攻击力,防不胜防。太恐怖了,让我怎么形容呢?看过电影《龙门飞甲》吧,记不记得李连杰和陈坤最后决斗的龙门客栈外场景,就是那种铺天盖地的黑沙暴和拔地而起的龙卷风。在我看来,今天我们遇到的沙暴比那个还要恐怖,遮天蔽日,一丝亮光都没有,而且速度极快,简直就像黑山老妖来了。

我跑进我的工作室兼卧室,还未定神,沙尘就穿过纱窗冲了进来。我赶紧把门窗紧闭,窗口被吹得吱吱作响。我趴在窗内看着外面的黄沙世界,心想:这或许是高温之后撒哈拉沙漠对我们的第二种挑战吧。我们的营区位于加奥市郊,在有大量固体建筑和树木遮挡的情况下,风沙都如此狂烈。可想而知,此时机场方向荒无人烟的广袤沙漠是怎样的狂舞，必定蔚为壮观。

从5月初开始，加奥地区将进入沙尘季。这里是位于撒哈拉南缘的一条宽阔的半沙漠地带，也就是萨赫勒地区，是世界十大沙尘暴源头之一。沙尘暴之猛烈，可将钢筋固定的班用帐篷吹上天。我们去基达尔方向执行任务的工兵分队，刚抵达当晚就遇到沙暴，而后又是暴雨。为了不让帐篷飞上天，十几个官兵一人拽着一个节点，靠着体重才拽赢"黑山老妖"。驻扎在机场的法军有"小羚羊"武装直升机，沙暴季来临后，每天都要加强固定。2013年沙暴突然来了，他们的一架直升机由于未固定好，直接被掀翻，螺旋桨折断了。荷兰维和部队比较聪明，他们先建好了全自动直升机机库，而后才将阿帕奇和支奴干直升机部署到位。

今天下午，我们原本还有一次例行排污任务。排污车、步战车、垃圾车均已准备完毕，看到沙尘暴如此热情地光临，后勤官周长春也不得不躲在屋里，暂缓排污行动。这种场景我可以容忍我错过，但是不能容忍我的镜头错过。我背着照相机，跑到1号哨位，这里是营区的制高点，向北可以看到加奥市区，向东可以看到机场。在黄蒙蒙、混沌沌的天空下，我按了几下快门，却没有能够捕捉到任何"决定性瞬间"。我撤到陋室门口时，回身一瞥，太阳从沙尘中伸出几缕光线，遂果断按下快门。虽然围了纱巾、戴了防沙镜，但是我的头发里、嘴里、鼻子里、耳朵里全是沙子。洗完脸，水都是黄色的，洗一遍不行，还要再洗一遍。

傍晚时分，尘消风散，空气里一股浓浓的沙土味，我到营区察看一下"黑山老妖"都把谁抓走了。整个营区惨不忍睹，小灌木被连根拔起，大树枝干都被折断了，树上的鸟窝散了一地。我顿时明白,这里为什么生活着织雀,一种每天不停地编织巢穴的小鸟。沙暴让鸟窝说没就没了,不天天织能行吗?我们白色的集装箱板房表面附了一层沙土,没法一点点擦,只用用水枪全面冲洗。我也终于明白了,为什么这里的建筑不管是不是泥土做的,都要搞成灰色,耐脏!我发现个别战士的枪支已经由黑色变成了灰色,我就问:"是不是枪油擦多了?"他们说:"是的,不该上油的地方也上了。"在国内组织枪支保养时,我们会把枪支每个角落、每个零件都擦上油,但在沙尘肆虐的任务区,只能在关键部位上油,否则枪身会沾满灰尘。另外,还需要在枪口套上气球,防止枪管进沙子。

查看了一圈,没发现谁家孩子被"老妖"抓走,但我看到了不少安全隐患。比如我们的发电站需要进一步整治,线路需要重新埋设,否则这样的大沙暴很容易让电站短路起火。比如我们的哨位还需进一步加固,因为沙暴再大哨兵也需要坚守岗位,若是哨位防风沙能力不强,很容易导致哨位带着哨兵一起飞。亡羊补牢,为时不晚,毕竟这种猛烈的沙暴是我们从未经历过的。

同战友聊天后我发现,越是经历了这样艰难的挑战,我们就越珍惜现有的生活,越怀念祖国的好。王长军,一名90后维和小战士,他告诉我:"回家后,我什么苦都吃得了。因为和撒哈拉的艰难相比,我们的国家是那么强大,我们的日子是那么幸福,所有的苦都是渺小的。这里一草一木的顽强精神,每天都在影响着我。"

人命黑板擦飞向撒哈拉

没法接近,我只好透过门缝,给英语翻译周立坤拍了一张照片。

他慵懒地做出了一个胜利的手势，再也不用每天翻译大量的文件，可以好好看看电影了。周翻译从首都巴马科出差归队后，就享受到了总统套房待遇：独居一室，门窗封闭，专人送饭，专用厕所，定期监测——他被医学隔离了，为期两周。原因是巴马科发现多名疑似埃博拉病毒感染者，均在当地帕斯特拉医院隔离治疗，指挥部为了防止疫情扩散，特别规定凡去巴马科出差的官兵都需要进行医学隔离。

一直以来，埃博拉疫情似乎更多地威胁着非洲中南部，那里湿热的气候更适合各种病菌繁殖。但从目前情况看，埃博拉正向非洲北部蔓延，干燥的撒哈拉也面临着严重的威胁。今年3月最先在几内亚出现埃博拉疫情，而后塞拉利昂、加篷、利比里亚、塞内加尔等国也陆续发现埃博拉病毒感染者，几内亚同塞内加尔的边境线已经封锁。短短5个月时间，埃博拉就已经夺去1400多人的生命了，有的村庄和社区几乎无人幸存。太恐怖了，比恐怖分子杀人都狠！

埃博拉病毒是一种似死非死的微生物，其行为方式很像很多恐怖片中的嗜血僵尸，而它置人于死地的方式和过程，却比恐怖片中的僵尸还要残忍——用一段不太短的时间，让人的各个系统、器官崩解，死状之惨，在人类疾病史上罕有其匹。一位传染病学专家曾这样描述埃博拉病毒感染者逐渐病死的恐怖景象："病人体内外大出血，由于体内器官坏死、分解，他会不断地把坏死组织从口中呕出，我觉得就像看着一个大活人慢慢地在我面前不断溶化，直到崩溃而死。"正在执行埃博拉疫病控制使命的美国传染病学专家海曼这样描述："埃博拉患者住的病房里到处都是鲜血，被褥上、地板上、墙壁上，他们吐血、便血……埃博拉是人类迄今未能征服的致命杀手,是世界医学界面对的一道难以解读的'哥德巴赫猜想'。"

埃博拉病毒有 90% 的致死率,这是一个什么概念?想想当年把中国人吓得不轻的 SARS,其致死率也不过区区 7%。这种疾病如果蔓延开来,对人类将带来何等后果?到目前为止,针对埃博拉病毒引起的致死性出血热,既无有效治疗方法也无疫苗,唯一的措施就是隔离。

有本书叫《血疫——埃博拉的故事》,看了之后让人压抑绝望。书中对埃博拉病毒有一个绝妙的比喻——人命黑板擦,它只是轻轻掠过,人命便已如粉笔灰那样凋零。在 1995 年,好莱坞推出了由达斯汀·霍夫曼主演的影片《恐怖地带》,在银幕上再现了埃博拉病毒夺取人命的恐怖景象。电影中华盛顿参谋本部的应急措施是投放空气燃烧弹,将整个小镇和病毒一起毁灭,足见这种病毒的可怕程度。

埃博拉病毒在人际间传播蔓延主要是通过接触感染者的血液、分泌物、精液或其他体液,以及屠杀、接触、处理发病和死亡的黑猩猩、羚羊、豪猪等动物。由于认识水平较低,很多非洲土著不愿将患病亲人送去救治,而是采取迷信落后的方法进行治疗。亲人死去后,按照当地习俗,入葬前为死者净身陪伴、在安葬仪式上哀悼者与死者尸体发生直接接触等行为也促进了病毒的传播。比如,几内亚邻国塞拉利昂共和国有一名 14 岁的少年去几内亚参加一名感染者的葬礼,之后这名少年也患病死亡;来自几内亚的一名感染者前往利比里亚旅行,而后利比里亚报告出现 6 例疑似病例;加拿大的一名男性旅行者结束利比里亚旅行回国后出现疑似症状,初检结果为阳性,这些都是接触惹的祸。

最近一段时间，联马团已把疫情通报列为早报内容，同时也在积极采取措施。比如，联系世界卫生组织、纽约联合国医疗服务部门及其他任务区，搜索并控制病例，跟踪密切接触者；提供必要的后勤保障，从而管理病人，控制爆发；对联合国人员进行光敏处理，进行预防控制；提供医疗顾问及信息，这些措施都是在尽可能地控制疫情传播。同时，联马团还对维和军人的个人防护与预防职责提出了具体要求，比如禁止到疫区活动，尤其是人口密集区；用流水和肥皂洗手；避免食用死亡动物，尤其是猴子；向医疗人员上报所有疑似死亡病例；在未穿戴防护服、手套和面罩的情况下，避免与病人密切接触；即使穿戴防护器材，也要避免与感染者的体液进行直接接触；对感染者的床具和衣物进行消毒，等等。

我们除严格落实上述要求外，还做了更为苛刻的约束，其中两条是除执行必要的任务外，禁止官兵与任何外人接触；禁止购买、食用当地食品。赵军医也已经连续讲了三次关于预防埃博拉的卫生课，并给我们每人分发了药皂。

马里虽然没有证实了的感染者，但与马里西南边界接壤的几内亚疫情严重，塞内加尔今天也发现首例确诊病例，可以说马里是被疫情半包围了，以马里的公共卫生条件和边界管理能力来看，被感染是早晚的事。后来事实证明了我的推断，在我们回国不到一个月时马里便爆发了疫情，我们躲过了一劫。如果我们回国前马里发生疫情，那么可以肯定的是，我们的归期将会变得无限长，或许是直到疫情结束。否则对于国人来讲，威胁太大了。

埃博拉实乃天灾人祸，希望非洲兄弟能将上帝的"人命黑板擦"打回去，希望我们维和官兵能远离灾难、平安回国。

一个不少活着回家

安全形势急转直下

晚上，几个好友凑了点零食，在宿舍小聚了一下。在这里时间久了，枯燥、乏味、无聊和疲惫会渐渐加深。对于男人来说，小聚一下虽不是唯一的休闲方式，却是现有条件下最有效的，一点花生米、一点午餐肉、再来点金针菇足矣。正吃着，突然一声爆炸打断了我们，窗户震得直颤。哨兵报告：爆炸当量较大，大约在机场方向。时间久了，我们对火箭炮爆炸声已经脱敏，爆炸后按程序处置就是了，没有过多紧张和害怕。爆炸后，法军直升机在加奥上空更加频繁地巡逻，不断地经过我们的头顶，螺旋桨巨大的噪声听得清清楚楚。

刚过去的一周，东战区安全形势急剧恶化，先后死亡24人，失踪4人。东部战区副司令对局势做出这样的评估：很显然现在局势很不稳定，而且可能会有报复行为发生。联马团可以为重伤人员直接进行医疗撤离，可以为非政府人员提供人道主义救援，对在战乱中失去亲人的人员进行心理疏导。

很显然，马里北部尤其是加奥随时都有可能爆发大规模武装冲突。我们及时召开了安全形势分析会研究对策，会议首先做出了五个情况判断。

第一个情况判断是：难民中夹杂恐怖组织人员入境，现已渗透至马里全境。随着马里战后重建，大批难民分别从阿尔及利亚、尼日尔、布基纳法索等周边国家返回马里境内，部分反政府武装、宗教极端势力等夹杂其中，并逐步组织绑架、曲射火器打击等行动，特别是针对法军、马里国防军及联马团的袭击活动愈发猖獗。

第二个情况判断是：各类恐怖袭击活动针对马里国防军和联马团的指向性愈发明显。马里总统及议会选举前，恐怖袭击活动主要集中于法军及对马里反政府武装实施强制措施比较活跃的乍得分队。但随着联马团维和部队相继到位，呈规律性的恐怖活动逐渐增多，指向联马团维和部队越来越明显，在加奥发现的 5 枚火箭弹均指向联马团东战区司令部。研究恐怖袭击规律可以发现，去年 12 月份袭击还集中于泰萨利特、基达尔等马里北部城市；今年 1 月份恐怖活动便向东战区南部即加奥、梅纳卡等地蔓延。

第三个情况判断是：各恐怖组织正从境外采购重型武器，不排除其利用渗透全境之机实施大规模反扑可能。马里恐怖组织极有可能已掌握武器交易渠道，开始采购并在车辆上加装重火力。

第四个情况判断是：敌暗我明是最可怕的。恐怖组织利用联马团联谊、集会、人车外出等时机进行劫持、绑架和恐怖袭击已成为棘手的问题。综合各类情况通报，从我维和部队部署到位至今的多次劫持、绑架、人体炸弹和汽车炸弹袭击等恐怖活动，均是利用人员聚集或是维和部队在外活动时机进行的。

第五个情况判断是：种族冲突和报复手段越发残忍，极有可能波及我维和部队。近期，我们的安保护送任务越来越多，排污工作也需要远离营区，一旦在外遭遇种族冲突，我维和部队很可能成为寻求庇护的对象而被卷入其中。难民返境涌入城市也是一大安全隐患。东战区副司令虽然说联马团可以为非政府人员提供人道主义救援，但因我们与当地居民语言不通，对于种族间冲突原因了解得也不深入，一旦返境难民在加奥甚至我营区附近出现冲突，我们将面临诸多危机并陷入被动。

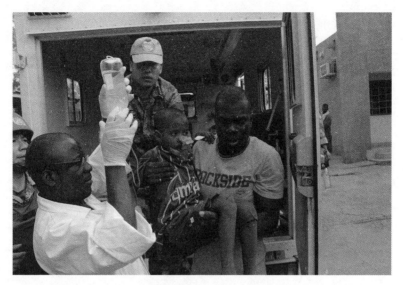

医疗队救回被炸伤的孩子，恐怖袭击经常会伤及当地百姓

今天下午，我本来是要跟着排污车去排污，并拍点儿照片。后来，联马团扫雷小组一名扫雷专家来授课，我就没去，留在营区听课。这堂课讲得很好，主要讲了战争遗留爆炸物和简易爆炸物的定义、性质、威力、制作方法、使用和规避方式等。这堂课对我们来说太重要了，这简直就是一次临战强化。授课人特别强调：在马里境内路边炸弹袭击大多发生在加奥地区。

如此情况说明危险越来越近，我们不可能安稳地度过回国前的每一天了。但除了做好准备，我们又能怎么样呢？

跟阎王爷抢人

"请以下同志注意！"对讲机里传来了医疗队朱副队长的声音，

正在午睡的军医们很是疲惫，打起精神等待下一个命令。这些军医又是连续两个昼夜奋战在生死线上，跟阎王爷抢人，跟黑白无常抢人，跟无情的战争抢人，抢那些在战斗一线负伤官兵的命。别看这些白衣天使平时温文尔雅，但干起活来就不一样了。战场上的伤往往令人震惊、令人不忍直视，但多年的训练令白衣天使能够沉着冷静地应对。我见过他们急救伤员，那活儿一般人真的干不了，太恐怖、太血腥、太挑战。"王医生、张医生、徐医生……赶紧穿戴装备，到冷藏箱前集合，准备向机场护送遗体！"朱副队长又下令。

很快，队员们在营区角落处的一个白色冷藏箱前集合完毕。从外表看，这个冷藏箱很普通，跟我们冷藏食物的那个完全一样。事实上，在医疗队的二级医院建成之前，这个冷藏箱就曾用来冷藏食物。二级医院建成后，这个冷藏箱作为停尸房正式启用。时至今天，这个停尸房已经停放过数十具维和人员的遗体了，他们来自很多国家。

朱副队长用钥匙扭开冷藏箱的大铁锁，用力一拉，吱嘎一声，两扇门缓缓打开。里面散发出阴森古怪的味道，一股冷气突然钻进衣服里，把热汗变成了冷汗。他们列队立正，行注目礼，几个年轻的战士紧张地望着里面。他们有的是第一次执行这样的任务，有的甚至是第一次接触尸体，死亡的恐怖和尸体的味道冲击着他们的心灵，但没有一个申请回避。即便如此，他们的心率依旧缓慢地加快。

很快，装甲救护车开了过来，队员们相互配合将遗体一个一个搬到车上，一共6具。他们有的是在袭击事件中牺牲的乍得军人，有的是在中毒事件中身亡的柬埔寨军人……队员们将遗体运至机场，而后联马团用专机将遗体转运至巴马科，再由牺牲军人所属国派人将遗体接回他们的祖国、他们的家。他们死得体面、死得光荣，因此我们也要体面地送，让他们有尊严地回去。

三天前，在阿盖洛克执行任务的乍得维和部队遭遇路边地雷袭击，车上人员当场被炸死4人，受伤15人。中国医疗队的二级医院接到了东战区司令部的救治命令，连夜实施抢救。其中一名伤员有眼外伤、桡骨骨折，经B超检查还发现了脾破裂出血，且患者血压开始出现不稳，军医们当机立断进行剖腹探查。大家齐心协力，备血接氧，准备手术。术中探查发现脾脏肿大，有3个裂口，腹腔中有800毫升的积血，若不立即切除脾脏将危及生命。脾脏切除手术顺利，军医们忙得都没有时间吃口饭，但挽救了乍得小战士的生命，值了。

几乎同时，柬埔寨维和分队也出了状况，有7名官兵中毒，3辆救护车前出接回。一时间小小的二级医院人满为患，有炸伤的、有中毒的，有抢救的、有看望的。一名军医迅速做出伤情分级，按轻重程度依次抢救。3名较重的伤员被送到重症监护室，其中有2名伤员已经意识不清，突然一名伤员身体剧烈抽搐，嘴唇青紫，医生立即将各种急救药物注射进他的身体。一个小时过去了，他的情况丝毫没有好转，存活概率非常小。从医学角度来说，他已经没有救治意义了。

但是天使们不甘心，军医孟博说："他还这么年轻，还没有完全见识到外面的世界，死亡对他来说是多么的残酷，不甘心就这么放弃对他的救治，继续复苏、用药！"5个小时，还是没能把他从死亡线上拉回来。年仅26岁的柬埔寨小战士就这样离去了，陶红护士长流着泪用纱布擦净他的脸颊。她想起自己的儿子跟他差不多大，她想到他的母亲会经历怎样的丧子之痛，她想到这个小战士也来自军人世家，他的父亲也是维和军人，在黎巴嫩。她用一颗母亲的心告慰他一路走好。

经过努力，其余 6 名柬埔寨中毒伤员转危为安。Pea Sophon 病情最重，护士们日夜守护，监测生命体征，怕发烧并发肺感染，还每天为他翻身扣背，细致地照顾他的生活起居，最终病情得到了控制。Pea Sophon 也是一名护士，曾在上海长征医院进修学习，他的爱人也经常往返于中柬两国做贸易，所以他对中国感情非常深厚。他经常用汉语夸中国人好、中国护士好，还给医生们画了几幅画。和他一样，很多柬埔寨维和官兵都会说简单的汉语，当医生查房时，他们总是用汉语说"您好"。当一名伤员用汉语关切地说"你累不累"，天使们止不住热泪盈眶，顿感所有付出都是值得的。

装甲救护车行驶在通往机场的路上，除了发动机的轰鸣声，一切都那么沉默。驾驶员王老兵回忆当时的情景道："我感到去机场的路比平时长了许多，路上的弹坑又深了，我尽量控制车速，让友军的战友们走得平稳些，可是变速箱总是跟我作对，一换挡它就熄火。"战士小杨说："还记得那个下午天空非常蓝，没有一丝的风吹过，气温特别高。我坐在车厢里，汗水顺着帽檐滴答滴答地往下流，尸体腐败的味道始终飘荡在周围，胸口憋闷，恶心又吐不出来。"平时爱说笑的刘魏一路上也变得沉默寡言，紧握双手，双眼一直看着车窗外的荒漠，若有所思。

到了机场，官兵们整理了一下军容，小心翼翼地将 6 具遗体抬下车，放在停机坪的担架上，与联马团官员一起向遗体敬军礼告别，随后将遗体抬进机舱并固定好。望着渐渐消失的飞机，士官老吕自

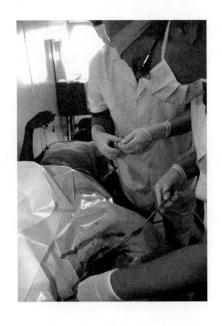

医疗队军医正在对受到枪贯通伤的乍得士兵进行清创

言自语道:这是我们能为你们做的最后一点事了,愿你们有尊严地走完回国之路。

兵临城下

夜里0点了,指挥部坐满了人,都是各分队领导和作战骨干。作战会暂停期间,有盯着监视器的,有看地图的,有抽着烟思索的,还有商量的,这一夜注定不好过。形势变化太快,大敌突然冲到面前,有些事情得马上研究明白,做好应对准备。其中,包括在营区内划定区域准备接收马里国防军和二级医院启动战场急救程序准备救治伤员。

通过监视器，我可以清楚地看见隔壁马里国防军院内紧张繁忙的景象，一辆辆毛驴车拉着军人家眷和生活用品向营区外跑，这是我们抵达后从未见过的场景。

这也是一个不妙的信号，我们不断地同战区司令部联系，获取情信消息。联马团安全官通报："阿解运"已兵临加奥城下，北部重镇泰萨利特、阿盖洛克、基达尔、阿内菲斯、梅纳卡已全部被"阿解运"实际控制，"阿解运"势力已延伸至距加奥市区仅50公里的杰布克，而且这些地方都驻扎着至少数百人的联马团维和部队。基达尔的马里政府机构已完全撤离，其他地区的马里国防军约有890人解除武装，正在联马团维和部队营区寻求庇护。马里国防军正在同"阿解运"头目进行谈判，希望能够不打一枪，和平交接加奥。短短几天之内，已经是城头换了大王旗！如此之快，是我们没有预料到的。

不过这些都不算什么，最难受的是联马团的处境非常尴尬——中立可能会变成一个伪命题。目前，联合国只授权维和部队维持和平，而不能够进行攻击性军事行动。前天，马里外交部长强烈要求联合国安理会向维和部队授权一项可以加速国家重建的命令。马里外交部长称，联马团有必要帮助马里士兵处理地面上的威胁并缴械所有武装团体。马里《独立报》报道：全国议会通过针对基达尔形势的决议，议员遗憾地表示："联马团部队和法军部队的态度让人无法接受，也无法理解。"说白了，马里当局希望联马团武力介入，帮他们赶跑反政府武装。

警卫分队营区内萦绕着紧张的气氛，看上去似乎很安静，但安静往往是暴风骤雨的前兆。有可靠消息称，"阿解运"此次卷土重来还有两股恐怖势力支持，他们会一起进入加奥，这将给我们的安全带来不可预料的威胁。作为分裂势力的"阿解运"组织属于马里战乱冲突方之一，我们采取的应该是中立态度。

作战值班室内也聚集了很多干部，一边商议形势，一边等待进一步消息。我们的弹药库已经打开，装备助理给每名官兵增发了弹药，抵抗不可预期的武力冲突。营区和车辆上到处竖起联合国国旗和五星红旗，竖起明显的联合国标志是联马团的要求，五星红旗也会给我们带来安全保障。空中，法军和荷兰部队的武装直升机不时地来回巡逻，一夜未停。这是半年来从未有过的紧张。这让我想起电影《兵临城下》描述的斯大林格勒战役场景，不过我们没有像苏军那样恐惧，我们不仅有很多瓦西里一样的神枪手，还有很多战术过硬的特战精兵。

我想多说几句作为军人我心里的真实感受。上军校的时候，经常听队长说：军人，倒也要倒在冲锋的路上。当时听了这句话觉得激情满怀，但仅限于书生之见，没有痛彻心扉的感受。如今在真实的战场，我下意识地又想起了这句话。穿了十几年的军装，哪怕死在战场也是荣耀，这是我此时最真实、最不吹牛的感受。家国天下事，我为和平生。

半夜1点多，作战会结束。除了值班干部，其他人分头回去落实会议指示。我们把可能发生的情况都预想了一遍，并制定了应对措施。几天之内，若是发生预想中的情况，就不再开会，直接按商量好的程序处置。党委会、作战会、碰头会，而后是直接处置，大致是这样一个程序。回到宿舍，我检查了一下枪支弹药，把几个弹匣都压满，放在床边，穿着衣服赶紧睡一觉。这里的情况家里不太清楚，国内大部分人也不知道，不能告诉他们，免得担心。

联马团成了沙袋

5月19日中午，刚吃完午饭，我突然听见对讲机里呼叫："119，119，战区南门哨位报告，有大量民众正在集结。"我迅速穿戴装备，提上照相机，狂奔至战区司令部南门。跑的过程中，我向公路方向看了几眼，那阵势像是来了骑兵团，一辆辆摩托车飞驰冲向司令部。很多官兵都是一边奔跑，一边穿戴装备，最大限度地节省时间。张指挥长也是一边奔跑一边指挥，徐政委带领部分兵力负责营区防卫，防止敌人声东击西。

不到一分钟，我们就赶到了目标区域，发现至少有数百名民众在战区司令部南门聚集示威，有乘摩托车、皮卡正在冲来的，有手中挥舞着棍棒和砍刀的，还有个别手里拿着枪的。他们带来两只轮胎，点燃后升起浓浓黑烟。

人越聚越多，情绪越来越失控，像是大堤内涌动的洪水，随时可能溃坝而出，而我们的官兵就像一根根深扎在河床上的坝桩，死死地顶住入口和围墙。负责南门警戒的警卫三排排长王洋站在沙箱上，靠前指挥三排官兵在墙边形成第一道防线。快反排担负应急支援任务，向遭遇围堵、袭击的方向实施紧急支援。当快反排步战车驶出营区后才发现，预定1号、2号支援路线上民众较多，排长刘晓辉考虑可能遭遇民众围堵，甚至会对我们的车辆打砸、焚烧，遂命令调头返回。在与快反排指导员赵云龙商议后，刘排长带领快反排大部分兵力徒步通过营区和司令部间的内部通道支援司令部，到

中国警卫誓死守住司令部防线。从对峙形势看，我们的防御工事作用很大，形成了一道完美的隔离带

位后占领防御要点，形成第二道防线。

赵指导员带领快反排剩余兵力对我营区正门实施支援，并规定了联络信号，一旦南门形势严峻，营区支援力量不足，则立即调配兵力。张指挥长负责总协调指挥，主要通过采取"战场喊话表明立场、明确底线法理在先、平息情绪赢得理解、接触头目积极斡旋、武力升级守住底线"等手段，严格按标准工作程序应对。联马团安全官很快也赶到司令部南门。

不到10分钟，数十名激进分子对警勤标示牌、检查站、拒马等防御设施实施打、砸、烧等破坏行动，还不断向我哨兵投掷石块、木棍，并企图强行闯关进入东战区司令部。两名哨兵因躲避不及，颈部被石块打伤。我站在防御沙箱上隐蔽拍摄获取证据，没想到一露出镜头就被示威群众发现，激起更大的怒火。他们指着照相机，大喊："不许拍，不许拍。"半年多来，加奥民众一直给我温和友好的印象，今天突然爆发的民怨令人震惊。

我们只好暂时隐蔽在沙箱后面，躲避石块雨。非洲人强壮有力的长臂，让石块成为杀伤性武器，集装箱板房被打出了密密麻麻的深坑。由于对方是民众，我们保持了最大的克制，示威群众也没有做出进一步的过激举动。但是，我们的底线不能被突破，否则联马团会被"洪流"毁掉的，很多没有武力的民事人员也会被打死。群体的情绪是可怕的、难以控制的洪水。

跟民众打交道还得是民事人员，全副武装的军人会对其产生压迫感、威胁感，没法对等交流。战区司令部民事安全官约谈示威群众代表，十几名愤怒的、高大的黑人走进南门，怒喊着什么。据翻译说，他们强烈要求联马团撤出马里。谈判一直进行到13时，由于示威民众提出的"联马团撤出马里"及"联马团部队人员车辆不得出现在市区道路"等条件极其苛刻，因此谈判未取得实质性进展，但示威代表愿意暂时撤离。大约一个小时后，游行群众开始向中国维和工兵分队的东门转移。工兵分队在营门处高高挂起五星红旗和联合国国旗，表明我们的中国身份和中立立场。

当他们开始投掷石块时，其中一个人迅速阻止，大喊："这是中国部队，这是中国部队。"群众很听话地撤离了，看来中国军人的形象还是受到当地百姓充分认可的。示威队伍沿着加奥主干道向市区行进，来到警卫分队正门时，突然看到我们的两辆步战车和数名严阵以待的官兵，群众再一次发怒，投掷了一些石块。当地雇员、翻译克瑞斯骑摩托车迅速赶来，不停地呼喊："这里是中国部队，

东战区安全官和中国警卫并肩作战,他们头上不停地飞着石块

不要攻击。"渐渐地示威群众被引导离开了。

克瑞斯说示威群众以青年为主,很多都是他曾经的同事和学生。13时30分,示威群众全部离开。整个示威过程被我营区周边的监控摄像头清晰地拍摄了下来。通过现场情况判断,此次示威目标直指联马团,目的是向联马团施压,要求其在政治和解上发挥更大作用。部分人员行为激进,极有可能是受到了怂恿,但也不排除混杂其中的武装人员趁机挑起事端,导致事态恶化甚至难以控制。

17时,张指挥长到战区司令部,与战区司令、副司令、参谋长和安全部门官员对局势进行研究并交换了看法。战区司令马马杜将军对中国维和部队高度负责的专业表现、全局意识及克制精神给予高度赞扬,对钢盔受砸和颈部划伤的2名战士表示慰问,同时将自己最喜爱的"思考者"根雕赠送给我们以示感谢。18时40分，战区司令部再次以正式文件形式对中国维和部队的出色表现提出褒奖。马马杜将军表示："目前加奥地区形势严峻，近期可能还会多次反复，而且地点难以确定，方式可能更加激进，我们必须立足最严峻的情况和形势恶化的局面，强化防范，确保安全。"

吃过晚饭后，张指挥长召集维和部队党委委员，连夜召开紧急党委会，同时，命令相关人员抓紧协调补充防御器材，替换遭到损坏的防御设施，还要完善应对预案，搞好针对性协同演练。另外，会议还提出要求：严格落实宵禁和安全警戒级别制度，除执行警卫安保和紧急前接、后送伤员任务外，严控人员车辆外出，暂缓外出执行施工保障任务。

会上，我们再次明确了开枪权限，鸣枪示警的权限在一线指挥员那里，作战第一枪的权限在张指挥长这里。虽然形势危急，但是作为维和部队还是要保持最大限度的克制，不到万不得已绝不能卷入冲突，坚持中立原则。当然，作为联马团的安全部队，如果联马团遭受武力攻击，我们责无旁贷进行自卫还击。

开会期间战区司令部通知，夜间有可能还将发生游行示威。很明显，这次联马团充当了民众泄愤的沙袋了。所以，不管群众是自发的还是有组织的，但绝对是和马里国防军持一个观念——联马团应该积极动武。想法很好，可是我们做不到啊！

打响战前第一枪

"咣咣咣"，高射机枪发出巨大声响，连发穿甲弹阻绝皮卡"冲击",打得皮卡火光四射、七零八落;大口径狙击步枪300米一枪击穿轮胎轮毂,令"汽车炸弹"抛锚;快反一组、二组分别乘两辆步战车突然从掩体后跃起,刺耳的警笛惊醒死寂的大漠,急速形成钳形包抄,"恐怖分子"在武力压制下放弃车爆计划,转而佯装投降,企图抵近引爆"人弹",1号狙击手、2号狙击手同时响枪,瞬间毙敌……

大敌当前,我们不能被动应对,要主动出击。我们做的第一件事就是高调地进行一次实弹演习,用武力进行威慑。这既是保持武器性能状态的需要,也是强化官兵临战状态、提高应对突发事件能力的需要。实弹演练为期两天,地域为深处沙漠腹地的马里国防军轻武器靶场,距离加奥30公里,距离战斗前沿20公里。没有靶壕、标靶,只有一辆被打得千疮百孔的皮卡。演练前,我们首先排查了场内未爆弹,并进行了武器校正射击。为做好安全保障,部队通过联马团利用电台、广播等多种方式告知当地百姓射击事宜,并加强设立战地急救组和警戒防卫组。

这次实弹战术射击演练,共动用步战车车载高射机枪、重机枪、狙击步枪等多种轻武器,实射穿甲弹、曳光弹、常规弹等多类弹种。全部武器装备均经校正射击,确保精度,这是战前的必要准备。全体队员以遭汽车炸弹袭击、遭人体炸弹攻击、遭社会骚乱冲击、有组织多路袭击等12种突发情况为战术背景,分批参与实弹演练。这是我们在马里加奥任务区首次进行实弹战术演习。

演习期间,法军、荷兰军队的武装直升机在我们头顶飞来飞去参观,似乎也技痒,想加入战斗,形成地空联合作战态势。几个波次的火力密集压制,加上步战车突击,导致整个演兵场几乎沸腾了,

演习中,官兵用步战车上的12.7毫米高射机枪进行平射

浓烟滚滚,弹光四射,加奥上空回荡着震耳欲聋的弹药爆炸声,足以震破敌人肝胆。演习正酣,场外警戒兵报告:"报告指挥长,报告指挥长,西南方位约1公里处,有不明身份皮卡徘徊,疑似侦察。请求处置。"这个情况可不是我们预先假想的,是来真的啊。"快反1组、2组前出侦察。"张指挥长下令。话音刚落,两辆步战车轰然发动,步兵协同冲锋,卷起滚滚沙尘。

"各排检查武器,整理队伍,做好应急处突战斗准备。"张指挥长下令,演习场瞬间变成战斗集结地域。通过望远镜观察,皮卡发现步战车前出后,立即逃跑,在灌木丛的掩护下,消失得无影无踪。这就是沙漠腹地的危险,来去隐蔽,逃窜方便,任意一个方向都可以撤退。"停止追击,立即返回。"张指挥长命令。听到命令后,步战车停止行进,原地掉头,返回演习区域,继续参演。我们分析,这可能是某个武装派别的侦察行为。这个突发情况的出现，更增加了演习的真实性、针对性。

在演习中，我们不仅熟练掌握自己手中的武器，而且相互交换枪支，熟悉身边战友的武器。比如班用机枪手也练狙击枪，也练高射机枪，步枪手也打冲锋枪，携带手枪的干部要熟悉所有武器。因为战斗中若是战友倒下了，火力支撑点不能消失，需要活着的战友进行火力接续。两天下来，我们消耗了数万发弹药，也引起了强烈反响，受到了战区司令部的高度肯定。司令说："你们中国部队不愧是我们的王牌，能够关键时刻挺身而出。"一名荷兰军官说："恐怖分子听见了我们的枪声后，吓得望风而逃。"张指挥长开玩笑说："你怎么知道？难道你是恐怖分子？"那名军官说："我要是恐怖分子，我都不敢和您吃饭。"

这次演习顺利地完成，是顶着很大的风险和压力的，也是经过多方协调的，因为这个节骨眼太紧张和敏感了。我们不仅向联马团申报演习事宜，而且告知各维和部队友军，告知法军，告知马里国防军，告知当地政府和百姓。即便这样，法军和荷兰军队的武装直升机仍被我们惊飞，那两辆可疑皮卡仍然抵近侦察。其实，大家都过来看看正好达到了我们的目的——武力威慑。我们要让你们看看中国作战部队的战斗力，让你们看看什么叫百步穿杨、什么叫远程狙击、什么叫装步协同。

傍晚时分演习结束，我们返回加奥。两天下来，衣服湿了又干，干了又湿，迷彩服已经脏了，有的地方已经结出了一层白色汗渍，有的作战靴被划出了口子，不少官兵的脸被毒狠狠的太阳晒得黑里透红。但步战车前那面五星红旗却越发鲜红，骄傲地在风中挥舞。

"日落西山红霞飞,战士打靶把营归把营归,胸前红花映彩霞,愉快的歌声满天飞……"战友们唱起了欢快的《打靶归来》。一路上,路边的百姓不停地挥舞着双手,似乎在为胜利的部队欢呼。

和解挽救了加奥

对于"阿解运"来说,加奥就在50公里外,打还是不打,是个问题。打,加奥有法军,有荷兰特种分队,中国警卫也不会袖手旁观任凭战火烧到自己的营区。"阿解运"有信心吗?不打,"阿解运"从北向南一路杀下来,怎么收场?

这又不是第一次了,总打也不是回事,什么时候是个头?都是根深蒂固、主义坚定,谁是王、谁是寇啊?既然谁都不服谁,谁又都消灭不了谁,那就坐下来唠唠吧。正如东北人气巨星尼古拉斯·赵四那句名言说的好:这世界上没有什么事,是一顿烧烤不能解决的;如果有,那么两顿。于是,由联马团做东,安排了今明两天的旨在促进和解的安全联席会议,由联马团副司令、联马团参谋长、法军代表、中间派代表、马里政府代表、"阿解运"及其他武装派别代表参加。

其实,一寸山河一寸血,军人在战场上得不到的东西,外交家也别想从谈判桌上得到。对于马里境内的各派别势力而言,这已经不是第一次会谈了。从以往的会谈情况看,我觉得这次意义也不大。但凡能到场的,一般都有三个意思:表明一个态度、树立一个形象、给足一个面子,即表明一个愿意谈判的积极态度、树立一个渴望和平的正面形象、给足联马团一个做东家的面子。开大会就要提升安保级别，这是常识。何况今天这里坐的可不是同志，而是大写的仇人。谈判桌上风平浪静，谈判桌下又掐又踹。为防止各武装派别趁机寻衅滋事，扩大本武装派别所代表势力在政治议程中的影响，昨天东战区给我们下达了《关于加强安全联席会议期间东战区司令部防御警戒，保证会议正常进行》的命令。

指挥部按照命令作出部署，要求负责东战区司令部南门防御的警卫三排加强防卫警戒，严控人员进出，加大安检力度。王洋排长带兵在战区南门执勤已经大半年了，经验算是比较丰富，强闯、侦察、火箭炮袭击、暴力冲击等，也算是都经历过了。他受领任务后，迅速召开支委会传达指挥部命令及指示，研判任务特点，设想突发情况，制订针对性应对预案，同时搞了一次针对性演练，进一步增强与快反排协同配合，以做好支援处置准备。

墨菲效应再次显灵，不管你做了多么充分的预想预防，该发生的终究要发生。今天 9 时 50 分，战区司令部东南方向突然响起一阵枪声，从音量判断也就 500 米左右。随后枪声越来越密集、越来越短促，枪声中数次出现 5 发以上长点射及单发射，而且声音各具特点，明显为机枪、步枪及手枪混合射击，我哨兵立即上报并利用射孔对外观察。就在这时，突然一发跳弹击中前沿哨位沙箱墙，距哨兵仅 1 米远。真是明枪易躲、暗箭难防啊，哪来的冷枪？"快隐蔽。"哨长喊道。

王排长命令哨兵拦上拒马，放下阻车钉等路障，并组织前沿哨兵撤回至内部掩体，确保哨兵人身安全。同时，组织全排紧急集合，按 1 号行动预案全员进入战斗位置，安排专人利用监控器对重要路口实时严密观察，并将情况上报作战值班室，请求协调东战区司令部相关部门对此情况作进一步调查了解和及时通报。

大约3分钟后，枪声才逐渐消失。我们看到对面的尼日尔营也立即撤回前沿哨位，封闭营门，重要制高点增加了观察哨人数。战区司令部安全部门立即通知附近各分队做好可能遭武装冲突波及的准备。大约1小时后，我们仍未发现任何可疑人员在周边出没，除各哨位哨兵外，其余人员撤回，全副武装待命。大约12时30分，我们得到战区司令部通报：该枪声事件为"阿解运"反政府组织与当地政府军不期而遇后的短暂交火，有人员死伤，具体数目不详。他们真是狭路相逢、冤家路窄。考虑到谈判，这帮家伙估计已经克制了，不然流血更多。战区司令部要求：各分队加强戒备，确保会议进程顺利，同时对我部沉着应对、快速反应的战斗素养，以及临危不惧、高度负责的精神给予了高度赞扬。

和解谈判虽然火药味十足，但最终签订了《停火协议》和《停火协议实施细则》。这份协议及时签署的最大意义在于保住了加奥免遭战火洗礼，缓和了近一段时间剑拔弩张的紧张局势。当然，也正因为这个协议，我们得以平平安安地度过了剩下为数不多的维和日子。一直到我们回国，加奥地区的恐怖袭击骤减，我只是零星地听到几次火箭炮弹爆炸声。但我知道，这只是暂时的。

回家，再也没有血与火

电影《第一滴血》中兰博不断地对莎拉说：回家吧、回家吧、回家吧……那是一个从越战死人堆里爬出来的老兵的劝慰，那是一个经历过战争残酷的军人对战火的厌倦，那是一个伤痕累累的男人

我们乘坐 C-130 运输机离开加奥，一名战士为我拍了这张照片

对家的渴望。家是什么？此心安处是吾乡，再也没有战火和鲜血。一箪食、一瓢饮、一陋室，有家就是福。

经历了10个月的艰苦奋战，我们的任务期终于结束了，第二批赴马里维和部队官兵飞抵加奥。在总部、军区交接组的指导下，我们和第二批赴马里维和部队进行了任务、装备、通联等要素的交接工作，手把手地把维和经验传授给了他们，带着他们熟悉联马团官员、加奥政府要员和友邻部队指挥官，我们还把全部文件资料整理好后拷贝给他们。目的就是让马里维和接力棒更好地传下去，希望一棒比一棒跑得更好。交接完毕后，我们分批乘机抵达马里首都巴马科。联马团在巴马科建了一个中转营，专门用于维和部队抵达或回国时临时使用。在中转营待了三天后，我们登上了回国的航班。

算上因病提前归国的赵金财，我们 395 人一个不少地活着回来了。我们幸运地躲过了无数次的恐怖袭击,幸运地躲过了令人胆战的埃博拉病毒,幸运地躲过了数种传染病的侵袭,也扛过了恶劣的自然环境。我们回国不到一个月,马里就宣布发现首个埃博拉确诊病例,对于我们来说这难道还不够幸运吗?走出机舱,脚踏陆地,祖国的大地让我备感安稳。在飞向马里首都的小飞机上,在马里首都中转营等候的三天,在飞回祖国的航班上,都无法找到这样踏实的感觉。这种感觉就像伤痕累累的终极格斗胜利者跳出了决斗场。直到我的脚踩在祖国的大地上,我再也不怕火箭炮袭击了,再也不怕来回穿梭的皮卡了,再也不怕神色可疑的恐怖分子了。在哈尔滨太平国际机场航站楼前集合时,有几只蚊子在我面前飞来飞去——来吧,随便叮咬我吧,再也不怕得疟疾了。这是我生平第一次不讨厌蚊子。

由于维和期间我们赶上了非洲埃博拉疫情,上级安排我们回国后先进行隔离观察,待体检没问题后才可以和家人团聚。至隔离结束前,不允许家人接机、探望,更不允许我们私自回家,否则很可能传播疾病。我把上级的隔离要求告诉了妻子,可她说:"我去机场远远地看着,绝对不接近你,不给你惹麻烦。"可当我走出航站楼时,她却冲了过来,扑进我的怀抱,我怎能拒绝这份思念和等待?好久不见,越看越好看,越抱越想抱,相聚了几分钟,我就去预先设置好的欢迎场地集合了。

整队报告、领导讲话、拍照合影……欢迎仪式很隆重。仪式结束后,我们登车前往临时隔离营区。

太阳已经下山,夜幕下的哈尔滨真美,车来车往,灯光闪烁,好一片繁华景象。快到营区时,我看见数百名官兵列队迎接,敲锣打鼓放鞭炮，还有人高举着条幅："热烈欢迎首批赴马里维和部队官兵凯旋"，此情此景让人很激动。放好行李后准备开饭，部队领导很用心地为我们准备了接风宴，每一道菜都好吃极了。我们又饿又馋，每个人都吃了很多。

回到宿舍，大家聊了一会儿天就躺下了。后半夜2点，床上翻来覆去声，走廊里踱来踱去声，还有叹息声不绝于耳，后来一个兄弟推门而入，看到我们都在玩手机，他惊呼："我的天，你们也都没睡啊，其他宿舍也没人睡觉。"听他这样一说，所有人索性都坐了起来，开灯聊天。或许人的神经系统不适应突变，要是环境强行发生突变，那你就得先接受神经系统的突变，比如失眠。这与我们去马里时完全不一样，那时或许因为疲惫，或许因为紧张，竟然完全没用倒时差。如今回国，没有了凌晨的枪炮声，没有了半夜的祈祷声，我们竟然发生了集体失眠，每个人都用三四天时间来倒时差，很是奇怪。即便睡着了，我的睡眠质量也很差，经常在夜里被自己的梦话惊醒。在梦里，我偶尔还会听见那不分昼夜的伊斯兰教音乐，还会看见蒙着面纱的图阿雷格人，甚至会突然翻身下床准备隐蔽。赵军医说："这是战场应激综合征的一种表现，很多人都有，过段时间就好了。"

不仅如此，回国后很长一段时间里，我们每个人都面色蜡黄、身体虚弱，像是经历了一场大病。在马里时，我本想回国后好好吃几天蔬菜、尽情吃各种水果，没想到此时竟然没有胃口，吃不下任何东西。我称了一下体重，指针显示160斤，比去马里前足足少了20斤。在此声明，我不是个胖子，体格健壮而已，擅长举重、摔跤和铅球。身体上的这些变化让我们每个人都不禁担心起来，生怕得了什么不好的重病。

回国第二天，部队安排我们到解放军第 211 医院进行体检，体检项目很多。由于是绿色通道，第三天全部体检结果就出来了。幸运的是，我们当中没有得艾滋病、肝炎等严重传染病的。但是得小毛病的却很普遍，比如虫咬性皮炎、湿疹、神经性皮炎、神经性脱发、胆囊炎、肾结石、胃溃疡、十二指肠溃疡、失眠症、头痛等，显然这些都是恶劣环境、精神压力惹的祸。对于军人来说，这些小毛病算不了什么，在军医的指导下慢慢调理吧。严重一点的是作战参谋孙宝玮，体检军医在他肾里发现了数十颗结石，这是出国前没有的。我们开玩笑说："这些是不是你私藏的钻石，还没来得及取出来。"为了取出这些"钻石"，他特意住了一段时间医院。

体检后，大家发现没有什么传染病，就开始陆陆续续地跟领导申请回家。毕竟我们回国前马里尚未发现埃博拉确诊病例，所谓隔离也就没有那么严格，而那些从疫区回国的维和部队都严格地执行了 21 天医学隔离措施。隔离不到一周，经领导批准，家在部队驻地的维和官兵就可以先回家看看，其他官兵则归建至各单位。分队干部大多数都进了机关，没进机关的也都得到了重用，甚至个别能力突出的战士也被机关选用。我回到旅组织科，做了一名纪检干事，准备开始正风反腐的工作。

其实，我们最渴望的是赶紧休个长假，好好调整调整身心，但还有两个任务摆在我们面前：维和部队总结表彰大会和维和事迹报告会暨媒体集中采访。为了善始善终地完成维和工作，领导要求这两件事完成后再按规定休年假。之所以休年假是因为我们没有特殊的维和假期，一切按政策规定执行，部队不会因为我们执行了一次维和任务就搞特殊化。

维和总结表彰大会顾名思义，一是总结，就是总结维和工作；二是表彰，就是评功评奖。评功评奖是重头戏，是关系到每个人切身利益的大事，所以有人说"仗好打，功难评"。

经过层层推荐和分队党委研究，一个二等功给了守卫战区司令部的警卫二排排长刘庆伟，另一个二等功给了在暴力示威游行中受伤的狙击手王长军，六个三等功也给了工作成绩突出的官兵，大家对此心服口服。由于维和新闻宣传工作成绩突出，10个月时间在各级媒体刊发稿件140多篇，我获得了三等功。关于立功受奖，政委徐文联说了句让我印象深刻的话，他说："其实，我们这170人都是好样的，谁立功都实至名归。"我觉得我的功章是替这个集体领的，没有兄弟们的出色表现，我能写出这么多文章吗？媒体能刊发这么多稿件吗？不可能！所以，政委的话我很认同。

总结表彰大会完毕后，我们又开始紧锣密鼓地筹备维和事迹报告会。由于维和表现突出，国内外反响强烈，总部决定对我们进行集中宣传。国内30多家媒体来到哈尔滨，聆听我们的先进事迹报告，对官兵代表进行采访，而后就是铺天盖地的宣传。2014年10月15日，张指挥长还受邀参加了在北京举行的世界"和平行动挑战论坛"年会，并作了《应对多样化威胁，加强维和能力建设，努力为维护世界和平稳定发挥建设性作用》经验介绍。张指挥长总结了很多条经验教训，但我认为其中一条最为精辟——"不战而屈人之兵"是赢得战争的最高境界，"不开一枪圆满完成任务"是维和行动的最终目标。后来，我把这句话凝练为一个词——弹在膛上！这是一种原则，是一种策略，是一种状态，更是一种成功！

等所有这些事都忙完了，我休了一个 45 天的大长假，其中 30 天是年假，15 天是婚假。出国前，我欠妻子一个婚礼，到如今欠了一年多，不想再让她等到春花烂漫时，就在这银装素裹的冬日还了吧，还给她一个浪漫的婚礼。

就这样，我的马里维和之旅彻底结束了。有时驾车行驶在拥堵的街道上，看着来往的行人和熟悉的街道，我甚至会想："我是不是从来没有去过非洲，从来没有去过马里，从来没有维和过？"那段岁月如梦一样，变得遥远而虚幻，幻起幻灭，无影无踪。我甚至不敢再去看那些维和视频和照片，不敢再看记下的文字。这是一种感知上的裂痕，现世与彼世相距太远，远到我完全没法在心理上将二者平滑过渡。跟维和战友聊天发现，很多人竟有和我一样的感受。但我想这只是暂时的选择性遗忘，马里维和的点点滴滴早已经镌刻在我们每一个人心里，这辈子都忘不掉。我们需要做的是把它腌放在岁月的坛子里，风干、发酵，酿成一坛老酒，熏香漫漫人生路。没过多久，我又胖回 180 斤，因为家里再也没有血与火。

希望有一天能再回加奥，是回忆，而不是战斗。

后记

"出事了,我的兄弟牺牲了!"

2016年6月1日早,中国第四批赴马里维和部队的一位战友发来这条微信消息。我的思维顿时凝固了,等我缓过神来,就不停地追问:"你们不是刚抵达马里还不到一周吗?这种事别开玩笑啊!""情况严重吗?""哪个营区遭到了袭击?"……再也没有回音,我知道那里肯定出大事了。第四批赴马里维和部队组建后,这位兄弟就关注了我的微信公众号"大兵小镇",每天追读纪实连载《弹在膛上》,想通过我的故事提前了解马里、了解维和。交流中,我们也渐渐熟悉起来。我记得他问过:"马里危险吗?我们能安全地执行完维和任务吗?"

他问的所有问题我都能试着回答,唯独这个,我不敢正面回答。如果我回答"没啥事,不危险",那么当他登陆联合国维和行动网站,发现截至2016年5月31日联马团死亡人数已达101人,这数字比联合国任何一个任务区都多,我该作何解释?如果我回答"是的,很危险",那么我们首批395人、第二批395人、第三批395人为什么能够安安全全一个不少地回来?我只能回答:"祝你好运,我在国内衷心地祝福你。"因为,当你深入地了解马里战乱后,你只能用"好运"

来祝福每一个雄赳赳气昂昂跨过大西洋、飞入撒哈拉的热血军人。

那天早上，我的心里始终惴惴不安，我希望那条消息只是个玩笑。直到上午看到"驻马里中国维和部队遇袭，一人牺牲"的新闻，我的心情彻底跌落至谷底。后来，我和马里维和战友恢复了通联，也清楚了遇袭事件的细节。那是当地时间5月31日20时50分52秒，第四批赴马里维和部队工兵分队作战值班对讲机里突然传来哨兵申亮亮急促的报告声："2号哨位报告，不明地方车辆强行闯卡，请求支援！"那是申亮亮生前留下的最后一句话。离2号哨位不远的营区监控记录下了那惊心动魄的一幕，监控视频显示：20时50分54秒，恐怖袭击车辆撞上防护墙前翻落地，并迅速燃烧起来，20时51分29秒爆炸发生。受爆炸冲击，监控视频骤然中断。据官兵回忆，爆炸发生瞬间，火球腾空而起，有十几米高，巨大的冲击波和无数碎片瞬间使工兵分队大部分营房和装备受损。

从申亮亮报告到爆炸发生只有37秒，他和哨兵司崇昶始终坚守哨位、果断处置，救了其他战友。若不是他俩用生命预警，后果不堪设想。事后勘察，汽车破片飞行了100米，竟然把墙体打穿，有些就在官兵头顶射过，就连距离事发地200米左右的警卫分队营区都受到了冲击，窗框被震飞，玻璃碎一地。分队军医对重伤的司崇昶紧急救治，把他从死亡线上拉了回来，可申亮亮却永远地离开了。事后统计，我维和官兵1死7伤。第二天早上，在满目疮痍的营区里，迎着马里新一轮的朝阳，战友们举行了一个简短而又庄严的仪式，向牺牲的申亮亮同志遗体告别。

后来，回国治伤的司崇昶讲述了那惊险的37秒："恐怖袭击车辆从路口土房处开始加速，我看到后，心想指定是恐怖袭击，和我起站哨的申亮亮开始报告。我立即拉枪栓开始射击，我也不知道打了多少枪，有一两枪打在了他的胸口，然后他一打方向盘车就翻了，车翻后就着了火。我看见不明情况的丁福建走来，大喊：'你快跑！快跑！恐怖袭击！汽车炸弹！恐怖袭击！'刚喊完就爆炸了，冲击波把我炸飞了，脑瓜触地，要不是有头盔我就废了。"回国后，司崇昶和家人团聚，他说得最多的一个词就是"踏实"，而申亮亮却再也感受不到这种踏实了，用年仅29岁的生命染红了军旗。

国内民众知道了马里发生的情况后，顿时震惊了，大家都悲痛万分，微信朋友圈的祷告已经刷爆了，第四批赴马里维和官兵的家属更是把心都提到了嗓子眼，直到获悉亲人平安的消息才放心。各大媒体也沸腾了，纷纷打探消息，一天之内光是联系我的记者就有二十多人。我说："我是第一批的，不清楚现在的情况。""那就说说第一批的情况也行。"记者们急切地求解，对此我的态度都是委婉拒绝。

按照习主席和中央军委决策部署，中国派出工作组和医疗专家乘军用运输机飞赴马里处理有关事宜。6月9日下午，专机降落在长春龙嘉国际机场，申亮亮烈士的灵柩也被运回，央视全程直播了迎接仪式。苍天有泪，山河同悲，现场催人泪下，全国为之动容。在申亮亮所在部队的驻地吉林举行了追悼会后，烈士魂归故里，被安葬在河南温县烈士陵园。当地民众自发地迎接烈士回家，沿街排起长队，不少人都是一边擦着眼泪，一边目视着烈士归来。最痛莫过白发人送黑发人，最难过的是申亮亮的父母，他们一直不敢相信好端端的儿子就这么没了。

除却悲痛，我对这件事的感受是："终究没躲过！"马里是联合国公认的武装派别斗争最激烈、恐怖袭击最频繁、维和部队伤亡最严重、自然环境最恶劣的任务区。自2013年12月首批赴马里维和部队先遣队抵达马里至2014年9月回国,马里维和任务区累计发生各类危险事件89次,其中火箭炮弹袭击37次、自杀式爆炸或路边炸弹袭击32次、手榴弹袭击4次、武装交火波及4次、劫持3次、难民寻求庇护3次、社会骚乱波及2次、疫情危害1次、自然灾害3次,联马团共牺牲32人,受伤118人。这些事件92.1%发生在夜间或凌晨,82.5%采用了声东击西或化装伪装的方式,敌暗我明、手段狡猾、情况突发使得任何迟缓都将付出无可挽回的代价。

在如此危险的任务区,首批赴马里维和警卫分队170名官兵不仅一个不少地安全回国,而且严格按照联合国安理会的授权,坚守中立、倡导和平,圆满完成了战区司令部防卫、为荷兰军队提供全域防卫、东战区二级医院防卫和458次任务责任区机动巡逻及239次警戒护送等艰险任务,有效化解了大规模暴力游行、自杀式汽车炸弹袭击威胁、武装冲突交火波及、为难民提供庇护救援等60余起突发事件。联合国总部为此专门进行了通电表彰。第二批、第三批赴马里维和官兵也是在没有伤亡的情况下出色地完成了任务,但这似乎不符合战场规律。虽然我们在马里不惹事、不怕事,但毕竟也属于联马团框架下的维和部队,也是恐怖袭击的目标之一,因此客观上遭袭是难以避免的。所以,前三批赴马里维和官兵能够一个不少地回来是万幸中的万幸,甚至可以说每名维和军人都有战死沙场的可能性,而属于申亮亮的可能性被主观的英勇和客观的不幸变成了必然性。因为,大家都被拴在命运的两端,只不过我们先爬了上来。

申亮亮不仅用生命挽救了战友,也换来了人们对维和的关注和关心。这件事发生之前,很多人不知道什么是维和,不了解维和行动有多么危险,不理解维和官兵的付出。这件事情发生后,很多人懂得了:维和是和平年代最危险的军事行动,维和是与战争最接近的非战争军事行动,甚至要比战争还要敏感、复杂和棘手。

维和行动的敏感、复杂和棘手突出表现为"两难境地":一是在武力使用原则上,既要有利于自身防卫,又要避免冲突升级。不管是自卫还是授权,使用武力很有可能卷入武装冲突,而这是受到维和中立原则严格约束的。二是在维护授权目标安全上,既不能限制使用武力,也不能过度使用武力。虽然联合国安理会越来越多地授权维和部队在自卫之外使用武力,以实现其赋予的任务,但建立安全环境、实施有效保障和确保人员安全始终是维和行动成功的必要条件。因此,我们是平衡绳上的舞者。如果把战争比作"开枪消灭敌人"的话,那么维和就是"上膛慑止冲突"。对于军人来说,开枪只是扣扣扳机的事,弹在膛上、以慑止战则是多么难以实现的境界啊!

祸不单行,距离申亮亮牺牲仅一个多月的 2016 年 7 月 10 日,南苏丹中国维和步兵营步战车被炮弹击中,四级军士长杨树朋和下士李磊牺牲。自 1990 年中国开始参加联合国维和行动 26 年,共牺牲 13 名维和军人,而 2016 年一年就牺牲了 3 名。他们以生命为代价,为饱受战火踩躏的异国民众撑起一片和平的蓝天。尽管遭受如此沉痛的打击,但并没有挫伤中国政府履行对联合国维和行动的庄严承诺。

所以说,哪有什么和平年代,只不过我们凑巧活在中国。当我们在祖国平安地生活,还有 2000 多名中国军人在联合国各任务区执行维和任务。那些地方各具特色,但都像马里一样,让人随时面临着生与死的考验。一批接着一批,一代接着一代,中国军人将维护和平的使命进行到底。生活在和平环境中的人们之所以看不到黑暗，是因为这些军人拼命地把黑暗挡在了看不见的地方。

衷心地祝福全世界所有维和人员。黄丝带，从今紧系在那棵橡树上。